위대한 유산 1

위대한 유산 1

초판 1쇄 발행 2016년 7월 10일
      2쇄 발행 2021년 2월 5일
      3쇄 발행 2023년 10월 27일

지은이 찰스 디킨스
옮긴이 김옥수
펴낸이 김소연
디자인총괄 이유빈

펴낸곳 비꽃
등록 2013년 7월 18일 제2013-000013호
주소 서울 강북구 삼양로16길 12-11
이메일 rain__flower@daum.net 전화 02)6080-7287 팩스 070-4118-7287
홈페이지 www.rainflower.co.kr

ISBN 979-11-85393-17-9
      979-11-85393-16-2 (세트번호)

값 11,000원

Great Expectations

위대한 유산 1

찰스 디킨스 지음 · 김옥수 옮김

비꽃

이 책은 Penguin Group USA 2010년 판본(Paperback/ Rough-Cut Edition)과 The Project Gutenberg EBook of Great Expectations(Last updated: October 17, 2015)를 원본으로 삼았다.

목 차

슬픔을 달래는 건 오직 진실이고
사람을 키우는 건 오직 사랑이다

-찰스 디킨스

1

우리 아버지가 사용하는 성은 '피립'이고 나는 세례명이 '필립'인데, 어릴 적에는 혀가 짧아서 두 이름을 '핍' 이상으로 길고 또렷하게 발음할 수 없었다. 그래서 나는 이름을 '핍'이라 말하고, 그래서 다른 사람 역시 '핍'이라고 불렀다.

우리 아버지 성을 '피립'이라고 생각한 근거는 아버지 묘비와 누나 때문인데, 누나는 대장장이와 결혼해서 '조 가저리 부인'이 되었다. 하지만 나는 아버지나 어머니를 한 번도 본 적이 없고 두 분이 살아계실 당시는 사진이란 게 나오기 훨씬 전이라서 어떻게 생겼는지조차 몰라, 처음에는 어이없게도 두 분 묘비를 보고 그 모습을 상상했다. 아버지 묘비에 새긴 글자 모양을 보고 아버지는 몸집이 정사각형에 단단하며 피부가 까무잡잡하고 까만 곱슬머리라고 생각한 것이다. '위에서 언급한 고인의 부인 조지아나 역시'라고 휘갈긴 글씨체를 보고 어머니는 몸이 약하고 주근깨도 많다는 엉뚱한 결론을 내렸다. 아버지와 어머니가 나란히 묻힌 무덤 바로 옆에는, 만물이 겪는 생존경쟁에서 생명을 너무 일찍 포기한 우리 형제 다섯 명을 추도하면서 세운, 길이

오십 센티미터밖에 안 되는 마름모꼴 모양 조그만 비석 다섯 개가 있었다. 그걸 보고는 다섯 형제 모두 바닥에 등을 대고 바지 주머니에 두 손을 넣은 채로 태어나, 죽을 때까지 주머니에서 두 손을 한 번도 안 뺀 게 분명하다고 확신했다.

우리가 사는 마을은 강 하구 습지대로, 강물이 삼십 킬로미터 정도를 굽이치며 흐르면 바다가 나온다. 내가 세상이 험하다는 사실을 처음으로 또렷하게 느낀 건 태양이 서쪽으로 기우는 느지막한 오후였던 것 같다. 습하고 쌀쌀한 오후가 지금도 기억에 생생하다. 주변에 쐐기풀이 무성하게 자란 황량한 공간은 교회 공동묘지고, 이 마을에서 살다가 떠난 고(故) 필립 피립과 '위에서 언급한 고인의 부인 조지아나 역시' 죽어서 묻히고, 앞에서 언급한 다섯 형제 알렉산더, 바살러뮤, 아브라함, 토비어스, 로저 역시 어린 나이에 죽어서 묻히고, 공동묘지 너머로 평지가 황량하고 음산하게 뻗어 나가 물길과 둔덕과 수문이 사방에 가득하며 소 떼가 여기저기에 흩어져서 풀을 뜯는 곳은 습지대고, 그 너머로 나지막하게 지나는 납빛 줄기는 강물이고, 멀리서 사납고 매섭게 바람을 불어대는 곳은 바다고, 이런 게 모두 무서워서 벌벌 떨며 울기 시작한 조그만 아이는 '핍'이란 사실을 확실히 깨달을 즈음이었다. 교회 현관 옆 무덤 사이에서 어떤 사내 한 명이 갑자기 튀어나오며 끔찍하게 소리친 것이다.

"조용히 해! 개구쟁이 녀석, 조용히 안 하면 목을 잘라버리겠어!"

무섭게 생긴 사내였다. 몸에는 회색 옷을 초라하게 걸치고 한쪽 다리에는 묵직한 족쇄까지 찼다. 모자 대신 넝마조각으로 머리를 묶고 신발은 너덜너덜했다. 몸뚱이는 물에 젖고 진흙투성이에다 돌에 채었는지 다리를 절며 단단한 조각에 까이고 쐐기풀 가시에 긁히고 찔레나무 가시에 찔린 듯했다. 사내는 추워서 부들부들 떨고 다리를 절뚝거리며 다가와서 무섭게 소리친 다음에 한참 노려보더니, 이빨을 딸가닥 부딪치면서 내 턱을 움켜잡았다.

"아아! 목을 자르진 마세요, 아저씨. 제발 그러지 마세요."

내가 공포에 질린 표정으로 사정하자, 상대가 다그쳤다.

"이름을 말해! 빨리!"

"핍, 아저씨."

"다시 말해. 어서 내뱉어보라고!"

사내가 다그치며 노려보았다.

"핍. 핍이에요, 아저씨."

내가 대답하자, 사내가 다시 물었다.

"사는 곳이 어디냐? 손으로 가리켜!"

나는 교회에서 이 킬로미터 떨어진 우리 마을을, 강변 근처 평지를 가리켰다. 가지를 잘라낸 나무와 오리나무가 둘러싼 마을이었다.

사내는 나를 가만히 바라보더니 갑자기 내 몸뚱이를 거꾸로 쳐들고 주머니를 샅샅이 뒤졌다. 하지만 거기에서 나온 건 빵조각 하나가 전부였다. 강한 힘으로 너무 갑작스럽게 뒤집어서 머리가 밑으로 내려오는 바람에 발바닥 밑에서 거꾸로 보이던 교회 첨탑이 정상으로 돌아왔다. 나는 높은 묘비에 앉은 채 덜덜 떨고, 사내는 빵조각을 게걸스럽게 먹어치우다가 입맛을 다시며 말했다.

"똥개 자식, 볼때기가 통통하구나."

당시에 나는 볼때기가 통통해도 덩치가 나이보다 작고 힘도 약했다.

"제기랄! 볼때기가 맛있게 생겼군. 당장에라도 먹어치우고 싶을 정도야!"

사내가 중얼거리며 고개를 끄덕이는 모습이 정말 무서웠다. 그래서 나는 제발 그러지 말라고 사정하며 사내가 나를 올려놓은 묘비를 단단

히 움켜잡았다. 묘비에서 떨어지기 싫은 마음이 절반, 울음을 참고
싶은 마음이 절반이었다.

"내 말 잘 들어! 엄마는 어디에 있니?"

"저기요, 아저씨!"

내가 대답하자, 사내는 깜짝 놀라며 몇 걸음 도망치다가 멈춰서 뒤
를 돌아보고 나는 겁에 질린 표정으로 덧붙였다.

"저기요, 아저씨! '조지아나 역시'. 저게 우리 엄마예요."

"아! 그러면 엄마랑 함께 묻힌 사람은 아빠냐?"

사내가 물으며 돌아왔다.

"네, 아저씨. 아빠예요. 이 마을에서 살다가 떠난 고(故)."

"아하!"

사내가 중얼거리더니, 가만히 생각하는 눈치로 물었다.

"그럼 너는 누구랑 사니? 아직 마음을 안 정했다만, 내가 자비를
베풀어서 살려준다고 치면?"

"우리 누나, 조 가저리 부인이요, 아저씨. 대장장이 조 가저리 아내."

"대장장이라……."

사내가 중얼거리다가 족쇄가 달린 다리를 내려다보았다. 그러곤 음
침한 눈으로 자기 다리와 나를 번갈아 보더니, 내가 앉은 묘비로 바싹
다가와서 두 팔을 꼼짝 못 하게 움켜쥐며 최대한 뒤로 밀어붙여서
무서운 눈으로 내려다보고, 나는 겁에 질린 눈으로 올려다보았다.

"내가 하는 말 잘 들어. 네가 사느냐 죽느냐 하는 문제가 달렸으니
까. 줄칼이 뭔지 알지?"

"네, 아저씨."

"그리고 음식물이 뭔지도 알지?"

"네, 아저씨."

사내는 한 번 물을 때마다 뒤로 조금씩 더 밀어붙이며 공포심과 무력감을 심어주었다.

"줄칼을 가져와."

사내가 다시 밀어붙이며 다그쳤다.

"음식물도 가져오고."

사내가 또 밀어붙이며 다그쳤다.

"둘 다 가져와."

사내가 또 밀어붙이며 다그쳤다.

"안 그러면 네놈 몸뚱이에서 심장이랑 간을 파낼 테니까."

사내가 또 밀어붙였다.

나는 끔찍한 공포에 휩싸인 데다 현기증까지 일어나서 두 손으로 사내를 꼭 움켜잡으며 사정했다.

"친절을 베푸시어 저를 똑바로 일으켜주신다면, 아저씨, 구역질이 안 나서 훨씬 똑똑히 들을 수 있을 거예요."

사내는 나를 바닥까지 밀치며 정말 무섭게 뒤흔들어, 교회 건물이 뒤집히며 풍향계 너머로 뛰어올랐다. 그러다가 두 팔을 꼭 잡고 다시 세워서 묘비에 똑바로 앉히더니, 끔찍한 조건을 제시했다.

"내일 아침 일찍 줄칼이랑 음식물을 가져와. 저쪽에 있는 옛날 포병 대 자리로 잔뜩. 나 같은 사람은 물론 이상한 사람을 보았다는 말을 않고 아무런 표시도 안 낸다면 너를 살려주지. 안 그러면, 그러니까 내가 한 말을 어기면, 아주 조금이라도 어기면, 네놈 심장이랑 간을 파내서 구워 먹고 말겠어. 너는 내가 혼자라고 생각하겠지만 나는 혼자 가 아니야. 젊은 친구 한 명이 저쪽에 숨어 있어. 저 친구에 비하면 나는 천사라고. 지금 내가 하는 말을 가만히 듣는 중이야. 어린애한테 살그머니 다가가서 심장을 파내고 간을 파내는 실력이 대단하지. 어린

애는 아무리 애써도 저 친구한테서 벗어날 수 없어. 방문을 꽁꽁 잠그고 따뜻한 침대에 들어가서 이불을 뒤집어쓰고 꼭꼭 숨으면 안전하다고 생각할지 모르겠는데, 저 친구는 살그머니 들어가서 아이 몸뚱이를 찢어발겨. 지금도 너를 찢어발기려고 하는 걸 내가 억지로 막았어. 저 친구가 갈기갈기 찢어발기지 못하도록 말리는 게 이제 나도 너무 힘들어. 그러니, 너는 어떻게 하는 게 좋을까?"

나는 줄칼을 가져오겠다고, 먹다 남은 음식 부스러기라도 최대한 가져오겠다고, 아침 일찍 포병대 자리로 찾아가겠다고 약속했다.

"약속을 안 지키면 천벌을 받아서 죽을 거라고 말해!"

내가 그대로 말하자, 사내는 나를 내려놓으며 말했다.

"네가 한 약속을 명심해. 젊은 친구도 명심하고. 이제 집으로 가!"

"아……안녕히 계세요, 아저씨."

내가 더듬거리며 말하자, 사내는 "안녕은 무슨!" 하고 말하더니 물기가 가득하고 냉기가 매서운 습지를 둘러보며 중얼거렸다.

"내가 개구리라면 좋겠군. 뱀장어라도 좋고!"

그러더니 덜덜 떨리는 몸뚱이를 두 팔로 꼭 껴안고 - 행여나 몸뚱이가 떨어져 나갈까 두렵기라도 한 것처럼 단단히 붙잡고 - 나지막한 교회 담장 쪽으로 절뚝거리며 나아갔다. 쐐기풀 사이와 녹색 무덤을 에워싼 가시덤불 사이를 조심스럽게 나아가는데, 어린 눈에는 무덤마다 죽은 사람이 손길을 내밀어서 발목을 움켜잡아 무덤으로 끌어당기는 걸 피하려고 애쓰는 것처럼 보였다.

사내는 나지막한 교회 담장에 도달해서 두 다리가 뻣뻣하게 마비된 사람처럼 담장을 넘어가다 몸을 돌렸다. 나는 사내가 몸을 돌리는 걸 보자마자 집 쪽으로 몸을 돌리며 죽어라 달렸다. 하지만 곧이어 어깨너머로 돌아보니, 사내는 강을 향해 다시 나아가는데 여전히 두 팔로 몸을 감싼 채 상처투성이 발로 습지 여기저기에 떨어뜨린 커다란 돌덩이를 - 비가 억수로 오거나 밀물이 들어올 때 징검다리로 사용하는 돌덩이를 - 하나씩 조심스럽게 내디뎠다.

내가 걷다가 다시 멈추고 돌아보자, 습지는 기다랗게 뻗어 나간 새까만 지평선으로 보이고, 강물은 그렇게 넓지도 않고 까맣지도 않은 수평선으로 보이고, 하늘은 새빨갛게 불타는 선과 까맣고 굵직한 선이 층층이 겹친 것처럼 보였다. 강변 모서리에서는 까만 물체 두 개가 희미하게 보이는데, 주변 풍경과 달리 유별나게 똑바로 일어선 것 같았다. 하나는 뱃사람한테 방향을 알리는 봉화대로, 장대에 테두리 없는 술통을 올려놓은 모양인데 가까이 다가가면 아주 흉측하게 보였다. 또 하나는 쇠사슬이 달린 교수대로, 예전에 해적을 목매단 적이 있다. 사내는 교수대를 향해 절뚝거리면서 나아가는데, 해적이 살아서 내려왔다가 다시 목을 매달려고 돌아가는 것 같았다. 이런 생각이 떠오르면서 끔찍한 공포가 되살아났다. 소 떼 역시 고개를 들고 사내를 물끄러미 쳐다보는 모습이 나랑 똑같은 생각을 하는 건 아닐까 궁금할 정도였다. 더할 나위 없이 끔찍하다는 젊은 친구가 있나 보려고 고개를 이리저리 돌리는데, 아무런 흔적도 찾을 수 없었다. 하지만 나는 다시 공포에 휩싸여 집까지 한 번도 안 쉬고 달렸다.

2

우리 누나 조 가저리 부인은 나보다 스무 살 이상 많은데, 나를 "손수" 키운다는 사실 때문에 자부심이 대단하고 이웃한테도 평판이 좋았다. 당시에 나는 '손수'라는 말이 무슨 뜻인지 곰곰이 생각하다가, 누나는 손이 억세고 단단하단 사실과 나는 물론이고 툭하면 남편한테도 손을 대는 습관이 있다는 사실을 떠올리고, 바로 그게 누나가 나와 매형을 '손수' 키운다는 뜻이라고 결론 내렸다.

누나는 얼굴이 예쁜 편은 아니라서 나는 막연하게 누나가 '손수'를 사용해 매형하고 결혼한 게 분명하다고 생각했다. 매형은 머리가 금발에다 얼굴은 매끈하며 양쪽으로 금빛 곱슬머리가 흘러내리고 눈동자는 파란색이 아주 흐릿한 게 흰자위와 뒤섞인 것 같은 독특한 인상을 주었다. 온순하고 다정하며 착한 심성에 느긋한 데다 매사에 어수룩해서 주변 사람이 편안했다. 힘은 장사지만 머리는 우둔한 헤라클레스 같았다.

우리 누나 조 부인은 머리칼과 눈동자는 검은색인데 피부는 온통 새빨개서, 목욕할 때마다 비누로 씻는 대신 향신료 씨앗을 가는 거친 강판으로 온몸을 갈아대는 건 아닐까 하는 생각이 가끔 떠오를 정도였다. 커다랗고 깡마른 몸매는 거친 천으로 만든 앞치마를 항상 걸쳐서 고리 두 개로 등 뒤에 단단히 묶고 앞쪽에는 정사각형 가슴받이를 튼튼하게 대서 옷핀과 바늘을 잔뜩 꽂아놓았다. 이런 식으로 앞치마를 항상 걸친다는 사실을 누나는 자신이 엄청나게 많은 일을 한다는 증거로 삼으면서 동시에 매형을 강력하게 비난하는 근거로 삼았다. 하지만 나로선 누나가 앞치마를 계속 걸쳐야 하는 이유는 물론, 평생 단 하루도 벗으면 안 되는 이유를 도무지 이해할 수 없었다.

우리 집은 바로 옆에 매형이 일하는 대장간이 딸렸는데, 우리 마을에 있는 집은 물론 당시에 거의 모든 집이 그런 것처럼 나무로 지은 건물이었다. 내가 공동묘지에서 집으로 달려가니, 대장간은 닫히고 매형은 주방에 혼자 앉아 있었다. 매형은 수난을 함께 겪는 동지답게 나와 은밀하게 도우며 사는데, 내가 주방문 빗장을 올려서 맞은편 굴뚝 모서리에 앉은 매형을 살짝 들여다보자, 매형이 은밀한 내용을 알려주었다.

"조 부인이 너를 찾으러 열 번은 나갔다 왔어, 핍. 이제 막 열한 번째로 나가고."

"정말요?"

"그래, 핍. 더 안 좋은 소식은 '따끔이'까지 들었다는 거야."

불길한 말을 듣고 나는 조끼에 하나 남은 단추를 빙글빙글 돌리며 벽난로 불길을 우울한 표정으로 바라보았다. '따끔이'란 끝에 밀랍을 칠한 회초리를, 내 몸뚱이에 따끔하게 부딪히는 동안 반질반질하게 변한 회초리를 말한다.

"조 부인이 자리에 앉더니 바로 일어나서 따끔이를 움켜잡고 잔뜩 화내며 나갔어. 정말이야."

매형이 다시 말하더니, 부지깽이로 벽난로 아래쪽 쇠막대 사이를 천천히 긁어서 불길을 살린 뒤에 가만히 바라보다가 덧붙였다.

"잔뜩 화내며 나갔어, 핍."

"나간 지 오래되었나요, 매형?"

나는 언제나 매형을 나와 비슷한 나이에 덩치만 산 만한 친구처럼 대했다.

내가 묻는 말에 매형이 독일제 벽시계를 힐끗 올려다보며 대답했다.

"으음, 조 부인이 마지막으로 난리를 피운 게 오 분 전이야, 핍. 지금 온다! 문 뒤에 숨어서 두루마리 수건으로 몸을 가려."

나는 충고대로 움직이고, 우리 누나 조 부인은 문을 활짝 밀치다가 뒤에 장애물이 있다는 사실을 깨닫고 원인을 대뜸 파악하더니, 따끔이를 휘두르며 재차 확인했다. 그러다가 툭하면 그러듯 나를 남편에게 무기처럼 던지는 거로 마무리하고, 매형은 내 몸뚱이를 아무런 조건 없이 받아서 굴뚝 안[1]에 내려놓고 기다란 다리를 가만히 뻗어서 방어막을 만들었다. 그러자 조 부인이 발을 구르며 소리쳤다.

"도대체 어디에 갔던 거야, 말썽꾸러기 녀석아! 나를 애간장 태우려고 도대체 어디에서 무슨 짓을 했는지 똑바로 털어놔! 안 그러면 너 같은 녀석 오십 명에다 가저리 같은 작자 오백 명이 있다고 해도 단번에 끄집어내고 말 테니까!"

나는 의자에 앉아서 매 맞은 데를 문지르며 훌쩍거리는 목소리로 대답했다.

"공동묘지에 다녀온 것뿐이에요."

"공동묘지라고! 내가 아니면 네놈은 오래전에 공동묘지에 묻혀서 꼼짝 못 했을 거야. 너를 손수 키운 사람이 누구지?"

---

1) 당시에는 벽난로 주변에 커다란 굴뚝을 만들어, 안에 들어가서 온기를 즐겼다.

"누나요."

"그럼 내가 왜 그랬는지 알기나 하니?"

누나가 소리치고 나는 훌쩍이며 대답했다.

"몰라요."

그러자 누나가 소리쳤다.

"나도 몰라, 이 녀석아! 분명히 말하건대 이제 그런 일은 두 번 다시
없을 거야! 정말이지 나는 네 녀석이 태어난 뒤로 한 번도 앞치마를
벗어본 적이 없어. 대장장이 마누라로, 그것도 가저리란 작자 마누라로
사는 것도 힘든데 네 녀석 엄마 역할까지 하다니!"

나는 이 말을 들으며 벽난로 불길을 바라보다가 생각이 옆으로 새고
말았다. 한쪽 다리에 쇠고랑을 차고 습지를 돌아다니는 도망자와 한
번도 본 적이 없는 젊은 친구, 줄칼, 음식물, 집에서 물건을 훔쳐내겠다
는 끔찍한 약속이 무섭게 타오르는 석탄불에 아른거렸기 때문이다.

그러는 사이에도 조 부인은 따끔이를 제자리에 갖다 놓으며 계속
떠들었다.

"흥! 정말 대단한 공동묘지야! 너희 두 사람은 툭하면 공동묘지를
들먹이지."

하지만 우리 가운데 한 명은 공동묘지라는 말을 한 번도 꺼낸 적이
없었다.

"그래, 너희 두 사람이 조만간에 나를 공동묘지에 묻어버릴 모양인
데, 나 없이 얼마나 자알 사는지 보자고!"

누나가 소리치고 나서 저녁 식사 준비에 정신을 파는 동안 매형이
다리 사이로 나를 힐끗 내려다보았다. 누나가 예언한 우울한 상황이
되면 나와 단둘이 어떤 모습으로 살아갈까 현실적으로 따져보는 것
같았다. 그러더니 오른쪽 노란 곱슬머리와 구레나룻을 만지작거리면

서 파란 눈으로 조 부인을 쫓는데, 집안에 폭풍이 몰아칠 때마다 나타나는 습관이었다.

누나는 빵에다 버터를 바르고 잘라서 우리에게 건네는 자기만의 방식이 있는데, 단 한 번도 변한 적이 없다. 제일 먼저, 왼손으로 빵 덩어리를 잡아서 앞치마 가슴받이에 대고 단단히 눌러 고정하는데, 그러다 보면 옷핀이나 바늘이 덩어리에 박혀서 나중에 우리 입으로 들어오기도 한다. 그런 다음에는 칼에 버터를 (그리 많지 않게) 묻혀서 의사가 깁스에 회반죽을 바르듯 칼 양쪽으로 빵 덩어리를 골고루 문지르며 빈틈없이 바른 다음에 밖으로 삐져나온 버터를 말끔하게 걷어낸다. 그러고 나서 회반죽 모서리에 칼을 멋들어지게 닦는 식으로 마무리하고 빵 덩어리를 아주 두껍게 자른 다음, 그걸 다시 두 조각으로 잘라서 매형에게 한쪽, 나에게 한쪽을 주었다.

나는 배가 고프긴 하지만 빵조각을 먹을 수 없었다. 무서운 사내는 물론 함께 있다는 훨씬 무서운 젊은 친구에게 음식물을 갖다 주려면 안 먹고 보관해야 할 것 같았다. 누나는 살림을 엄격하게 꾸리기 때문에 나중에 음식물을 훔치려고 찬장을 뒤져도 소득은 없을 가능성이 컸다. 그래서 나는 버터 바른 빵조각을 바짓가랑이 안에다 숨겨야겠다고 마음먹었다.

그런데 목적을 달성하려면 엄청나게 끔찍한 노력이 필요했다. 높은 집 꼭대기에서 뛰어내리거나 깊은 물 속으로 뛰어들려고 마음을 다지는 느낌까지 들었다. 아무것도 모르는 매형 때문에 더욱 힘들었다. 앞에서 말한 것처럼 매형은 수난을 함께 겪는 동지인 데다 마음마저 착해서 나랑 놀아준다는 의미로 저녁마다 남은 빵조각을 가만히 들어서 씹어먹는 속도를 겨루며 상대에게 감탄을 자아내는 식으로 좀 더 열심히 먹도록 자극하는 습관이 있었다. 오늘 밤에도 매형은 빠르게 줄어드는 빵조각을 몇 차례 보여주며 평상시처럼 자극하는데, 그럴 때마다 나는 한쪽 무릎에 노란 머그잔을, 다른 쪽 무릎에 버터 바른 빵을 올려놓은 채 손조차 안 대고 가만히 있었다. 결국 나는 마음속에 품은 생각을 행동으로 옮겨야 한다는, 그것도 현 상황에 가장 그럴싸한 방식으로 행동해야 한다는 절박한 심정이 되었다. 그래서 매형이 고개를 돌린 순간에 버터 바른 빵을 바짓가랑이 안에 숨겼다.

매형은 내가 식욕을 잃었다 생각하고 걱정스러워하는 게 분명했다. 골똘히 생각하며 빵조각을 한 입 깨무는데, 맛있어하는 표정이 아니었다. 평소보다 훨씬 오랫동안 빵을 입안에서 이리저리 돌리며 깊은 상념에 잠기더니 알약이라도 삼키듯 억지로 삼켰다. 그러다가 한 입을 다시 깨물 때가 돼서 제대로 물려고 머리를 한쪽으로 숙이며 한쪽 눈을 힐끗거리다가 버터 바른 빵이 모두 사라진 사실을 깨달았다.

매형이 한 입 깨물다가 멈춘 상태에서 놀랍기도 하고 당혹스럽기도 ·한 표정으로 물끄러미 바라보는데, 갑작스러운 변화를 누나가 놓칠 리 없었다.

"이번엔 뭐가 문제야?"

누나는 물으며 머그잔을 내려놓고, 매형은 극히 걱정스러운 표정으로 머리를 가로저으며 중얼거렸다.

"맙소사, 그럼 안 돼, 핍! 그런 건 안 좋아. 목에 걸릴 거야. 씹지도 않고 그냥 삼키다니, 핍."

"이번엔 뭐가 문제냐고?"

누나가 다시 물었다. 훨씬 날카로운 어투였다. 하지만 매형은 걱정스러운 표정으로 이렇게 말할 뿐이었다.

"기침해서 조금이라도 뱉어낼 수 있다면, 핍, 그렇게 하는 게 좋아. 식사예절도 그렇지만 건강은 더 중요하잖아."

이번에는 누나가 더는 못 참겠다는 표정으로 매형한테 달려들더니 구레나룻 양쪽을 움켜잡아서 뒤쪽 벽에다 찧어대고 나는 구석에 앉아서 죄책감에 시달리며 가만히 바라보았다.

"이제 뭐가 문젠지 말할 수 있겠지, 멱을 딴 통돼지처럼 멍청하게 바라보기만 하는 놈아!"

누나가 소리치며 가쁜 숨을 몰아쉬자, 매형은 무기력한 표정으로 멀뚱히 바라보더니, 빵 한 조각을 힘없이 깨물고 다시 나를 쳐다보면서 빵을 머금은 입으로 마치 우리 두 사람밖에 없기라도 한 것처럼 은밀하고도 엄숙하게 말했다.

"핍. 너랑 나는 아주 가까운 친구잖아. 나는 무슨 일이 있어도 너를 고자질할 사람이 아니야. 하지만 그런 식으로……."

매형이 의자를 옮겨서 내가 앉은 의자 밑바닥을 살피고 다시 나를 바라보며 계속 말했다.

"그런 식으로 꿀꺽 삼키면 못써!"

"저놈이 빵을 씹지도 않고 그냥 삼킨 거야?"

누나가 소리쳐도 매형은 빵을 입에 그대로 머금은 채 조 부인이 아니라 나를 계속 쳐다보며 말했다.

"알겠지만, 친구, 나도 너만 한 나이에는 툭하면 꿀꺽 삼켰어. 주변에 그런 아이가 많았지. 하지만 너처럼 한 번에 꿀꺽 삼키는 아이는 한 번도 못 봤어, 핍. 목이 막혀서 안 죽은 게 천만다행이야."

그 순간에 누나가 나한테 달려들더니 머리채를 잡아채며 더할 나위 없이 끔찍한 말을 뱉어냈다.

"이리 와서 약 먹어."

당시에 어떤 고약한 의사가 물에 타르를 타서 아주 좋은 약으로 부활시키는 바람에 조 부인은 타르 용액이 역겨운 만큼 약효도 좋다는 신념으로 일정 분량을 준비해서 찬장에 항상 넣어두었다. 그래서 무슨 일이 있을 때마다 만병통치약처럼 먹였다. 그러면 나로선 새로 만든 울타리 냄새를 창피하게 풍기며 돌아다니는 게 그나마 운이 제일 좋은 정도였다. 그런데 오늘 저녁에는 특히 위급한 상황이라며 맥주 한 잔 분량이나 처방해서 어서 나으라며 목구멍으로 퍼붓는데, 그러는 동안에 당연히 조 부인은 장화 벗는 도구로 장화를 붙잡듯 내 머리통을 겨드랑이로 꽉 움켜잡았다. 매형은 벽난로 앞에 앉아서 깊은 생각에 잠긴 채 천천히 빵을 씹다가 "발작을 일으켰다"는 더없이 억울한 판정을 받고 맥주 반 잔 분량을 꿀꺽 삼켜야 했다. 그런데 내가 판단하기에, 매형이 발작을 일으킨 건 용액을 마시기 전이 아니라 마신 다음이 분명하다.

양심의 가책에 시달린다는 건 어른이든 아이든 끔찍한 일이다. 하지만 바짓가랑이 안에 몰래 감춘 부담에다 또 다른 부담까지 짊어져야 한다는 건 (내가 경험한 바에 의하면) 아이한테 정말 엄청난 형벌이 아닐 수 없다. 조 부인 물건을 – 집 안에 있는 물건을 매형 물건으로 여긴 적이 한 번도 없는 터라 매형 물건을 훔친다는 생각은 조금도 없으니 – 몰래 훔쳐야 한다는 죄책감에다 의자에 앉을 때나 가벼운 심부름을 하러 주방을 돌아다닐 때나 버터 바른 빵을 한 손으로 가만히 붙잡아야 한다는 부담까지 겹쳐서 머리가 돌아버릴 지경이었다.

게다가 습지에서 바람이 불어 벽난로 불을 빨갛게 달굴 때마다 한쪽 발에 족쇄를 차고서 나한테 비밀을 지키라고 강요한 사내가 내일까지 굶을 순 없다고, 아니 절대로 안 굶겠다고, 지금 당장 먹어야겠다고 외치는 소리가 들리는 것 같았다. 젊은 친구가 자기 손을 피로 물들이고 싶은 걸 억지로 참다가 급한 성질을 못 이기거나 아니면 시간을 잘못 알고 내일이 아니라 오늘 밤에 살그머니 다가와서 심장과 간을 파내면 어떻게 하나? 하는 공포가 절로 몰려들었다! 너무 무서워서 머리칼이 곤두선다면 당시에 내가 그런 게 분명하다. 그런데 사람 머리칼이 실제로 곤두설 순 있나?

그날은 크리스마스이브라서 나는 다음 날 먹을 푸딩을 독일제 벽시계가 일곱 시에서 여덟 시를 가리킬 때까지 구리막대로 저어야 했다. 처음에는 바짓가랑이에 빵을 숨긴 채 푸딩을 젓는데 버터 바른 빵이 툭하면 발목으로 삐져나와서 (그럴 때마다 발목에 족쇄를 단 사내가 떠올라서) 아주 힘들었다. 그래서 기회를 엿보다 살짝 빠져나와 빵과 함께 양심의 가책 일부를 다락방 침실에 갖다 놓았다. 그리고 푸딩을 다 저은 다음에는 잠자러 가라는 말이 나오기 전에 굴뚝 모서리에서 마지막으로 몸을 데우다가 불쑥 물었다.

"맙소사! 대포 소리 아니에요, 매형?"

"맙소사! 죄수가 또 탈출했군."

매형이 대답하는 말을 듣고 내가 다시 물었다.

"그게 무슨 말이에요, 매형?"

"도망쳤다고, 도망."

언제나 도맡아서 설명하는 조 부인이 퉁명스럽게 말하는데, 타르 용액이라도 처방하는 어투였다.

조 부인이 가만히 앉아서 바느질감을 바라보며 고개를 숙인 사이에 나는 입술을 오므려서 매형에게 "죄수가 뭐예요?" 하고 묻는 모양을 만들었다. 매형도 입술을 오므리며 대답하는데 몹시 어려운 내용이라서 나로선 "핍"이란 말밖에 알아들을 수 없었다. 그러자 매형이 커다랗게 말했다.

"어젯밤에 죄수 한 명이 탈출했어, 일몰을 알리는 대포를 쏜 다음에. 그래서 사람들에게 탈옥 죄수를 조심하라고 경고하는 대포를 쏘았지.

그런데 이번에 죄수가 또 탈옥했으니 조심하라는 대포를 또 쏘는 것 같아."

"대포는 누가 쏘는데요?"

내가 묻자, 누나가 바느질하다 말고 노려보며 끼어들었다.

"빌어먹을 놈! 한번 물으면 그칠 줄을 몰라. 그만 좀 물어, 거짓말을 듣고 싶지 않으면."

내가 귀찮게 물어보면 자신은 거짓말을 할 수밖에 없다는 식으로 말하다니, 누나는 정말 예의가 없다는 생각이 들었다. 하기야 손님이 없을 때면 누나에게 예의를 찾는 자체가 불가능하지만 말이다.

바로 그 순간, 매형이 입을 아주 커다랗게 벌리려고 무척 애쓰며 "화났어"[2]라고 말하는 입 모양을 만들어서 나는 호기심이 발동했다. 그래서 나는 당연히 조 부인을 가리키며 "누나가요?"라고 입 모양을 만들었다. 하지만 매형은 내 말을 조금도 못 알아들은 듯 다시 입을 커다랗게 벌려서 강하게 힘주며 모양을 만들었다. 하지만 나는 도무지 무슨 말인지 알아들을 수 없었다. 그래서 마지막 수단으로 누나한테 물었다.

"누나만 괜찮다면 궁금한 게 있는데, 누나, 대포 소리는 어디에서 나는 거예요?"

"주님, 저 아이를 지켜주소서!"

누나가 한탄하는데 은총을 비는 게 아니라 저주를 내리는 어투였다. 그리고 대답했다.

"삼옥선!"

"아하! 감옥선!"[3]

---

2) 화났어(sulk)는 감옥선(hulk)과 입 모양이 비슷해서 핍이 착각했다.
3) 당시 영국에서는 감옥마다 죄수가 넘쳐나, 못 쓰는 선박을 강에 묶어놓고 감옥으로 사용했다.

내가 중얼거리며 쳐다보자, 매형이 헛기침하는데 "맙소사, 내가 그렇게 말했잖아"라고 나무라는 것 같았다.

"그런데 감옥선이 뭐예요?"

내가 묻자, 누나가 실을 꿴 바늘로 나를 가리키더니 머리를 가로저으며 소리쳤다.

"저 자식은 언제나 저런 식이라니까! 하나를 대답하면 곧바로 열 개를 묻는다고. 감옥선은 감옥으로 사용하는 배야, 섭지 너머에서."

우리 마을에서는 습지를 언제나 섭지라고 부른다.

나는 간절한 마음을 억누르며 차분한 어투로 물었다.

"감옥으로 사용하는 배에 누구를 넣는데요, 거기에 사람을 왜 넣는데요?"

조 부인이 더는 못 참겠다는 듯 벌떡 일어나며 소리쳤다.

"내가 분명히 말하는데, 꼬마 녀석아, 내가 너를 손수 키운 이유는 이 사람 저 사람한테 끈덕지게 물어서 질리게 하라는 게 아니야. 그러면 내가 칭찬이 아니라 욕만 먹을 테니 말이야. 사람을 감옥선에 넣는 이유는 살인을 저지르고 도적질을 하고 사기를 치는 등 온갖 나쁜 짓을 저지르기 때문이야. 그런데 처음에는 누구나 계속 물어대는 거로 시작한다고. 그러니, 이제 가서 잠이나 자!"

누나는 내가 잠자러 갈 때 촛불을 들고 가도록 허락한 적이 한 번도 없다. 게다가 마지막 말을 할 때는 골무를 낀 손으로 탬버린처럼 때린 터라 나는 머리가 욱신거리는 상태로 어둠에 휩싸인 계단을 오르다, 감옥선은 나 같은 사람이 가기에 십상이라는 사실을 깨닫고 공포에 떨었다. 아니, 벌써 그곳에 한 발 들여놓은 게 분명했다. 지금까지 계속 물어대더니, 급기야 조 부인 물건까지 훔치려고 하니까 말이다.

그날 이후로 상당히 오랜 시간이 흐른 지금까지, 나는 어린애가 느끼는 공포를 제대로 이해하는 사람은 거의 없다는 생각을 자주 떠올린다. 공포에 떠는 이유가 아무리 터무니없어도 공포는 공포다. 당시에 나는 젊은 친구가 살그머니 다가와서 심장과 간을 파낼지 모른다는 치명적인 공포에, 무섭게 생긴 사내가 다리에 족쇄를 차고서 나를 닦아세웠다는 치명적인 공포에, 나 자신이 끔찍한 약속을 하고 말았다는 치명적인 공포에 떨었다. 우리 누나는 기회가 있을 때마다 전지전능한 능력으로 야단만 칠 뿐, 나를 구원할 가능성은 조금도 없었다. 내가 은밀한 공포에 사로잡힌 나머지 상대가 시키는 대로 무슨 짓이든 했을 걸 생각하면 지금도 정말 끔찍하다.

그날 밤에 잠깐이라도 잠들었다면 강물에 빠져서 강한 물살에 휩쓸려 감옥선으로 떠내려가는 꿈을 꾸었을 게, 교수대를 지날 때는 해적 유령이 이제는 망설이지 말고 강변으로 올라와서 밧줄에 머리를 매달라고 커다랗게 소리치는 꿈을 꾸었을 게 분명하다. 하지만 잠잘 마음이 설사 있었다 해도 나는 그럴 수 없었다. 첫새벽이 희미하게 밝아올 즈음에 식품보관실을 털어야 한다는 사실을 잘 알기 때문이다. 깜깜한 밤에는 그렇게 할 방법이 없다. 당시만 해도 불을 손쉽게 밝힐 방법이 없었기 때문이다. 불을 밝히려면 쇳덩이로 부싯돌을 때려야 하는데, 그러면 해적이 발에 달린 족쇄를 달그락거리며 걷는 소리가 날 게 분명했다.

다락방 조그만 창문 바깥에서 칠흑처럼 깜깜하고 거대한 어둠에 회색 기운이 어리는 순간, 나는 벌떡 일어나서 계단을 내려갔다. 계단 판자마다, 판자가 갈라진 틈새마다 "도적놈 잡아라!" 하면서 "어서 일어나요, 조 부인!" 하는 소리가 흘러나왔다. 식품보관실에는 크리스마스 명절 덕분에 평소보다 음식물이 훨씬 많았다. 나는 뒷발이 묶인 채 공중에 대롱대롱 매달린 토끼를 보고 깜짝 놀랐다. 내가 등을 돌리는 순간에는 토끼가 윙크한 것 같았다.

음식물을 확인할 겨를도, 고를 시간도 없었다. 낭비할 시간 자체가 없었다. 그래서 빵과 치즈를 훔치고, 파이를 만들고 남은 재료까지 – 잘게 다지고 사과와 건포도 등을 섞어서 항아리 절반이나 남겨놓은 고기까지 – 모두 훔쳐서 어젯밤에 숨긴 빵조각과 함께 손수건에 싼 다음, 돌로 만든 병에서 브랜디를 훔치고 (내가 다락방에서 취하지 않는 술 '스페인 감초수'를 만들 때 몰래 사용하던 유리병에 따른 다음, 주방 찬장에서 단지에 든 용액을 돌 병에 채워서 원래 분량대로 만들고) 살점이 거의 없는 뼈다귀 하나와 동그랗고 아담한 모양이 먹음직한 돼지고기 파이도 훔쳤다. 그냥 떠나려던 참에 왠지 궁금해서 선반에 올라, 질그릇에 담아 뚜껑까지 덮어서 모서리에 조심스레 보관한 걸 살피다가 이걸 발견하고, 바로 먹을 음식이 아니라서 시간이 지나는 사이에 자연스레 잊히기만 바라며 집어 든 것이다.

주방에는 대장간으로 통하는 문이 있는 터라, 나는 문고리를 벗기고 빗장을 내려서 안으로 들어가 매형이 쓰는 연장 가운데 줄칼을 집어 들었다. 그런 다음에 빗장과 문고리를 원래대로 하고, 어젯밤에 집으로 도망치면서 들어온 문을 열고 나가, 문을 다시 닫고 안개가 자욱한 습지로 달렸다.

3

새벽이라서 서리가 잔뜩 내리고 습기도 대단했다. 다락방에서 조그만 창문을 바라볼 때는 바깥 면에 물방울이 잔뜩 달라붙은 게, 도깨비가 밤새도록 울면서 창문 유리창을 손수건으로 사용한 것 같았다. 그런데 밖으로 나오니까 앙상한 울타리와 듬성듬성한 잎사귀에 습기가 굵은 거미줄처럼 달라붙어서 가지마다 이파리마다 물방울이 주렁주렁 매달렸다. 울타리마다 문짝마다 습기가 끈적끈적하게 달라붙고 습지 안개는 너무 짙어서 마을로 가는 길을 안내하는 손가락 모양 나무표지판조차 – 이쪽으로 오는 사람이 없어서 이용하는 사람도 없는 표지판조차 – 바로 밑을 지날 때야 눈에 들어올 정도였다. 고개를 들고 표지판을 가만히 바라보니, 물기를 뚝뚝 떨구는 모습이 양심을 억누른 내 눈에는 나를 감옥선으로 인도하는 유령처럼 보였다.

습지로 들어서니 안개는 더욱 짙어서 내가 앞으로 달려가는 게 아니라 앞이 나한테 달려오는 것 같았다. 죄책감에 시달리는 꼬마에겐 그렇게 바람직한 현상이 아니었다. 수문마다 도랑마다 강둑마다 안개 사이에서 불쑥불쑥 달려드는 게 마치 "저놈이 돼지고기 파이를 훔쳤다! 저놈 잡아라!" 하고 힘껏 또렷하게 소리치는 것 같았다. 소 떼도 마찬가지로 갑자기 나타나서 물끄러미 쳐다보고 콧구멍마다 김을 내뿜으며 "야, 도둑놈아!" 하고 소리쳤다. 목에 하얀 넥타이 무늬가 있는 까만 수소 한 마리는 양심의 가책에 시달리는 나를 성직자 같은 느낌으로 고집스럽게 바라보더니, 내가 멀찌감치 돌아가는데도 고개를 돌리며 책망하는 표정으로 쳐다보아서 나는 울먹이는 목소리로 "저도 어쩔 수 없어요, 신부님! 제가 먹으려고 훔친 게 아니에요!" 하고 사정할 수밖에 없었다. 그러자 까만 수소는 머리를 숙이고 콧구멍으로 하얀 김을 내뿜더니, 뒷다리를 내차고 꼬리를 멋들어지게 흔들면서 사라졌다.

나는 강변을 향해 끊임없이 나아갔다. 그런데 아무리 빠르게 달려도 두 발이 따뜻하게 달아오르질 않았다. 내가 열심히 달려서 찾아가려는 사내 다리에 단단히 달라붙은 족쇄처럼 축축한 냉기가 단단히 달라붙어서 떨어질 줄을 몰랐다. 나는 옛날 포병대 자리로 가는 길을 잘 안다. 일요일에 매형과 함께 간 적이 있다. 당시에 매형은 낡은 대포에 걸터앉아 내가 정식으로 도제 계약을 하고 자기 밑에서 일하게 되면 여기에 자주 놀러 와서 지금처럼 재미난 시간을 많이 갖자고 했다. 나는 안개가 너무 짙은 나머지 오른쪽으로 너무 멀리 왔다는 사실을 깨닫고, 진흙에 돌덩이가 듬성듬성하고 강물 경계선마다 말뚝이 박힌 강둑을 걸으며 강변을 따라 되돌아갈 수밖에 없었다. 강둑을 따라 온 힘을 다해 나아가니 포병대 자리 인근에 있는 도랑이 나왔다. 도랑을 건너 맞은편 둔덕으로 기어오르자, 바로 앞에서 사내가 앉은 모습이 보였다. 나에게 등을 돌린 채 두 팔로 몸을 껴안고 고개를 끄덕이는 모습이 꾸벅꾸벅 조는 것 같았다.

예상치 못한 방향에서 아침 식사를 들고 나타나면 사내가 아주 기뻐할 거란 생각에 나는 앞으로 살짝 나아가서 어깨를 툭 건드렸다. 상대가 깜짝 놀라서 벌떡 일어나는데, 그 사내가 아니라 다른 사내였다!

그런데 앞에 있는 사내 역시 거칠게 만든 회색 옷으로 온몸을 휘감고 한쪽 다리는 커다란 족쇄를 끌며 절뚝거리는 데다 목소리도 거칠고 추위에 떠는 등, 모든 점에서 그 사내와 똑같았다. 챙이 넓고 납작한 가죽 모자를 푹 눌러쓴 것과 얼굴 생김새가 다를 뿐이다. 내가 이런 특징을 파악한 건 한순간에 불과하다. 아니, 사내를 쳐다본 자체가 한순간에 불과하다. 사내가 욕설을 내뱉으며 나를 때리려고 주먹을 휘두르다가 허공을 갈라서 하마터면 저 혼자 쓰러질 뻔하더니, 두 번이나 곤두박질치며 안갯속으로 도망치다 사라졌기 때문이다.

나는 '젊은 친구가 분명해!' 하는 생각이 절로 떠오르며 심장이 콕콕 쑤셨다. 감히 말하는데, 간이 있는 위치를 알았더라면 그곳 역시 콕콕 쑤셨을 게 분명하다.

나는 곧이어 포병대에 도착하고, 원래 만나기로 한 사내는 바로 그곳에서 두 팔로 몸을 껴안고 – 밤새도록 몸을 껴안은 채 돌아다닌 것처럼 – 절뚝거리며 기다렸다. 끔찍한 추위에 시달린 게 분명하다. 내가 보는 앞에서 당장에라도 얼어 죽어서 풀썩 쓰러질 것 같았다. 두 눈에는 굶주림에 시달린 기색이 가득했다. 내가 건네는 줄칼을 받아서 풀밭에 내려놓는 모습이 행여나 음식 보따리를 못 보았더라면 그거라도 당장 집어삼킬 기세였다. 이번에는 사내도 내가 가진 걸 빼앗으려고 거꾸로 들어 올리는 대신 그대로 놔둬서, 나는 보따리를 푼 다음에 주머니에 넣은 걸 꺼냈다.

"병에 든 건 뭐냐, 꼬마?"

사내가 묻는 말에 내가 대답했다.

"브랜디요."

사내는 다져서 양념한 고기를 목구멍으로 허겁지겁 쑤셔 넣다가
– 입으로 먹는다기보다 아주 급하게 어딘가에 숨기는 것처럼 보이는
모습이 정말 신기한데 – 동작을 멈추고 브랜디를 마셨다. 그러면서
온몸을 격렬하게 부르르 떠는 걸 보니, 병 주둥이가 이빨에 안 잘려나
가는 게 참으로 신기할 뿐이었다.

"오한에 걸린 것 같아요."

내가 말하자, 사내가 대답했다.

"내 생각에도 그런 것 같구나, 꼬마야."

"여기는 아주 안 좋아요. 섭지[4]에서 지내면 끔찍한 오한에 걸려요.
관절염도 걸리고요."

"설사 죽음이 찾아온다고 해도 당장은 음식부터 먹어야겠다. 저쪽
너머에서 교수대에 곧바로 매달리는 한이 있더라도 지금은 먹어야겠
어. 그러면 오한도 달아날 게 분명해."

사내가 말하더니, 다진 고기와 뼈다귀와 빵과 치즈와 돼지고기 파이
를 단숨에 집어삼키면서 의심스러운 표정으로 주변 안개를 끊임없이
살피다가 툭하면 동작을 멈추고 – 심지어 음식을 씹던 동작까지 멈추
고 – 가만히 귀를 기울였다. 그러다 보면 실제인지 착각인지 강물에서
삐걱거리는 소리가 가끔 일어나고 습지에서 짐승이 숨 쉬는 소리도
들리는데, 사내가 갑자기 깜짝 놀란 표정으로 물었다.

"네놈은 나를 속이는 사악한 놈이 아니겠지? 누굴 데려온 건 아니
겠지?"

"그럼요, 아저씨! 그런 일은 없어요!"

"행여나 뒤에서 쫓아오라는 신호를 보낸 적도 없겠지?"

"그럼요, 아저씨!"

---

4) 습지를 말하는 지역 사투리다.

"좋다, 너를 믿겠다. 너 같은 어린애가 죽음을 목전에 둔 불쌍한 버러지를, 이렇게 가련하고 보잘것없는 버러지를 잡으려고 사람을 데려온다면 아주 잔인한 개새끼로 변할 수밖에 없을 테니까!"

사내가 말하는데, 목구멍에서 철컥 소리가 났다. 몸에 시계 같은 물건이 있어서 종이라도 울리려는 것 같았다. 그러더니 거칠고 너덜너덜한 누더기 소매로 이마를 닦았다.

이제 사내는 파이를 먹는 데 집중하고 나는 비참한 처지를 불쌍하게 여기며 가만히 바라보다가 과감하게 말했다.

"맛있게 먹어서 다행이에요."

"뭐라고?"

"맛있게 먹어서 다행이라고 했어요."

"고맙다, 꼬마야. 정말 맛있어."

나는 우리 집 커다란 개가 먹는 모습을 구경한 적이 많은데, 사내가 먹는 모습이 그와 비슷했다. 갑자기 날카롭고 힘차게 한 입을 깨물어서 꿀꺽 삼키는 모습이나, 한입 가득 깨물 때마다 너무 급하고 빠르게 꿀꺽꿀꺽 삼키는 모습이나, 입안 가득 씹으면서 행여나 누가 다가와서 파이를 빼앗을까 두려운 표정으로 사방을 이리저리 두리번거리는 모습이나, 음식에 완전히 집중을 못 해서 맛을 편하게 즐길 수 없는 건 물론 누가 함께 먹으려 들다간 당장에라도 물어버릴 것 같은 모습 등, 모든 특징이 우리 개랑 정말 똑같았다. 나는 머릿속 생각을 말하면 혹시 예의에 어긋나는 건 아닐까 주저하다가 조심스럽게 말했다.

"그 사람이 먹을 건 하나도 안 남겠어요. 이제 음식을 구할 데가 없거든요."

너무나 분명한 사실이라서 나는 살짝 암시할 수밖에 없었다. 그러나 사내는 파이 껍질을 우적우적 씹다가 멈추며 물었다.

"그 사람이 먹을 건 안 남아? 어떤 사람?"

"젊은 친구요. 아저씨가 말한. 함께 숨었다는."

내가 말하자, 사내가 거칠게 웃으며 대답했다.

"아하! 그 사람? 맞아, 맞아! 그 사람은 음식을 먹고 싶은 생각이 없어."

"먹고 싶은 것처럼 보이던데요?"

사내가 먹기를 중단하더니, 깜짝 놀란 눈으로 무섭게 바라보며 물었다.

"보여? 언제?"

"조금 전에요."

"어디서?"

나는 손가락으로 가리키며 대답했다.

"저쪽이요. 저 너머에서 꾸벅꾸벅 조는 모습을 보고 처음에는 아저씨 줄 알았어요."

사내가 내 멱살을 움켜잡고 가만히 노려보는데, 목을 잘라버리고 말겠다는 생각을 다시 떠올린 게 분명했다. 그래서 나는 덜덜 떨리는 목소리로 정확히 설명하려고 애쓰며 이렇게 말했다.

"옷차림이 아저씨랑 똑같아요, 모자만 빼면. 그리고……그리고…… 줄칼이 필요한 것도 아저씨랑 똑같아요. 어젯밤에 대포 소리를 못 들었나요?"

"그럼 그게 대포 소리가 맞았군!"

사내는 혼자 중얼거리고 나는 다시 말했다.

"아저씨가 그 소리를 정확하게 못 들었다는 게 정말 이상해요, 우리는 거리가 훨씬 먼 데다 사방이 꽁꽁 닫힌 집 안인데도 잘 들었거든요."

"이놈아, 내 말 잘 들어! 이런 습지에 혼자 나와 머리가 빙글빙글 돌고 배 속이 텅 비어서 추위와 굶주림에 시달리며 죽어가다 보면 총을 쏘아대는 소리랑 군인이 외치는 소리가 밤새도록 들리는 법이야. 소리만 들리는 줄 알아? 군인이 횃불을 들고 빨간 군복을 드러내며 에워싸는 모습까지 보인다고. 수인번호를 부르는 소리도 들리고 저놈 잡으라는 소리도 들리고 총을 덜거덕 하는 소리도 들리고 '사격 준비! 조준! 제대로 겨냥하도록, 제군들!' 하고 명령하는 소리도 들리고, 그러다가 나를 잡는데…… 다시 보면 아무도 없는 거야! 제기랄, 어젯밤에 추격대가, 망할 놈들이 질서정연하게 저벅저벅 다가오는 광경을 본 것만 해도 백 번은 넘을 거야. 그런데 대포 소리? 제기랄, 훤한 대낮에 안개만 흔들려도 대포를 쏜 것처럼 보인다고."

사내는 내가 옆에 있다는 사실조차 잊어버린 것처럼 떠들어대더니, 갑자기 나를 쳐다보며 물었다.

"그런데 네가 보았다는 놈, 어떤 특징이라도 있니?"

"얼굴에 심하게 일그러진 흉터가 있어요."

내가 대답했다. 안다는 사실조차 모르던 내용이 불쑥 떠오른 것이다.

"여기 아니냐?"

사내가 소리치며 손바닥으로 자기 왼쪽 뺨을 무자비하게 때렸다.

"네, 거기예요!"

내가 대답하자, 사내가 얼마 안 남은 음식을 회색 윗도리 가슴팍에 욱여넣으며 물었다.

"지금 어디에 있지? 그놈이 사라진 쪽을 말해. 내가 사냥개처럼 끝까지 쫓아가고 말겠어. 지랄 맞을 족쇄 때문에 다리가 콕콕 쑤시는군! 하지만 우리한테는 줄칼이 있지, 꼬마."

다른 사람이 안갯속으로 사라진 방향을 내가 가리키자, 사내는 그쪽을 한동안 가만히 바라보았다. 그러다가 사방이 축축한 풀밭에 털썩 주저앉아 줄칼을 족쇄에 대고 미친 사람처럼 줄질하는데, 나에게 무관심한 건 물론이고 족쇄에 오랫동안 긁혀서 발목이 피투성이인데도 거칠게 다루는 걸 보면 발목 역시 줄칼만큼이나 무감각하다고 여기는 것 같았다.

　나는 사내가 미친 듯이 줄질하는 모습을 보니 다시 무서운 생각이 드는 데다 집에서 이렇게 오랫동안 나온 사실도 걱정스러웠다. 그래서 이제 가야 한다고 말하는데 사내는 관심조차 안 기울여, 나는 살그머니 빠져나가는 게 최선이라고 생각했다. 마지막으로 바라본 사내는 무릎으로 고개를 숙인 채 족쇄와 다리에 저주를 퍼부으며 정신없이 줄질에 열중할 뿐이었다. 안개 속을 걷다가 다시 걸음을 멈추고 마지막으로 귀를 기울이는데, 들리는 거라곤 줄질하는 소리가 전부였다.

4

　나는 경찰관이 나를 잡아가려고 우리 집 주방에서 기다릴 거로 생각
했다. 하지만 주방에 경찰은 하나도 없고 도적질을 당했다는 사실도
안 드러났다. 조 부인은 그날 벌일 잔치를 준비하려고 집 안을 청소하
느라 정신없이 바쁘고, 매형은 누나가 집 안을 열심히 청소할 때면
결국엔 운명처럼 발에 채어서 넘어지곤 하던 쓰레받기에서 멀찌감치
떨어지려고 주방 입구 계단까지 물러 나온 상태였다.

　내가 무겁게 짓누르는 양심을 질질 끌며 들어서자, 조 부인이 "도대
체 어디에 갔다 온 거니?"라며 크리스마스 인사를 했다. 크리스마스캐
럴을 들으러 갔다 오는 거라고 대답하자, 조 부인은 "아! 다행이군!
훨씬 나쁜 짓을 할 수도 있었는데 말이야" 하더니, 내가 사실은 그렇다
고 속으로 생각할 때 다시 말했다.

　"대장장이 마누라만 아니라면, 그리고 (결국엔 똑같은 말이겠지만)
앞치마를 계속 걸쳐야 하는 노예만 아니라면 나도 크리스마스캐럴을
들으러 갔을 거야. 캐럴을 정말 좋아하거든. 내가 캐럴을 아예 안 듣는
이유는 바로 그거 때문이라고."

매형은 쓰레받기가 사라지자 용기를 내서 나를 쫓아 주방까지 들어와, 조 부인이 힐끗 쳐다보는 시선에 손등으로 콧잔등을 비굴하게 문지르더니, 조 부인이 시선을 거두자마자 손가락 두 개로 십자가를 만들어서 살그머니 보여주었다. 조 부인이 화났다는 사실을 우리끼리 알리는 표시였다. 사실, 조 부인은 평소에도 툭하면 화내서 매형과 나는 십자군 기사 조각상이 두 발로 그런 것처럼[5] 손가락 두 개를 겹쳐서 몇 주 연속으로 십자가를 만들 때도 잦았다.

우리는 점심을 맛있게 먹을 예정으로 양념에 절인 족발 하나와 다양한 채소, 그리고 속을 꽉 채운 닭고기를 두 마리나 구워놓은 상태였다. 어제 아침에는 맛있는 민스파이도 만들고 (이걸 미리 만든 터라, 민스미트[6]가 사라졌다는 사실을 아직 모르는 건데) 푸딩은 벌써 보글보글 끓는 중이었다. 이렇게 다양한 음식을 준비한 대가로 우리는 아침을 가볍게 먹어야 했다. 조 부인이 또렷한 어조로 말한 바에 의하면 "할일이 태산 같은데 평소처럼 잔뜩 먹고 마셔서 설거지까지 할 순 없기 때문"이다.

그래서 우리는 가정집에 사는 어른과 어린애가 아니라 강행군에 나선 군인 이천 명이라도 되는 듯 빵조각을 배급받고 조리대로 가서 단지에 든 우유와 물을 미안한 표정으로 벌컥벌컥 들이켰다. 그러는 동안 조 부인은 손님맞이 준비에 들어가, 깨끗하게 빨아서 새하얀 커튼을 달고, 널찍한 벽난로 굴뚝에는 낡은 장식 대신 꽃무늬 주름 장식을 새로 달고, 복도 건너편 조그만 거실은 은색 종이 덮개를 모두 걷어냈다. 평소에는 그대로 두어서 일 년 내내 서늘한 안개처럼 바닥에 깔리

---

5) 십자군 전쟁에 참여했다는 증거로 조각상을 만들 때 다리를 십자가처럼 꼬았다는 속설이 있다.
6) 고기를 잘게 썰고 양념을 넣어서 만든 고기로, 이걸 납작하게 펴서 구우면 민스파이가 된다. 누나가 항아리에 절반이나 남긴 고기가 바로 민스미트다.

는 건 물론, 하얀 도자기로 조그맣게 만들어서 벽난로 선반에 올려놓은 푸들 강아지 네 개까지, 까만 코에 꽃바구니를 입으로 물어서 두 개씩 쌍을 이루는 강아지까지 뒤덮는 덮개였다. 조 부인은 집 안을 깨끗하게 유지하는 주부다. 하지만 청결한 걸 추구하는 성격으로 사람을 괴롭히는 실력도 탁월해, 우리는 차라리 지저분한 걸 바랄 정도다. 그런데 청결한 성격에 버금가는 건 경건한 믿음이니, 세상에는 자신이 믿는 신앙으로 우리 누나처럼 주변 사람을 힘들게 만드는 사람이 얼마나 많던가!

누나는 할 일이 태산 같아서 교회도 대리로 가는데, 그 말은 나랑 매형만 간다는 의미다. 매형은 작업복 차림을 하면 대장장이 모습이 아주 그럴싸하지만, 교회에 가는 옷차림을 하면 옷을 잘 차려입은 허수아비처럼 보인다. 교회 옷차림은 어떤 옷을 입어도 이상하게 보였다. 다른 사람 옷을 빌려 입은 것 같을 뿐 아니라 툭하면 살갗까지 긁어서 매형을 괴롭혔다. 이번 크리스마스에도 교회 종이 기분 좋게 울릴 즈음에 매형은 일요일마다 회개하는 정장 차림을 하고 아주 비참한 형상으로 방에서 나왔다.

나에 대해서 말하자면, 누나는 내가 태어나자마자 범죄를 저질러서 산부인과 경찰[7]이 법에 따라 엄격하게 처리하라며 잡아다 준 아이라고 생각하는 게 분명하다. 그래서 이성과 종교와 도덕의 명령에 반대해, 주변에서 여러 사람이 강력하게 만류하는 걸 거부하며 고집부려서 억지로 태어난 아이라도 되는 것처럼 취급했다. 행여나 옷을 새로 맞추러 양복점으로 데려가기라도 하면 양복장이한테 일종의 소년원 복장처럼 만들어서 내가 손발을 자유롭게 못 움직이도록 하라고 요구할 정도였다.

---

7) 어린애 시각으로 세상을 바라보는 삭가의 독특한 방식이 재밌다.

그래서 매형과 내가 교회에 가면 동정심 많은 사람 눈에 아주 불쌍하게 보일 수밖에 없었을 것이다. 하지만 내가 겉모습 때문에 받은 고통은 마음속으로 겪은 고통에 비하면 아무것도 아니었다. 조 부인이 식품 보관실 근처에 가거나 그곳에서 나올 때마다 몰려드는 공포를 견디는 방법은 내 손이 저지른 짓을 마음속 깊이 회개하는 것밖에 없었다. 나쁜 짓을 했다는 은밀한 부담에 시달린 나머지, 나는 속마음을 털어놓을 경우에 젊은 친구가 자행할 끔찍한 복수를 과연 교회가 완벽하게 막아줄 수 있을까 하는 생각마저 곰곰이 떠올렸다. 결혼예고문을 세 번 낭독하고 성직자가 "이제 모든 걸 고백할 시간!"이라고 말하면 내가 벌떡 일어나 고백실에서 은밀하게 고백할 게 있다고 청해야 한다는 생각도 떠올렸다. 지금 생각하면 그날은 일요일이 아니라 크리스마스라서 이런 극단적인 조치로 얼마 안 되는 신자를 깜짝 놀라게 하지 않은 게 천만다행이다.

우리와 함께 잔치를 벌일 사람은 교회 서기 웝슬 아저씨, 수레바퀴를 만들고 수리하는 허블 아저씨 부부, 근처 읍내에서 잘나가는 곡물상으로 이륜 짐마차까지 몰고 다니는 펌블추크 삼촌으로, 이 사람은 원래 매형 삼촌이지만 조 부인이 자기 삼촌으로 만든 사람이다. 잔치를 벌일 시간은 오후 한 시 반으로, 내가 매형과 함께 집에 도착하자, 식탁에는 식탁보가 깔리고 조 부인은 드레스 차림이고 음식 준비는 끝나고 현관문은 (평소에 단 한 번도 푼 적이 없는) 고리를 풀어서 손님 맞을 준비를 하는 등, 모든 준비를 훌륭하게 마친 상태였다. 그런데도 도적질에 대한 말은 아직 한마디도 없었다.

마음속 부담이 조금도 줄어들지 않은 상태에서 시간은 다가오고 손님도 찾아왔다. 웝슬 아저씨는 매부리코에다 대머리가 환하게 빛나는 사람인데, 묵직한 목소리를 유별나게 자랑스럽게 여겼다. 친한 사람이라면 누구나 잘 아는 것처럼, 실제로 웹슬 아저씨는 기회만 생기면 영락없는 성직자처럼 낭송할 뿐 아니라, 교회가 "문을 활짝 열어" 자유로운 경쟁만 보장하면 성직자로 명성을 날릴 거라는 주장까지 늘어놓았다. 하지만 교회는 "문을 활짝 열지" 않아서 웹슬 아저씨는 앞에서 말한 것처럼 우리 교회 서기로 살아갈 수밖에 없었다. 하지만 "아멘" 할 때면 복수라도 하듯 아주 커다랗게 외치고, 시편을 읽을 때면 – 언제나 한 편 전체를 낭송하는데 – 먼저 신자를 쭉 훑어보는 표정이 마치 "지금까지 여러분은 연단에서 우리 친구가 낭송하는 소리를 들었으니 이제부터 내가 낭송하는 소리를 듣고 제대로 비교하시기 바랍니다!"라고 말하는 것 같았다.

나는 손님이 올 때마다 평소에도 사용하는 것처럼 현관문을 열었다. 제일 먼저 열어준 사람은 웹슬 아저씨, 다음은 허블 아저씨 부부, 제일 마지막은 펌블추크 삼촌이었다. 그런데 나는 펌블추크 삼촌을 삼촌이라고 부를 수 없다는 설명을 덧붙여야 하겠다. 그럴 때마다 심한 벌을 받기 때문이다.

펌블추크 삼촌은 중년 나이에 몸집이 퉁퉁해서 굼뜨게 들어서자마자 가쁜 숨을 몰아쉬며 말하는데, 쳐다보는 눈빛은 둔하고 입은 물고기처럼 생기고 연한 갈색 머리칼은 꼿꼿이 선 게, 숨이 막혀서 죽기 직전이다가 막 되살아난 사람 같았다.

"조 부인, 크리스마스를 축하하오……헉헉……백포도주를 한 병 가져왔소……헉헉……적포도주도 한 병 가져왔소."

매년 성탄절만 되면 펌블추크 삼촌은 포도주 두 병을 아령처럼 양손에 들고 와서 언제나 똑같은 말을 처음 하듯 뱉어낸다. 그러면 성탄절마다 조 부인 역시 이번처럼 "아, 퍼엄블추으크 사암촌! 정말이지 친절하세요!" 하고 인사한다. 그러면 성탄절마다 펌블추크 삼촌 역시 이번처럼 "조 부인이 한 일에 비하면 아무것도 아니오. 모두 잘 지냈소? 팔푼이 녀석도 잘 지내고?" 하고 묻는데, 팔푼이 녀석이란 나를 지칭하는 말이다.

이런 날을 맞아 잔치를 벌일 때면 우리는 주방에서 식사한 다음에 옆에 있는 거실로 옮겨서 호두와 오렌지와 사과를 먹는데, 거실 역시 매형이 교회에 가느라 작업복에서 바꿔 입은 옷만큼이나 완벽하게 변한 상태다. 누나는 이날따라 유난히 활달하게 구는데, 허블 부인이 참석한 자리에서는 특히 우아하게 행동하는 편이다. 내가 기억하기에 허블 부인은 조그만 덩치에 곱슬머리고 성격이 날카로운데, 하늘처럼 파란 옷을 입고 행동하는 모습이 전형적인 소녀 같았다. 부인이 허블 아저씨와 결혼할 당시에 - 나로선 얼마나 오래전 이야기인지 알 수 없지만 - 나이가 훨씬 어렸기 때문이다. 지금 기억하기에 허블 아저씨는 힘이 세고 어깨가 높고 등이 굽은 노인으로 몸에서 톱밥 냄새가 나고 두 다리는 엄청나게 벌어져, 내가 아주 작을 때만 해도 좁은 길을 가다 마주치면 두 다리 사이로 드넓게 뻗어 나간 들판이 몇 킬로미터나 보일 정도였다.

이렇게 훌륭한 손님 사이에 끼는 게 나로선 정말 불편할 수밖에 없는데, 설사 내가 식품보관실을 턴 적이 없다 해도 사정은 똑같을 터였다. 식탁보가 뾰족하게 접힌 모서리에 간신히 끼어든다 해도 식탁은 가슴까지 올라오는 데다 펌블추크 삼촌이 팔꿈치로 눈을 콕콕 찔러대기 때문도 아니고, 나는 (애초에 말하고 싶은 마음 자체가 없으니) 말하면 안 되기 때문도 아니고, 돼지가 살았을 때 제일 싫어할 것 같은 이상한 부위나 껍질만 살짝 붙은 닭 다리만 나에게 주어서도 아니다. 그렇다. 사람들이 나를 내버려 두기만 한다면 그런 건 아무렇지 않다. 하지만 사람들은 나를 혼자 내버려 두질 않았다. 대화 끝에 안 건들기라도 하면 아주 좋은 기회를 잃는다고 여기는지 이따금 날카롭게 찔러 댔다. 그래서 도덕이라는 꼬챙이로 콕콕 찌를 때마다 나는 스페인 투우 경기장에서 고통에 시달리는 조그만 황소 같은 기분이었다.

이런 사태는 우리가 식사하려고 식탁에 앉은 직후부터 일어났다. 먼저 웝슬 아저씨가 연극에서 소리치듯 식전기도를 하고 ─ 지금 생각하면 햄릿과 리처드 3세에서 유령이 한 말에다 신앙심을 뒤섞는 식인데 ─ 우리 모두 진심으로 감사할 줄 알아야 한다는 절절한 소망으로 끝을 맺었다. 그러자마자 누나가 한쪽 눈으로 나를 노려보면서 나무라는 어투로 나지막하게 속삭인 것이다.

"너도 들었지? 감사할 줄 알라고."

그러자 펌블추크 삼촌이 끼어들었다.

"너를 손수 키운 사람에게 특히 감사할 줄 알아야 해, 꼬마."

이번에는 허블 부인이 고개를 저으면서 좋은 사람이 되긴 글렀다고 예감하는 표정으로 나를 구슬프게 바라보다가 가만히 물었다.

"어린애는 도무지 감사할 줄 모르는 이유가 뭘까요?"

허블 부인이 도덕적으로 제기한 수수께끼에 모든 사람이 고민하는데, 결국에는 허블 아저씨가 "천성적으로 사악한 거야" 하는 말로 간단하게 마무리했다. 그러자 모든 사람이 "맞아요!" 하고 중얼거리면서 감정 섞인 표정으로 정말 불쾌하다는 듯 나를 쳐다보았다.

매형은 손님만 있으면 지위나 영향력이 (애초에 이런 게 있었는지조차 모르겠지만) 평소보다 확실하게 떨어진다. 하지만 힘이 닿는 선에서 나름대로 독특한 방식으로 나를 지원하며 위로하는데, 식사할 때 고깃국물이 조금이라도 남으면 언제나 나에게 떠주는 식이다. 그런데 이번에는 고깃국물이 많이 남은 터라, 그 시점에서 매형은 그걸 국자로 가득 떠서 내 음식 접시에 담아주었다.

식사시간은 그렇게 이어지고, 잠시 후에는 웹슬 아저씨가 그날 들은 설교 내용을 아주 진지하고 상세하게 분석하며 – 교회가 "문을 활짝 연다는" 걸 전제로 – 자신이라면 어떤 주제로 설교할지 늘어놓았다. 그날 설교한 주제는 하나같이 통속적이라고, 애초에 그런 주제를 선택하는 게 아니라고, "통하는" 주제가 주변에 아주 많이 널렸다는 사실을 생각하면 정말 어이가 없다고 평가했다. 그러자 펌블추크 삼촌이 끼어들었다.

"맞아요. 제대로 짚었소, 선생! 통하는 주제야 아주 많지요, 정곡을 찌르는 방법만 안다면 말이오. 부족한 건 바로 그거요. 주제를 찾으려고 이리저리 헤맬 필요가 없다고요, 정곡만 제대로 찌를 수 있다면 말이오."

그러더니 잠시 뜸 들이며 생각하다가 이렇게 덧붙였다.

"돼지고기 하나만 해도 그래요. 이것도 좋은 주제라오! 주제를 찾으려면 돼지고기를 보세요!"

그러자 웹슬 아저씨가 대답하는데, 듣기도 전에 이번에도 나를 끌어들일 게 분명하단 생각이 들었다.

"맞아요, 선생. 돼지고기 하나만 해도 어린애한테 도덕적으로 바람직한 교훈을 숱하게 끌어낼 수 있겠지요."

그와 동시에 누나는 아주 엄숙한 어투로 "잘 들어둬"라고 말하고 매형은 국물을 다시 부어주었다. 웹슬 아저씨는 얼굴이 빨갛게 달아오른 나를 포크로 가리키며 나에 대해 언급하는 듯 아주 굵직한 목소리로 다시 말했다.

"돼지는 탕아와 친구였답니다.[8] 우리 앞에 탐욕스러운 돼지가 있으

---

8) 루가복음 15장 11~32절. 돌아온 탕아를 비유하는 표현이다. 아들 한 명이 많은 재산을 들고 나가서 모두 탕진하고 거지가 돼서 돌아오지만, 아버지는(하느님은) 사랑으로 따듯하

니, 어린애한테 좋은 본보깁니다. 돼지도 혐오스럽지만, 어린애는 더 혐오스러우니까요."

돼지가 통통해서 아주 맛있다고 조금 전까지 칭찬하던 사람이 이렇게 말하니 정말 어이가 없는 판에 허블 아저씨는 한술 더 떴다.

"여자애도 그렇답니다."

그러자 웝슬 아저씨가 짜증스러운 어투로 공감하며 대답했다.

"당연히 여자애도 그렇겠지요, 허블 선생. 하지만 여기엔 여자애가 없잖소!"

"그러니 너는 무얼 감사해야 하는지 곰곰이 생각해. 만일 네가 꽥꽥거리는 돼지 새끼로 태어났다면……."

펌블추크 삼촌이 말하며 갑자기 날카로운 표정으로 나를 노려보자, 누나가 아주 강한 어조로 끼어들었다.

"딱 저 아이네요, 그런 아이가 있다면."

매형은 고깃국물을 다시 떠주고 펌블추크 삼촌은 이렇게 말했다.

"으음, 하지만 나는 다리 네 개 달린 돼지 새끼를 말하는 거요. 네가 그렇게 태어났다면 지금 여기에 있을 수 있겠니? 아니야……."

"저런 형태가 아니고는."

웝슬 아저씨가 끼어들며 돼지고기 쪽으로 고개를 끄덕이자, 펌블추크 삼촌이 그만 끼어들라는 표정으로 대답했다.

"하지만 나는 저런 형태를 말한 게 아니오, 선생. 내 말은 아주 훌륭한 어른과 잘 지내며 어른이 말씀하시는 내용을 잘 듣고 배우면서 이런 호사를 누릴 수 없다는 뜻이오. 이 녀석이 어떻게 그럴 수 있겠소? 아니요, 절대 못 그럴 것이오."

게 맞이한다는 내용이다. 하지만 여기에서 웝슬 아저씨는 돌아온 탕아를 돼지에 비유하며 나쁘게 말하고 어린애를 나쁘게 평가한다. 인간의 사악한 속성을 드러내는 사례다.

그러더니 다시 나를 쳐다보며 물었다.

"그럼 너는 어떤 운명이 되었을까? 시장에서 부르는 가격으로 팔려가서 짚더미에 엎드려 꿀꿀거릴 때 백정 던스터블이 다가가 왼팔로 꽉 움켜잡고 작업복 조끼 주머니에 든 칼을 오른손으로 꺼내서 멱을 따며 죽였을 거야. 그렇게 되면 손수 키우는 건 어림도 없지. 암, 어림도 없고말고!"

매형이 고깃국물을 또 따라주는데 나는 이제 그것도 두려웠다. 그런데 이번에는 허블 부인이 우리 누나를 동정하며 말했다.

"저 아이가 당신에겐 정말 고생 덩어리겠어요, 부인."

그러자 누나가 "고생 덩어리요? 고생 덩어리?" 하고 똑같이 반문하더니, 내가 잘못해서 걸린 수많은 질병과 내가 잘못해서 잠조차 못 잔 수많은 밤과 내가 높은 곳에서 굴러떨어진 수많은 사건과 내가 낮은 곳으로 굴러떨어진 수많은 사건과 내가 잘못해서 당한 수많은 부상을, 그래서 무덤으로 들어가기만 바라는 마음이 굴뚝같은데도 내가 줄기차게 거부하며 버틴 수많은 나날을 겁날 정도로 자세히 늘어놓았다.

내가 보기에 로마인은 상대편 얼굴에 달린 매부리코[9]를 볼 때마다 화를 낸 게 분명하다. 그래서 한곳에 못 눌러앉고 사방을 돌아다니며 침략했을 거란 생각이 든다. 어쨌든 내가 잘못한 사건을 우리 누나가 자세히 열거하는 동안 나는 웝슬 아저씨 매부리코가 너무 싫은 나머지 손으로 힘껏 잡아당겨서 비명을 지르게 하고 싶었다. 하지만 내가 그때까지 겪은 고통은 우리 누나가 길게 늘어놓던 말을 끝내고 사람들이 분개하며 혐오스러운 표정으로 쳐다보느라 (그리고 나는 그런 눈초리를 고통스럽게 받느라) 잠시 흐르던 침묵이 깨지는 순간, 갑자기 온몸

---

9) 로마인은 매부리코가 많다고 한다. 그래서 매부리코를 Roman nose라고 한다.

으로 끔찍하게 몰려든 고통에 비하면 아무것도 아니었다.

펌블추크 삼촌이 앞장서서 원래 주제로 점잖게 돌아가며 "하지만 돼지고기도 삶으면 영양가가 아주 높아요, 그렇죠?" 하고 말하는 순간에 우리 누나가 "브랜디 좀 드세요, 삼촌" 하고 말한 것이다.

맙소사, 드디어 올 것이 왔구나! 펌블추크 삼촌이 알아채고 브랜디가 묽다고 말하면 나는 끝장이다! 그래서 나는 식탁보 밑으로 식탁 다리 하나를 두 손으로 꼭 잡은 채 운명의 순간이 오기만 기다렸다.

누나가 식품보관실로 가서 돌로 만든 병을 가지고 오더니, 다른 사람은 외면한 채 펌블추크 삼촌에게만 브랜디를 따라주었다.

펌블추크 삼촌은 술잔을 만지작거리다가 집어 들더니 불빛에 비추어보고 다시 내려놓아, 비참할 정도로 숨 막히는 순간을 비열하게 늘어뜨렸다. 그러는 내내 조 부인은 매형과 함께 식탁을 재빨리 치운 뒤에 파이와 푸딩을 먹을 준비에 들어갔다.

나는 펌블추크 삼촌한테서 시선을 뗄 수 없었다. 비열한 상대가 술잔을 만지작거리다가 집어서 방긋 웃는 얼굴로 고개를 뒤로 젖히며 브랜디를 단숨에 들이켤 때는 두 손과 두 발로 식탁 다리를 꼭 움켜잡았다. 그와 동시에 사람들은 화들짝 놀랐다. 펌블추크 삼촌이 끔찍하게 발작하며 구역질과 기침을 해대고 빙글빙글 돌며 춤추다가 현관문으로 쏜살같이 뛰쳐나갔기 때문이다. 유리창 너머에서 끔찍한 얼굴로 격하게 꼬꾸라지며 가래를 뱉어대는 걸 보면 정신이 나간 게 분명했다.

내가 식탁 다리만 꼭 움켜쥔 사이에 조 부인과 매형이 급히 쫓아나갔다. 어떻게 된 건지 모르겠지만 아무래도 내가 펌블추크 삼촌을 죽인 게 분명하단 생각이 들었다. 너무나 끔찍한 공포가 몰려들었다. 하지만 다행히도 펌블추크 삼촌은 부축을 받으며 돌아와서 자기 의견에 반대하면 안 된다는 표정으로 좌중을 훑어보다가 숨을 아주 커다랗게 몰아쉬더니, "타르였소!"라고 힘들게 뱉어내면서 의자에 털썩 주저앉았다.

내가 술병을 채운 단지에 타르 용액이 들었던 거다. 그렇다면 조만간에 펌블추크 삼촌은 증세가 더욱 심하게 변할 게 분명했다. 나는 식탁이 요즘 나오는 마술처럼 저절로 흔들리는 것 같아서 사람들이 못 보도록 식탁 다리를 힘껏 움켜잡고, 우리 누나는 깜짝 놀라며 소리쳤다.

"타르요! 아니, 거기에 타르가 왜 들어갔을까요?"

하지만 주방에서 전지전능한 힘을 발휘하던 펌블추크 삼촌은 그런 단어나 그런 화제를 다시는 안 듣겠다는 듯 손을 힘껏 저어서 모두 물리치고 뜨거운 물에다 진을 타서 달라고 요청했다. 누나는 걱정스러울 정도로 깊은 생각에 빠져들다가 재빨리 움직여서 뜨거운 물에 진을 타고 설탕과 레몬 껍질까지 넣었다. 최소한 내가 당장은 위기를 모면한 것이다. 식탁 다리를 붙잡은 건 똑같지만, 이번에는 아주 뜨겁게 감사하는 마음 때문이었다.

서서히 안정을 되찾은 나는 움켜쥔 손을 놓고 함께 푸딩을 먹었다. 펌블추크 삼촌도 함께 푸딩을 먹었다. 모든 사람이 다 같이 푸딩을 먹었다. 이윽고 푸딩 순서는 끝나고 펌블추크 삼촌은 물에 진을 섞어 마신 덕분에 얼굴에 혈색도 돌아왔다. 하루를 무사히 넘겼다는 생각이 들 즈음에 누나가 매형한테 말했다.

"깨끗한 접시……차가운 거로."

나는 그 말이 떨어지는 순간에 식탁 다리를 다시 움켜잡아 제일 친한 친구라도 되는 듯 꼭 껴안았다. 이번에 나올 음식은 뻔했다. 이번엔 정말 꼼짝없이 당하겠다는 생각이 들었다. 누나가 아주 상냥한 표정으로 손님들한테 이런 말까지 한 것이다.

"끝으로 펌블추크 삼촌이 선물하신 맛있는 고기를 먹어야 하는 순서가 왔답니다."

먹어야 한다니! 안 먹고 넘어가면 안 될까!

하지만 누나가 일어나며 덧붙였다.

"여러분도 아시겠지만 이번에는 파이랍니다. 아주 맛있는 돼지고기 파이."

사람들은 일제히 칭찬하는 말을 늘어놓고, 펌블추크 삼촌은 여러 사람에게 칭찬받을 자격이 충분하다고 느끼면서 - 조금 전에 겪은 사건을 고려할 때 아주 쾌활한 어투로 - 이렇게 말했다.

"좋아요, 조 부인. 최선을 다해서 맛볼 터이니, 돼지고기 파이를 한 조각씩 돌리시오."

누나가 돼지고기 파이를 가지러 갔다. 식품보관실로 가는 발걸음 소리가 들렸다. 펌블추크 삼촌이 나이프를 똑바로 움켜잡았다. 웝슬 아저씨는 입맛을 다시면서 매부리코 콧구멍을 벌름거렸다. 허블 아저씨가 "맛있는 돼지고기 파이 한 조각이라면 더할 나위 없이 좋겠지요, 별다른 해도 없고"라고 말하는 소리가 들리고, 매형이 "너도 조금 먹을 수 있을 거야, 핍"이라고 말하는 소리도 들렸다. 그런 가운데 내가 공포에 짓눌려서 날카로운 비명을 지른 것 같은데, 속으로 그런 건지 진짜로 내질러서 사람들이 들었는지는 아직도 확실치 않다. 어쨌든 더는 견딜 수 없다고, 멀리 도망쳐야 한다고 느꼈다. 그래서 식탁 다리를 놓고 죽을힘을 다해 도망쳤다.

하지만 현관문조차 넘을 수 없었다. 총을 추켜든 군인에게 곧바로 머리를 들이박았기 때문이다. 그러자 군인이 나한테 수갑을 내밀며 말했다.

"어디 가는 거야? 제대로 봐야지, 이놈아!"

5

군인 여럿이 갑자기 나타나서 총알이 장전된 소총 개머리판을 내려
놓으며 현관 계단을 쿵쿵 때리는 바람에 식탁에서 식사하던 사람들은
허둥지둥 일어나고, 조 부인은 빈손으로 돌아오다가 걸음을 멈추고
주변을 둘러보며 이상하단 어투로 "맙소사, 맙소사, 파이가 사라졌어!"
라고 중얼거렸다.

나는 갑작스러운 혼란을 틈타 정신을 어느 정도 추스르고, 조 부인
이 물끄러미 바라보는 시선을 느끼며 상사와 함께 주방으로 들어섰다.
상사는 나에게 말을 건넨 군인으로, 오른손으로 수갑을 들어서 앞으로
멋들어지게 내밀고 왼손으로 내 어깨를 짚은 채 좌중을 쭉 훑어보더니,
나에게 안 한 말을 한 것처럼 말했다.

"실례합니다, 신사 숙녀 여러분. 하지만 현관에서 여기에 있는 똘똘
한 사내아이한테 말한 것처럼 지금 저는 국왕 폐하의 이름으로 추격하
는 중인데, 대장장이가 필요합니다."

남편이 필요하다는 말에 화가 난 누나는 곧바로 퉁명스럽게 물었다.

"그런 사람이 왜 필요한데요?"

상사가 화려하게 늘어놓았다.

"부인, 개인적으로 말한다면 아름다운 대장장이 부인에게 인사하는 영광과 기쁨을 누리고 싶어서라고 대답하겠지만 국왕 폐하를 대신해서 말해야 하니, 도움을 받고 싶어서라고 대답해야 하겠네요."

상사 말이 정말 멋지다고 사람들이 감탄하는 가운데 펌블추크 삼촌이 모두 들으라는 듯이 소리쳤다.

"정말 훌륭한 대답이오!"

그사이에 상사는 나름대로 대장장이를 알아채고 매형을 바라보며 말했다.

"이보시오, 대장장이 양반. 수갑에 문제가 생겼소. 한쪽 자물쇠가 고장 나서 제대로 사용할 수 없소. 당장 써야 할 데가 있으니, 한번 쭉 훑어보시겠소?"

매형은 수갑을 쭉 훑어보더니, 수리하려면 화롯불을 지펴야 해서 한 시간도 아니고 두 시간은 족히 걸릴 거라 선언하고, 상사는 곧바로 대답했다.

"그렇소? 그렇다면 당장 시작하시겠소, 대장장이 양반? 국왕 폐하에게 봉사하는 것으로 말이오. 무엇이든 사람 손이 필요하면 우리 부하가 도와줄 것이오."

그러더니 커다랗게 소리치자, 부하들이 주방으로 한 명씩 들어와서 현관문 옆에다 무기를 차곡차곡 쌓았다. 그리고 나서 군인들이 흔히 그러는 것처럼 우두커니 서서 일부는 두 손을 앞으로 내밀어 느슨하게 움켜잡고 일부는 다리 근육이나 어깨 근육을 풀고 일부는 허리띠나 탄대를 헐겁게 풀고 일부는 현관문을 열어서 높이 쌓아 올린 총 너머로 고개를 쭉 내밀며 마당에다 침을 뱉었다.

나는 이런 장면을 일일이 바라보면서도 당시에는 내가 바라본다는 사실조차 못 느꼈다. 군인들이 나를 체포하러 왔다는 공포심만 가득했다. 하지만 나 때문에 수갑을 꺼낸 게 아닌 데다 군인들이 갑자기 나타나는 바람에 파이 문제도 슬그머니 사라졌다는 사실을 깨닫고, 흐트러진 정신을 약간 더 끌어모았다.

"몇 시인지 알려주시겠습니까?"

상사가 펌블추크 삼촌을 바라보며 묻는 게, 자신이 한 말을 제대로 평가한 것처럼 시간 역시 제대로 파악할 능력이 있을 거로 생각하는 것 같았다.

"이제 막 두 시 반이 지났소."

펌블추크 삼촌이 대답하자 상사는 가만히 생각하며 대답했다.

"나쁘지 않군요. 두 시간 정도는 주둔해도 괜찮을 겁니다. 여기서 습지까지는 거리가 대략 어느 정도나 될까요? 이 킬로미터는 안 되겠지요?"

"네, 이 킬로미터는 안 돼요."

조 부인이 대답하자, 상사가 다시 말했다.

"그럼 됐어요. 저물녘에 포위망을 좁히면 되겠네요. 어둠이 깔리기 전에 그러라는 명령이 내려왔지만, 그 정도면 괜찮을 거예요."

"죄수 때문인가요, 상사?"

웹슬 아저씨가 차분한 어조로 묻자, 상사가 대답했다.

"네! 두 명. 조사한 바에 의하면 아직 두 명 모두 습지에 있는데, 어둠이 깔리기 전에 다른 곳으로 도망치진 않을 겁니다. 여기에 계신 분 가운데에서 그런 자를 본 사람이 있나요?"

나만 빼고 모두가 아니라고 단호하게 대답했다. 나를 의심한 사람은 아무도 없는 가운데 상사가 다시 말했다.

"그렇군요! 두 놈이 예상조차 못 할 정도로 빠르게 우리가 동그랗게 에워쌀 겁니다. 자, 대장장이 양반! 당신만 준비가 끝나면 국왕 폐하 군대도 준비가 끝납니다."

매형은 외투와 조끼와 넥타이를 벌써 벗고 가죽 앞치마를 두르더니 대장간으로 건너갔다. 군인 가운데 한 명은 나무 덧창을 열고 또 한 명은 불을 지피고 또 한 명은 풀무질하고 나머지는 훨훨 타오르는 불길 주변에 둘러섰다. 어느덧 매형은 망치를 쨍그랑쨍그랑 내려치기 시작하고 우리는 가만히 지켜보았다.

이제 곧 추격을 시작한단 사실에 모두 깊은 관심을 보인 건 물론 우리 누나까지 마음이 너그럽게 변했다. 커다란 통에서 맥주를 주전자에 따라 군인들에게 건네고, 상사에게는 브랜디를 한 잔 권했다. 하지만 펌블추크 삼촌이 재빨리 끼어들어 "포도주를 권하시오, 조 부인. 거기에는 타르가 없는 게 분명하니까"라고 말하니, 상사는 삼촌에게 고맙다고 대답하곤 자신은 타르가 없는 게 좋으니 괜찮다면 포도주를 마시겠다고 했다. 포도주를 건네자, 상사는 국왕 폐하의 건강을 빌고 크리스마스를 축하한다는 인사와 함께 단숨에 들이켠 다음에 입술을 쩝쩝 다셨다.

"포도주가 괜찮은 편이지요, 상사?"

펌블추크 삼촌이 묻자, 상사가 대답했다.

"제가 장담하건대, 이건 선생님이 가져오신 포도주로 보이는군요."

펌블추크 삼촌이 풍뚱한 몸으로 폭소를 터트리며 되물었다.

"그래요? 왜요?"

상사가 펌블추크 삼촌 어깨를 툭툭 치면서 대답했다.

"선생께서는 뭐가 뭔지를 아는 사람이니까요."

그러자 펌블추크 삼촌이 조금 전처럼 환하게 웃으며 말했다.

"그래요? 한 잔 더 드시오!"

"선생도 함께. 사이좋게. 내 술잔 꼭대기는 선생 술잔 밑으로, 선생 술잔 꼭대기는 내 술잔 밑으로, 한 번 쨍그랑, 두 번 쨍그랑, 유리잔 악기에서 나오는 최상의 선율! 선생의 건강을 위해. 만수무강하시고, 현재처럼 세상일을 끝까지 정확히 판단하시길 기원하면서!"

상사가 이번에도 술잔을 단숨에 털어 넣더니, 한 잔 더 마실 수 있다는 표정을 지었다. 펌블추크 삼촌은 기분이 한층 들뜬 나머지 자신이 선물했다는 사실조차 잊은 채 조 부인에게서 포도주를 병째 빼앗아 마음대로 이리저리 따르며 주인처럼 행세했다. 심지어 나까지 따라줄 정도였다. 그렇게 포도주를 마음대로 따라주다가 한 병을 비우자마자 다른 병까지 가져오라고 해서 마찬가지로 흥청망청 따라주었다.

사람들이 대장간에 모두 둘러서서 마음껏 즐기는 모습을 가만히 지켜보니, 습지에 숨은 탈주범 사내가 끔찍하게 맛있는 안줏거리로 등장한다는 생각이 들었다. 원래도 즐거운 시간을 안 보낸 건 아니지만, 안줏거리를 씹어대면서 네 배는 더 즐겁게 지냈기 때문이다. 사람들은 '악당 두 명'을 금방 잡을 거로 생각하고, 풀무는 도망자를 향해 소리치는 것 같고, 불길은 도망자를 향해 달려드는 것 같고, 연기는 도망자를 급히 쫓으며 사라지는 것 같고, 매형은 도망자를 향해 쨍그랑 쨍그랑 망치질하는 것 같고, 불길이 일어나다 가라앉거나 불꽃이 빨갛게 살아나다 죽을 때마다 벽에 음산하게 어리는 그림자는 도망자를 위협하며 흔들리는 것 같고, 도망자를 걱정하는 어린 눈에는 바깥의 흐릿한 오후 날씨조차 불쌍한 도망자를 걱정하며 더욱 창백하게 변하는 것처럼 보였다.

마침내 매형이 작업을 마치자, 치솟는 불길도 쨍그랑 소리도 멈췄다. 매형은 외투를 입으면서 용기를 긁어모아 우리 가운데 몇 명이라도 군인을 쫓아가서 추격 결과를 확인하자고 제안했다. 펌블추크 삼촌과 허블 아저씨는 파이프 담배와 숙녀 두 사람을 핑곗거리로 삼으며 거절했지만 웝슬 아저씨는 매형이 간다면 자신도 가겠다고 대답했다. 그러자 매형은 기꺼이 동행하겠다고, 조 부인만 허락하면 나도 데려가겠다고 말했다.

지금 생각하면, 조 부인 역시 추격전을 어떻게 펼치고 어떻게 끝낼지에 호기심을 느낀 게 분명하다. 그렇지 않다면 우리는 결코 따라나설 수 없을 터이니 말이다. 다행히도 조 부인은 "저놈이 소총에 맞아 머리가 떨어진 걸 데려와서 나한테 다시 붙이라는 말만 안 한다면"이란 조건을 제시하며 허락했다.

상사는 숙녀 두 사람한테 정중하게 작별인사를 하더니, 펌블추크 삼촌과는 전우라도 되는 듯 헤어지는 걸 아쉬워하는데, 나로선 목구멍을 축축하게 적실 포도주가 없어서 정신이 말짱한 상태로도 상대를 그렇게 치켜세우며 좋아할 수 있을까 하는 의구심이 절로 떠오를 수밖에 없었다. 군인들은 소총을 다시 들고 정렬했다. 웝슬 아저씨와 매형과 나는 후미에 바싹 따라붙고, 습지에 도착하면 한마디도 뻥긋하지 말라는 엄명을 들었다.

공기가 습하고 으스스한 바깥으로 나와서 수색할 지역으로 꾸준히 나아갈 때 내가 엄명을 어기고 "나는, 매형, 우리가 노망자를 못 찾으면 좋겠어요" 하고 속삭이자 매형은 "저들이 벌써 도망쳤다면 내가 너한테 은화 한 닢을 주지, 핍" 하고 속삭였다.

마을에서 길거리를 돌아다니다가 우리 뒤를 쫓아오는 사람은 하나도 없었다. 날씨는 잔뜩 찌푸리고 추운 데다 길은 황량하고 발을 디딜 땅바닥은 험하고 어둠은 몰려들고 사람들은 실내에서 따뜻한 불 가에 모여 크리스마스를 즐길 뿐이었다. 불빛이 환한 창가에 몇몇 얼굴이 급히 다가와서 우리를 쳐다보긴 해도 밖으로 나오는 사람은 하나도 없었다.

우리는 손가락 안내판을 지나서 교회 공동묘지로 곧장 나아갔다. 상사가 손으로 신호를 보내자 걸음을 잠깐 멈추고, 부하 두세 명이 무덤 사이로 흩어지며 샅샅이 뒤지더니 교회 현관까지 조사했다. 하지만 아무것도 못 찾고 돌아오자, 우리는 교회 마당 옆으로 난 대문을 지나서 광활한 습지로 들어섰다. 그러는 동시에 동풍에 실린 우박과 진눈깨비가 우당탕 떨어지며 우리를 매섭게 때리고 매형은 나를 등에 업었다.

음산한 습지에 도달한 순간, 대략 여덟아홉 시간 전에 내가 그곳에서 도망자 두 명을 모두 보았다는 생각을 아무도 못 하는 가운데, 우리가 도망자와 마주칠 경우에 나를 겁준 도망자는 군인을 데려온 사람이 바로 나라고 생각할 수도 있다는 끔찍한 사실이 처음으로 떠올랐다. 실제로 도망자는 내가 자신을 속이는 짓궂은 놈이 아닌지 물으면서 만일 내가 사람들을 데리고 자신을 잡으러 온다면 아주 잔인한 개새끼로 변할 수밖에 없다는 말까지 했다. 그렇다면 도망자는 내가 순진한 척하다가 뒤통수를 때리는 사악한 놈에다 잔인한 개새끼라서 자신을 배신했다고 믿지 않을까?

인제 와서 이런 걸 자문하는 건 아무런 소용이 없었다. 나는 매형 등에 업히고 매형은 바로 밑에서 사냥꾼처럼 웅덩이로 돌진하며 웹슬 아저씨한테 매부리코를 바닥에 박지 말고 잘 따라오라고 격려했다. 군인들은 앞에서 간격을 벌리며 아주 넓게 퍼지는 중이었다. 우리는 내가 안개 때문에 잘못 들어섰던 길로 나아갔다. 안개가 깔릴 시간이 아직 안 됐거나 바람에 모두 흩어졌거나 둘 중 하나였다. 태양이 떨어지면서 새빨간 노을을 나지막하게 드리우고, 봉화대와 교수대, 포병대 자리 언덕과 강변 맞은편은 또렷하지만 축축한 납빛이었다.

나는 가슴으로 매형의 널찍한 어깨를 대장장이처럼 톡톡 때리면서 도망자가 있는 흔적을 찾으려고 사방을 둘러보았다. 아무도 안 보이고 아무 소리도 안 들렸다. 웝슬 아저씨가 방귀를 뀌고 거친 숨소리를 뱉어내서 깜짝 놀란 적은 있으나, 그런 소리에 곧 익숙해져서 우리가 쫓는 대상이 내는 소리랑 쉽게 구별할 수 있었다. 그러다가 화들짝 놀랐다. 여전히 줄질하는 소리가 들리는 것 같았다. 하지만 양이 목에 매단 방울 소리에 불과했다. 양 떼는 풀을 뜯다가 멈춘 채 불안한 표정으로 쳐다보고, 소 떼는 바람과 진눈깨비를 피해 고개를 돌린 채 험한 날씨가 몰려드는 건 우리 때문이라고 생각하는 듯 잔뜩 화난 표정으로 바라보았다. 하지만 그런 풍경 말고는, 그리고 하루가 저물면서 풀잎마다 부르르 떠는 것 말고는, 황량하고 적막한 습지 분위기를 흩뜨리는 건 하나도 없었다.

군인들은 옛날 포병대 자리가 있던 쪽으로 꾸준히 나아가고 우리는 약간 뒤에서 쫓다가 한순간에 걸음을 멈췄다. 고함을 내지르는 소리가 바람과 진눈깨비를 타고 기다랗게 들렸기 때문이다. 그러다가 멈추더니, 다시 들렸다. 동쪽 멀리서 일어나는데도 아주 길고 커다랗게 들리는 소리였다. 아니, 두 사람 이상이 떠들어대는 소리 같았…… 여러 소리가 뒤섞인 걸 보면.

상사가 근처에 있는 부하들이랑 나지막한 목소리로 무슨 소리가 들린다는 얘기를 나눌 때 매형이 나를 업고 다가갔다. 그래서 한동안 가만히 듣다가 (판단력이 좋은) 매형도 공감하고 (판단력이 나쁜) 웝슬 아저씨도 공감했다. 성격이 단호한 상사는 저 소리에 아무도 대답하지 말라고 엄명을 내리더니, 방향을 바꿔서 소리가 들리는 쪽을 향해 "속보로" 뛰어가라고 부하들한테 지시했다. 그래서 우리는 오른쪽으로 (동쪽으로) 방향을 돌려서 매형은 쿵쾅거리면서 정신없이 달리고 나는 등에서 안 떨어지려고 꼭 붙들었다.

이제 본격적으로 달려야 했다. 매형이 딱 두 마디로 말한 것처럼 "마구 달려야" 했다. 강둑을 내려가다 오르길 수없이 반복하고 목책 출입구를 수없이 넘고 도랑에 첨벙 뛰어들고 억센 골풀을 헤치며 나아갔다. 앞에 무엇이 나타나도 망설이지 않았다. 우리가 다가갈수록 고함은 혼자 내지르는 게 아니란 사실이 또렷하게 드러났다. 때때로 모든 소리가 멈춘 것 같으면 군인들도 멈췄다. 그러다가 소리가 다시 터지면 훨씬 빠른 속도로 나아가고 우리는 뒤를 쫓았다.

잠시 후에 우리는 목적지를 찾아내고, 목소리 하나는 "살인자!"라 소리치고 다른 목소리는 "죄수가 여기 있다! 도망자가 여기 있다! 교도관! 여기 탈옥한 죄수가 있다!"고 소리쳤다. 힘껏 싸우느라 두 목소리 모두 가라앉는 것 같다가도 다시 터져 나오는 식이었다. 그럴 때마다 군인들은 사슴처럼 재빨리 달리고 매형도 그랬다.

소리가 나는 곳에 도착하자마자 상사가 제일 앞에서 달리고 부하 두 명이 바로 뒤를 쫓았다. 우리 모두 달려가니, 부하 두 명은 공이치기[10]를 당겨서 소총을 겨냥하고 상사는 도랑 바닥을 힘겹게 나아가며 헐떡이는 목소리로 소리쳤다.

"여기에 두 놈 다 있다! 둘 다 항복하라! 짐승처럼 그만 싸우고 떨어져라!"

물이 튀고 진흙이 날아다니고 욕설이 난무하고 주먹질이 오가는 가운데, 군인 몇 명이 상사를 도우러 도랑으로 내려가서 죄수 두 명을 떼어내 질질 끌고 나왔다. 두 명 모두 피를 흘리고 가쁜 숨을 내쉬고 욕설을 퍼부으며 몸부림치는데, 당연히 나는 두 사람을 단번에 알아보

---

10) 격발장치의 하나로 뒤로 당기면 방아쇠를 누르는 순간에 앞으로 나가서 뇌관을 때려 총알을 발사한다.

았다.

"명심하시오! 내가 저놈을 잡았소! 내가 저놈을 잡아서 넘겨주었소! 명심하시오!"

내 죄수가 소리치면서 너덜너덜한 소매로 얼굴에 묻은 피를 닦고 손가락에 가득한 머리칼을 털어냈다. 그러자 상사가 대답했다.

"그래 봤자 별다를 거 없어. 네놈도 도망친 건 똑같으니 별다른 도움이 안 돼. 거기 수갑 채워!"

내 죄수가 탐욕스럽게 웃으며 소리쳤다.

"나한테 좋을 거란 기대는 조금도 안 했소. 지금 이렇게 된 이상으로 바라는 것도 없소. 내가 저놈을 잡았소. 저놈도 알 거요. 나는 그걸로 충분하오."

다른 죄수는 얼굴이 납빛인 게, 원래 얼굴 왼쪽에 흉터가 있는 데다 잔뜩 두드려 맞아 또 다른 상처까지 생긴 것 같았다. 호흡이 가빠서 말도 못 하고 따로 떨어져서 수갑을 찬 다음에는 풀썩 쓰러지는 걸 막으려고 군인 한 명에게 몸을 기댔다. 그러다가 간신히 뱉어낸 말이 "똑똑히 들으시오, 교도관…… 저놈이 나를 죽이려고 했소"였다.

그러자 내 죄수가 경멸하는 표정으로 받아쳤다.

"저놈을 죽이려 했다고? 그러려고 하다가 안 그랬다는 말이겠군! 나는 저놈을 잡아서 넘겨주었소. 내가 한 건 그것이오. 나는 저놈이 습지에서 도망치는 걸 막은 건 물론 여기까지 질질 끌고 왔소……. 저놈을 감옥선으로 돌려보내려고 이만큼이나 끌어왔소. 어이가 없게 도 저놈은 신사 신분이오, 저런 악당이. 내가 끌어온 덕분에 감옥선은 신사를 다시 가두게 되었소. 저놈을 죽여? 감옥선에 넣으면 훨씬 더 고생시킬 수 있는데, 내가 무엇 때문에 저놈을 죽이겠소!"

"저놈은 나를 죽이려고……죽이려고 했소. 증인이……증인이 되어

주시오."

다른 죄수가 여전히 숨 가쁜 목소리로 반박하자, 내 죄수가 상사에게 말했다.

"내가 하는 말 잘 들으시오! 나는 감옥선에서 혼자 힘으로 탈출했소. 과감히 시도해서 성공했단 말이오. 저놈이 여기에 있다는 사실을 몰랐다면 이렇게 죽을 것처럼 추운 습지에서도 깔끔하게 도망칠 수 있었소. 내 다리를 보시오. 족쇄가 안 보일 것이오. 하지만 저놈을 도망가게 놔둬요? 내가 찾아낸 방법으로 저놈이 이익을 누리게 놔둬요? 또다시? 아니요, 아니요, 절대 그럴 순 없소."

그러더니 수갑에 묶인 손을 힘껏 흔들어서 고랑을 가리키며 덧붙였다.

"설사 저 바닥에서 죽는 한이 있더라도 나는 두 손으로 꼭 잡고서 안 놓아, 저놈이 당신네 손에 확실히 붙들리도록 했을 거요."

다른 죄수는 동료 죄수를 극단적으로 두려워하는 게 분명한 표정으로 같은 말을 되풀이했다.

"저놈이 나를 죽이려고 했소. 당신네가 안 왔다면 나는 죽은 목숨이 되고 말았을 거요."

내 죄수가 발끈하며 소리쳤다.

"거짓말이오! 저놈은 태어날 때부터 거짓말만 하더니, 죽을 때도 거짓말만 할 놈이오. 저놈 얼굴을 보시오. 그렇게 쓰여 있지 않소? 저놈에게 고개를 돌려서 나를 똑바로 바라보라고 하시오. 아마 못 그럴 것이오."

다른 죄수는 경멸스러운 미소를 떠올리려고 하는데 입 주변 근육이 제대로 안 움직여서 그런 표정을 못 떠올린 채 군인들을 쳐다보고 습지를 두리번거리다가 하늘만 쳐다볼 뿐 상대편을 제대로 못 보는 게 확실했다. 그러자 내 죄수가 다시 말했다.

"저놈이 저러는 거 보았소? 저놈이 얼마나 사악한 놈인지 알겠소? 비굴하게 돌리는 눈알을 보았소? 저놈은 나와 함께 재판을 받을 때도 저런 표정이었소. 나를 쳐다볼 수 없었단 말이오."

다른 죄수는 메마른 입술만 씰룩거리면서 불안한 표정으로 눈을 이리저리 돌리더니 순간적으로 똑바로 바라보며 "네놈은 쳐다볼 가치도 없어" 하고 소리치고 가만히 비웃는 표정으로 수갑에 묶인 손을 힐끗 쳐다보았다. 바로 그 순간에 내 죄수는 군인들이 안 막으면 당장에라도 달려들 것처럼 길길이 날뛰고, 상대편은 "저것 보세요. 나를 죽일 수만 있으면 바로 죽이려 할 거라고 했잖아요!" 하고 말하는데, 겁이 나서 덜덜 떠는 데다 입술에는 하얀 물질이 눈처럼 얇고 이상하게 일어난다는 사실을 누구나 한눈에 알 수 있었다.

"인제 그만 지껄여. 횃불을 밝히도록."

상사가 말하자, 총 대신 바구니를 들고 다니던 군인 한 명이 무릎을 꿇고서 바구니 뚜껑을 열고, 내 죄수는 처음으로 고개를 돌려서 주변을 살피다가 나를 발견했다. 나는 도랑 모서리에 도착하자마자 매형 등에서 내린 뒤로 꼼짝도 안 한 상태였다. 하지만 사내가 쳐다보는 순간에 나는 간절한 눈빛으로 쳐다보며 두 손을 살짝 움직이고 머리를 가로저었다. 그러지 않아도 사내가 쳐다보기만, 그래서 아무 짓도 안 했다는 사실을 알릴 기회가 오기만 기다리던 참이었다. 그런데 사내는 그런 마음을 알아챘는지 아닌지를 조금도 안 드러냈다. 뭔가 알 수 없는 표정으로 나를 한 번 보고는 바로 눈길을 거뒀기 때문이다. 하지만 나는 잔뜩 긴장한 터라 이후에도 그런 사내 얼굴이 아주 또렷하게 떠오르는데, 한 시간이나 온종일 쳐다보아도 이렇게 또렷할 순 없을 것 같았다.

바구니를 지닌 군인은 곧이어 불을 밝혀서 횃불 서너 개를 만들더니, 하나는 자신이 들고 나머지는 다른 군인에게 나누어주었다. 아까는 어두워지는 것 같더니 이제는 매우 어두운 것 같다가 곧이어 주변이 칠흑처럼 변했다. 우리가 그곳을 떠나기 전에 군인 네 명이 동그랗게 서서 공중에 대고 총을 두 번 쏘았다. 곧이어 뒤쪽 멀리서 밝힌 횃불이 보이고 강변 건너편 습지에서도 횃불이 타오르자, 상사가 명령했다.

"이제 됐으니, 출발."

멀리 나아가기 전에 우리 앞에서 대포가 세 번 울리는데, 소리가 아주 커다란 게 마치 귓속에서 뭐가 터지는 듯했다. 그러자 상사가 내 죄수한테 이렇게 말했다.

"감옥선에서 네놈을 기다린다는 표시야. 우리가 오는 걸 알거든. 뒤로 처지지 말라고. 바싹 따라붙어."

죄수 두 명은 따로 떨어져서 각자 군인들에게 둘러싸인 채로 걸었다. 나는 매형 손을 꼭 붙잡고 매형은 횃불 하나를 들고 걸었다. 웝슬 아저씨가 돌아가자고 계속 성화를 부려도 매형은 끝까지 지켜보겠다는 결심이 단호해서 우리는 일행과 함께 계속 나아갔다. 이제는 길이 대체로 강변에 걸쳐서 걷기가 수월한데, 여기저기에서 도랑으로 빠지는 갈림길과 조그만 풍차와 진흙투성이 수문이 나타났다. 뒤를 돌아보니, 우리를 쫓아오는 다른 횃불이 보였다. 우리가 들고 가는 횃불에서 커다란 불덩이가 길바닥으로 뚝뚝 떨어져 연기를 내며 타오르는 모습도 보였다. 그것 외에는 칠흑 같은 어둠만 사방에 가득했다. 우리가 든 횃불은 활활 타오르며 주변 공기를 따뜻하게 데우고 죄수 두 명은 소총이 에워싼 한가운데를 절뚝절뚝 걸으면서도 그나마 따뜻한 온기를 반기는 것 같았다. 우리는 빨리 나아갈 수 없었다. 죄수 두 명이 절뚝거렸기 때문이다. 게다가 완전히 지친 상태여서 두 사람이 쉬도록 두세 번 멈추어야 했다.

그렇게 한 시간 정도를 나아가자, 통나무로 어설프게 만든 오두막과 선착장이 나타났다. 오두막에서는 보초가 지키다가 우리에게 누구냐 묻자 상사가 대답했다. 우리 모두 오두막으로 들어가니, 담배와 회반죽 냄새가 가득하고 벽난로 불길은 활활 타오르고 등불 하나와 소총 걸대 하나, 조그만 북 하나, 나무로 나지막하게 만든 침대 틀 하나가 있는데, 기계류를 떼어낸 커다란 빨래판처럼 생긴 모양으로, 군인 열 명은 동시에 누울 수 있을 것 같았다. 실제로 군인 서너 명이 아주 두툼한 외투 차림으로 누워 있다가 우리에게 별다른 관심도 안 보이고 머리만 일으켜서 졸린 눈으로 바라보더니 다시 그대로 누웠다. 상사는 일종의 보고 같은 걸 하고 장부에 내용을 써넣었으며, 내가 다른 죄수라고 부른 죄수는 군인들이 먼저 데려가서 조그만 배에 태웠다.

내 죄수는 아까 쳐다본 것 말고 나한테 눈길 한번 안 줬다. 오두막에서 우두커니 선 채 불길을 쳐다보며 깊은 생각에 잠기기도 하고 벽난로 시렁에 발을 번갈아 올려서 못난 주인을 만나 고생한다는 표정으로 가만히 바라보며 깊은 생각에 잠기기도 하더니 갑자기 상사한테 고개를 돌리며 말했다.

"이번 탈출에 관해서 말하고 싶은 게 있소. 그러면 나 때문에 엉뚱한 사람이 의심받는 걸 막을 수 있을 것이오."

그러자 상사가 일어나서 팔짱을 끼고 차갑게 바라보며 대답했다.

"말하고 싶은 게 있으면 말해도 좋다. 하지만 여기에서 말해야 하는 건 아니다. 너도 잘 알겠지만, 사건을 종료하기 전에 그것에 대해서 말하고 들을 기회는 충분할 것이다."

"나도 아오. 하지만 이건 완전히 다른 사항, 완전히 다른 문제요. 인간이 굶어 죽을 순 없잖소. 최소한 나는 그렇소. 그래서 저쪽, 습지를

64

막 벗어나면 교회가 있는 마을에서 음식물을 가져왔소."

"훔쳤단 말이군."

상사가 끼어들고 죄수는 계속 말했다.

"어딘지 말하겠소. 대장장이 집이오."

"맙소사!"

상사가 깜짝 놀라며 매형을 쳐다보았다.

"맙소사, 핍!"

매형이 깜짝 놀라며 나를 쳐다보았다.

"먹다 남은 음식이랑 – 그래요, 먹다 남은 음식에다 – 술 조금이랑 파이 한 판이오."

"파이 같은 음식을 잃은 적이 있소, 대장장이 양반?"

상사가 소곤거리며 묻자, 매형이 대답했다.

"우리 마누라가 잃은 걸 확인한 적은 있소, 당신네가 우리 집에 들어온 바로 그 순간에. 그렇지 않니, 핍?"

내 죄수가 우울한 표정으로 매형한테 눈길을 돌리더니, 나에게는 눈길을 조금도 안 주면서 계속 말했다.

"바로 당신이 대장장이 양반이오? 그렇다면 미안한 말이지만 내가 당신네 파이를 모두 먹어치웠소."

"어이쿠, 그런 건 아무래도 괜찮소."

매형이 대답하더니, 조 부인을 떠올리면서 덧붙였다.

"그 파이가 내 거라면 말이오. 당신이 무슨 짓을 했는지 모르겠지만 같은 인간이 굶어 죽도록 할 순 없지요. 그렇지 않니, 핍?"

내 죄수는 내가 전에 들은 것처럼 목구멍으로 다시 철컥 소리를 내면서 등을 돌렸다. 조그만 배는 이미 돌아오고 군인들은 준비를 마치고 우리는 거친 말뚝과 돌덩이로 만든 선착장까지 따라가서 사내가 배에 올라타는 광경을 지켜보았다. 사내와 똑같은 동료 죄수들이 노를 젓는 배였다. 그런데 사내를 보고 놀라거나 관심을 보이거나 기뻐하거나 안타까워하거나 말을 건네는 사람이 하나도 없었다. 조그만 배에서 누군가 사냥개한테 소리치듯 "모두, 힘껏 저어!"라고 으르렁대는 소리가 전부인데, 그건 노를 물에 담그라는 신호였다.

사악한 노아의 방주처럼 보이는 새까만 감옥선이 진흙투성이 해안 선과 약간 떨어진 거리에 떠 있는 광경이 이글이글 타오르는 횃불 아래 보였다. 녹이 슨 거대한 쇠고랑을 둘러서 기둥에 단단히 묶어 정박한 모습이 어린 눈에는 감옥선 자체가 족쇄에 묶인 죄수처럼 보였다. 우리가 지켜보는 사이에 조그만 배는 옆으로 다가가고, 사내는 뱃전으로 오르다가 사라졌다. 그와 동시에 강물에 넣어서 치지직 소리와 함께 종말을 고하는 횃불은 사내에게 모든 희망이 끝났다는 사실을 암시하는 것 같았다.

6

나는 좀도둑질 혐의에서 예상치 못한 방식으로 벗어난 이후에도 모든 걸 솔직하게 털어놓아야 한다는 쪽으로 마음이 쏠린 적은 없다. 하지만 선한 마음이 한쪽 구석에 조금은 남았다고 생각하고 싶다.

모든 공포에서 벗어난 순간, 조 부인에게 양심의 가책을 느끼던 기억 역시 사라졌다. 하지만 나는 매형을 사랑했다. 어린 내가 사랑하는 걸 받아줘서 그런 것 같다. 그래서 매형에게는 미안한 마음이 들었다. 매형에게는 (줄칼을 찾으려고 애쓰는 모습을 처음 본 순간에는 더더욱) 모든 사실을 밝혀야 한다는 마음이 강하게 들었다. 하지만 나는 말하지 않았다. 내가 고백하면 매형이 나를 실제보다 나쁘게 생각할 거란 불안감 때문이다. 매형한테 신뢰를 잃고, 밤마다 굴뚝 모서리에 앉아서 영원히 잃은 동지며 친구를 비참한 심정으로 물끄러미 바라보기만 하는 사태기 일이날 수도 있나는 누려움에 입이 그대로 얼어붙었다. 매형에게 모든 사실을 털어놓으면 매형이 벽난로 주변에서 노란 구레나룻을 만지작거릴 때마다 내가 물건을 훔친 걸 가만히 떠올린다는 끔찍한 기분에 시달릴 것 같았다. 매형에게 모든 사실을 털어놓으면 어제 식탁에 올라온 고기나 푸딩이 오늘 다시 올라온 걸 매형이 아무렇지 않은 눈으로 힐끗 보아도 나는 행여나 내가 식품보관실에 몰래 들어갔다 나왔다고 의심하는 건 아닌가 하는 끔찍한 기분에 시달릴 것 같았다. 매형에게 모든 사실을 털어놓으면 우리가 같은 집에 사는 동안 매형이 맥주 맛이 밍밍하다거나 진하다는 말만 해도 혹시 내가 맥주에 타르를 탄 건 아닌가 의심할 수도 있다는 생각에 얼굴이 빨갛게 달아오를 것 같았다. 한마디로, 나는 겁이 너무 많은 나머지 옳다는 사실을 알면서도 그렇게 할 수 없었다. 겁이 너무 많은 나머지 나쁘다는 사실을 알면서도 그렇게 할 수밖에 없는 사람처럼 말이다. 당시에 나는 세상과 별다른 접촉이 없는 터라 이렇게 행동하는 수많은 사람 가운데 하나를 보고 모방한 게 아니다. 배우지 않고도 깨닫는 천재처럼 스스로 깨우친 것이다.

나는 감옥선에서 멀리 벗어나기 전부터 잠이 몰려들어 매형은 나를 다시 등에 업고 집까지 갔다. 집으로 돌아오는 길은 매형도 아주 피곤했을 게 분명하다. 웝슬 아저씨가 완전히 지친 나머지, 교회가 "문을 활짝 열기"만 하면 매형과 나는 물론 수색대 전체를 파문이라도 할 것처럼 성질부렸기 때문이다. 하지만 평신도 신분이라서 파문은 못하는 대신, 툭하면 쉬자고 고집부리며 축축한 바닥에 눌러앉은 나머지 주방 벽난로 앞에서 외투를 말리려고 벗는 순간, 바지 엉덩이에 상황 증거가 또렷하게 나타나, 행여나 죽을죄라도 지은 사람이라면 단번에 증거가 드러나서 교수형을 당하고 말 것 같았다.

그즈음에 나는 술 취한 꼬마처럼 비틀거리며 주방에서 억지로 일어나다가 다시 잠에 떨어지고 따뜻한 열기와 환한 빛과 시끄러운 소리에 다시 깨어나는 식이었다. 그러다가 누나가 등을 세게 때리면서 "어이쿠! 이런 놈은 어디에도 없을 거야!" 하고 소리치며 정신이 바짝 들도록 도운 덕분에 나는 잠에서 화들짝 깨어나고, 매형은 죄수가 고백한 내용을 말하고, 사람들은 죄수가 식품보관실로 들어온 방법을 다양하게 추론했다.

펌블추크 삼촌이 주장한 바에 의하면, 죄수는 건물 구조를 자세히 살핀 다음에 대장간 지붕으로 제일 먼저 올랐다가 살림집 지붕으로 내려와, 자신이 사용하던 담요를 기다랗게 찢어서 밧줄로 만들어 벽난로 굴뚝을 내려왔다는 건데, 자신이 몰고 다니는 이륜마차처럼 저돌적으로 밀어붙이는 바람에 다른 사람도 그런 게 분명하다고 동의하고 말았다. 웝슬 아저씨가 완전히 지쳐서 힘없는 목소리로 "아니오!"라고 사납게 부인하지만, 다른 추론을 제시한 것도 아니고 외투도 안 입은 데다 축축한 옷을 말리려고 주방 벽난로에 등을 대고 일어선 바람에 엉덩이에서 김까지 무럭무럭 피어오르는 등, 믿음직한 모습을 조금도 못 보여주어서 만장일치로 무시당하고 말았다.

여기까지가 그날 밤에 내가 들은 이야기 전부다. 꾸벅꾸벅 조는 모습이 손님들 눈에 안 좋아 보인다며 누나가 나를 움켜잡고 다락방으로 올라가도록 강하게 밀어붙여, 장화를 오십 켤레나 신은 아이처럼 대롱대롱 매달린 채 계단 모서리에 이리저리 부닥치며 끌려가고 말았기 때문이다. 내가 앞에서 말한 마음 상태는 아침에 일어나기도 전에 시작되어 그 문제가 완전히 잊힐 때까지, 그래서 더는 화젯거리가 안 되고 입에 아주 가끔 떠올리는 정도로 사그라질 때까지 계속되었다.

7

교회 공동묘지에서 가족 묘비에 적힌 글씨를 읽을 때만 해도 나는 배운 게 충분치 않아서 철자를 간신히 읽는 정도였다. 아주 간단한 문장을 파악하는 능력조차 형편없어, '위에서 언급한 고인의 부인'이란 글자를 아버지가 천국으로 올라간 걸 칭찬하는 의미로 받아들였다. 우리 가족 가운데 행여나 '아래서'란 글자가 적힌 비석이 있다면 나는 그분을 몹시 나쁜 사람으로 여겼을 게 분명하다.

교리문답을 통해서 나 자신을 신자로 옭아맨 신학적인 입장 역시 아주 엉뚱했다. 지금도 생생하게 기억나는데, 예를 들면, "평생에 걸쳐 매일매일 똑같은 길을 걷겠다"고 맹세한 내용을 우리 집에서 마을로 갈 때마다 똑같은 길을 걸어야 한다는 뜻으로, 마차 수리공 가게를 끼고 밑으로 돌아가거나 방앗간을 끼고 위로 돌아가면 절대로 안 된다는 뜻으로 받아들이는 식이었다.

나는 나이를 적당히 먹으면 매형 밑에서 도제로 일할 예정인데, 그런 영광을 누리기 전에도 나는 조 부인이 말하는 "제멋대로" 혹은 (내가 이해한 것처럼) "지멋때로" 놀러 다닐 수 없었다. 대장간에서 심부름하는 건 물론, 이웃에서 새를 쫓거나 돌을 줍거나 하는 일에 아이가 필요할 때마다 나는 그 일에 기꺼이 참여하는 혜택을 누려야 했다.

이런 일 때문에 우리 가족의 고귀한 신분이 조금이라도 훼손되는 사태를 막기 위해 누나는 주방 벽난로 선반에 저금통을 올려놓고 내가 벌어들이는 돈은 모조리 거기에 넣는다는 사실을 모든 사람에게 공개했다. 그런데 나는 거기에 저금한 돈은 결국 '국가 채무'를 청산하는 데 사용할 거란 인상만 받을 뿐, 나한테 조금이라도 돌아올 희망은 하나도 없다는 사실을 알고 있었다.

마을에서는 웹슬 아저씨 고모할머니가 야간학교를 운영했다. 한마디로 말해서 이상한 노파가 돈은 없고 나이는 엄청나게 많아서 초저녁마다 여섯 시에서 일곱 시까지 잠자는데, 자신이 그러는 모습을 제대로 관찰할 기회를 주려고 아이들을 모아서 일주일에 구리동전 두 닢을 받는 식이다. 노파는 조그만 주택을 월세로 빌리고 웹슬 아저씨는 이층 방을 사용해, 우리는 웹슬 아저씨가 아주 당당하고 멋들어지게 큰 소리로 낭송하며 가끔 머리로 천장을 쿵쿵 박는 소리도 엿들었다. 웹슬 아저씨가 석 달에 한 번씩 아이들한테 "시험을 치르는" 허울 좋은 과정도 있었다. 그럴 때마다 웹슬 아저씨는 우리 앞에서 소맷부리를 걷어 올리고 머리카락을 빳빳이 세우고 마르쿠스 안토니우스가 카이사르 시신을 굽어보며 하는 연설[11]을 낭송했다. 그러고 나면 콜린스의 「열정에 바치는 송시」[12]가 언제나 뒤를 잇는데, '복수' 편에서 웹슬 아저씨가 피 묻은 칼을 힘차게 내던지고 사람을 압도하는 표정으로 나쁠을

---

11) 셰익스피어 희극 「줄리어스 시저」 3막 2장에 나오는 연설.
12) 윌리엄 콜린스(William Collins, 1721~1759), 18세기 후반 고전주의가 풍미할 당시에 낭만주의를 접목한 선구자. 「열정에 바치는 송시」는 인간의 뜨거운 감정을 열두 개로 분류해서 묘사한 시다.

집어서 전쟁을 선포하는 장면이 특히 존경스러웠다. 하지만 당시만 해도 나는 열정에 대해서 하나도 모르다가 훨씬 나중에 열정을 직접 겪으면서 콜린스와 웹슬 아저씨가 말한 열정하고 비교하니 두 사람 모두 엉터리란 생각만 들었다.

웹슬 아저씨 고모할머니는 교육기관을 운영하는 동시에 같은 방에서 조그만 잡화점도 운영했다. 하지만 어떤 물건이 있으며 가격은 얼마인지 전혀 몰랐다. 기름때 묻은 조그만 수첩 하나를 책상 서랍에 보관하며 가격표처럼 사용하고, 거기에 적힌 가격에 따라서 비디가 물건 일체를 판매하는 식이었다.

비디는 웹슬 아저씨 고모할머니 손녀다. 그렇다면 웹슬 아저씨하고도 친척이 분명한데 도대체 어떤 친척인지는 도저히 파악할 수 없는 수수께끼였다. 비디 역시 고아라서 나처럼 다른 사람이 '손수' 키우는 처지였다. 몸뚱이 끝부분이 특히 눈에 띄는데, 예를 들어 머리칼은 항상 헝클어지고 손은 항상 더러우며 신발은 항상 찢어져서 뒤꿈치를 질질 끄는 식이었다. 하지만 이런 모습은 평일에 한정된다. 일요일만 되면 정성스럽게 차려입고 교회를 가기 때문이다.

나는 별다른 도움 없이 혼자서, 혹은 웹슬 아저씨 고모할머니가 아닌 비디한테 도움을 받으면서, 가시덤불이라도 헤쳐나가듯 온갖 고통과 어려움을 겪으며 알파벳 글자 하나하나를 아주 힘들게 깨쳐나갔다. 그런 다음에는 숫자 아홉 개라는 도적놈 소굴로 떨어졌는데, 이놈들은 초저녁만 되면 술수를 부려서 도무지 알아볼 수 없도록 새로운 모습으로 변신하는 것 같았다. 하지만 결국에는 장님이 더듬거리는 방식으로나마 아주 조금씩 읽고 쓰고 계산하는 방법을 익혔다.

어느 날 밤에는 석판을 들고 굴뚝 모서리에 앉아서 매형한테 보낼 편지를 쓰려고 힘들게 노력했다. 습지에서 추격전을 벌이고 일 년이란 세월이 꼬박 흐른 다음인 것 같다. 시간이 많이 흐르다가 매서운 겨울이 다시 찾아왔기 때문이다. 나는 알파벳 표를 바닥에 내려놓고 참고하면서 한 시간이나 두 시간에 걸쳐 이런 편지를 어렵게 작성했다.

　　치내하는 조 매형 나는 조 매형이 자알 지내길 비러요 나는
　　내가 조 매형을 근방 가르치게 되면 좋게써요 그러면 정말 기뻘
　　거예요 그리고 내가 조 매형 도재가 되믄 얼마나 좋까요 나를
　　미더요 사랑하는 핍이.

매형은 바로 옆에 앉은 데다 우리 두 사람밖에 없어서 굳이 편지까지 쓸 필요는 없었다. 하지만 나는 편지를 작성해서 (석판 자체를) 내 손으로 직접 전달하고 매형은 편지를 박학다식한 상징으로 받아들이더니, 파란 눈을 동그랗게 뜨며 감탄했다.

"야, 핍, 우리 친구! 참으로 대단한 학자로구나! 정말 대단해!"

"그렇게 되고 싶은 마음이 없는 건 아니지만……."

나는 가만히 대답하며 매형이 든 석판을 힐끗 쳐다보는데 글자가 너무 들쭉날쭉하다는 걱정만 떠올랐다.

"야, 여기에 J가 있어. 어디에나 들어가는 O도 있고! J랑 O야, 핍, J-O. 내 이름 조."

나는 매형이 이렇게 알파벳 글자 하나 이상을 큰 소리로 읽는 걸 들어본 적이 없는 데다, 지난 일요일에는 교회에서 내가 실수로 기도서를 거꾸로 들었는데 매형에게는 똑바로 든 것과 마찬가지라는 사실노 깨달았다. 그래서 매형을 가르치려면 완전히 기초부터 시작해야 하는지 이번 기회에 알아보고 싶어서 나는 "그러네요! 하지만 나머지도 읽어보세요, 매형" 하고 말했다.

매형은 "뭐, 나머지도, 핍?" 하고 말하더니, 탐색하는 눈으로 글자를 천천히 살피다가 대답했다.

"하나, 둘, 셋. 야, 여기에 J가 세 개, O가 세 개, 그렇다면 J-O가 세 개, 내 이름 조가 세 개나 있어, 핍!"

나는 매형에게 몸을 기울여 집게손가락으로 짚어가며 모든 글자를 읽어주었다. 그래서 다 읽자, 매형이 감탄했다.

"놀라워! 정말 대단한 학자야."

"가저리란 성은 철자가 어떻게 되나요, 매형?"

내가 물었다. 윗사람처럼 점잖은 어투였다.

"나는 그런 철자를 말하지 않아."

"하지만 그런다고 가정한다면?"

"그렇게 가정할 순 없어. 하지만 나는 읽는 걸 아주 좋아한단다."

"정말요, 매형?"

"그래, 아주 많이. 좋은 책이나 좋은 신문을 손에 들고 따뜻한 불가에 앉으면 더는 바랄 게 없으니까."

매형이 양쪽 무릎을 살짝 문지르다가 덧붙였다.

"정말이야! 그러다가 J랑 O가 보일 때마다 '야, 여기에 J-O, 내 이름 조가 있다!'고 말하면 글을 읽는 게 얼마나 재미있는지 몰라!"

나는 이 말을 듣고 매형이 받은 교육수준은 증기기관[13]과 마찬가지로 완전히 초보 수준이란 사실을 깨달았다. 그래도 확실히 파악하려고 이렇게 물었다.

"나처럼 어릴 적에 학교에 간 적은 있나요, 매형?"

"없어, 핍."

"나처럼 어릴 적에 왜 학교에 안 갔어요, 매형?"

---

13) 당시에는 증기기관을 초보적으로 연구하는 수준이었다.

매형은 깊은 생각에 잠길 때마다 흔히 그러는 것처럼 부지깽이를 집어서 벽난로 아래쪽 쇠막대 사이로 불을 쑤시며 대답했다.

"으음, 그건 말이야, 핍. 우리 아버지가 술을 엄청나게 좋아해서 곤드레만드레 취하기만 하면 망치로 쇠를 때리듯 우리 엄마를 무자비하게 팬 거야, 핍. 우리 아버지가 일한 거라곤 그게 거의 전부야, 나를 때릴 때를 제외하면. 나를 두들겨 팰 때는 망치로 모루를 때리는 것보다 힘차게 때렸어. 무슨 말인지 알아듣니, 핍?"

"네, 매형."

"그래서 엄마는 나를 데리고 여러 번 도망쳤어. 그때마다 일하러 나가면서 이렇게 말하곤 했지. '조, 이제 너도 하느님 도움으로 학교에 다니면서 공부할 수 있겠구나, 우리 아들.' 그러곤 나를 학교에 보냈어. 하지만 아버지는 맘씨가 착한 사람이라서 우리가 없는 걸 견딜 수 없었던 거야. 결국엔 사람을 잔뜩 끌고 와서 우리가 사는 집마다 찾아와 문가에서 소동을 피우는 바람에 우리를 도우려던 사람들도 결국에는 모두 포기하고 우리를 넘겨줄 수밖에 없었어. 아버지는 우리를 집으로 데려가서 다시 두들겨 팼지."

매형은 깊이 생각하는 표정으로 불을 쑤시다가 멈추더니, 나를 쳐다보며 덧붙였다.

"그래서 더는 배울 수 없었단다, 핍."

"그렇군요, 불쌍한 매형!"

매형은 부지깽이로 벽난로 쇠막대를 판사처럼 한두 차례 툭툭 치며 말했다.

"하지만 해야 할 의무를 다했다는 측면에서,[14] 사람과 사람 사이에 정의를 공평하게 베풀었다는 측면에서, 우리 아버지는 마음씨가 착한

---

14) 로마서 13장 7절 "여러분은 그들에게 해야 할 의무를 다하십시오."

사람이었어. 이해하니, 핍?"

나는 이해할 수 없지만 아무 말도 안 했다.

매형이 계속 말했다.

"으음! 누군가는 생계를 꾸려나가야 하는 거야, 핍, 아니면 생계를 꾸려나갈 수가 없어, 이해하니, 핍?"

나는 알아듣고서 그렇다고 대답했다.

"결과적으로 우리 아버지는 내가 일하러 가는 걸 반대하지 않았어. 그때 시작한 일이 지금 하는 천직이야. 아버지도 똑같은 일을 했지만 중간에 그만두고, 나는 꾹 참으며 열심히 일했어, 핍. 그러다 보니 나는 아버지를 부양하게 되었어. 결국엔 뇌쫄중 발작으로[15] 돌아가시더군. 나는 묘비에 이런 글귀를 새기고 싶었어, '이분에게 어떤 결점이 있든, 마음만은 착했다는 사실을 기억하라.'"

매형이 아주 자랑스러워하면서도 신중하게 2행시를 암송했다. 나는 그 시를 직접 지었느냐 묻고 매형은 이렇게 대답했다.

"내가 직접 지었어. 한순간에 지었어. 망치질 한 번으로 편자를 완벽하게 만든 것 같았지. 나 역시 평생 그렇게 놀란 적이 없어. 내 머리를 믿을 수 없었거든. 사실대로 말해서, 내 머리로 그걸 지었다는 걸 도저히 믿을 수 없어서 말이야. 어쨌든 나는 아까 말했듯이 핍, 아버지 머리맡에 그런 글귀를 새기고 싶었어. 하지만 작든 크든 시를 새기려면 돈이 들어서 그렇게 못 했단다. 상여꾼 비용은 물론이고, 절약할 수 있는 돈은 모두 절약해서 어머니에게 써야 했거든. 어머니는 몸도 마음도 완전히 무너졌어. 불쌍한 어머니는 곧바로 아버지 뒤를 따라 영원한 안식을 얻으셨지."

매형은 파란 눈에 물기가 살짝 어리더니 부지깽이 끝에 달린 동그란

---

15) 원래는 apoplectic fit 즉, 뇌졸중 발작이나 매형은 이걸 purple leptic fit으로 발음한다.

손잡이로 두 눈을 차례대로 문지르는데, 그 모습이 참으로 엉뚱하고 불편해 보였다.

"그래서 나는 여기에서 혼자 사는 게 정말 외로워서 네 누나를 만나게 되었어. 정말이지, 핍……"

내가 동의하지 않을 거란 사실을 아는 듯 매형이 나를 또렷하게 쳐다보며 계속 말했다.

"……네 누나는 당당한 풍채가 매력적인 여인이야."

나는 조금도 동의할 수 없어서 불길만 쳐다볼 수밖에 없었다.

"식구들이 어떻게 생각하든, 그리고 세상이 어떻게 생각하든, 핍, 네 누나는……"

매형이 부지깽이로 벽난로 쇠막대를 탁탁 때리면서 말을 이었다.

"당당한, 풍채가, 매력적인, 여인이야!"

나는 무슨 말이든 해야 할 것 같아서 "그렇게 생각하다니 정말 다행이네요, 매형" 하고 간신히 대답했다. 그러자 매형이 이 말을 그대로 받아서 말했다.

"나도 그래. 내가 그렇게 생각해서 정말 다행이야, 핍. 곳곳이 약간씩 빨갛고 뼈가 살짝살짝 튀어나온 게 나한테 뭐가 중요하겠어?"

매형에게 중요하지 않다면 다른 사람에게도 중요하지 않을 거라고 지혜롭게 대답하자, 매형이 맞장구쳤다.

"맞아! 바로 그거야. 네 말이 맞아, 친구! 내가 네 누나를 처음 만날 때만 해도 마을에는 네 누나가 너를 손수 키운다는 소문이 돌았어. 모두 아주 좋은 사람이라 말하고 나 역시 모든 사람과 마찬가지로 그렇게 말했어. 너에 대해서 말하자면……"

매형이 아주 역겨운 상대라도 바라보는 표정으로 계속 말했다.

"그렇게 조그맣고 연약하고 하잘것없는 모습을 보았더라면 너 자신도 너를 경멸할 수밖에 없었을 거야!"

이 말이 마음에 안 들어서 "나는 신경 쓰지 마세요, 매형"이라고 말하자, 매형이 다정하면서도 순박한 얼굴로 대답했다.

"하지만 나는 너를 신경 썼단다, 핍. 네 누나에게 계속 만나자고, 대장간에서 살 수 있겠다는 생각이 들면 교회에 가서 결혼하자고 하면서, '불쌍한 꼬맹이도 데리고 오시오. 대장간에는 불쌍한 꼬맹이가 살 공간도 충분하니 말이오!' 하고 말했거든."

나는 눈물을 터트리고 사과하면서 매형에게 달려들어 목을 껴안았다. 그러자 매형은 부지깽이를 떨어뜨리고 나를 껴안으며 "우리는 영원히 제일 좋은 친구야, 그렇지 않니, 핍? 울지 마, 친구!" 하고 말했다.

하지만 이런 순간도 금방 지나고, 매형은 이야기를 계속했다.

"그래서, 핍, 우리가 여기까지 온 거야! 우리 일이 그렇게 돌아가서 여기까지 온 거야! 이제부터 네가 나한테 글씨를 가르쳐줄 때는, 핍, (내가 끔찍하게 둔하다는, 정말 끔찍하게 둔하다는 사실은 미리 밝히는데) 우리가 하는 일을 조 부인이 모르게 해야 해. 은밀하게 해야 한다는 뜻이야. 왜 은밀하게 하느냐고? 내가 이유를 설명하지, 핍."

매형은 부지깽이를 벌써 움켜잡은 상태였다. 그게 없으면 설명도 계속할 수 없을 것 같았다.

"네 누나는 지배하는 걸 좋아해."

"누나를 정부에 준다고요,[16] 매형?"

나는 깜짝 놀랐다. 매형이 이혼해서 누나를 해군성이나 재무성에 바치려고 한다는 생각이 (고백하건대, 그러면 정말 좋겠다는 생각이) 어렴풋하게 떠오른 것이다.

"지배하는 걸 좋아한다는 건 너랑 나를 지배하는 걸 좋아한다는

---

16) 'given to government'는 지배한다는 뜻인데, 핍이 엉뚱한 뜻으로 받아들였다.

뜻이야."

매형 설명에 내가 대답했다.

"아!"

"그래서 네 누나는 우리 집에 학자가 둘이나 생기는 걸 좋아하지 않을 거야. 내가 학자가 되는 건 특히 싫어하겠지. 내가 들고일어나는 건 아닐까 두려워서. 일종의 반란군처럼 말이야. 이제 알겠니?"

내가 질문으로 응수하려고 "왜"라는 말을 꺼내자마자 매형이 가로막았다.

"조금만 기다려. 나는 네가 무슨 말을 할지 알아, 핍. 조금만 기다려! 나는 네 누나가 몽골족처럼 툭하면 우리를 괴롭힌다는 사실을 부인하지 않아. 나는 네 누나가 우리를 패대기쳐서 무거운 몸으로 짓누른다는 사실도 부인하지 않아. 네 누나가 마구 날뛸 때면, 핍."

매형이 목소리를 낮추고 문가를 둘러보며 조그맣게 속삭였다.

"끔찍한 파괴자로 돌변한단 사실은 나도 솔직하게 인정할 수밖에 없어."

매형은 '끔찍한 파괴자'란 말을 최소한 열두 배는 강하게 발음하며 덧붙였다.

"왜 들고일어나지 않느냐? 내가 말을 막을 때 이걸 물으려고 한 거지, 핍?"

"네, 매형."

매형이 부지깽이를 왼손으로 옮긴 뒤에 오른손으로 구레나룻을 느긋하게 쓰다듬는데, 그건 내가 매형을 능가할 가능성이 소금도 없다는 의미였다.

"으음, 네 누나는 모든 걸 꿰뚫는 사람이야. 모든 걸 꿰뚫는 사람."

"그게 뭔데요?"

내가 물었다. 매형을 궁지로 몰아넣을 수도 있겠다는 희망이 살짝 생긴 것이다. 하지만 매형은 내가 예상한 이상으로 단단히 준비하다가 나를 똑바로 바라보며 "네 누나"라고 대답하는 순환논법으로 나를 꼼짝 못 하게 만들었다. 그러더니 나를 바라보던 시선을 거두고 구레나룻을 다시 쓰다듬으며 계속 말했다.

"그런데 나는 모든 걸 꿰뚫는 사람이 아니야. 마지막으로 핍, 내가 진지하게 말하고 싶은 건, 친구, 나는 불쌍한 우리 어머니를 통해 여자가 노예처럼 고되게 일하면서 정직한 마음이 무너지는 광경을, 그래서 평생 단 하루도 평화롭게 못 사는 모습을 너무 많이 보았기 때문에 나 자신이 여자를 제대로 대하지 않는 실수를 저지를까 몹시 두려워. 그러느니 차라리 정반대로 내가 그런 일을 겪으면서 약간 불편하게 사는 편이 훨씬 편해. 그런데 불편을 겪은 사람이 나 하나로 끝나면 얼마나 좋을까. 네가 '따끔이'에 맞는 일이 없으면 얼마나 좋을까. 나 혼자 모든 고통을 껴안으면 얼마나 좋을까. 하지만 세상일이란 올라갈 때가 있으면 내려갈 때가 있고 편편할 때도 있는 법이야, 핍. 그러니 나는 네가 이런저런 풍파를 무난하게 넘기면 좋겠어."

나는 어린 나이에도 그날 밤부터 매형을 새롭게 존경하게 된 것 같다. 그 뒤에도 우리는 예전과 마찬가지로 친구처럼 지내긴 했지만 조용한 시간에 가만히 앉아서 매형을 쳐다보며 깊은 생각에 빠져들다 보면 내가 매형을 정말 우러러본다는 느낌이 마음속에서 새록새록 피어오르곤 했다.

매형이 불에 석탄을 더 넣으려고 일어나면서 다시 말했다.

"독일제 시계가 여덟 시를 치려고 부지런히 움직이는데, 네 누나는 아직 안 오는구나! 펌블추크 삼촌네 말이 마차를 끌다가 얼음덩어리에 앞발을 헛디디고 쓰러지는 일이 없어야 할 텐데."

조 부인은 장날이면 펌블추크 삼촌과 함께 시장에 가서 여성의 판단이 필요한 물건이나 가재도구 사는 걸 가끔 도와주었다. 펌블추크 삼촌이 독신인 데다 하인을 조금도 믿을 수 없기 때문이다. 그날도 장날이라서 조 부인이 그런 일로 집을 비운 것이다.

매형은 불을 피우고 벽난로 주변을 청소한 다음, 이륜마차가 오는 소리를 들으려고 나를 데리고 문가로 갔다. 몹시 건조하고 추운 밤이었다. 바람은 매섭게 불어대고 서리는 사방을 하얗게 뒤덮었다. 이런 날씨에 습지에서 밤을 보내는 사람은 죽을 거라는 생각이 들었다. 그러다가 별을 올려다보았다. 사람이 얼어 죽으면서 하늘에 가득한 별을 올려다보는데, 수없이 반짝거리는 별에서 어떤 도움이나 위안도 찾을 수 없다면 얼마나 끔찍할까 하는 생각이 들었다. 그런 참에 매형이 말했다.

"말이 오는구나, 종소리 같은 게 꾸준히 울리는 걸 보면!"

편자를 박은 말발굽이 딱딱한 도로를 박차는 소리가 규칙적으로 일어났다. 평소보다 훨씬 빠르게 달려오는 소리였다. 우리는 조 부인이 마차에서 내릴 때 디딜 의자를 준비하고, 창문이 환하게 보이도록 불을 잔뜩 지피고, 주방을 둘러보며 제대로 정돈했는지 확인했다. 모든 준비를 마칠 즈음에 두 사람이 옷으로 눈까지 감싼 채 마차를 몰며 나타났다. 조 부인은 곧바로 내리고 펌블추크 삼촌도 잇따라 내려서 말을 천으로 덮어주었다. 우리 네 사람이 차가운 냉기를 가득 몰며 주방으로 곧장 들어가니 벽난로 열기조차 순식간에 사라지는 것 같았다.

조 부인이 외투를 급히 벗고 끈 날린 보닛 모자를 뒤로 젖혀서 어깨에 대롱대롱 매단 채 잔뜩 흥분한 표정으로 입을 열었다.

"이놈이 오늘 밤에 고마운 걸 모른다면 앞으로 평생 고마운 걸 모를 거야!"

나는 고마워할 게 무언지 하나도 모르면서 최대한 고마워하는 표정으로 가만히 쳐다보고 누나는 다시 말했다.

"저놈이 '지멋때로' 구는 버릇만 없으면 좋겠는데, 벌써 걱정이 앞서."

그러자 펌블추크 삼촌이 끼어들었다.

"그 여인 앞에서는 못 그럴 거요, 부인. 세상 이치를 꿰뚫은 사람이니 말이오."

그 여인? 나는 매형을 쳐다보며 입술과 눈썹으로 "그 여인?" 하는 표정을 만들었다. 매형 역시 나를 쳐다보며 입술과 눈썹으로 "그 여인?" 하는 표정을 만들었다. 누나는 매형이 떠올린 표정을 발견하고 매형은 그럴 때마다 늘 그런 것처럼 누나를 달래는 표정을 짓더니 손등으로 코를 쓱 문지르며 쳐다보았다. 그러자 누나가 톡 쏘는 어투로 물었다.

"뭐야? 왜 그렇게 쳐다보는 거야? 집에 불이라도 났어?"

"누가 '그 여인'이란 말을 꺼내서."

매형이 에둘러서 점잖게 표현했다.

"그 여인이 그 여인이지 누구겠어? 하비셤 아씨를 그 남자라고 안 부르는 한. 하지만 당신은 그렇게 부르고도 남을 사람이야."

누나가 대답하는 말에 매형이 물었다.

"읍내에 사는 하비셤 아씨?"

"읍내에 다른 하비셤 아씨도 있어?"

누나가 반문하더니, 이렇게 말했다.

"하비셤 아씨가 이놈이 자기 집에 와서 놀았으면 한대. 그러니 당연히 가야겠지. 이놈도 거기에서 노는 게 좋을 거고."

누나가 말썽만 피워보라는 표정으로 나를 쳐다보고 고개를 가로저으며 덧붙였다.

"안 그러면 나에게 단단히 혼날 테니."

나는 읍내에 사는 하비셤 아씨 이야기를 들은 적이 있었다. 엄청난 부자에다 냉정하며 도적을 막으려고 황량한 대저택에 방어벽을 온통 둘러친 채 은둔생활을 한다는 이야기 말이다. 아니, 읍내에 사는 하비셤 아씨에 관해 이야기를 안 들은 사람은 주변 마을에서 한 명도 없었다.

"아니, 정말! 아씨가 핍을 어떻게 알았는지 궁금하군!"

매형이 깜짝 놀란 표정으로 말하자 누나가 받아쳤다.

"멍청아! 아씨가 이놈을 안다고 누가 말했어?"

"핍이 자기 집에 와서 노는 걸 아씨가 원한다고 누가 말해서."

매형이 에둘러서 점잖게 표현하자, 누나가 반박했다.

"그럼 아씨가 펌블추크 삼촌에게 그 집에 와서 함께 놀아줄 아이를 아느냐고 물어볼 수도 없다는 거야? 펌블추크 삼촌이 아씨네 임차인이니 집세를 내러 가끔 - 분기별인지 일 년에 두 번인지는 말하지 않겠어, 어차피 당신은 이해를 못 하니까 - 어쨌든 가끔 집세를 내러 그 집을 찾아갈 수도 있는 거 아니야? 아씨가 그런 펌블추크 삼촌에게 그 집에 와서 함께 놀아줄 아이를 아는지 물어볼 수도 없다는 거야? 우리를 항상 생각하며 도와주시는 펌블추크 삼촌이, 당신 생각은 다를 수도 있지만(누나는 매형이 아주 못된 조카라도 되는 듯 심하게 비난하는 어투로 말하더니), 여기에서 껑충껑충 날뛰는 이놈을(맹세컨대 나는 껑충껑충 날뛴 적이 한 번도 없는데), 내가 지금까지 노예처럼 일하며 키운 이놈을 추천할 수도 없다는 거야?"

"정말 잘했소! 설명이 좋소! 요점이 정확하오! 정말 대단하오! 그러니 이제 너도 상황을 파악했겠지, 조?"

펌블추크 삼촌이 끼어들고 매형은 미안한 듯 손등으로 코를 문지르고 또 문지르는데도 누나는 비난하는 어투로 계속 퍼부었다.

"아니야, 조. 당신은 – 당신 생각은 다를 수도 있지만 – 아직 상황을 제대로 몰라. 당신이 상황을 파악했다고 생각해도 아직은 아니야, 조. 이놈이 하비셤 아씨네 저택에 가면 아주 좋은 일이 생길 수도 있다는 사실을 펌블추크 삼촌이 충분히 깨달으시고 오늘 밤 삼촌네 이륜마차에 이놈을 태워서 삼촌 집에 데려다가 재워서 내일 아침 당신 손으로 하비셤 아씨에게 직접 데려다주시겠다고 제안하셨다는 사실을 당신이 모르기 때문이야."

누나가 갑자기 절망스러운 표정으로 보닛 모자를 벗어 던지며 소리질렀다.

"그런데 하느님 맙소사! 펌블추크 삼촌이 기다리시고 말은 문밖에서 추위에 떨고 이놈은 머리끝부터 발바닥 끝까지 더러운 게 잔뜩 묻어서 소름 끼치는데 이렇게 가만히 서서 멍청이 두 놈에게 쓸데없는 말이나 지껄이다니!"

그러더니 누나는 새끼 양한테 달려드는 독수리처럼 달려들어 개수대 나무 대야에 내 얼굴을 처박고 빗물통 수도꼭지에 내 머리를 들이밀더니 잔뜩 비누칠하고 박박 문지르고 수건으로 닦고 쾅! 때리고 온몸을 갈아대고 긁어대서 나는 정말 정신이 하나도 없었다. (여기에서 한마디 하겠는데, 결혼반지가 가녀린 얼굴을 무자비하게 긁어대는 참혹한 효과에 대해 나보다 많이 아는 사람은 아마 어디에도 없을 것이다.)

목욕재계를 끝낸 다음에는 어린 고행자에게 리넨으로 만든 옷이라도 입히듯 가장 뻣뻣하고 깨끗한 속옷을 나에게 입히더니, 너무 꽉 죄어서 소름 끼치는 정장으로 온몸을 꽁꽁 묶었다. 그런 다음에 나를 넘기자 펌블추크 삼촌은 보안관이라도 되는 듯 인계받더니 내가 뻔히 예상한 대로 잔소리를 늘어놓는데, 그때까지 입이 근질근질해서 어떻게 참았는지 신기할 정도였다.

"꼬마야, 친절을 베푼 모든 사람에게 영원히 감사해야 해. 그리고 너를 손수 키워주신 분에게는 특히 감사해야 하는 거야!"

"안녕히 계세요, 매형!"

"하느님이 축복하시길 빈다, 핍, 우리 친구!"

나는 전에 매형과 헤어진 적이 한 번도 없어서 북받치는 감정과 비누 때문에 처음에는 이륜마차에서 별을 하나도 볼 수 없었다. 그러다가 반짝거리는 별이 하나둘 보이기 시작하는데, 도대체 내가 하비셤 아씨네 저택에서 놀아야 하는 이유는 무언지, 도대체 내가 거기에서 무얼 하고 놀아야 하는지 알려주는 별빛은 하나도 없었다.

8

펌블추크 삼촌네 상점은 장이 열리는 읍내 중심가에 있는데, 곡식과 씨앗을 파는 상점답게 후추 냄새와 곡식 가루 냄새로 가득했다. 상점에 조그만 서랍이 아주 많은 걸 보면 삼촌은 행복한 사람이 분명했다. 낮은 서랍 한두 개를 슬쩍 엿보니, 끈으로 맨 갈색 종이 묶음이 보였다. 꽃씨와 알뿌리가 감옥에서 도망쳐 꽃을 활짝 피울 화창한 날씨만 기다리는 건 아닐까 궁금했다.

내가 이런 생각을 한 건 상점에 도착한 다음 날 이른 아침이다. 전날 밤에는 지붕이 경사진 다락방 침실로 곧장 올라가야 했는데, 침대가 있는 모서리는 지붕이 특히 낮은 걸 보면 눈썹 바로 위 삼십 센티미터 거리 안쪽으로 기와가 있을 것 같았다.

다음 날 이른 아침에 나는 씨앗과 코르덴바지가 묘하게 비슷하단 사실을 발견했다. 펌블추크 삼촌도 코르덴바지를 입고 점원도 마찬가지였다. 그런데 코르덴바지에서 풍기는 분위기와 냄새가 씨앗이랑 정말 비슷하고 씨앗에서 풍기는 분위기와 냄새도 코르덴바지와 너무나 비슷해서 나로선 뭐가 뭔지 구분할 수 없을 정도였다.

바로 그 순간에 나는 펌블추크 삼촌이 도로 건너편 마구 판매상을 바라보는 방식으로 상점을 운영하고, 마구 판매상은 두 손을 주머니에 찌른 채 빵 장수를 골똘히 쳐다보는 식으로 생계를 꾸리고, 빵 장수는 팔짱을 끼고 식료품 상점 주인을 물끄러미 쳐다보는 식이며, 식료품 상점 주인은 문가에 서서 하품하며 약장수를 쳐다보는 식이란 사실을 발견했다. 시계 수리공 한 명만 한쪽 눈에 돋보기를 끼우고 조그만 책상을 내려다보는데, 시계방 앞에 몇 사람이 모여서 유리창 사이로 가만히 살피는 걸 보면 읍내 중심가에서 자기 일에 열중하는 사람은 그 사람밖에 없는 것 같았다.

펌블추크 삼촌과 나는 오전 여덟 시에 상점 뒤 거실에서 아침 식사를 하고 점원은 차가 가득 든 머그잔과 버터 바른 빵 한 덩어리를 상점 앞으로 가져가서 완두콩 포대에 올려놓고 식사했다.

그런데 펌블추크 삼촌하고 아침 식사를 하는 건 정말 고역이었다. 펌블추크 삼촌 역시 나는 음식을 먹을 때 수행자처럼 금욕하는 정신이 있어야 한다는 누나 생각을 그대로 이어받은 건 물론이고, 그래서 버터를 최대한 조금 바른 빵 부스러기에다 따뜻한 물을 잔뜩 부어서 애초에 우유를 조금도 안 넣는 게 오히려 솔직할 것 같은 우유를 나에게 준 건 물론이고, 입에서 나오는 말이라곤 산수 문제가 전부였다. 내가 안녕히 주무셨느냐고 정중하게 인사하는 순간부터 "일곱 곱하기 아홉은, 꼬마?" 하고 물어보며 잘난 척했다. 그런데 이렇게 낯선 곳에서 배가 텅 빈 상태로 그렇게 갑자기 찔러대면 내가 어떻게 대답할 수 있겠는가!

턱없이 배고픈 나에게 한 입을 채 삼키기도 전부터 산수 문제를 내더니, 식사하는 내내 끊임없이 퍼부어댔다. "그럼 곱하기 일곱은?" "그럼 곱하기 넷은?" "그럼 곱하기 여덟은?" "그럼 곱하기 여섯은?"

"그럼 곱하기 둘은?" "그럼 곱하기 열은?" 하면서 끝없이 이어나갔다. 그래서 억지로 대답하면, 빵을 한 입 깨물거나 음료수를 한 입 들이켤 틈도 없이 다음 문제가 나왔다. 그러면서 자신은 아무런 계산도 않고 편히 앉아서 베이컨과 따뜻한 롤빵을 (이렇게 표현해도 괜찮을지 모르겠지만) 식충이처럼 게걸스럽게 먹었다.

이처럼 다양한 이유로 나는 열 시가 되어서 하비셤 아씨네 집으로 출발한 게 참으로 기뻤다. 하지만 아씨네 집에서 처신할 방식에 대해 자신이 생긴 건 전혀 아니었다. 십오 분도 안 돼서 하비셤 아씨네 저택이 나타나는데, 벽돌이 낡은 데다 사방에 쇠막대까지 둘러쳐서 우중충하게 보였다. 창문도 대부분 담을 쌓아 올린 데다 그대로 둔 창문 가운데 아래층은 하나같이 녹슨 창살을 달았다. 저택 앞에는 마당이 있는데 거기에도 쇠막대를 둘러쳤다. 그래서 우리는 종을 울린 다음에 누구든 나타나서 문을 열어주기만 기다릴 수밖에 없었다. 대문에서 기다리는 동안 (그런 순간에도 펌블추크 삼촌은 "그럼 곱하기 열넷은?" 하고 물었지만 나는 못 들은 척하면서) 쇠막대 사이를 들여다보다 저택 옆에 자리한 커다란 양조장을 발견했다. 술을 빚는 기미는 하나도 없는데, 아주 오래전부터 그런 것 같았다.

창문 하나가 올라가더니 어떤 목소리가 "이름이 뭐예요?" 하고 또렷하게 물었다. 나를 데려온 삼촌이 "펌블추크"라고 대답하자, 선명한 목소리가 "알았어요" 하고 대답하더니 창문을 닫았다. 그리고 어린 아가씨가 손에 열쇠꾸러미를 들고나와서 마당을 가로지르며 다가왔다.

"이쪽은 핍이야."

펌블추크 삼촌이 소개하자, 어린 아가씨가 "핍이라고요? 들어와, 핍" 하고 말하는데, 예쁜 얼굴이 아주 거만하게 보였다.

펌블추크 삼촌도 함께 들어오려고 하는데 어린 아가씨가 문을 가로

막으며 물었다.

"맙소사! 아저씨도 하비셤 아씨를 만나려는 거예요?"

"하비셤 아씨가 만나길 원하신다면."

펌블추크 삼촌이 당황하며 대답하자, 여자애가 말했다.

"그렇군요! 하지만 잘 알다시피 그런 일은 없어요."

여자애가 재론할 여지도 없이 단호하게 말하자, 펌블추크 삼촌은 체면을 잔뜩 구겼는데도 항변조차 못 했다. 하지만 내가 자기한테 무슨 잘못이라도 저지른 것처럼 엄숙하게 쳐다보며 책망하는 어투로 "꼬마! 여기에서는 똑바로 행동해서 너를 손수 길러준 사람들에게 득이 되도록 해야 해!" 하고 말한 다음에 떠나갔다. 나는 삼촌이 돌아와서 대문 사이로 "그럼 곱하기 열여섯은?" 하고 물을 거라는 불안감을 떨쳐낼 수 없었다. 하지만 그런 일은 없었다.

여자애는 대문을 잠그고 나와 함께 마당을 가로질렀다. 판석을 깔아서 깨끗하지만, 틈새마다 잡초가 무성하게 자랐다. 양조장은 안에 사람이 지나다니는 조그만 통로가 있는 데다 통로 양쪽으로 나무문을 활짝 열어서 내부는 물론 건너편에서 높이 쌓아 올린 담장까지 한눈에 보였다. 모두 텅 빈 걸 보면 사람은 한 명도 없는 게 분명했다. 차가운 바람이 대문 바깥보다 안에서 훨씬 차갑게 부는 것 같았다. 열어놓은 양조장 통로로 들이치고 빠져나가며 매섭게 울부짖는 소리는 바다에서 선박에 매달린 밧줄과 돛을 날카롭게 스치는 바람 소리와 비슷할 정도였다.

여자애는 내가 양조장을 쳐다보는 걸 깨닫고 "니도 저기에서 빚은 독한 맥주를 별 탈 없이 마실 수 있을 거야, 꼬마" 하고 말했다. 그래서 나는 수줍은 어투로 대답했다.

"그럴 것 같네요, 아가씨."

"하지만 지금은 저기에서 맥주 빚을 생각을 않는 게 좋아. 맛이 시큼하게 나올 테니까, 그렇지 않겠니, 꼬마?"

"그럴 것 같아요, 아가씨."

"그렇다고 해서 지금 맥주 빚을 사람이 있다는 뜻은 아니야. 완전히 끝났어. 아무런 소용없이 저렇게 가만히 있다가 결국엔 무너지고 말겠지. 독한 맥주는 지하실에 충분히 쌓였거든, 장원 저택을 집어삼킬 정도로."

"그게 이 집 이름인가요, 아가씨?"

"이 집 이름 가운데 하나야, 꼬마."

"그럼 다른 이름이 또 있나요, 아가씨?"

"하나 더. 원래는 이름이 '새티스'였어. 그리스언지 라틴언지 히브리언지 세 가지 모두 합친 건지 모르겠지만 '충분하다'는 뜻이야."

"충분한 집이라니, 이름이 이상하네요, 아가씨."

"맞아. 하지만 원래 의미하는 내용은 그 이상이야. 누구든 이 저택을 소유한 사람은 더는 바랄 게 없다는 뜻이거든. 당시에는 사람들이 금방 만족한 것 같아. 그런데 꾸물거리지 좀 마, 꼬마."

여자애가 툭하면 나를 "꼬마"라고 아무렇게나 부르긴 해도 나이는 나랑 비슷했다. 물론 여자애인 데다 아름답고 침착한 게 나보다 나이가 훨씬 많은 것처럼 보이긴 했다. 그래서 자기가 스물한 살에다 여왕이라도 되는 것처럼 나를 깔보고 무시하는 것 같았다.

우리는 옆문으로 들어갔다. 거대한 정문은 바깥쪽에서 쇠사슬 두 개를 겹질려 묶어놓았다. 그래서 안으로 들어서자마자 내가 알아챈 건 복도가 모두 깜깜하다는 사실, 그리고 여자애가 안에다 촛불 하나를 내려놓았다는 사실이 전부였다. 여자애는 그걸 집어서 나와 함께 복도를 몇 개 지나다가 계단을 오르는데, 깜깜한 건 모두 똑같았다. 길을 밝히는 건 촛불 하나가 전부였다.

마침내 어느 방문 앞에 도착하자, 여자애가 "들어가"라고 말했다.

나는 예의를 차린다기보다 수줍어서 "먼저 들어가세요, 아가씨" 하고 대답했다.

이 말에 여자애가 "멍청하게 굴지 마, 꼬마. 나는 안 들어가" 하고 대답하더니, 깔보는 표정으로 떠나는데, 문제는 촛불까지 가져간다는 사실이었다.

아주 불편한 상황인 데다 겁까지 났다. 그러나 내가 할 수 있는 건 방문을 두드리는 것밖에 없기에 나는 똑똑 두드리고, 안에서는 들어오라는 소리가 일어났다. 그래서 안으로 들어가니, 아주 커다란 방과 여기저기에 밝힌 밀랍 초가 눈앞에 나타났다. 안으로 흘러드는 햇빛은 조금도 안 보였다. 가구로 판단하건대 옷을 갈아입는 방이었다. 물론 다양한 가구 하나하나를 어떤 용도로 사용하는지는 당시에 하나도 몰랐다. 하지만 테두리에 금박을 입힌 거울이 있고 식탁보를 씌운 탁자가 눈에 띄는데, 귀부인 화장대란 사실을 한눈에 알아볼 수 있었다.

거기에 귀부인이 앉아 있지 않아도 내가 그걸 그렇게 빨리 알아보았을지는 아직도 모르겠다. 안락의자에는 한쪽 팔꿈치를 화장대에 대고 손에 머리를 기댄 귀부인이 한 명 있는데, 이전에도 이후에도 그렇게 이상한 여인은 본 적이 없다.

여인은 공단, 레이스, 비단 같은 천을 넉넉하게 사용해서 만든 드레스 차림인데 모두 하얀색이었다. 구두도 하얀색이었다. 머리에는 하얀 면사포가 기다랗게 흘러내리고 신부용 꽃도 꽂았는데 머리칼이 백발이었다. 목과 두 손에서 화려한 보석이 반짝거리고 화장대에서도 다양한 보석이 반짝거렸다. 입은 드레스보다 못하지만 다양한 드레스와 싸다만 여행 가방도 이리저리 널려있었다. 여인은 드레스를 완전히

차려입은 것도 아니었다. 구두는 한쪽만 신고 다른 쪽 구두는 손을 올려놓은 화장대에 있으며 면사포는 절반만 걸치고 줄 달린 시계도 안 차고 가슴에 다는 레이스는 보석과 손수건과 장갑과 화환과 기도서와 함께 거울 주변에 혼란스럽게 뒹굴었다.

내가 이런 걸 얼마 안 되는 순간에 모두 파악한 건 아니지만, 첫눈에 생각보다 많은 걸 발견했다. 하지만 눈에 보이는 물건 모두 원래 하얀색이어야 하고 그래서 오래전에 하얀색이다가 시간이 흐르면서 광택을 잃고 누렇게 바랬다는 사실은 확실히 깨달았다.

신부용 드레스를 입은 신부는 자신이 입은 드레스처럼 시들고 꽃처럼 시들어 움푹 들어간 두 눈만 번뜩이고 생생한 기운은 모두 사라졌다는 사실도 깨달았다. 드레스를 처음 입을 때는 살이 통통한 젊은 여인이다가 지금은 피골이 맞닿을 정도로 쪼그라들어서 드레스가 축 늘어졌다는 사실도 깨달았다.

예전에 박람회에 따라가서 유령처럼 핼쑥한 밀랍인형이 도저히 불가능한 자세로 누워있는 광경을 본 적이 있다. 한번은 습지에 있는 낡은 교회까지 따라갔다가 교회 밑바닥 지하묘지에서 파낸 해골도 보았는데, 흙먼지처럼 변한 화려한 옷을 걸치고 있었다. 그런데 바로 지금, 밀랍인형과 해골이 시커먼 눈알을 굴리며 나를 쳐다보는 것 같았다. 당장에라도 비명을 지르고 싶었다, 그럴 수만 있다면.

"누구니?"

화장대 앞에서 귀부인이 물었다.

"핍입니다, 아씨 마님."

"핍?"

"펌블추크 삼촌이 데려온 아이입니다, 아씨 마님. 와서 놀라고……."

"가까이 오렴. 어디 한번 보자꾸나. 가까이 와."

나는 상대편 앞으로 가서 눈길을 피한 채 이리저리 주변을 살폈다. 그러다가 상대편 시계가 아홉 시 이십 분 전에 멈추고 실내에 있는 괘종시계도 아홉 시 이십 분 전에 멈췄다는 사실을 발견했다.

"나를 보렴. 네가 태어나기 전부터 태양을 본 적이 없는 여인을 설마 무서워하는 건 아니겠지?"

하비셤 아씨가 묻고, 나는 "아니요" 하는 대답으로 엄청난 거짓말을 서슴없이 했는데 지금 생각하면 정말 창피하다.

"여기에 있는 게 뭔지 아니?"

아씨가 물으면서 두 손을 왼쪽 가슴에 포갰다.

"네, 아씨 마님."

내가 대답했다. 젊은 친구라는 죄수가 저절로 떠올랐다.

"뭐지?"

"아씨 마님 가슴입니다."

"찢어진 가슴!"

간절한 시선으로 쳐다보고 섬뜩하게 웃으며 유별나게 강조해서 말하는 게 마치 자랑이라도 하는 것 같았다. 그러고 나서 한동안 두 손을 가슴에 그대로 대다가 아주 무거운 듯 천천히 떼어냈다. 그리고 이렇게 말했다.

"난 완전히 지쳤어. 기분을 바꾸고 싶은데 세상 사람하고는 완전히 끝났어. 놀아봐."

섬뜩한 느낌이 들어서 어쩔 줄 모르는 아이에게 놀아보라는 말처럼 어려운 건 세상천지 어디에도 없다는 사실만큼은 아무리 반박하는 걸 좋아하는 독자라도 충분히 인정하리라. 그런데도 아씨 마님은 계속 말했다.

"나는 가끔 병적인 기분에 사로잡히는데, 지금은 아이가 노는 걸 보고 싶어. 자, 어서. 놀아봐, 놀아봐, 놀아봐!"

우리 누나가 순식간에 나타나서 나를 손볼까 두려운 마음에 펌블추크 삼촌네 이륜마차가 된 것처럼 실내를 빙글빙글 돌아볼까 하는 절박한 생각이 순간적으로 떠올랐다. 하지만 제대로 못 할 것 같아서 포기한 채 가만히 서서 물끄러미 쳐다보자, 하비셤 아씨는 내가 고집부린다고 생각한 것 같다. 아씨 마님 역시 나를 한동안 물끄러미 쳐다보다가 이렇게 말했기 때문이다.

"너는 동작이 굼뜨고 고집이 세니?"

"아니에요, 마님, 정말 미안해요. 지금 당장 놀 수 없어서 정말 미안해요. 마님 말씀을 안 들으면 누나한테 혼나기 때문에 저 역시 가능하다면 그러고 싶어요. 하지만 여기는 너무 새로운 데다 너무 낯설고 너무 멋있고…… 우울해서……."

나는 입을 다물었다. 말을 너무 많이 한다는, 아니 벌써 너무 많이 했다는 두려움이 일었다. 그래서 우리는 또다시 서로를 물끄러미 쳐다보았다.

아씨 마님은 다시 입을 열기 전에 시선을 돌려서 자신이 입은 드레스와 화장대와 거울에 비친 자신까지 차례대로 바라보며 중얼거렸다.

"저 아이한테는 너무 새로운데 나한테는 너무 오래되었어. 저 아이한테는 너무 낯선데 나한테는 너무 익숙해. 하지만 우울한 건 저 애나나나 똑같아! 에스텔라를 불러."

아씨 마님이 거울에 비친 자신을 계속 쳐다보고 말해서 나는 혼자 중얼거리는 소리로 여기고 가만히 있있다. 그러자 아씨 마님이 나를 힐끗 쏘아보며 다시 말했다.

"에스텔라를 불러. 그건 할 수 있겠지. 에스텔라를 불러. 문가에서."

나는 낯선 저택 신비롭고 어두운 복도로 나가서 보이지도 않고 인기

척도 없는 여자애에게 에스텔라라고 커다랗게 불렀다. 나를 깔보는 여자애 이름을 노골적으로 부르는 건 아주 무례하단 느낌이 들었다. 놀아보라는 명령만큼이나 힘들었다. 하지만 결국엔 여자애가 대답하고, 손에 든 촛불은 어두운 복도를 별처럼 다가왔다.

하비셤 아씨가 가까이 오라고 손가락을 까딱이더니, 화장대에서 보석 하나를 집어 앳된 가슴과 예쁜 갈색 머리칼에 대고 모양을 살피다가 말했다.

"언젠가는 너에게 물려줄 거야. 그러면 잘 사용하겠지. 저 아이랑 카드놀이 하는 모습을 보여주렴."

"저 아이하고요? 아니, 저 아이는 일해서 먹고사는 비천한 아이라고요!"

하비셤 아씨가 "그래? 그럼 저 아이 가슴을 찢어버리면 되잖아" 하고 대답하는 걸 얼핏 들은 것 같은데, 잘못 들은 것 같다는 느낌도 들었다.

"할 줄 아는 게 뭐니, 꼬마?"

에스텔라가 엄청나게 깔보는 어투로 물었다.

"이웃 거지 만들기[17]밖에 몰라요, 아가씨."

"저 애를 거지로 만들어."

하비셤 아씨가 에스텔라에게 말하고, 우리는 의자에 앉아서 카드놀이를 시작했다.

그때부터 나는 방에 있는 건 무엇이든 줄 달린 시계나 괘종시계처럼 오래전에 멈췄단 사실을 서서히 깨달았다. 하비셤 아씨가 보석을 자신이 집었던 자리에 그대로 내려놓는다는 사실도 깨달았다. 에스텔라가 카드를 한 장씩 돌릴 때는 나는 화장대를 다시 힐끗 쳐다보고 거기에

---

17) 카드를 모두 따서 상대편을 거지로 만드는 놀이.

있는 신발이 원래는 하얗지만 지금은 누렇게 변했다는 사실도, 실제로 신은 적이 한 번도 없다는 사실도 깨달았다. 그래서 신발을 신어야 할 발을 힐끗 내려다보니 비단 스타킹을 신었는데, 원래는 하얗던 게 지금은 누렇게 변한 채 바닥이 닳아서 오래전에 너덜너덜한 누더기로 변했다는 사실도 깨달았다.

이렇게 모든 게 멈추지만 않았다면 그래서 모든 게 누렇게 변해서 정지하지만 않았다면, 쪼그라든 몸에서 쭈글쭈글하게 변한 신부용 드레스가 시체에 입힌 옷처럼 보이거나 기다란 면사포가 수의처럼 보이진 않을 수도 있겠다는 생각이 들었다.

우리는 그렇게 카드놀이를 하고 하비셤 아씨는 시신처럼 가만히 앉아서 지켜보는데, 신부용 드레스에 달린 주름 등 다양한 장식이 금방이라도 먼지로 변해서 떨어질 것 같았다. 당시만 해도 나는 오랜 옛날에 파묻힌 시신을 가끔 발굴하면 햇빛을 보는 순간에 가루처럼 무너진다는 사실을 몰랐다. 그런데도 햇빛을 접하는 순간에 하비셤 아씨가 단번에 먼지로 변할 것처럼 보인다는 생각이 그때 이후로 툭하면 떠올랐다.

"저 애는 악당[18]을 잭이라고 불러요! 그리고 손이 너무 거칠어요! 게다가 저 뭉툭한 장화를 보세요!"

에스텔라가 경멸하는 어투로 소리쳤다. 첫 번째 게임이 끝나기 전이었다.

나는 예전에 손을 창피하게 여긴 적이 한 번도 없다. 그런데도 손이 갑자기 억셉게 보이기 시작했다. 에스텔라는 나를 경멸하는 정도가 심해서 금방 전염되는데, 바로 내가 거기에 빠져들고 만 것이다.

---

18) 카드놀이에서는 악당(knave)을 잭이라고 부르기도 한다. 올바른 내용까지 부정할 정도로 성격이 독선적이라는 사실을 잘 나타내는 부분이다.

게임은 에스텔라가 이겨서 나는 카드를 돌렸다. 그런데 실수하기만 상대편이 손꼽아 기다린다는 사실을 잘 아는 터라 내가 실수하는 건 당연한 결과였다. 그래서 이번에도 천박하고 멍청하고 굼뜬 꼬마란 비난을 들었다. 그러자 하비셤 아씨가 가만히 쳐다보다가 말했다.

"너는 저 애한테 아무 말도 않는구나. 저 애는 심한 말을 퍼부어대는 데, 너는 저 애한테 아무 말도 안 해. 너는 저 아이를 어떻게 생각하니?"

"말하기 싫어요."

내가 더듬거리며 대답하자, 하비셤 아씨가 고개를 숙이며 말했다.

"귀에 대고 말하렴."

"저 애는 아주 거만한 것 같아요."

내가 속삭이며 대답했다.

"또?"

"저 애는 아주 예쁜 것 같아요."

"또?"

"저 애는 입이 아주 거친 것 같아요."

내가 속삭이는 순간에 에스텔라가 정말 혐오스럽다는 표정으로 나를 쳐다보았다.

"또?"

"이제 집으로 가야 할 것 같아요."

"그래서 저 아이를 다시는 안 볼 거니, 저렇게 예쁜데?"

"저 애를 다시 안 보고 싶은지 어떤지 확실히 모르겠지만, 지금은 집으로 가야 할 것 같아요."

내가 속삭이자 하비셤 아씨가 이번에는 커다랗게 대답했다.

"그래, 알았다. 하던 게임이나 마치렴."

이렇게 말하며 섬뜩하게 웃는 모습을 못 보았더라면 나는 하비셤 아씨가 웃을 줄 모른다고 확신했을 것이다. 가만히 바라보며 곰곰이 생각하는 표정이 그대로 눌어붙은 게 - 모든 게 그대로 정지한 순간에 이렇게 되었을 가능성이 큰데 - 다시는 그런 표정을 떨쳐낼 수 없을 것 같았다. 거기에다 가슴은 움푹 들어가서 허리가 휘고 목소리는 잠겨서 말소리가 나지막하고 기운은 전혀 없는 게, 몸이든 영혼이든, 겉이든 속이든, 끔찍한 충격에 나락으로 완전히 떨어진 그런 모습이었다.

나는 에스텔라와 카드게임을 하고 마침내 거지가 되었다. 에스텔라는 카드를 모두 따더니 나한테 딴 카드까지 경멸스럽다는 듯 화장대에 툭 던지고, 하비셤 아씨는 이렇게 말했다.

"언제 다시 오면 좋을까? 생각 좀 해보자."

내가 오늘은 수요일이라고 말하려 하자 아씨는 아까처럼 오른손 손가락을 짜증스럽게 흔들며 제지했다.

"저런, 저런, 저런! 나는 요일 같은 거 몰라. 날짜도 계절도 몰라. 앞으로 육 일 후에 오너라. 알겠니?"

"네, 아씨 마님."

"에스텔라, 저 애를 데려가렴. 뭐든 먹을 걸 줘. 그래서 음식을 먹는 동안 이리저리 돌아다니며 구경하도록 해. 가라, 핍."

나는 촛불을 따라 위층으로 올라온 것처럼 촛불을 따라 아래층으로 내려가고, 에스텔라는 촛불을 똑같은 자리에 세워놓았다. 에스텔라가 옆문을 열 때까지 나는 별다른 생각 없이 지금은 밤이 분명하다고 막연하게 상상했다. 그래서 갑자기 몰려드는 햇살이 너무나 당혹스런 니미지 촛불을 밝힌 이상한 방에서 아주 오랜 시간을 보낸 기분마저 들었다.

"여기서 기다려, 꼬마."

에스텔라가 말하더니, 문을 닫으며 사라졌다.

나는 마당에 혼자 남은 틈을 타서 거친 손과 볼품없이 뭉툭한 장화를 살펴보았다. 좋은 생각이 안 들었다. 손이든 장화든 예전에는 창피한 적이 한 번도 없다. 그런데 지금은 너무 천박하게 보여서 창피했다. 악당이라고 불러야 하는 카드를 잭이라고 부르도록 가르쳐준 이유도 매형한테 물어봐야 하겠다고 마음먹었다. 매형이 자랄 때 좋은 교육을 못 받아서 나도 그런 것 같아 아쉬웠다.

에스텔라가 빵과 고기 그리고 맥주가 든 조그만 머그잔을 들고 돌아왔다. 그래서 마당 판석에 머그잔을 내려놓더니 나를 쳐다보지도 않은 채 빵과 고기를 건네는 게 마치 더러운 똥개처럼 취급하는 것 같았다. 나는 너무나 극심한 굴욕을 겪고 상처를 입고 따돌림을 당하고 모욕을 당하고 화도 나고 서글픈 나머지 - 하느님은 아시겠지만 나는 이렇게 쓰라린 마음을 어떻게 표현해야 좋을지 몰라 - 두 눈에 눈물이 고이기 시작했다. 눈물이 솟구치는 순간 여자애가 쳐다보는데, 자신 때문에 그런다는 걸 좋아하는 표정이었다. 나는 오기가 나서 눈물을 꾹 참고 상대를 쳐다보았다. 그러자 여자애가 경멸스럽다는 표정으로 - 하지만 내가 상처받은 건 확실히 파악한 표정으로 - 머리를 쳐든 채 그대로 사라졌다.

여자애가 사라진 순간, 나는 숨을 곳을 둘러보다가 양조장 통로에 있는 문 뒤로 가서 소매를 벽에 대고 거기에 이마를 기댄 다음에 엉엉 울었다. 심하게 울면서 발로 벽을 차고 손으로 머리칼을 쥐어뜯었다. 마음이 너무 아프고 상처가 너무 쓰라려서 아무에게나 분노를 터트리고 싶었다.

우리 누나는 독특한 양육방식으로 나를 너무 민감하게 만들었다. 보호자가 누구든 어린애는 자신이 살아가는 조그만 세상에서 부당한 처사만큼 민감하게 받아들이고 민감하게 느끼는 건 없다. 아이를 부당하게 대하는 내용이 아주 사소할 순 있지만 아이는 조그맣고 아이가 느끼는 세상도 조그맣다. 흔들 목마가 손이 안 닿을 정도로 높으면 사나운 사냥개처럼 무섭게 보일 수 있는 것이다. 나는 유아기부터 부당한 대우를 끊임없이 받고 마음속으로 갈등하며 성장했다. 그래서 말을 처음 배울 때부터 누나가 끊임없는 변덕과 폭력으로 나에게 부당하게 행동한다는 사실을 깨달았다. 누나가 나를 손수 키운다고 해서 나에게 폭력을 행사할 권리가 있는 건 아니라는 신념이 마음속 깊은 곳에 확고했다. 먹을 걸 안 주고 잠까지 안 재우는 등, 참회를 강요하는 다양한 징벌과 구박을 받으면서 나는 그런 확신을 가슴에 품었다. 아무런 도움도 못 받고 혼자서 그런 생각을 너무 자주 떠올리다 보니 도덕적으로 소심하면서도 아주 민감하게 반응하는 성격이 되고 만 것이다.

양조장 벽을 발로 마구 차고 머리칼을 쥐어뜯다 보니 상처받은 감정도 가라앉아서 나는 소매로 얼굴을 닦고 문 뒤에서 나왔다. 빵과 고기는 먹을 만하고 맥주는 톡 쏘면서 몸을 따뜻하게 데워주어, 결국에는 주변을 둘러볼 기분도 생겼다.

양조장 마당에 있는 비둘기 집까지 매서운 바람에 시달리다 기둥에서 기울 정도로 확실히 그곳은 모든 게 황폐했다. 행여나 비둘기가 안에 있어서 이리저리 흔들리다 보면 바다에서 파도에 흔들린다고 생각할 게 분명했다. 하지만 비둘기 집에 비둘기는 한 마리도 없고 마구간에는 말이 한 마리도 없고 돼지우리에는 돼지가 한 마리도 없고 창고에는 맥주 원료가 하나도 없고 구리 솥이나 커다란 통에서는 곡식이나 맥주 냄새가 하나도 없었다. 양조장을 가동한 흔적이나 냄새는 마지막 증기와 함께 증발한 것 같았다. 옆 마당에는 텅 빈 술통이 여기저기 널려서 좋던 시절을 쓸쓸하게 떠올리는데, 그 느낌이 너무 황량한 나머지 거기에 맥주를 담은 적이 있다는 사실조차 의심스러울 정도였다. 텅 빈 술통을 생각하면 지금도 황량한 저택 분위기가 그대로 떠오른다.

양조장 끝으로 가니 낡은 담장 너머로 잡초만 무성한 채소밭이 있는데 담장이 안 높아서 힘겹게 올라 꼭대기에 매달린 채 구경했다. 저택에 딸린 채소밭이었다. 이리저리 뒤엉키며 자란 잡초 사이로 가끔 사람이 걸어 다닌 것처럼 보이는 노란 길이 있는데, 에스텔라가 실제로 거기를 걸어가고 있었다.

그런데 에스텔라는 사방을 돌아다니는 것 같았다. 내가 빈 통이 사방에 널브러졌다는 유혹을 못 이기고 거기에 올라서 걷는데, 마당 끝에서 에스텔라 역시 빈 통 위를 걸어 다녔기 때문이다. 나한테 등을 보인 채 예쁜 갈색 머리칼을 두 손으로 펼쳐 들었는데, 뒤를 한 번도 안 돌아보고 시야에서 그대로 사라졌다. 그러더니 양조장 안에서도 - 바닥에 널찍한 판석을 깔고 천장이 높으며 예전에 맥주를 만들던 양조 시설이 그대로 남은 양조장 안에서도 - 마찬가지였다. 처음 들어갈 때는 어둑한 분위기에 압도당해 문가 근처에서 주변을 둘러보는데, 에스텔라가 불 꺼진 화로 사이를 지나서 가볍게 만든 철 계단에 올라 머리 위 높은 난간으로 나가는 게 마치 하늘로 올라가는 느낌이었다.

바로 그 순간에 나는 정말 이상한 환상을 보았다. 당시에도 정말 이상한 장면이란 생각이 들었는데, 오랜 시일이 지난 후에 다시 생각해도 정말 이상한 장면이었다. 싸늘한 햇살을 올려다보느라 눈이 약간 침침해서 오른쪽으로 고개를 돌려, 양조장 건물 모서리에 나지막하게 걸친 커다란 목재 대들보를 바라보다가 어떤 사람이 거기에 목을 매단 장면을 발견한 것이다. 하얀색이 누렇게 변색한 드레스 차림에 구두는 한쪽만 신은 인물이 목을 매달아 축 늘어졌는데, 드레스에 달린 주름 장식은 누렇게 변해서 금방이라도 먼지처럼 떨어질 것 같고, 얼굴은 하비셤 아씨인데 나를 부르려고 애쓰는 듯 안면 전체를 꿈틀거리는 것 같았다. 너무나 끔찍한 장면을 보고 공포에 싸여서, 조금 전까지 거기에 그런 게 확실히 없었다는 공포에 싸여서 처음에는 그대로 도망치다가 다시 그쪽으로 달려갔다. 그래서 거기에 아무것도 없는 걸 보는 순간에 공포는 최악으로 치솟았다.

하늘은 쾌청하고 햇빛은 싸늘하며 마당 대문 쇠창살 너머에는 지나다니는 사람들이 보이고 빵과 고기와 맥주는 남아서 마저 먹는 식으로 기운을 회복한 덕분에 나는 정신을 간신히 차릴 수 있었다. 아니, 이런 게 도움이 된 건 분명하지만, 에스텔라가 열쇠꾸러미를 들고 대문을 열어주려고 다가오는 걸 못 보았더라면 이렇게 빨리 정신을 차릴 순 없었으리라. 내가 겁에 질린 모습을 보여주는 건 나를 깔볼 구실을 또 주는 셈인데, 무슨 일이 있어도 그런 구실만큼은 줄 수 없다는 생각이 들었기 때문이다.

에스텔라는 내가 손이 거칠고 장화는 뭉툭한 걸 아주 기뻐하는 표정으로 의기양양하게 쳐다보며 지나더니 대문을 열고 손으로 잡았다. 그래서 내가 눈길조차 안 주고 대문을 지나칠 때 에스텔라가 손으로 툭 건들며 조롱하듯 물었다.

"왜 안 우니?"

"그럴 마음이 없어서."

"아니야. 너는 눈이 퉁퉁 붓도록 미구 울었어. 지금도 울고 싶은 마음이 가득해."

에스텔라가 깔보면서 웃더니 나를 밖으로 밀고 대문을 잠갔다. 나는 펌블추크 삼촌네 상점으로 곧장 갔는데 천만다행으로 거기에는 삼촌이 없었다. 그래서 나는 미스 하비셤 저택에 다시 찾아가는 날을 점원에게 알리고 대장간까지 육 킬로미터나 되는 길을 걷기 시작했다. 길을 걷는 동안 그날 본 장면을 하나씩 곰곰이 떠올리는데, 마음속 깊은 곳에서는 내가 일하며 먹고사는 비천한 아이라는, 두 손이 거칠다는, 장화가 뭉툭하다는, 악당을 '잭'이라고 부르는 천박한 습관에 젖어 들었다는, 어젯밤에 생각한 이상으로 내가 무식하다는, 전체적으로 보아서 나는 비천하고 불량하게 살아간다는 생각이 끝없이 떠올랐다.

9

집에 도착하자, 누나는 미스 하비셤에 관한 모든 걸 알고 싶어서 이런저런 질문을 퍼부어댔다. 그래서 나는 목 뒷덜미와 조그만 등을 세차게 얻어맞고 주방 벽에 얼굴을 무자비하게 비비는 신세가 되고 말았다. 각각의 질문에 대답을 충분히 길게 안 했기 때문이다.

나 자신을 유별나게 끔찍한 괴물이라고 생각할 근거는 어디에도 없으니 어린애라면 누구나 비슷할 것 같은데, 내가 침묵하는 가장 커다란 이유는 이해를 못 받는다는 끔찍한 생각이 마음속 깊숙이 깃들었기 때문이다. 그래서 하비셤 아씨에 관한 내용을 내가 본대로 설명한다면 이번에도 이해를 못 받을 거란 확신이 들었다. 그게 전부가 아니다. 하비셤 아씨 역시 이해를 못 받을 거란 확신도 들었다. 비록 나 자신이 하비셤 아씨를 완벽하게 이해한 건 아니지만, 누나에게 그 이야기를 (그리고 에스텔라 이야기를) 그대로 해서 엉뚱한 생각을 품게 하는 건 정말 치사한 배신이란 느낌도 들었다. 그래서 나는 최대한 조금 말해서 얼굴을 주방 벽에 뭉개는 처지가 되고 만 것이다.

사람을 궁지에 몰아넣는 걸 좋아하는 펌블추크 삼촌은 내가 보고 들은 장면을 모두 알고 싶은 나머지, 간식 시간에 이룬마차를 몰고 허겁지겁 달려와서 먹잇감을 노리듯 모든 내용을 상세히 털어놓도록 몰아세우며 게걸스런 호기심을 드러내서 상황을 더할 나위 없이 악화시켰다. 조끼 차림으로 볼록한 배를 씨근거리며 산수 문제를 끊임없이 내뱉어서 고문하던 영감이 생선처럼 동그란 눈으로 입을 저억 벌리고 연한 갈색 머리칼까지 곤두세운 채 궁금증을 드러내는 순간, 나는 오기가 생겨서 입을 꽉 다물고 말았기 때문이다.

펌블추크 삼촌이 벽난로 옆 귀빈석 의자에 앉자마자 물어댔다.

"그래, 꼬마야, 읍내 저택에서 어떻게 보냈니?"

나는 "잘 보냈어요" 하고 대답하고, 누나는 나한테 주먹을 흔들고, 펌블추크 삼촌은 다시 물었다.

"잘 보내? 잘 보냈다는 건 대답이 아니야. 잘 보냈다는 게 무슨 뜻인지 알려 주겠니, 꼬마?"

이마에 묻은 횟가루는 두뇌를 고집스러운 상태로 굳게 만드는 효과가 있는 것 같다. 어쨌든 나는 이마를 벽에 뭉개서 횟가루를 묻히는 사이에 고집이 무쇠처럼 단단하게 변한 상태였다. 그래서 한동안 곰곰이 생각하다가 새로운 내용이라도 발견한 듯 "잘 보냈다는 뜻이에요" 하고 대답했다.

누나가 고함을 지르며 달려들고, 매형은 대장간에서 바삐 일하느라 막아줄 수 없는데, 펌블추크 삼촌이 끼어들며 "안 돼요! 화내지 마시오. 아이는 나한테 맡겨요, 부인. 아이는 나한테 맡기라고요" 하고 말하더니, 머리카락이라도 자르려는 듯 나를 자기 쪽으로 돌려놓으며 다시 물었다.

"우선, 분위기를 가라앉히는 차원에서, 사십삼 펜스는 얼마지?"

나는 "사백 파운드"라고 대답하면 어떤 결과가 나올지 곰곰이 생각하다가 안 좋겠다는 사실을 깨닫고 정답에 최대한 가깝게 대답했다. 팔 펜스 정도가 차이 나는 대답이었다. 그러자 펌블추크 삼촌은 "십이 펜스는 일 실링"부터 "사십 펜스는 삼 실링 사 펜스"까지 펜스 계산표를 알려주고 이 정도면 충분히 대답할 거라는 듯 다시 의기양양하게 물었다.

"그래! 사십삼 펜스는 얼마지?"

이 말에 나는 오랫동안 곰곰이 생각하다가 "몰라요"라고 대답했다. 지금 돌이켜보면, 당시는 내가 정답을 실제로 파악했는지조차 의심스러울 정도로 잔뜩 화난 상태였다.

펌블추크 삼촌은 나에게 정답을 들으려고 머리를 끊임없이 굴리면서 "그렇다면 가령, 사십 펜스는 칠 실링 육 펜스 삼 파딩[19]일까?" 하고 물었다.

"맞아요!"

내가 대답했다. 동시에 누나가 따귀를 날리긴 했지만, 나는 영감이 열심히 머리를 굴려서 떠올린 묘책이 엉뚱한 대답으로 망가지며 말문까지 막히는 장면을 보고서 한없이 기뻤다.

하지만 펌블추크 삼촌은 다시 기운을 차리고 가슴에 팔짱까지 끼더니, 머리를 다시 굴리며 물었다.

"꼬마야! 하비셤 아씨는 어떻게 생겼던?"

"아주 크고 까맣게요."

내가 대답하자, 누나가 물었다.

"맞아요, 산촌?"

펌블추크 삼촌은 그렇다는 표정으로 눈을 끔벅이고, 나는 삼촌이 하비셤 아씨를 실제로 본 적이 한 번도 없다는 사실을 단번에 깨달았

---

19) 일 파운드는 이십 실링, 일 실링은 십이 펜스, 일 펜스는 사 파딩이다.

다. 하비셤 아씨는 그렇게 안 생겼기 때문이다. 하지만 펌블추크 삼촌은 잘난 척하며 말했다.

"잘했어! 아이는 이렇게 다루는 법이오! 이제 제대로 파고든 것 같지 않소, 부인?"

펌블추크 삼촌이 묻자, 누나가 대답했다.

"물론이죠, 삼촌. 삼촌이 저 아이를 항상 데리고 다니면 정말 좋겠어요. 아이를 다루는 실력이 정말이지 대단하세요."

"자, 꼬마! 오늘 거기에 들어갈 때 아씨가 무얼 하고 있던?"

펌블추크 삼촌이 묻는 말에 나는 이렇게 대답했다.

"까만 벨벳 마차에 앉아 있었어요."

펌블추크 삼촌과 누나는 당연히 서로를 물끄러미 쳐다보다가 동시에 물었다.

"까만 벨벳 마차?"

"네. 그리고 에스텔라 아가씨는 – 아씨 조카 같은데 – 케이크와 포도주를 황금 접시에 담아서 마차 창문으로 넣어주었어요. 그래서 우리는 황금 접시에 담긴 케이크와 포도주를 먹었어요. 그런데 나는 마차 뒤에 올라타서 그걸 먹었어요. 아씨 마님이 그러라고 했거든요."

"거기에 다른 건 없었니?"

펌블추크 삼촌이 묻는 말에 내가 대답했다.

"개 네 마리요."

"커다랗든 조그맣든?"

"거대해요. 그런데 은으로 만든 바구니 주변에서 양념으로 저민 송아지 고기를 서로 먹으려고 싸웠어요."

펌블추크 삼촌과 누나는 깜짝 놀란 표정으로 서로를 다시 물끄러미 쳐다보고, 나는 끔찍한 고문에 시달리다가 아무렇게나 자백하는 범인처럼 이야기를 늘어놓는 심정이었다.

"맙소사, 마차가 도대체 어디에 있다는 거니?"

누나가 묻는 말에 나는 "하비셤 아씨 방에요"라고 대답하고, 두 사람은 다시 서로를 물끄러미 쳐다보았다. 그 순간에 나는 말 네 마리가 멋진 장식을 걸쳤다는 말까지 하고 싶은 유혹을 간신히 억누르고 이렇게 덧붙이며 위기를 넘겼다.

"그런데 말은 한 마리도 없었어요."

"정말 그럴 수 있는 거예요, 삼촌? 아이가 하는 말이 도대체 무슨 뜻이죠?"

누나가 묻자, 펌블추크 삼촌이 대답했다.

"가능성은 충분하다오, 부인. 내가 보기에는 의자로 사용하는 마차 같소. 부인도 알다시피 하비셤 아씨는 엉뚱하다오. 대단히 엉뚱하다오. 마차용 의자에 앉아서 수많은 나날을 충분히 보낼 정도로 엄청나게 말이오."

"삼촌은 아씨 마님이 마차에 앉은 모습을 본 적이 있나요?"

누나가 묻자, 펌블추크 삼촌은 이제 인정할 수밖에 없다는 표정으로 대답했다.

"그런 모습을 어떻게 볼 수 있겠소? 실제로 본 적이 평생 한 번도 없는데! 아씨 마님이랑 시선을 마주친 적이 한 번도 없는데!"

"맙소사! 하지만 서로 대화를 나누지 않나요, 삼촌?"

누나가 묻자, 펌블추크 삼촌이 퉁명스럽게 대답했다.

"맙소사, 내가 거기에 가서 안내받아 방문 앞까지 올라가면 아씨 마님이 방문을 살짝 열어놓은 상태로 나에게 말한다는 사실을 부인은 몰랐소? 설마 그걸 몰랐다고 말하는 건 아니겠지요, 부인? 그런데 저 아이는 거기에 들어가서 놀았다고 하잖소. 그래, 무얼 하면서 놀았니,

꼬마?"

"깃발 놀이를 하면서 놀았어요."

내가 대답했다. (당시에 한 거짓말은 지금 떠올려도 나 자신이 놀랄 정도라는 사실을 이 자리에서 실례를 무릅쓰고 언급하는 바이다.)

"깃발 놀이!"

누나가 깜짝 놀라며 감탄하고, 나는 이렇게 대답했다.

"그래요. 에스텔라는 파란 깃발을 흔들고 나는 빨간 깃발을 흔들고 하비샴 아씨는 금으로 만든 조그만 별을 사방에 흩뿌린 깃발을 마차 창문에 대고 흔들었어요. 그런 다음에 우리 모두 칼을 흔들면서 만세를 외쳤어요."

누나가 깜짝 놀라며 소리쳤다.

"칼까지! 칼은 도대체 어디에 있는데?"

"벽장이요. 내가 보니, 거기에 권총 여러 자루…… 과일 잼…… 알약도 있었어요. 그런데 실내에 들어오는 햇빛을 모두 차단하고 사방에 촛불을 켜서 환하게 밝혔어요."

펌블추크 삼촌이 진지하게 고개를 끄덕이며 맞장구쳤다.

"사실이오, 부인. 정말 그렇소. 그 정도는 직접 보았소."

그러더니 두 사람 모두 나를 물끄러미 쳐다보고 나 역시 얼굴에 순진무구한 표정을 노골적으로 떠올린 채 두 사람을 물끄러미 쳐다보면서 오른손으로 오른쪽 바짓가랑이를 비비 꼬았다.

두 사람이 계속 물었다면 나는 실수하고 말았을 게 분명하다. 마당에 풍선이 있었다는 말을 하려는 참에 상상력이 둘로 갈리면서 양조장에 곰이 있었다는 말이 안 떠올랐다면 그냥 말하는 위험을 자초했을게 분명하기 때문이다. 하지만 두 사람은 내가 말한 놀라운 내용을 논의하느라 정신이 없어서 더는 안 묻고 나는 위험을 넘겼다. 두 사람이 여전히 그 문제를 붙들고 있을 때 매형이 일터에서 간식을 먹으러 들어오고, 누나는 매형을 즐겁게 만들기보다는 자기 마음을 진정시킬 생각으로 내가 한 이야기를 그대로 전했다.

매형이 깜짝 놀란 채 파란 눈을 동그랗게 뜨고 이리저리 굴리며 주방을 둘러보는 순간, 나는 죄책감에 빠져들었다. 하지만 매형에게만 그런 거지 다른 두 사람에게 그런 건 조금도 아니었다. 매형에게, 오직 매형에게, 내가 꼬마 괴물처럼 행동한 걸 괴로워하는데, 세 사람은 자리에 앉아 하비셤 아씨가 나를 만나서 좋아한 결과가 어떤 식으로 나올까 논쟁했다. 세 사람 모두 하비셤 아씨가 나에게 "뭔가 좋은 걸" 해줄 거라고 확신했다. 하지만 그게 무언지에 대해선 서로 생각이 달랐다. 누나는 "재산으로 줄 거"라 주장하고 펌블추크 삼촌은 나를 아주 점잖은 상점에 - 가령 곡식과 씨앗을 파는 상점 같은 곳에 - 도제로 삼으면서 상당한 계약금을 줄 거로 생각했다. 하지만 매형은 양념에 저민 송아지 고기를 먹으려고 싸운 커다란 개 가운데 한 마리만 줄 수도 있다는 근사한 생각을 말해서 두 사람에게 엄청난 창피를 당하고 말았다. 누나는 "머리가 멍청해서 그런 생각밖에 할 수 없다면, 할 일이 있을 테니, 어서 가서 일이나 해"라고 말하고 그래서 매형은 나갔다.

펌블추크 삼촌이 마차를 몰며 떠나고 누나는 설거지를 시작하자, 나는 대장간으로 살그머니 들어가서 매형이 일을 마치는 밤까지 옆에 머물렀다. 그러다가 이렇게 말했다.

"화롯불을 끄기 전에 매형에게 하고 싶은 말이 있어요."

매형이 말편자 받침대를 화롯불 옆으로 끌어당기면서 대답했다.

"그래, 핍? 그럼 말해. 뭔데, 핍?"

나는 매형이 말아 올린 셔츠 소매를 잡아 엄지와 검지로 비틀면서 물었다.

"매형, 하비셤 아씨에 관한 이야기, 모두 기억하세요?"

"기억해? 당연하지! 정말 대단해!"

"미안해요, 매형. 사실이 아니거든요."

내가 말하자, 매형이 깜짝 놀라서 뒤로 물러나며 소리쳤다.

"지금 무슨 말을 하는 거니, 핍? 설마 그게……."

"맞아요. 거짓말이에요, 매형."

"하지만 모두 거짓말은 아니겠지? 설마 까만 벨벳 마차가 없었다는 말은 아니겠지, 핍?"

내가 가만히 서서 머리를 흔들자, 매형이 달래는 어투로 다시 말했다.

"하지만 개는 있는 게 확실하지, 핍? 그지, 핍? 양념을 저민 송아지 고기는 없더라도 개 네 마리는 확실히 있었지?"

"아니에요, 매형."

"그럼 한 마리는? 강아지는?"

"없어요, 매형. 그런 건 한 마리도 없어요."

나는 무기력한 눈으로 가만히 바라보고, 매형은 당혹스러운 표정으로 찬찬히 바라보며 말했다.

"핍, 오랜 친구! 그러면 안 되는 거야, 친구! 대체 어떤 사람이 되려고 그래?"

"정말 끔찍하지요, 매형, 그렇지요?"

"끔찍해? 그건 섬뜩한 거야! 도대체 머리에 뭐가 씌었니?"

매형이 소리치는 말에, 나는 셔츠 소매를 놓고 매형 발 앞 잿더미에 철퍼덕 주저앉아서 머리를 숙이며 대답했다.

"나도 뭐가 씌었는지 정말 모르겠어요, 매형. 하지만 매형이 카드에서 악당을 잭이라고 가르쳐주지 않으면 좋았을 거예요. 그리고 장화도 이렇게 뭉툭하지 않고 두 손도 이렇게 거칠지 않으면 좋았을 거예요."

나는 매형에게 아주 비참한 심정이었다고, 조 부인이나 펌블추크 삼촌은 나에게 너무 무례해서 그런 말을 솔직하게 털어놓을 수 없었다고, 하비셤 아씨네 저택에는 예쁜 아가씨가 있는데 끔찍하게 거만하다고, 나한테 천한 꼬마라고 말했다고, 나도 내가 천하다는 걸 안다고, 내가 천하지 않으면 좋겠다고, 거짓말이 술술 나오긴 했지만 왜 그런지는 모르겠다고 털어놓았다.

이건 형이상학적인 문제라서 내가 그런 것처럼 매형에게도 어려워서 제대로 해결을 못 할 것 같았다. 하지만 매형은 형이상학적인 틀을 깨버리는 식으로 문제를 단번에 해결했다. 그래서 잠시 생각하다가 말했다.

"분명한 건 하나야, 핍. 거짓말은 거짓말이라는 거. 거짓말이 어떻게 나오든, 거짓말을 하면 안 되는 거야. 거짓말을 하는 건 악마가 꼬드겼기 때문이야, 사람을 자신처럼 만들려고 말이야. 그러니 앞으로 거짓말을 하면 안 돼, 핍. 그런 방법으로는 천한 상태에서 벗어날 수 없어, 친구. 그리고 네가 천하다고 말했다는데, 나로선 도무지 이해할 수 없어. 너는 탁월한 특징이 있잖아. 키가 작은 것도 탁월하고 학문도 탁월하잖아."

"아니에요, 나는 무식하고 후져요, 매형."

"맙소사, 네가 지난밤에 쓴 편지를 봐! 그것도 인쇄체로 쓴 걸! 나도 편지를 여러 번 봤어, 신분 높은 사람들이 쓴 편지! 그런데 인쇄체로 쓴 건 맹세코 하나도 없었다고!"

"내가 배운 건 아주 적어요, 매형. 매형이 나를 좋게 생각하는 거예요. 그 이상도 이하도 아니에요."

"맙소사, 핍, 그렇든 안 그렇든, 탁월한 학자가 되려면 먼저 천한 학자부터 되어야 하는 거야! 머리에 왕관을 쓰고 옥좌에 앉은 국왕도

왕이 되기 전에 알파벳부터 공부를 안 하면 자신이 선포할 법령조차 인쇄체로 쓸 수 없어!"

매형이 의미심장하게 머리를 한 번 흔들면서 덧붙였다.

"아! A부터 시작해서 Z까지 열심히 공부해야 한다고. 그러려면 어떻게 해야 하는지 나는 잘 알아, 나 자신이 그렇게 했다고 말할 순 없지만 말이야."

지혜로운 말을 들으니 나는 희망이 새롭게 솟으면서 기운이 나고, 매형은 깊이 사색하는 표정으로 계속 말했다.

"직업이나 벌이가 천박한 사람이 똑같은 사람하고 계속 어울리는 것보단 거기에서 벗어나 탁월한 사람하고 어울리면 좋은 점이 있을 수도 있어. 이 말을 하니까 문득 생각나는데, 설마 깃발은 있었겠지?"

"아니에요, 매형."

"깃발도 없었다니 정말 안타깝구나, 핍. 그게 좋은지 안 좋은지는 지금 당장 따져야 할 대상이 아니야. 까딱하다간 너희 누나가 길길이 날뛸 수도 있는데, 일부러 그런 문제를 일으킬 필요는 없잖아. 그러니, 진정한 친구가 너에게 하는 말을 잘 들어보렴, 핍. 진정한 친구라면 너에게 이렇게 말할 거다. 올바른 길을 가서 탁월한 존재가 될 수 없다면 나쁜 길을 가도 그렇게 될 수 없다고 말이야. 그러니 이제부터라도 거짓말하지 마라, 핍, 그래서 잘 살다가 행복하게 죽는 거야."

"나한테 화난 건 아니지요, 매형?"

"그럼, 친구. 하지만 거짓말이 정말 놀랍고 대담하다는 사실을 고려하면 – 양념한 송아지 고기를 먹으려고 개 네 마리가 서로 싸웠다는 이야기를 하는 건데 – 네가 잘되길 진심으로 바라는 사람이라면, 핍, 나중에 계단을 올라서 다락방으로 들어가면 자신이 한 거짓말에 대해 깊이 생각하라고 충고할 거야. 그게 전부야, 친구, 그러니 이제부터는 무슨 일이 있어도 그러지 말도록."

나는 조그만 다락방 침실로 올라가서 잠자리 기도를 마칠 때까지 매형이 충고한 말을 안 잊었다. 하지만 어린 마음은 고마운 것도 모르고 깊은 혼란에 빠져들어 잠자리에 눕자마자 에스텔라가 대장장이에 불과한 매형을 보면 얼마나 천박하다고, 매형이 신은 장화는 얼마나 뭉툭하고 두 손은 얼마나 거칠다고 여길까 하는 생각에 오랫동안 빠져들었다. 매형은 누나와 함께 주방에 앉아 있고 나는 주방에서 침실로 곧장 올라온 건데, 하비셤 아씨와 에스텔라는 주방에 앉은 적이 한 번도 없다는, 그렇게 천박한 행위하고 차원이 다르게 행동할 거라는 생각도 했다. 그러다가 하비셤 아씨네 저택에서 지낸 게 몇 시간이 아니라 몇 주가 지나고 몇 달이라도 된 것처럼, 그날 밤에 처음 떠오른 게 아니라 오랜 옛날부터 떠오르기라도 한 것처럼, 그 집에서 "자주 하던" 행동을 떠올리며 깊은 잠에 빠져들었다.

그날은 결코 못 잊을 날이다. 나에게 거대한 변화가 일어났기 때문이다. 하지만 세상 사람 누구나 마찬가지다. 자신에게 특별한 하루가 없었다면 인생행로가 어떻게 달라졌을지 상상해 보라. 이 책을 읽는 독자는 독서를 잠시 멈추고, 결코 잊지 못할 날에 최초의 사슬이 안 생겼더라면, 쇠로 만든 사슬이든 황금으로 만든 사슬이든 가시로 만든 사슬이든 꽃으로 만든 사슬이든, 지금처럼 기다란 사슬에 자신이 엮이는 일도 없었을 거란 사실을 가만히 생각해 보라.

10

하루나 이틀이 지난 아침에 잠에서 깨어나는 순간, 나 자신을 탁월한 존재로 만드는 첫걸음은 비디를 만나서 비디가 아는 내용을 모두 배우는 거란 묘안이 떠올랐다. 이런 놀라운 생각을 구체적으로 실천하기 위해 그날 밤 웹슬 아저씨 고모할머니네 야간학교에서 비디를 만나, 나는 인생을 개척해야 할 특별한 이유가 생겼다고, 자신이 아는 내용을 나에게 모두 전수하면 정말 고맙겠다고 말했다. 여자애 가운데에서 마음씨가 제일 좋은 비디는 기꺼이 그러겠다고 단번에 대답하더니, 실제로 오 분도 안 돼서 약속을 지켰다.

웹슬 아저씨 고모할머니네 교육 체계인지 교육 과정인지 하는 건 다음처럼 요약할 수 있다. 우선 학생들이 사과를 먹고 다른 학생 등에다 지푸라기 같은 걸 넣으며 장난치면 웹슬 아저씨 고모할머니가 기운을 끌어모아서 비틀비틀 걸어오며 자작나무 회초리를 휘둘러서 아무나 닥치는 대로 때린다. 그러면 학생들은 다양하게 놀리며 공격을 받아낸 다음, 나란히 앉아서 누더기가 된 책 한 권을 이리저리 건네며 시끌벅적하게 떠든다.

누더기 책에는 알파벳과 숫자 몇 개와 계산표와 얼마 안 되는 철자법이 들어있다. 아니, 예전에 그랬던 흔적이 있다. 어쨌든 이 책을 이리저리 돌리기 시작하면 웹슬 아저씨 고모할머니는 일종의 혼수상태로 빠져드는데, 잠을 자거나 관절염이 발작한 결과다. 그러면 학생들은 장화를 화제로 삼아, 서로 나서서 누구 발가락을 누가 제일 아프게 밟는지 시험한다. 이러다 보면 결국 비디가 학생들에게 달려들어서 닳을 대로 닳은 성서 세 권을 – 뭔지 모를 물건에서 아무렇게나 대충 잘라낸 것처럼 보이는 성서 세 권을 – 나눠주는데, 아무리 좋게 보아도 내가 이후에 마주한 어떤 고서적보다 글씨는 알아볼 수 없고 잉크는 사방에 번지고 책장 사이에는 곤충 표본이 다양하게 압살당한 상태다.

이런 교육 과정은 비디가 말을 안 듣는 학생과 일대일로 이리저리 싸우는 식으로 나아간다. 그러다가 싸움이 끝나면 비디는 몇 쪽을 펴도록 말하고 그런 다음에는 우리 모두 자신이 아는 대로 – 아니면 모르는 대로 – 끔찍하게 합창하며 커다랗게 읽는다. 비디가 먼저 단조로운 목소리로 커다랗고 날카롭게 읽으면 우리는 내용도 모르고 별다른 경외심도 못 느끼며 소리만 따라서 읽는 식이다. 그래서 끔찍한 소음을 일정하게 뱉어내다 보면 웹슬 아저씨 고모할머니가 자동으로 깨어나, 비틀거리며 아무한테나 다가가서 양쪽 귀를 잡아당긴다. 우리는 이걸 야간 수업이 끝났다는 신호로 받아들이고 지적으로 승리했다는 날카로운 비명을 지르며 밖으로 뛰쳐나간다.

어떤 학생이든 석판이나 잉크가 있다면 마음대로 가져올 수 있지만, 서울에는 그게 필요한 공부를 할 수 없다는 사실을 여기에서 말하는 게 좋을 것 같다. 야간 수업을 하는 조그만 잡화점은 – 동시에 웹슬 아저씨 고모할머니네 거실이자 침실은 – 심지조차 다듬지 않아서 불빛이 침침한 촛불 하나로 주변을 희미하게 밝히는 게 전부기 때문이다.

내가 보기에 이런 환경에서 탁월한 존재가 되려면 상당한 시간이 걸릴 것 같았다. 그래도 나는 도전을 결심하고, 비디는 바로 그날 저녁부터 우리가 맺은 협정을 실천해, 자신이 지닌 조그만 가격표에서 축축한 설탕이란 제목 아랫부분에 담긴 정보를 알려주고 자신이 신문 머리기사를 보고 베낀 옛날식 대문자 D를 빌려주며 집에서 베껴 쓰라고 말하는데, 그게 무언지 알려주기 전까지 나는 그걸 혁대 버클 도안이라고 생각했더랬다.

마을에는 당연히 술집이 있고 매형은 시간이 날 때마다 거기에 가서 파이프 담배 태우는 걸 당연히 좋아했다. 그런데 그날 저녁에 나는 학교가 끝나면 '흥겨운 뱃사람 세 명'에 가서 매형을 찾아 무슨 일이 있어도 집으로 데려오라고 누나에게 엄명을 받은 상태였다. 그래서 나는 '흥겨운 뱃사람 세 명'이 있는 방향으로 걸음을 떼었다.

'흥겨운 뱃사람'에는 입구 옆쪽 벽에 계산대를 설치해서 분필로 놀라울 정도로 기다란 외상값을 매기는데, 내가 보기에 외상값을 내는 사람은 아무도 없는 것 같았다. 내가 그것을 처음 본 이후로 기다란 외상값이 성장하는 속도가 나보다 빨랐기 때문이다. 하지만 우리 지방에는 분필이 많이 나와서 사람들이 그걸 충분히 활용하며 계산법을 익히는 것 같기도 했다.

토요일 밤이라서 그런지 술집 주인이 외상기록을 아주 심각하게 바라보는데, 내가 만날 사람은 술집 주인이 아니라 매형이라서 나는 안녕하시냐고 간단하게 인사하고 지나서 통로 끝에 있는 휴게실로 들어갔다. 거기는 벽난로 불이 환하고 커다랗게 피어오르고 매형은 웹슬 아저씨하고 낯선 사람과 함께 파이프 담배를 태웠다. 매형이 평소처럼 "어서 와, 핍, 좋은 친구!"라며 반기고, 그와 동시에 낯선 사람이 고개를 돌려서 나를 쳐다보았다.

얼굴에 은밀한 표정이 깃든, 생전 처음 보는 사람이었다. 머리를 한쪽으로 완전히 기울이고 눈 한쪽을 반쯤 감은 모습이 투명한 총으로 무언가를 겨누는 것 같았다. 입에는 파이프를 물었는데, 그걸 손으로 빼더니, 입안에 있는 연기를 밖으로 모두 천천히 뱉어내면서 나를 열심히 바라보다가 고개를 한 번 끄덕였다. 그래서 나도 고개를 한 번 끄덕이자, 사내는 다시 고개를 끄덕이더니, 내가 앉도록 자신이 앉은 기다란 나무의자 옆에 자리를 만들었다.

하지만 휴게실에 들어갈 때마다 매형 옆에 앉는 게 익숙한 터라, 나는 "고맙지만 괜찮습니다, 아저씨" 하고 말한 다음, 매형이 건너편 기다란 나무의자에다 만들어놓은 자리에 앉았다. 이상한 사내는 힐끗 쳐다보고선 매형이 다른 데 관심을 쏟는단 사실을 알아채고 자리에 앉은 나에게 다시 고개를 끄덕인 다음에 한쪽 다리를 긁는데, 아주 이상한 방식이 시선을 끌었다. 그러더니 이상한 사내가 매형을 쳐다보며 물었다.

"아까 대장장이라고 했지요?"

"그렇소. 그렇게 말했소."

"무얼 드시겠소, 선생? 그러고 보니 아직 선생 이름을 모르는군요."

그 말에 매형은 이름을 말하고 이상한 사내는 이름을 부르면서 다시 물었다.

"무얼 드시겠소, 가저리 선생? 내가 내겠소. 무엇이든 한 잔 가득 드시오."

"으음, 사실대로 말하자면 나는 나 말고 다른 사람이 사는 걸 마시는 습관이 없소."

매형이 대답하자 이상한 사람이 말했다.

"습관이요? 아니오, 한 번이 전부요. 그것도 토요일 밤에 말이오. 어서요! 말만 하시오, 가저리 선생."

"너무 뻣뻣하게 굴고 싶은 생각은 없으니, 럼주요."

매형이 대답하자, 이상한 사내가 다시 말했다.

"럼주. 그렇다면 다른 신사분은 무얼 드시겠소?"

"럼주요."

웝슬 아저씨가 대답하자, 이상한 사내가 주인에게 소리쳤다.

"럼주 석 잔! 술잔을 돌리시오!"

그러자 매형은 웝슬 아저씨를 소개했다.

"여기에 계신 신사분은 낭독하는 목소리가 기막힌 분이시오. 우리 교회 서기랍니다."

"아하!"

이상한 사내가 감탄하더니, 나한테 한쪽 눈을 찡긋하며 덧붙였다.

"습지 바로 옆에 있는 쓸쓸한 교회, 주변에 무덤이 많고!"

"그렇소."

매형이 대답하자, 이상한 사내는 파이프를 편하게 빨면서 자신 혼자 앉은 기다란 의자에 두 다리를 올렸다. 머리에는 챙이 넓어서 펄럭이는 여행용 모자를 썼는데 밑에다 손수건을 놓고 일종의 모자처럼 머리를 감싸며 묶어서 머리칼이 하나도 안 보였다. 사내가 불길을 바라볼 때는 아주 교활한 표정이 엿보인 것 같은데, 곧이어 웃는 표정으로 변하며 이렇게 말했다.

"나는 이 지방이 낯설어서 그러는데, 강변 주변이 아주 적막한 것 같군요."

"습지는 어디든 적막하지요."

매형이 말하자, 사내가 대답했다.

"맞아요, 맞아. 그런데 집시나 부랑자나 떠돌이 같은 사람도 안 사나요, 거기에?"

"그렇소. 탈옥한 범죄자만 가끔 나타날 뿐이오. 그러면 찾는다는 게 쉽지 않다오. 그렇죠, 웹슬 선생?"

매형이 묻자, 웹슬 아저씨는 예전에 겪은 고통을 웅장하게 떠올리며 동의하는데, 우호적인 표정은 아니었다.

"선생께서 추격전에 직접 참여한 적이 있나 보지요?"

이상한 사람이 묻고, 매형은 대답했다.

"한 번. 잘 아시겠지만, 탈주자를 잡고 싶어서 그런 건 아니오. 그냥 구경하러 따라간 거요. 나랑 웹슬 선생이랑 핍이랑. 그렇지, 핍?"

"네."

내가 대답하자, 이상한 사람이 – 투명한 총으로 나를 노골적으로 겨냥한 것처럼 한쪽 눈을 여전히 살짝 감은 채 – 다시 쳐다보더니, 이렇게 말했다.

"아이가 아주 똑똑하게 보이는군요. 이름이 뭔가요?"

"핍이오."

매형이 대답했다.

"세례명인가요?"

"아니요, 그냥 핍이오."

"성인가요?"

"아니요. 아주 어려서 자기 입으로 말한 일종의 애칭인데, 모두 그렇게 부른다오."

"선생 아들인가요?"

사내가 묻자 매형은 깊이 사색하는 표정을 떠올리는데, 질문에 대답할 내용을 생각하느라 그런 건 당연히 아니고 '흥겨운 뱃사람'에서

121

담배 파이프를 빨며 토론할 때는 그렇게 사색하는 표정으로 말해야 하는 것 같았기 때문이다.

"으음! 아니요, 그렇지 않소."

"그럼 조칸가요?"

이상한 사람이 묻는 말에 매형은 이번에도 깊은 사색에 잠긴 표정으로 대답했다.

"으음! 아니요, 엉뚱하게 생각지 마시오. 저 아이는 조카가 아니오."

"그럼 어떤 관계란 말이오, 도대체?"

이상한 사내가 물어보는데, 내가 보기에 쓸데없이 흥분하는 것 같았다.

그 순간에 웹슬 아저씨가 끼어들었다. 교회 서기라는 직업 때문에 어떤 남자는 어떤 여자와 결혼하면 안 된다는 사실을 파악하기 위해 인척 관계를 모두 꿰찬 터라, 나와 매형의 관계를 상세히 설명한 것이다. 그리고 이왕 입을 연 김에 리처드 삼세가 친조카 딸과 결혼하는 구절을 아주 멋들어지게 낭송하는 거로 마무리하더니, 모든 설명을 충분히 했다는 듯 "시인이 말한 대로 말이오" 하고 덧붙였다.

그런데 내가 여기에서 언급하고 싶은 내용은 웹슬 아저씨가 나에 관해 이야기할 때마다 내 머리칼을 마구 헝클어뜨려서 두 눈을 찌르게 하는 걸 그런 말에 꼭 들어가야 하는 일부처럼 여긴다는 사실이다. 우리 집에 오는 사람마다 비슷한 상황에서 그렇게 짜증스러운 과정을 언제나 반복하는 이유를 나로선 도무지 이해할 수 없었다. 그래도 지금은 내가 아주 어릴 적부터 우리 집에 모인 사람들이 화젯거리를 얘기할 때마다 아주 커다란 손으로 머리칼을 쓰다듬으며 나에게 안과 처방까지 내린 걸 나는 아무렇지 않게 생각한다.

어쨌든, 이상한 사내는 오로지 나만 쳐다보는데, 드디어 나를 총으로 쏘아서 죽이기로 작정한 표정이었다. 하지만 "도대체"란 말 이후로 아무 말을 않는 가운데 마침내 물 탄 럼주가 나왔다. 그러자 사내는 총을 쏘는데, 솜씨가 정말 대단했다.

그건 입에서 말로 나온 게 아니라 말 없는 동작으로 나타나서 나를 정확하게 겨냥했다. 나를 정확하게 겨냥하며 물 탄 럼주를 휘젓고, 나를 정확하게 겨냥하며 럼주를 맛보았다. 그런데 럼주를 휘젓고 맛본 게 가게주인이 가져온 숟가락이 아니라 줄칼이었다.

사내는 오직 나 혼자만 줄칼을 볼 수 있도록 하면서 그렇게 했다. 그러더니 줄칼을 닦아서 가슴 안주머니에 넣었다. 나는 매형이 사용하던 줄칼이 분명하다는 사실을 단번에 알아보았다. 줄칼을 본 순간, 나는 사내가 '내 죄수'를 안다는 사실도 깨달았다. 그래서 마법에라도 걸린 듯 가만히 앉아서 물끄러미 쳐다보았다. 하지만 사내는 나에게 아무런 관심도 안 보이고 기다란 의자에 등을 기댄 채 순무가 맛있다는 이야기만 늘어놓았다.

우리 마을에는 토요일 밤이면 생활을 새롭게 시작하기 전에 모든 걸 깨끗이 청산하고 잠시 차분하게 쉬는 재미있는 분위기가 있어, 매형은 토요일마다 용기를 내서 평소보다 삼십 분이나 오랫동안 머물고는 했다. 그래서 삼십 분과 함께 물 탄 럼주까지 사라지자, 매형이 집으로 가려고 일어나서 내 손을 잡았다. 그러자 이상한 사내가 말했다.

"잠깐만 기다리시오, 가저리 선생. 주머니 어딘가에 번쩍이는 은화 한 닢이 있었던 것 같은데, 그게 나오면 아이에게 주겠소."

사내는 주머니에서 동전을 한 움큼 써내 은화를 찾아내더니 꾸깃꾸깃한 종이에 감싸서 나에게 주며 말했다.

"자, 받아! 명심해! 너한테 주는 돈이다."

나는 고맙다 하고 예의에서 벗어날 정도로 물끄러미 바라보며 매형 손을 꼭 잡았다. 사내는 매형한테 잘 가라 인사하고 (우리와 함께 나가는) 웹슬 아저씨에게도 잘 가라 인사하면서 나한테는 총을 겨냥한 눈으로 쳐다보기만 했다. 아니, 쳐다본 건 아니다. 눈을 감았기 때문이다. 하지만 눈을 감아도 놀라운 일은 얼마든지 할 수 있는 법이다.

집으로 돌아올 때는 내가 말할 기분만 있었다면 대화를 온전히 독점했을 게 분명하다. 웹슬 아저씨는 '흥겨운 뱃사람' 문가에서 헤어지고 매형은 럼주 냄새를 최대한 씻어내려고 집으로 가는 내내 입을 커다랗게 벌렸기 때문이다. 하지만 나는 예전에 저지른 악행과 예전에 알던 사람이 갑자기 등장하는 바람에 머리가 텅 비어서 아무런 생각도 안 났다.

우리가 주방에 들어서는 순간, 누나는 기분이 그다지 나쁜 상태가 아니어서 매형은 평소와 다른 분위기에 용기를 내서 내가 받은 은화에 대해 말하고, 조 부인은 "그건 못 쓰는 동전이 분명해. 그렇지 않다면 저런 꼬마에게 그런 걸 줄 리가 없어. 한번 보자고" 하며 의기양양하게 말했다.

나는 종이에 싼 걸 꺼내고, 동전은 진짜로 확인되었다. 그런데 조 부인이 은화를 옆으로 던지고 종이를 집어 들며 말했다.

"아니, 이게 뭐야? 금화 한 냥짜리 지폐 두 장?"

우리 지방 가축 시장에서 모든 사람에게 환영받으며 이리저리 돌아다닌 것처럼 손때가 잔뜩 묻은 금화 한 냥짜리 지폐 두 장이 분명했다. 매형은 모자를 재빨리 집어 들어 주인에게 지폐를 돌려주려고 '흥겨운 뱃사람'으로 힘껏 달렸다. 매형이 없는 동안 나는 평소처럼 걸상에 앉아서 누나를 멀뚱멀뚱 쳐다보았다. 사내는 거기에 없을 거란 확신이 들었다.

매형은 금방 돌아오더니, 사내가 사라졌다고, 그래서 '흥겨운 뱃사람' 주인에게 지폐에 대한 말을 남겨놓았다고 했다.

그러자 누나는 지폐를 종이에 싸서 손님용 거실로 들어가 찬장 꼭대기에다 장미를 말려놓은 장식용 찻주전자 밑에 넣었다. 지폐는 수많은 낮과 밤을 거기에서 보내고, 나는 악몽에 시달렸다.

그날 밤 잠자리에 들어서 잠을 고약하게 설치는 내내 투명한 총으로 나를 겨냥한 이상한 사내가, 죄수와 은밀하게 공모한 비천한 행위와 끔찍한 죄책감이, 오랫동안 잊고 지낸 천박한 행위가 그대로 드러났다는 사실이 끊임없이 떠올랐다. 줄칼도 끊임없이 떠오르며 괴롭혔다. 아무런 생각도 못 하는 순간에 줄칼이 다시 불쑥 나타날 거란 끔찍한 공포가 온몸을 휘감았다. 나는 다음 주 수요일이면 하비섐 아씨네 저택에 간다는 생각을 억지로 떠올려서 마음을 달래며 잠에 빠져들었다. 하지만 꿈속에서 줄칼이 나타나 문을 열고 다가오는데 그걸 움켜쥔 사람은 안 보여서 비명을 지르며 깨어났다.

11

약속한 시각에 하비셤 아씨네 저택을 다시 찾아가 주저주저하면서 초인종을 누르자, 에스텔라가 대문으로 나왔다. 그래서 전에 그런 것처럼 나를 안에 들이고 대문을 잠그더니, 마찬가지로 앞서가다가 어두운 복도에 세워놓은 촛불을 들었다. 나에게 눈길조차 안 주더니, 손에 촛불을 든 다음에 비로소 뒤를 돌아보면서 "오늘은 이쪽으로 가야 해" 하고 거만하게 말하곤 완전히 다른 방향으로 나아갔다.

복도는 아주 기다란 게 정사각형 장원 저택 일 층 전체를 지나는 것 같았다. 하지만 우리가 지나간 복도는 정사각형 한 면이고, 에스텔라는 복도 끝에서 걸음을 멈추더니 촛불을 내려놓고 문을 열었다. 그러자 밝은 햇살이 다시 나타나고 눈앞에는 판석을 깐 조그만 안마당이 나오는데, 맞은편에 독채처럼 보이는 주택이 있었다. 예전에 사라진 양조장 공장장이나 책임자가 살던 집 같았다. 독채 앞에는 시계가 하나 걸렸는데, 하비셤 아씨 방에서 줄 달린 시계나 괘종시계가 그런 것처럼 아홉 시 이십 분 전에 멈춘 상태였다.

우리는 활짝 열린 문으로 들어가, 일 층 안쪽에 있는 천장이 낮고 어두컴컴한 방으로 들어섰다. 실내에 여러 사람이 있는데, 에스텔라는 나에게 "너는 저쪽으로 가서 부를 때까지 가만히 서 있어, 꼬마" 하고 말한 다음에 그쪽으로 합류했다. "저쪽"은 창가라서 나는 그쪽으로 걸어가, 가만히 서서 아주 불편한 마음으로 바깥을 내다보았다.

마당이 보이고 아무렇게나 버려둬서 황량한 채소밭 모서리도 보이는데, 양배추 줄기 잔해가 잔뜩 널리고 회양목 한 그루는 오래전에 푸딩처럼 가지치기했는데, 많은 세월이 지나는 동안 새로 난 가지가 꼭대기에서 뻗어 오른 게 모양이 흉하고 색깔도 달라, 푸딩 일부가 타서 냄비에 달라붙은 것 같았다. 회양목 나무를 가만히 바라보면서 떠오른 소박한 생각이다.

밤사이에 눈이 살짝 내렸다가 모두 녹았는데, 그늘져서 추운 채소밭 구석에는 하얀 눈이 생생하게 남아 조그만 회오리바람이 몰아칠 때마다 바람에 실려서 창문을 때리는 게, 내가 거기에 왔다고 공격하는 것 같았다.

내가 들어서는 순간에 실내에서 대화하던 목소리가 멈췄다는 사실과 사람들이 모두 나만 쳐다본다는 사실을 나는 간파했다. 유리창에 환하게 비치는 불길 외에는 뒤쪽이 조금도 안 보이지만, 뒤에서 모든 시선이 세밀하게 관찰한다는 생각에 나는 온몸이 그대로 얼어붙었다.

실내에는 숙녀 세 분과 신사 한 분이 있었다. 창가에 서서 오 분을 채 보내기도 전에 나는 왠지 그 사람들 모두 아첨꾼에 사기꾼이지만, 상대를 아첨꾼에 사기꾼으로 여긴다는 사실을 서로 숨긴다는 느낌을 받았다. 상대가 아첨꾼에 사기꾼이라는 사실을 인정한다는 건 자신 역시 그런 부류라는 걸 인정하는 셈이기 때문이다.

사람들 모두 누군가 허락이 떨어지기만 바라며 따분하고 멍청하게 기다리는 분위기여서, 수다 떠는 걸 제일 좋아하는 숙녀 한 사람은 하품을 참으려고 말할 때마다 입술에 힘을 잔뜩 주어야 했다. 지금 말한 숙녀는 이름이 카밀라인데, 우리 누나랑 닮은 점이 너무 많았다. 나이는 훨씬 많고 (똑바로 바라보고 깨달은 것처럼) 얼굴 모양새는 훨씬 둔하게 보인다는 게 다를 뿐이었다. 훨씬 자세히 쳐다본 다음에는 얼굴 모양새가 남은 게 그나마 다행이라는 생각마저 들었다. 아무런 특징도 없이 높이 솟구친 절벽 같았기 때문이다. 그런데 이 숙녀가 우리 누나와 똑같은 어투로 갑자기 말했다.

"불쌍한 사람 같으니! 다른 사람도 아니고 자신을 적으로 삼다니!"

"다른 사람을 적으로 삼는 게 훨씬 바람직해. 훨씬 자연스럽잖아."

신사가 말하자, 다른 숙녀가 끼어들었다.

"레이먼드 사촌, 사람이라면 이웃을 사랑해야 하잖아요."

"사라 포킷, 자신이 이웃이 아니라면 누가 이웃이겠어?"

레이먼드 사촌이 대답하자, 사라 포킷이 웃고, 카밀라도 (하품을 꾹 참고) 웃으면서 "말도 안 돼!" 하고 말했다. 하지만 내가 보기에는 두 사람 모두 아주 좋은 생각이라고 여기는 것 같았다. 아직 말을 않던 숙녀가 진지하게 강조하는 어투로 "정말 옳은 말이오!" 하고 말하자, 카밀라가 말을 이었다. (그러는 동안에도 모두 나만 쳐다본다는 걸 나는 잘 알고 있었다.)

"불쌍한 사람! 톰은 정말 이상해요! 아내가 죽었을 때 아이들 상복에 짙은 장식을 다는 게 중요하단 사실을 아무리 설득해도 알아들을 생각을 않는다면 믿겠어요? 글쎄, 이렇게 말하는 거예요. '맙소사! 카밀라, 엄마를 잃은 가련한 아이들이 상복을 입으면 됐지 뭐가 더 필요하다는 거요?' 매슈랑 똑같더라고요. 말도 안 돼요!"

그러자 레이먼드 사촌이 말했다.

"톰도 좋은 점이 있어, 좋은 점이 있다고. 나는 톰에게 좋은 점이 있다는 사실을 절대 부정하지 않아. 하지만 예의범절 같은 건 원래 조금도 몰라. 앞으로도 똑같을 거야."

카밀라가 다시 말했다.

"그래서 나는 단호하게 나갈 수밖에 없었답니다. 이렇게 말했지요. '우리 가문이 어떤 가문인데, 절대 그럴 순 없어요.' 그러면서 짙은 장식을 안 하면 우리 가문이 망신을 당한다고 했어요. 아침 식사 때부터 저녁 식사 때까지 계속 떠들어댔어요. 소화불량에 걸릴 정도로 말이에요. 그러자 결국에는 톰이 폭력적으로 욕설을 내뱉더니, '그럼 하고 싶은 대로 하라'고 소리치는 거예요. 그래서 내가 쏟아지는 비를 맞으며 당장 나가서 짙은 장식을 사 왔다는 사실은 언제 생각해도 뿌듯하답니다."

"돈은 톰 아저씨가 냈지요, 아닌가요?"

에스텔라가 묻자, 카밀라가 대답했다.

"얘야, 돈을 누가 냈는지는 상관없어. 중요한 건 내가 샀다는 거야. 깊은 밤에 깨어날 때마다 그걸 생각하면 마음이 편안하단다."

멀리서 종을 울리는 소리와 함께 내가 지나온 복도를 따라 누굴 부르는 것 같기도 하고 외치는 것 같기도 한 소리가 메아리치며 다가와서 대화를 막고, 에스텔라는 나에게 "가자, 꼬마!" 하고 말했다. 그래서 돌아서는데, 모든 시선이 극도로 경멸스럽다는 듯 쳐다보고, 내가 밖으로 나갈 때는 사라 포킷이 "어이가 없군! 이게 무슨 짓이람!"이라 한탄하고 카밀라가 분개하는 어조로 "세상에 어찌 저런 일이 있을까? 말도 안 대!"라고 한탄히는 소리를 들었나.

우리가 촛불을 들고 어두운 복도를 따라가는데, 에스텔라가 갑자기 멈추더니 몸을 돌려서 나를 정면으로 바라보고 얼굴을 바싹 갖다 대면서 비웃는 어투로 불쑥 물었다.

"어떠니?"

나는 하마터면 상대에게 쓰러질 뻔한 몸을 간신히 세우며 반문했다.

"뭐가요, 아가씨?"

에스텔라는 나를 가만히 바라보고 물론 나도 가만히 바라보았다.

"내가 예쁘니?"

"네, 예쁜 것 같아요."

"내가 입이 아주 거치니?"

"지난번만큼은 아니에요."

"그래?"

"네."

에스텔라는 마지막 질문을 하면서 불같이 화내더니, 내가 대답할 때 힘껏 따귀를 때렸다. 그리고 다시 물었다.

"지금은? 쌍스런 꼬마 괴물아, 지금은 내가 어떤 것 같니?"

"말하지 않겠어요."

"계단을 올라가서 말할 거니까? 그치?"

"아니에요, 그렇지 않아요."

"왜 또 안 우니, 비열한 꼬마 자식아?"

"아가씨 때문에 다시는 안 울 거니까요."

내가 말했다. 그러나 지금 생각하면 그건 지킬 수 없는 맹세였다. 당시에도 에스텔라 때문에 속으로 엉엉 운 데다 이후에도 에스텔라 때문에 수많은 고통을 겪었기 때문이다.

우리는 이런 일이 벌어지고 나서 계단을 올랐다. 그런데 계단을 오르다가 어두운 길을 더듬더듬 내려오는 어떤 신사를 만났다.

신사가 걸음을 멈추고 나를 쳐다보며 물었다.

"이 아이는 누구냐?"

"꼬마예요."

에스텔라가 대답했다.

신사는 몸집이 커다랗고 얼굴이 까만 편이며 머리도 아주 커다랗고 손도 그만큼 컸다. 신사는 커다란 손으로 내 턱을 잡고 얼굴을 돌려서 촛불 불빛으로 비추며 자세히 쳐다보았다. 머리 한가운데가 나이에 비해 일찍 벗겨지고, 숱이 무성하고 까만 눈썹은 눕는 대신 뻣뻣하게 곤두섰다. 두 눈은 얼굴에 아주 깊이 박혀서 보기 싫을 정도로 날카롭고 의심쩍었다. 시곗줄은 아주 커다랗고 수염과 구레나룻이 있을 자리엔 까맣고 진한 점이 여러 개였다. 그 사람은 나하고 아무런 관계도 없는 터라, 당시에는 앞으로 나와 모종의 관계가 생길 거란 생각을 전혀 못 한 채 우연히 만난 김에 자세히 관찰한 것뿐이다.

"마을 꼬마니? 그런 거야?"

"네, 아저씨."

"여기에 어떻게 온 거냐?"

"하비셤 아씨가 불러서 왔습니다, 아저씨."

"으음! 똑바로 행동해. 나는 꼬맹이를 많이 겪었는데 모두 정말 나쁜 놈이야. 명심해!"

신사가 말하더니, 커다란 집게손가락 옆을 물어뜯으면서 기분 나쁜 표정으로 쳐다보며 덧붙였다.

"똑바로 행동하라고!"

이 말과 함께 신사가 놓아주고 계단을 다시 내려갔다. 나는 정말 다행으로 여겼다. 손에서 비누 냄새가 너무 강했기 때문이다. 의사가 직업일 수도 있겠다는 궁금증이 들었다. 하지만 아니란 생각이 들었다. 의사라면 훨씬 차분하고 조용한 어투로 차근차근 말할 터이니, 의사일 가능성은 조금도 없었다. 하지만 이 문제에 대해 충분히 생각할 시간은 없었다. 곧이어 하비셤 아씨 방에 들어섰기 때문이다. 아씨 마님도 실내 분위기도 예전 모습 그대로였다. 에스텔라는 나를 문가에 세워둔 채 떠나고, 나는 하비셤 아씨가 화장대에서 눈길을 돌릴 때까지 그대로 서서 기다렸다.

"그래! 날짜가 지난 게로구나, 그렇지?"

하비셤 아씨가 말하는데, 놀라는 기색이 조금도 없었다.

"네, 마님. 오늘이……"

내가 말하자, 아씨 마님이 손가락을 짜증스럽게 흔들며 차단했다.

"저런, 저런, 저런! 나는 알고 싶지 않아. 이번엔 놀 준비가 되었니?"

나는 약간 당혹스런 표정으로 대답할 수밖에 없었다.

"안 된 것 같습니다, 아씨 마님."

"카드놀이도 아니란 말이냐?"

하비셤 아씨가 탐색하는 표정으로 물었다.

"아니에요, 아씨 마님. 그건 할 수 있을 것 같아요, 아씨 마님이 원하신다면."

내가 대답하자, 하비셤 아씨가 짜증스런 어투로 물었다.

"네가 보기에 이 집이 무덤처럼 낡아서 못 놀겠다면, 일이라도 하겠느냐?"

나는 앞선 질문과 달리 이번 질문에 아주 가벼운 마음으로 대답할 수 있었다. 그래서 기꺼이 그러겠다고 대답했다.

"그러면 저기 건너편 방으로 들어가서 내가 갈 때까지 기다려."

하비셤 아씨가 말하며 내 뒤에 있는 방문을 앙상한 손으로 가리켰다.

나는 방문을 나가서 층계참을 가로질러 하비셤 아씨가 가리킨 방으로 들어갔다. 이 방 역시 햇살을 완벽하게 차단했는데, 환기가 안 돼서 냄새가 퀴퀴하고 답답했다. 옛날식 눅눅한 벽난로에 이제 막 불을 피웠는데, 불길은 활활 타오르는 게 아니라 금방이라도 꺼질 것 같고, 마지못해 피어나다가 실내에 걸친 연기는 공기가 맑을 때보다 훨씬 추워 보이는 게 우리 마을 습지에서 피어나는 안개 같았다.

벽난로 선반 높은 곳에서는 겨울 나뭇가지처럼 앙상한 촛불 몇 개가 실내를 희미하게 밝혔다. 아니, 정확하게 말하자면, 실내가 어두워지는 걸 희미하게 방해했다. 공간이 널찍한 데다 예전에는 아주 멋진 방이었겠지만 지금은 무엇이든 먼지와 곰팡이만 가득한 게 금방이라도 산산조각으로 부서질 것 같았다.

식탁보를 덮은 기다란 식탁이 한눈에 보이는 걸 보면 저택과 시계가 모두 멈추기 직전까지 커다란 잔치를 준비한 것 같았다. 펼쳐놓은 식탁보 한가운데는 일종의 장식처럼 높이 세워놓은 물건이 있는데, 거미줄이 잔뜩 뒤덮어서 모양을 알아볼 수 없었다. 누렇게 변한 식탁보를 따라가며 바라보니 시커먼 버섯 같은 게 자라고, 다리마다 반점이 난 데다 몸뚱이까지 얼룩덜룩한 거미 무리는 공동체를 뒤흔드는 위기 상황이라도 발생한 듯 바삐 들락거렸다.

쥐들이 벽면 뒤에서 덜거덕거리는 소리도 들리는데, 거미한테 일어난 상황이 자기네한테도 아주 중요한 것 같았다. 하지만 까맣게 생긴 딱정벌레들은 아무런 관심도 안 보이고 벽난로 주변을 더듬으며 노인네처럼 느릿느릿 돌아다니는 모습이 두 눈은 근시라서 안 보이고 귀까지 어두운 데다 서로 사이도 안 좋은 것 같았다.

기어 다니는 벌레에게 호기심이 일어 멀찌감치 떨어진 거리에서 가만히 지켜보는데, 하비셤 아씨가 어깨에 손을 올렸다. 손잡이가 목발처럼 생긴 지팡이를 다른 손으로 잡아서 몸을 기댄 채 나를 쳐다보는 모습이 그곳을 지배하는 마녀 같았다. 그러더니 지팡이로 기다란 식탁을 가리키며 말했다.

"이건 내가 죽어서 누울 자리야. 사람들이 여기에 와서 나를 쳐다보 겠지."

하비셤 아씨가 지금 당장에라도 식탁으로 올라가서 죽어, 박람회에 서 본 끔찍한 밀랍인형을 완벽하게 재현할 것 같은 막연한 불안감에 나는 아씨 마님에게 잡힌 몸을 움찔했다.

"너는 저게 뭐라고 생각하니? 저기, 거미줄이 휘감은 저거?"

하비셤 아씨가 물으며 이번에도 지팡이로 가리켰다.

"뭔지 모르겠습니다, 아씨 마님."

"저건 커다란 케이크야. 결혼식 케이크. 나를 축하하는 케이크!"

하비셤 아씨가 눈빛을 번뜩이며 실내를 둘러보다가 나한테 몸을 기대더니, 손으로 어깨를 밀면서 말했다.

"걷자, 걸어! 어서, 어서, 어서!"

나는 내가 할 일이란 하비셤 아씨와 실내를 빙글빙글 돌아다니는 거란 사실을 깨달았다. 따라서 나는 바로 걷기 시작하고 아씨 마님은 어깨에 몸을 기대고, 우리 두 사람은 펌블추크 삼촌 이륜마차를 흉내 내는 속도로 걸었다. 저택에 처음 왔을 때 충동적으로 떠올린 걸 그대 로 실행한 것이다.

하비셤 아씨는 체력이 약해서 잠시 후에 "천천히!"라 말하고, 나는 마차를 끄는 말처럼 불규칙하게 천천히도 나아가고 급하게도 나아갔 다. 그렇게 걷는 동안 하비셤 아씨는 한 손으로 내 어깨를 밀면서 입술 을 씰룩거렸다. 우리가 빠르게 걷는 건 아씨 마님이 이런저런 생각을 하면서 머리를 빠르게 굴리기 때문이라는 생각조차 들 정도였다. 그러 더니 잠시 후에 "에스텔라를 불러!"라고 말해서 나는 지난번처럼 층계 참으로 나가서 이름을 커다랗게 불렀다. 그리고 하비셤 아씨에게 돌아 가서 실내를 다시 빙글빙글 도는데 에스텔라가 나타났다.

우리가 그러는 광경을 에스텔라 혼자만 봐도 창피할 것 같은데 밑에서 본 숙녀 셋이랑 신사 한 명까지 데려온 터라 나는 어쩔 줄 몰랐다. 예의상 멈춰야 할 것 같아도 하비셤 아씨가 어깨를 밀어서 할 수 없이 걷는데, 사람들은 내가 계속 걸어서 그런다고 생각할 것 같아 얼굴이 화끈거렸다.

"친애하는 하비셤 아씨, 아주 좋아 보이시네요!"

사라 포킷이 말하자, 하비셤 아씨가 받아쳤다.

"아니야. 나는 누런 가죽에 뼈만 남았어."

사라 포킷이 면박을 당하자 카밀라는 얼굴이 환하게 변하더니, 하비셤 아씨를 애처로운 표정으로 바라보며 말했다.

"가련하신 분! 좋아 보이실 이유가 없잖아요. 말도 안 돼요!"

"그래, 자네는 잘 지내나?"

하비셤 아씨가 카밀라에게 말해, 마침 바로 옆이라서 나는 당연히 멈추려고 하는데, 하비셤 아씨는 멈출 생각을 안 했다. 그래서 우리는 그냥 지나치고, 나는 카밀라에게 증오의 대상이 되고 말았다.

"고맙습니다, 하비셤 아씨. 잘 지내려고 노력하는 중입니다."

카밀라 대답에 하비셤 아씨가 날카롭게 물었다.

"왜, 무슨 일 있나?"

"대단한 건 아닙니다. 속마음을 드러내고 싶은 생각은 없지만, 아씨 마님이 매일 밤 습관적으로 떠올라서 마음이 참 아프거든요."

"그럼 나를 생각하지 마."

하비셤 아씨가 면박을 주어도, 카밀라는 "말은 쉽지요!" 하고 대답하더니, 상냥한 표정으로 울음을 참으려고 애쓰는 듯 윗입술을 씰룩거리다가 마침내 눈물을 주르륵 흘리며 덧붙였다.

"내가 밤마다 생강을 먹고 탄산암모니아수를 마시면서 슬픔을 달래야 한다[20]는 사실은 레이먼드가 잘 안답니다. 양쪽 다리에서 신경성 경련이 일어난다는 사실도 잘 알고요. 하지만 목이 메고 신경성 경련이 일어나는 건 사랑하는 사람을 걱정할 때마다 흔히 일어나는 현상이랍니다. 사랑하는 마음도 줄이고 걱정도 줄일 수 있다면 소화도 훨씬 잘 되고 신경도 무쇠처럼 튼튼할 거예요. 그렇게 되고 싶은 마음도 간절하고요. 하지만 밤마다 아씨 마님 생각을 않는다는 건…… 말도 안 돼요!"

그러면서 눈물을 터트렸다.

레이먼드란 사람은 옆에 있는 신사며 카밀라 남편이란 사실을 나는 단번에 깨달았다. 그 사람이 바로 이 시점에 구원의 손길을 내밀어서 부축하며 위로와 칭찬이 뒤섞인 목소리로 말했다.

"여보 카밀라, 당신이 가족을 너무 많이 생각하는 바람에 한쪽 다리가 다른 쪽 다리보다 짧아질 정도로 건강이 나빠졌다는 사실은 모두 안다오."

그러자 밑에서 딱 한 번 말한 근엄한 여성이 끼어들었다.

"누굴 생각한다고 해서 그 사람에게 많은 권리를 주장할 수 있는 건 아니야, 동생."

그러자 사라 포킷이 - 다시 보니, 체구는 작고 갈색 피부는 말라비틀어져서 주름이 쭈글쭈글한 데다 얼굴은 호두 껍데기로 만든 것처럼 조그맣고 입은 수염만 뺀 고양이처럼 커다란 할머니가 - "당연하지, 동생. 에헴!" 하며 거들었다.

"생각하는 건 참 쉽지."

근엄한 여성이 다시 말하고, 사라 포킷이 "그것보다 쉬운 건 없지" 하며 맞장구치자, 카밀라는 두 다리에서 가슴으로 감정이 부글부글

---

20) 당시에는 생강과 탄산암모니아수를 진정제처럼 사용했다.

끓어오르는 것처럼 소리쳤다.

"그래요, 그래요! 모두 맞는 말이에요! 애정이 많은 건 약점이지만 그건 나도 어쩔 수 없어요. 애정을 줄이면 당연히 건강도 많이 좋아지겠지만, 나는 이런 마음을 바꿀 생각이 조금도 없어요. 이런 마음 때문에 많은 고통을 겪긴 해도 깊은 밤에 깨어날 때마다 그런 마음을 품었다는 걸 떠올리면 가슴이 편안하니까요."

그러면서 또다시 울음을 터트렸다.

그러는 내내 하비셤 아씨와 나는 사람들 치맛자락을 스치기도 하고 우울한 실내에서 멀찌감치 떨어지기도 하면서 걸음을 한 번도 안 멈춘 채 빙글빙글 돌고, 카밀라는 다시 말했다.

"매슈를 보세요! 그 사람은 가족과 어울리지도 않고 하비셤 아씨에게 안부를 물으러 오는 법도 없어요! 한번은 내가 쓰러져서 사람들이 소파에 올려 코르셋 끈까지 자른 적이 있는데, 그렇게 인사불성이 되어서 몇 시간째 누워 머리를 한쪽으로 떨궈서 머리칼은 밑으로 흘러내리고 두 발은 어디에 있는지도 모르는데……."

"당신 머리보다 높은 곳에 있었다오, 여보."

남편이 끼어들고, 카밀라는 계속 말했다.

"그런 상태로 몇 시간이나 쓰러진 건 매슈가 이해할 수 없을 정도로 이상하게 행동했기 때문인데, 나한테 고맙다고 말하는 사람은 아무도 없더군요."

"그건 아주 당연한 결과라고 말하고 싶군!"

근엄한 여이이 끼어들고, 사라 포킷도 (악의가 가득한 내용을 부드럽게) 말했다.

"그런 거로 동생에게 고맙다고 말할 사람이 어디에 있겠는지 곰곰이 생각해봐, 동생."

그러자 카밀라가 다시 말했다.

"고맙다는 말 같은 건 기대도 안 해요. 중요한 건 내가 그렇게 몇 시간이나 쓰러졌다는 사실, 그리고 레이먼드는 내가 목이 심하게 메서 생강을 아무리 먹어도 효과가 없는 걸 똑똑히 목격했다는 사실, 내가 훌쩍이는 소리를 도로 건너편 피아노 조율사 가족까지 들어서 아이들은 멀리서 비둘기들이 구구하며 우는 거로 착각했다는 사실이에요. 그런데 인제 와서 들리는 소리라곤······."

여기에서 카밀라는 새로운 화학반응을 일으키며 목에 한 손을 댔다. 그런데 매슈란 이름이 나오는 순간, 하비셤 아씨는 나를 세우며 멈추더니, 카밀라를 가만히 쳐다보았다. 그래서 카밀라가 일으킨 화학반응을 갑자기 중단시킬 정도로 엄청난 효력을 발휘했다. 그러다가 단호한 어투로 "매슈도 결국엔 나를 보러 올 거야. 내가 죽어서 저 식탁에 누우면. 저기가 매슈 자리야······ 저기······" 하고 선언하더니 지팡이로 식탁을 톡톡 치면서 계속 말했다.

"내 머리맡! 네 자리는 저기고! 네 남편 자리는 저기! 사라 포킷은 저기! 조지아나는 저기! 나를 뜯어먹으러 와서 차지할 자리를 모두 알았으니, 이제 다 꺼져!"

이름을 하나씩 말하면서 지팡이로 식탁 자리를 하나씩 치더니, 하비셤 아씨가 "걷자, 걸어!" 하고 말해서 우리는 다시 걷고, 카밀라는 커다랗게 소리쳤다.

"우리로선 아씨 말씀대로 그냥 떠나는 수밖에 없겠네요. 사랑하고 존경하는 사람을 짧은 시간이나마 직접 뵐 수 있어서 정말 다행이에요. 깊은 밤에 깨어날 때마다 지금을 생각하면 마음이 우울하면서도 뿌듯할 거예요. 매슈도 나처럼 마음이 편하면 좋으련만, 그는 이런 걸 경멸하는 사람이지요. 속마음을 드러내고 싶은 생각은 조금도 없지만, 우리가 식인종이라도 되는 것처럼 사랑하는 사람을 뜯어먹으러 온다는 말을 들으니, 그리고 이제 꺼지라는 말까지 들으니 마음이 아프네요. 정말 말도 안 돼요!"

북받치는 가슴에 한 손을 올리는 순간 남편이 부축하고, 카밀라는 바깥으로 나가자마자 바닥에 쓰러져서 엉엉 울 것 같은 불굴의 정신을 부자연스럽게 보여주며 하비셤 아씨 손에 키스하고 부축을 받으며 밖으로 나갔다. 사라 포킷과 조지아나는 누가 마지막까지 남을지 경쟁하는데, 사라 포킷은 절대로 밀릴 수 없다는 듯 기지를 발휘해서 옆걸음으로 교묘하게 미끄러지며 뒤로 빠져나와, 결국 조지아나가 먼저 나갈 수밖에 없었다. 그러자 사라 포킷은 "하느님이 축복하시길, 사랑하는 하비셤 아씨!" 하고 작별인사를 하면서 호두 껍데기 얼굴에 미소를 머금어서 다른 사람이 잘못한 건 안타깝지만 모두 용서하길 바란다는 표정을 짓는 효과를 톡톡히 누릴 수 있었다.

그래서 에스텔라가 아래층까지 촛불을 비추러 떠난 사이에 하비셤 아씨는 손으로 어깨를 짚고 꾸준히 걷는데, 속도가 조금씩 줄었다. 그러더니 마침내 벽난로 앞에서 걸음을 멈추고 불길을 가만히 바라보며 뭐라고 중얼거리다가 말했다.

"오늘은 내 생일이란다, 핍."

내가 생일 축하한다는 말을 하려는데, 아씨 마님이 지팡이를 들어서 막았다.

"그런 말은 듣기 싫어. 그런 말은 지금 막 다녀간 사람을 비롯해 누구한테도 듣기 싫어. 저들은 오늘만 되면 매년 찾아오지만 그런 날을 아무도 못 하지, 겁나서."

그래서 나 역시 그렇게 말하려는 노력을 더는 않고, 하비셤 아씨는 식탁에 엉킨 거미줄에 지팡이가 안 닿도록 찌르며 다시 말했다.

"네가 태어나기 오래전 오늘, 여기에 케이크를 놔뒀어. 그래서 나와 함께 썩어 문드러지기 시작했어. 쥐는 케이크를 갉아먹고, 쥐보다 이빨이 날카로운 자들은 나를 갉아먹었지."

하비셤 아씨가 지팡이 손잡이를 가슴에 대고 가만히 서서 식탁을 쳐다보았다. 원래 하얗던 신부용 드레스는 누렇게 변해서 쭈글쭈글하고 원래 하얗던 식탁보 역시 누렇게 변해서 쭈글쭈글했다. 주변 모든 게 한 번만 손대면 그대로 바스러질 것 같은데, 하비셤 아씨가 섬뜩한 표정으로 다시 말했다.

"파괴를 완성하는 날이, 내가 죽어서 결혼식용 식탁에 신부 드레스 차림으로 눕는 날이 - 언젠간 꼭 그렇게 되어서 그 사람에 대한 저주를 완성하는 날이 - 오늘 같은 생일이면 더할 나위 없이 좋겠어!"

하비셤 아씨는 가만히 서서 식탁을 쳐다보는데, 그 모습이 식탁에 누운 자신을 물끄러미 바라보는 것 같았다. 그래서 나는 침묵하고, 에스텔라도 돌아와서 마찬가지로 침묵했다. 이렇게 오랜 시간을 보낸 것 같았다. 실내 공기는 무겁고 구석마다 어둠이 묵직하게 깔리더니, 결국엔 나까지 에스텔라와 함께 썩어 문드러지는 무서운 환상이 밀려들었다.

마침내 하비셤 아씨는 정신이 나간 듯한 상태에서 조금씩이 아니라 갑자기 벗어나며 "두 사람이 카드 놀이하는 모습을 보여주렴. 어서 시작해" 하고 말했다. 우리는 하비셤 아씨 방으로 돌아가서 전처럼 자리에 앉아, 나는 전처럼 거지가 되고 이번에도 하비셤 아씨는 전처럼 내가 아름다운 에스텔라 얼굴에 관심을 보이도록 유도하더니 다양한 보석을 가슴과 머리에 꽂아서 더 많은 관심을 보이게 했다.

에스텔라 자신은 나를 예전과 똑같이 취급했는데, 말을 걸 생각조차 안 한 게 다를 뿐이다. 우리는 카드게임을 대여섯 번 하고, 다음에 찾아올 날을 정하고, 에스텔라는 나를 마당까지 데려가서 전처럼 더러운 똥개 취급하며 먹을 걸 주었다. 그리고 나는 또다시 혼자 남아서 마음대로 돌아다닐 수 있었다.

지난번에는 담장을 힘들게 올라서 건너편 채소밭을 둘러보았는데, 당시에 거기에 있던 문이 열렸는지 아닌지는 조금도 중요하지 않았다. 당시에는 문을 못 보고 이번에는 본 거로 충분했다. 그런데 문이 활짝 열린 데다 에스텔라가 손에 열쇠꾸러미를 들고 돌아오는 걸 보면 손님을 모두 내보낸 게 분명해, 나는 채소밭으로 어슬렁거리며 들어가서 이리저리 어슬렁거렸다.

채소밭은 아주 황폐했다. 참외가 가지를 뻗고 오이가 줄기를 뻗도록 만들었으나 받침대는 오랜 세월에 낡을 대로 낡고, 참외든 오이든 자발적으로 성장하길 거부하며 매달린 모습은 낡은 모자나 장화처럼 보이고, 잡초는 찌그러진 냄비처럼 여기저기에 삐져나왔다.

채소밭을 둘러보고 밑으로 쓰러진 포도 줄기와 빈 병만 나뒹구는 온실까지 구경하자, 창문에서 내다보던 황량한 모서리가 나타났다. 독채에 아무도 없을 거란 사실을 의심한 적이 한 번도 없는데, 그쪽 다른 창문을 보다가 놀랍게도 얼굴이 창백하고 눈썹이 빨갛고 머리칼은 연한 어린 신사와 시선이 마주쳤다.

얼굴이 창백한 어린 신사는 재빨리 사라지더니 바로 옆에서 다시 나타났다. 시선을 처음 맞닥뜨릴 때 공부하던 중이었는지, 여기저기에 묻은 잉크가 보였다.

"안녕! 어린 친구!"

어린 신사가 말했다. 안녕이란 말은 일반적인 인사며 나 역시 똑같이 대답하는 게 최선이라고 평소에 생각하던 터라 나 역시 "안녕!"이라고 말했다. 하지만 예의상 어린 친구란 말은 생략했다.

"누가 들여보냈니?"

"에스텔라 아가씨."

"여기저기 돌아다니도록 누가 허락했니?"

"에스텔라 아가씨."

"저리 가서 싸우자."

얼굴이 창백한 어린 신사가 말하는데, 내가 어떻게 안 따라갈 수 있겠는가? 나중에도 똑같은 질문을 속으로 떠올리곤 했지만 다른 방법이 무어겠는가? 아주 단호한 태도에 깜짝 놀라서 나는 마법이라도 걸린 듯 상대가 가는 대로 쫓아갔다. 어린 신사는 몇 걸음 안 가서 갑자기 돌아서며 말했다.

"그런데 잠깐만 기다려. 너한테 싸울 이유가 있어야 하잖아. 자, 간다!"

상대는 말을 마치자마자 아주 짜증스런 방식으로 자기 손을 번갈아가며 때리더니, 한쪽 다리를 멋들어지게 뒤로 빼고 내 머리를 잡아당긴 다음, 자기 손을 다시 번갈아가며 때리고, 머리를 숙여서 내 배를 들이받았다.

마지막에 언급한 황소 같은 행동은 개인의 자유라는 관점에서 바라볼 수 없을 뿐 아니라 빵과 고기를 먹은 직후라서 나는 더더욱 용납할 수 없었다. 그래서 주먹을 한 번 휘두르고 다시 휘두르려는데, 상대가 "아하! 덤벼?" 하고 말하더니 펄쩍펄쩍 뛰며 앞뒤로 움직였다. 경험이 짧은 나로선 생전 처음 보는 방식이었다.

"경기 규칙대로 해!"

상대가 말하더니, 왼발과 오른발 위치를 바꿨다. 그리고 "정식 규칙대로 해!" 하고 다시 말하더니, 이번에는 오른발과 왼발 위치를 바꿨다. "경기장으로 가서 준비운동부터 해!" 하고 말할 때는 몸을 앞으로 숙이고 뒤로 빼는 식으로 이상한 행동을 해서 나는 무기력한 표정으로 가만히 바라보기만 했다.

상대가 이렇게 능수능란하게 움직이는 모습이 나는 은근히 두려웠다. 하지만 상대에게는 머리카락이 연한 머리로 나한테 달려들어서 배를 들이받을 권리가 없으며, 따라서 그런 식으로 관심을 강요하는 건 도덕적으로나 육체적으로나 옳지 않은 행위로 간주할 권리가 나에게 있다고 확신했다. 그래서 나는 한 마디도 않고 상대를 쫓아, 담장 두 개가 만나는 구석에다 쓰레기까지 가려서 잘 안 보이는 곳으로 갔다. 경기장이 마음에 드느냐는 질문에 나는 그렇다 대답하고, 상대는 잠시 실례하겠다고 양해를 구하더니, 물병 하나와 식초를 잔뜩 적신 스펀지 하나를 들고 재빨리 돌아와, "두 사람 모두 사용할 수 있어" 하고 말하면서 담장 밑에 내려놓았다. 그러더니 바닥에 앉아서 옷을 벗는데, 외투와 조끼만 벗는 게 아니라 셔츠까지 벗는 동작이 쾌활하면서도 사무적이고 동시에 처절해 보였다.

어린 신사는 얼굴 여기저기에 뾰루지가 나고 입술에 발진까지 있는 게 그리 건강한 모습은 아니지만, 열심히 준비하는 자세는 소름이 돋을 정도였다. 나이는 나랑 대충 비슷한 것 같은데 신장이 훨씬 크고 몸을 이리저리 움직이는 모습이 정말 그럴싸했다. 게다가 싸우려고 옷을 벗기 전까진 회색 양복을 걸친 신사인 데다 팔꿈치와 무릎과 손목과 뒤꿈치는 다른 신체 부위보다 특히 발달했다.

상대가 기술적으로 완벽한 동작을 과시하며 싸우려 준비하고 어느 부분을 공격할까 고르는 듯 세밀히 살피는 모습에 나는 기가 꺾였다. 그래서 내가 주먹을 처음 내뻗은 순간에 상대가 뒤로 나뒹굴어 코에서 피를 흘리고 얼굴은 잔뜩 일그러진 채 물끄러미 쳐다보는 광경을 목격한 순간, 나는 엄청나게 놀랐다. 지금까지 살아오는 동안 그렇게 놀란

적은 없었다.

하지만 상대는 곧바로 일어서더니, 스펀지로 얼굴을 닦은 다음, 능수능란한 동작을 또다시 과시하며 싸우려고 준비했다. 내가 인생에서 두 번째로 커다랗게 놀란 건 상대가 다시 나뒹굴다가 멍이 까맣게 든 눈으로 쳐다보는 광경을 목격한 순간이었다.

상대는 기백이 대단했다. 정말 존경스러울 정도였다. 힘은 하나도 없는 것 같고 나를 제대로 때린 적도 없는 데다 매번 나뒹굴다가 다시 재빨리 일어나더니, 규칙에 따라 몸을 돌보는 게 아주 중요하단 표정으로 스펀지로 얼굴을 닦거나 물병에 든 물을 마신 다음, 이번에는 나 자신이 정말 끝장나겠다고 믿을 수밖에 없는 동작과 분위기로 달려들었다.

결국, 상대는 이리저리 상처를 입었는데, 여기에서 말하기 미안하지만 한 번 때릴 때마다 더 세게 때렸기 때문이다. 하지만 상대는 다시 달려들고 또 달려들고 또 달려들더니, 마침내 심하게 나뒹굴며 담벼락에 뒷머리를 찧고 말았다. 그런 위기를 겪고서도 상대는 다시 일어나 내가 어디에 있는지 몰라 어리벙벙한 표정으로 서너 차례 맴돌더니, 마침내 무릎으로 기어서 스펀지를 잡아 공중에 던졌다. 그러면서 숨을 헐떡이며 "네가 이겼다는 표시야" 하고 선언했다.

내가 싸움을 제안한 건 아니지만, 상대가 아주 용감하고 순수한 것 같아서 나는 이겼다고 해도 그리 만족스러운 기분은 아니었다. 실제로, 옷을 다시 입을 때는 내가 늑대 같은 야수로 돌변한 기분까지 들었다. 어쨌든 나는 피가 묻은 얼굴을 침울하게 닦으면서 옷을 다 입고 "내가 도와줄까?" 하고 물었으며 상대는 "괜찮아" 하고 대답했다. 그래서 나는 "잘 가"라고 말하고 상대 역시 "너도 잘 가"라고 말했다.

내가 마당에 들어서자, 에스텔라는 열쇠꾸러미를 들고 기다리는 중이었다. 하지만 내가 어디에 있었는지, 이렇게 늦은 이유는 무언지 하나도 안 물었다. 얼굴에 기쁜 표정이 가득한 걸 보면 뭔가 아주 기분 좋은 일이 생긴 것 같았다. 그런데 대문으로 곧장 가는 대신 에스텔라가 복도로 다시 들어가며 손짓했다.

"이리 와! 원한다면 나에게 키스해도 좋아."

에스텔라는 나에게 뺨을 내밀고 나는 거기에 키스했다. 그 뺨에 키스할 수만 있다면 나는 어떤 고통이라도 감수할 것 같았다. 하지만 키스를 하라는 게 비천하고 상스런 꼬마에게 동전 한 닢 적선하는 느낌이었다. 그래서 가치가 하나도 없다는 느낌도 들었다.

생일이라서 손님이 찾아오고 카드놀이를 하고 싸움까지 하느라 너무 오랫동안 머물러, 내가 집으로 다가갈 때 등대는 습지 끝 모래톱에서 까만 밤하늘에 불빛을 쏘아대고 매형 대장간 화롯불은 길 건너편으로 불빛을 뿌려댔다.

12

얼굴이 창백하고 어린 신사 문제로 나는 마음이 극히 불안했다. 어린 신사와 싸워서 상대가 다양한 방식으로 나뒹굴며 창백한 얼굴로 거친 숨을 내뿜는 광경이 떠오를 때마다 내가 끔찍한 벌을 받을 것만 같았다. 어린 신사가 흘린 피를 내가 책임져야 할 것 같았다. 그래서 법의 응징을 받을 것 같았다. 내가 받을 형벌에 대해 아는 건 하나도 없지만, 상류층이 사는 저택을 이리저리 돌아다니고 공부하는 신사를 두드려 팼으니, 마을 주변을 마음대로 돌아다니다가는 사람들에게 모진 벌을 받을 게 분명했다. 그래서 나는 며칠 동안 집 안에 꼭 틀어박혀서 지냈다. 심부름이라도 가야 할 경우에는 주방 출구에서 덜덜 떨며 바깥을 매우 조심스럽게 살폈다. 감옥을 지키는 관리들이 나에게 갑자기 달려들면 안 되기 때문이다.

어린 신사가 코에서 흘린 피에 바지가 얼룩져, 나는 깜깜한 밤에 일어나서 내가 저지른 죄를 닦아내려고 애썼다. 어린 신사 치아에 부닥쳐서 주먹이 찢어진 증거도 확실하니, 재판정에 끌려가면 저주스러운 상황에 대해 변명할 거리를 궁리하느라 말도 안 되는 내용을 수없이 떠올리며 머리를 쥐어짜기도 했다.

폭력을 행사한 현장으로 돌아갈 날이 다가오면서 공포는 극에 달했다. 런던에서 경찰관이 특별히 찾아와 대문 뒤에 숨었다가 달려들진 않을까? 하비셤 아씨가 자기 집에서 일어난 폭력에 대해 직접 복수하려고 수의 같은 드레스 차림으로 일어나 권총을 꺼내서 쏘아죽이진 않을까? 돈을 주고 아이들을 - 수많은 용병을 - 사서 양조장 바닥에 쓰러뜨려 내가 완전히 가루가 되도록 패진 않을까?

다양하게 보복당하는 방식을 떠올리는 동안에도 어린 신사가 개입하는 상상은 조금도 안 했다는 건 내가 어린 신사의 기백을 믿는다는 확실한 증거였다. 언제나 마음에 떠오르는 건 아이 가족이 얼굴을 보고 가문의 명예가 땅에 떨어졌다는 사실에 분개하며 지각없이 보복하는 형식이 전부였다.

하지만 나는 하비셤 아씨네 저택에 갈 수밖에 없고 그래서 갔다. 그런데 보라! 지난번에 싸운 것 때문에 일어난 변화는 하나도 없었다. 어떤 식으로든 싸움을 암시하는 분위기는 하나도 없고 얼굴이 창백한 어린 신사는 어디에도 안 보였다. 우리가 들어갔던 문이 열린 걸 발견하고 안에 들어가서 채소밭을 돌아보고 독채 창문까지 들여다보았다. 하지만 안에서 덧문을 닫아 시선을 차단한 걸 보면 사람이 머무는 흔적은 하나도 없었다. 전투를 벌인 모서리에만 어린 신사가 있었다는 증거가 보였다. 피를 흘린 흔적이었다. 그래서 나는 사람들이 못 보도록 채소밭 흙으로 덮었다.

하비셤 아씨 방과 기다란 식탁이 있는 건너편 방 사이 널찍한 층계참에 정원 의자가 있는데, 바퀴를 달아 뒤에서 밀도록 만든 가벼운 의자였다. 내가 지난번에 올 때부터 거기에 있었는데, 나는 그날부터 하비셤 아씨가 내 어깨를 손으로 잡고 걷다가 지치면 의자에 앉히고 뒤에서

밀며 아씨 방을 돌고 층계참을 지나서 맞은편 방까지 도는 규칙적인 임무를 시작했다. 우리는 이런 산책을 하고 또 하고 또 했는데, 세 시간 연속으로 그럴 때도 있었다. 나는 이런 산책을 수없이 했다고 가볍게 언급하는 식으로 넘어갈 생각인데, 결국에는 하루걸러 한 번씩 정오에 찾아가서 그런 일을 한데, 지금 생각하면 그런 기간이 최소한 여덟 달에서 열 달은 되기 때문이다.

하비셤 아씨는 내가 익숙하게 되면서 말도 훨씬 많이 하고 내가 무엇을 배웠으며 앞으로 무엇을 할 건지 같은 질문도 던졌다. 거기에 대해 나는 매형 밑에서 도제를 할 것 같다고 대답한 다음, 비록 배운 건 하나도 없지만 그래도 모든 걸 배우고 싶다고 기다랗게 대답했다. 행여나 아씨 마님이 목적을 달성하도록 도와주지 않을까 하는 기대감 때문이었다. 하지만 그런 건 없었다. 내가 무식한 걸 아씨 마님은 오히려 좋아하는 것 같았다. 그렇다고 나에게 돈을 주는 것도 아니고 – 주는 게 있다면 그날 먹을 음식이 전부고 – 내가 일한 대가를 나중에 지급하겠다는 계약도 없었다.

에스텔라는 항상 주변을 맴돌며 내가 들어오고 나가도록 거들었으나 키스해도 좋다는 말은 두 번 다시 안 했다. 어떨 때는 차가운 표정으로 쳐다보기만 하고, 어떨 때는 겸손하게 대하고, 어떨 때는 친숙하게 대하고, 어떨 때는 증오한다고 격하게 말했다. 하비셤 아씨는 우리 둘만 있을 때면 "에스텔라가 훨씬 더 예뻐지지, 핍?" 하고 묻고, 에스텔라가 있을 때면 속삭이듯 물었다.

시긴이 흐를수록 에스텔라가 훨씬 예뻐지는 건 사실이고, 그래서 내가 그렇다고 대답하면 아씨는 아주 좋아하는 것 같았다. 그리고 우리가 카드놀이를 할 때면 에스텔라 기분이 어떻게 변하든 아주 좋아하는 눈으로 바라보았다. 가끔은 에스텔라가 변덕이 너무 심한 데다 이치에

149

안 맞아서 내가 당황한 나머지 무슨 말을 하거나 어찌할 줄 모르면 하비셤 아씨는 에스텔라를 아주 사랑스럽게 껴안으며 귀에 대고 뭐라고 속삭이는데 "저들 가슴을 무너뜨려, 내 자부심이자 희망이여, 저들 가슴을 무자비하게 무너뜨려!"처럼 들렸다.

대장간에서 매형이 단편적으로 흥얼거리는 노래가 있는데, '클렘 할아범'[21]에 대한 내용이다. 수호성인에 대한 존경심을 예의 바르게 드러내는 노래는 아니지만 나는 클렘 할아범이 대장장이를 좋게 생각한다고 믿는다. 가락은 망치로 쇠를 두드리는 박자를 그대로 따라가고 노래 내용은 클렘 할아범이라는 훌륭한 이름을 커다랗게 부를 핑계로 가득하다.

> 그래, 아이들아 망치를 두드려라……클렘 할아범! 쿵쾅쿵쾅 소리 내라……클렘 할아범! 때려라, 때려라……클렘 할아범! 마구 때려서 쇠를 펴라……클렘 할아범! 불을 지펴라, 불을 지펴라……클렘 할아범! 불길이 치솟는다, 하늘 높이 솟구친다……클렘 할아범!

그런데 하루는 의자를 밀기 시작한 직후에 하비셤 아씨가 갑자기 손가락을 짜증스럽게 흔들며 "저런, 저런, 저런! 노래해!" 하고 말했다. 나는 깜짝 놀라서 이 노래를 조그맣게 부르며 의자를 이리저리 밀었다. 그런데 아씨 마님도 마음에 드는지 깊은 생각에 빠져들며 따라 부르는데, 잠꼬대라도 하는 것처럼 나지막한 목소리였다. 그런 다음부터 이리저리 산책할 때마다 그 노래를 부르는 게 습관이 되고, 나중에는 에스텔라도 함께 불렀다. 하지만 셋이 모여도 모두 조그맣게 노래해, 황량

---

21) 클렘 할아범은 성 클레멘트 수호성인을 말하는 애칭이다.

하고 낡은 저택으로 불어 닥치는 아주 가느다란 바람보다도 소리는 가늘었다.

이런 환경에서 내가 어떻게 되겠는가? 이런 환경이 나를 어떤 성격으로 만들겠는가? 어둡고 누런 실내에서 햇살이 비추는 바깥으로 나올 때마다 두 눈이 얼떨떨한 것처럼 머릿속 생각도 얼떨떨한 게 당연하지 않겠는가?

예전에 엄청난 거짓말을 꾸며대고 나중에 고백한 적이 없다면, 나는 얼굴이 창백한 어린 신사에 대해서 매형에게 말했을 것이다. 하지만 그런 경험이 있는 터라 매형이 제대로 구분을 못 하고 얼굴이 창백한 어린 신사를 까만 벨벳 마차에 올라탄 승객 정도로 여길 것 같아서 아무 말도 안 했다. 한편으로는, 처음에 그런 것처럼 사람들이 하비셤 아씨와 에스텔라를 놓고 입방아 찧는 게 싫은 마음 역시 시간이 지날수록 견고하게 변했다. 그래도 가련한 비디만큼은 완벽하게 신뢰하는 터라 모든 걸 털어놓았다. 내가 비디에게 자연스럽게 털어놓은 이유를, 그리고 비디 역시 내가 하는 말에 깊은 관심을 보인 이유를 당시엔 몰랐지만, 지금은 알 것 같다.

그러는 동안에도 우리 집 주방에서는 툭하면 가족회의가 열려, 그렇지 않아도 불만이 많은 나를 도저히 견딜 수 없는 정도까지 밀어붙였다. 펌블추크 머저리가 내 장래에 대해서 우리 누나랑 상의할 목적으로 밤마다 툭하면 달려왔기 때문이다. 만일 내 손으로 이륜마차에 바퀴를 고정한 핀을 뺄 수만 있다면 정말 그랬을 거라고 나는 (지금 이 시각까지 아무런 죄책감 없이) 확신한다. 한심한 영삼은 상상력이 끔찍이도 부족한 나머지, 나를 앞에 안 세우면 ─ 그래서 나를 안 괴롭히면 ─ 내 장래를 논의할 수도 없어, 구석에 가만히 앉은 나를 (툭하면 목덜미를 움켜잡고) 걸상에서 끌어내, 불에 태우기라도 하려는 듯 불길 앞에 세워놓고 이런 식으로 말을 늘어놓기 일쑤였다.

"자, 부인, 여기에 아이가 있소! 부인이 손수 키운 아이가 여기에 있소. 머리를 들어, 꼬마. 너를 손수 키운 사람에게 항상 고마워할 줄 알아야 해. 자, 부인, 이 아이에 대해서 말해 봅시다!"

그런 다음에는 언제나 짜증이 날 정도로 머리를 헝클어뜨리고 – 앞에서 언급한 것처럼 나는 기억이 떠오르는 초창기부터 어떤 인간이든 이렇게 할 권리는 없다고 온 마음으로 부정하고 – 소맷자락을 잡아서 앞에 붙들어 세우는데, 펌블추크처럼 멍청한 바보에게만 나타나는 작태였다.

그러다가 우리 누나와 짝을 이뤄서 하비셤 아씨에 대해, 그리고 아씨 마님이 나를 어떻게 하고 무얼 해줄까 하는 식으로 말도 안 되는 추측을 늘어놓아, 나는 원한 어린 눈물을 흘리며 고통스러워하다가 펌블추크에게 달려들어 주먹으로 늘씬 패고 싶은 마음이 든 게 한두 번이 아니다. 이런 대화를 할 때면 우리 누나는 한마디 할 때마다 이를 하나씩 잡아 뽑듯 나에게 말하고, 펌블추크 자신은 후원자로 자처하며 가만히 앉아서 깔보는 눈으로 훑어보는데, 나를 대신해서 운명을 설계하는 게 수지타산은 안 맞는다는 표정이었다.

이런 논의에 매형은 조금도 안 낀다. 그런데도 나를 대장간에서 빼내는 걸 매형은 반기지 않는다고 조 부인이 받아들인 덕분에 툭하면 잔소리를 들어야 했다. 이제 나는 매형 밑에서 도제로 일해도 충분할 나이였다. 그래서 매형이 무릎을 꿇고 앉아 부지깽이를 들고 아래쪽 쇠막대 사이에서 재를 긁어내며 깊은 생각에 잠길 때마다 누나는 자신의 순수한 행동을 반대한다는 뜻으로 너무나 또렷하게 받아들인 나머지, 매형에게 달려들어서 손에 든 부지깽이를 빼앗아 한바탕 난리를 치다가 다른 데로 치워버렸다.

이런 논쟁은 언제나 정말 짜증스럽게 끝난다. 별다른 변화도 없는데 갑자기 누나가 말을 멈추며 하품하더니, 우연한 발견이라도 한 것처럼 나를 쳐다보다가 와락 달려들어서 "꺼져! 이제 너라면 지겹다! 잠이나 자러 올라가! 오늘 밤은 너 때문에 더는 고생하고 싶지 않아!" 하고 윽박지르는 식이다. 내 인생에 끼어들어서 제발 간섭하라고 내가 두 사람에게 간절하게 요청하기라도 한 것처럼 말이다.

우리가 이런 식으로 오랫동안 살고 앞으로도 오랫동안 이런 식으로 살아야 할 것처럼 보이던 어느 날, 하루는 하비셤 아씨가 나와 걷다가 갑자기 멈추더니 어깨에 기대며 몹시 불쾌한 표정으로 말했다.

"키가 많이 컸구나, 핍!"

나는 가만히 생각하는 표정으로 쳐다보아, 그건 나도 어쩔 수 없는 문제라고 암시하는 게 최선이라고 생각했다.

하비셤 아씨는 더는 말이 없더니, 곧바로 걸음을 다시 멈추며 나를 쳐다보고 이내 또다시 쳐다보더니, 그런 다음부터는 우울한 표정으로 얼굴을 찡그리며 바라보았다. 그런 다음에 다시 찾아가서 평상시처럼 운동을 마치고 화장대 앞으로 데려다주자, 하비셤 아씨는 손가락을 짜증스럽게 흔드는 특유의 손짓으로 나를 불러세우고 물었다.

"너희 집 대장장이 이름이 뭐라고 했지?"

"조 가저리입니다, 아씨 마님."

"네가 밑으로 들어가서 도제로 일할 기술자가 그 사람인가?"

"네, 하비셤 아씨."

"그럼 이제 니는 도제를 하는 세 좋겠나. 가서리를 여기에 데려올 수 있겠니, 계약서를 가지고?"

나는 매형이 초대받은 걸 영광스럽게 여길 게 분명하다고 대답했다.

"그럼 여기로 데려와."

"언제요, 하비셤 아씨?"

"저런, 저런! 나는 시간 같은 거 하나도 몰라. 빨리 오라고 해, 너와 함께."

밤에 집에 도착해서 매형한테 이런 사실을 전하자, 누나는 예전 어느 때보다 험악하게 '길길이 날뛰었다.' 그러더니 나와 매형에게 자신을 발로 짓밟는 현관 매트처럼 여기냐고, 감히 어떻게 자신을 이런 식으로 대할 수 있느냐고, 우리 두 사람이 우아하게 생각하기에 자신은 어떤 사람이랑 어울려야 할 것 같으냐고 소리쳤다.

그러다가 더는 할 말이 없자, 매형에게 촛대를 던지더니 엉엉 울며 쓰레받기를 꺼내고 – 이건 몹시 나쁜 징조인데 – 거친 앞치마를 걸치고 무서운 기세로 청소를 시작했다. 그런데 빗자루 청소 하나론 양이 안 차는지, 바닥을 문지르는 솔과 물통까지 꺼내서 온 집 안을 샅샅이 청소해, 우리는 뒷마당으로 쫓겨나서 덜덜 떨 수밖에 없었다.

밤 열 시에 비로소 위험을 무릅쓰고 살그머니 들어가니, 누나는 매형에게 당장 흑인 노예를 찾아가서 결혼하지 않는 이유가 뭐냐고 소리쳤다. 불쌍한 매형은 아무런 대답도 못 하고 가만히 서서 구레나룻을 만지작거리며 기운이 하나도 없는 표정으로 나를 쳐다보는데, 그런 방법도 정말 좋겠다고 생각하는 것 같았다.

13

 다음다음 날, 하비셤 아씨네 저택에 가려고 매형이 교회에 갈 때와 똑같은 옷을 차려입는 과정을 나는 고통스럽게 지켜보았다. 하지만 정장을 입고 가는 게 예의라고 매형이 생각하니, 나로선 작업복 차림이 훨씬 보기 좋다고 차마 말할 수 없었다. 게다가 매형이 끔찍하게 불편한 복장을 하는 건 전적으로 나를 위한 것이며 셔츠 목깃을 뒤쪽으로 바싹 올리고 머리 꼭대기 머리칼까지 깃털 장식처럼 곤두세운 것 역시 전적으로 나를 위한 게 아니던가!

 아침 식사를 할 때 누나는 자신도 우리와 함께 읍내에 가서 펌블추크 삼촌네 상점에 있을 테니, "우리가 고상한 숙녀분들과 할 일을 모두 끝내면" 찾아오라고 선언했다. 우리가 저택에 찾아가는 걸 독특하게 비꼬는 어투에 매형은 최악의 사태를 예감하는 표정이 얼굴에 절로 떠오를 수밖에 없었다. 어쨌든 매형은 내장산 문을 하루 날고 (아주 가끔 문을 닫을 때면 그러는 것처럼) 문간에다 분필로 '외출'이란 단어를 '회출'로 쓰고 화살표까지 하나 그려서 자신이 날아가는 방향을 표시했다.

읍내로 갈 때 누나는 – 해가 쨍쨍 떠오른 날인데도 – 비버 가죽으로 만든 아주 커다란 보닛 모자를 머리에 쓰고 앞에서 걷는데, 밀집으로 만든 바구니를 영국 국왕이 사용하는 국새처럼 들고 우산 하나와 나막 신 한 켤레와 여벌로 사용할 숄까지 한 장 챙긴 상태였다. 이런 물건을 들고 가는 이유가 일부러 고행하려는 건지 과시하려는 건지 아직도 확실히 모르겠지만, 클레오파트라를 비롯한 다양한 여왕이 '길길이 날뛸 때' 가장행렬이나 행진을 통해 자신이 소유한 재물을 과시하는 것처럼 누나 역시 자신이 소유한 물건을 자랑하려고 그런 거란 생각이 든다.

이윽고 펌블추크 삼촌 상점에 도달하자, 누나는 우리를 외면한 채 안으로 재빨리 들어갔다. 시간이 정오로 치달아서 매형과 나는 하비셤 아씨네 저택으로 곧장 나아갔다. 에스텔라가 평소처럼 대문을 열러 나오는데, 모습을 처음 드러낸 순간에 우리 매형이 똑바로 서서 모자를 벗고 두 손으로 챙을 잡아 모자 무게를 재는 게, 세세한 무게까지 자세히 파악할 이유가 갑자기 떠오르기라도 한 것 같았다.

에스텔라는 우리에게 눈길조차 안 주고 내가 잘 아는 길을 인도했다. 나는 바로 뒤에서 따라가고 매형은 제일 뒤에서 쫓아왔다. 기다란 복도에서 돌아보니, 매형은 모자 무게를 여전히 아주 조심스럽게 재고 발끝으로 보폭을 커다랗게 떼면서 살금살금 걸었다.

에스텔라가 두 사람 모두 방으로 들어가라고 해서 나는 매형 외투 소맷자락을 잡고 하비셤 아씨가 있는 방으로 인도했다. 하비셤 아씨는 화장대 앞에 있다가 우리가 들어서는 즉시 고개를 돌려서 바라보며 매형에게 물었다.

"아! 당신이 아이 누나 남편인가요?"

나는 사랑하는 매형이 그렇게 이상하고 엉뚱한 새처럼 보일 수 있다는 사실을 당시까지 한 번도 떠올린 적이 없었다. 하지만 깃털 장식을 부르르 떨면서 입을 저억 벌린 모습은 벌레를 먹여 달라고 조르는 새 같았다.

"당신이 아이 누나 남편인가요?"

하비셤 아씨가 다시 물었다. 하지만 상황이 녹록지 않았다. 대화하는 내내 매형은 하비셤 아씨가 아니라 나에게 고집스럽게 말했기 때문이다. 그래서 매형은 강력한 논거와 엄격한 확신과 대단한 예의를 동시에 드러내는 자세로 이렇게 말했다.

"내가 말하고 싶은 건, 핍, 나는 너희 누나와 결혼했으며, 그러기 전까지는 (마음이 내키는 사람이라면) 나를 독신이라고 부를 수 있었단다."

"으음! 그래서 당신은 도제로 삼을 생각으로 아이를 길렀어요. 그렇죠, 가저리 선생?"

하비셤 아씨가 묻자, 매형이 대답했다.

"너도 알다시피, 핍, 우리 두 사람은 아주 좋은 친구로 지냈어. 그래서 그렇게 되면 아주 즐거울 거로 생각하면서 너나 나나 잔뜩 기다렸어. 하지만 핍, 그렇게 되고 싶은 생각이 없는데도 – 까만 검댕이 같은 걸 묻히고 싶은 생각이 없는데도 – 그렇게 해야 한다는 뜻은 아니야, 알겠지, 핍?"

"아이가 그걸 반대한 적이 있나요? 아이가 그 일을 좋아하나요?"

하비셤 아씨가 묻고 매형은 강력한 논거와 엄격한 확신과 대단한 예의를 처음보다 상하게 느러내며 대답했다.

"네가 그걸 마음속 깊이 바란다는 건 누구나 아는도다, 핍. 그래서 자신이 직접 반대한 적은 한 번도 없으며, 핍은 그걸 마음속 깊이 바랐노라!"

이 말을 듣는 순간, 나는 매형이 자기 부친 묘비에 새기고 싶은 어투로 말하기로 다짐했다는 사실을 깨달았다.

나는 매형이 정신을 차리고 하비셤 아씨에게 직접 말하도록 하려고 노력했지만 아무런 소용도 없었다. 내가 인상을 찡그리면서 신호를 보낼수록 매형은 강력한 논거와 엄격한 확신과 대단한 예의를 훨씬 강하게 드러내며 나한테 고집스럽게 말할 뿐이었다.

"그럼 도제 계약서를 가져왔나요?"

하비셤 아씨가 묻자, 매형은 질문 자체가 약간 부당한 것처럼 대답했다.

"으음, 핍, 잘 알다시피, 너는 내가 그걸 모자 안에다 넣는 걸 보았어. 그러니 당연히 가져왔다는 걸 잘 알아."

이 말과 함께 계약서를 꺼내더니, 하비셤 아씨가 아니라 나에게 건넸다. 지금 생각하면 안타깝지만, 그렇게 좋은 매형을 나는 당시에 창피하게 여겼다. 에스텔라가 하비셤 아씨 의자 뒤로 다가와서 눈으로 짓궂게 웃는 걸 보는 순간에는 더더욱 창피했다. 하지만 나는 매형이 건네는 계약서를 받아서 하비셤 아씨에게 건넸다.

하비셤 아씨가 계약서를 훑어보며 말했다.

"아이에게 수업료를 받을 생각이 없나요?"

질문에 대해 매형은 아무런 대답도 않는 거로 항의하고, 나는 옆에서 재촉했다.

"매형! 어서 대답해요……."

그러자 매형은 마음이 아픈 표정으로 말을 끊으며 대답했다.

"핍, 내가 말하고 싶은 건 너와 나 사이에서 그런 걸 대답할 필요는 없다는 거야. 그런 게 없다는 건 너도 충분히 아니까 말이야. 그런 게 없다는 건 네가 잘 아는데 내가 뭣 때문에 대답하겠니?"

하비셤 아씨는 매형을 겪은 건 조금이지만 내가 당시에 깨달은 이상으로 잘 이해하겠다는 표정으로 가만히 바라보더니, 옆에서 조그만 주머니 하나를 집으며 말했다.

"핍이 번 수업료니, 자, 받으시오. 금화 스물다섯 냥을 넣었소. 스승님에게 건네주렴, 핍."

너무나 이상한 하비셤 아씨 모습과 이상한 실내 풍경에 놀라서 넋이 완전히 나간 듯, 매형은 이런 순간조차 나에게 고집스럽게 말했다.

"이건 정말 관대한 처사야, 핍. 정말 기쁘고 고마운 마음으로 받겠어. 하지만 여기서든 저기서든 이런 걸 기대한 적은 조금도 없다네. 여보게, 친구……."

매형이 처음에는 뜨겁다가 순식간에 얼어붙는 느낌으로 멈칫하면서 다시 말하는데, 하비셤 아씨한테 너무 친숙한 표현을 사용한 것 같았기 때문이다.

"여보게, 친구, 우리 둘 다 할 일을 다 하세! 너랑 내가 서로에게, 너는 나에게, 나는 너에게 할 일을 다 하세. 너에게 관대하게 선물하신 분이, 그분 마음이 절대 실망하지 않도록……."

여기에서 매형이 겁날 정도로 어려운 말로 빠져들더니, "나는 할 일을 다 하겠네!"라는 말로 의기양양하게 빠져나왔다. 얼마나 만족스러운지, 이 말을 두 번이나 할 정도였다.

"그럼, 잘 가라, 핍! 두 사람을 배웅하도록, 에스텔라."

하비셤 아씨가 하는 말에 나는 이렇게 물었다.

"또 와야 히니요?"

"아니야. 이제 네가 섬길 사람은 가저리야. 가저리! 한 마디만 더!"

하비셤 아씨가 부르는 소리에 나는 문가로 달려가서 매형을 불러 세우고, 아씨 마님은 아주 또렷하게 강조하는 목소리로 이렇게 말했다.

"아이는 여기에서 행동을 잘했으니, 그건 아이에게 상으로 주는 거요. 물론 당신은 정직한 사람이니, 다른 걸 더 바라진 않겠지요."

매형이 방에서 어떻게 나갔는지 나는 지금도 알 수 없다. 하지만 방을 나온 다음에는 계단을 내려가는 게 아니라 꾸준히 올라가려고 하는데, 내가 아무리 소리쳐도 못 들어서 결국에는 곧장 쫓아가서 손을 잡아야 했다. 곧이어 대문은 우리를 뱉어내더니 다시 잠기고, 에스텔라는 사라졌다.

환한 대낮에 다시 우리 둘만 남은 순간, 매형은 담벼락에 등을 기대고 나에게 "정말 놀라워!" 하며 감탄했다. 그 자리에 오랫동안 머물며 간헐적으로 "정말 놀라워!"라는 감탄사를 툭툭 내뱉는데, 매형 머리가 완전히 돌아버렸다는 생각마저 들 정도였다. 그러다가 마침내 "핍, 너에게 분명히 말하는데 이건 정말 노올라워!"로 감탄사를 늘어뜨리더니, 대화가 조금씩 늘어나면서 결국엔 걸을 수도 있게 되었다.

내가 보기에 매형은 저택에서 귀부인을 만나고 나온 직후에 머리가 좋아졌는지 펌블추크 삼촌네 상점으로 가면서 아주 미묘한 내용을 정교하게 구상한 것 같았다. 펌블추크 삼촌네 상점에 도착한 직후에 일어난 일을 보면 그걸 잘 알 수 있다. 당시에 누나는 의자에 앉아서 혐오스러운 씨앗 장사꾼과 논의하다가 우리가 들어오는 걸 보고 "어이쿠! 무슨 일이실까? 나처럼 못난 사람을 데리러 이렇게 찾아오시다니, 정말 별꼴이군!" 하고 말하자, 매형이 나에게 시선을 고정한 채 무언가를 떠올리려고 애쓰는 표정으로 "하비셤 아씨께서 우리에게 전하라고 특별히 말씀하셨는데…… 그게 감사하단 말이었니, 안부를 전하라는 말이었니, 핍?" 하고 물었기 때문이다.

"감사하단 말이요."

내가 대답하자, 매형도 맞장구쳤다.

"나도 그런 것 같았어. 가저리 부인에게 감사하다는 말을 잘 전하라고…….."

"나 같은 사람에게 그런 말이 무슨 소용이겠어!"

누나가 비꼬긴 해도 기분은 좋은 것 같았다. 그러자 매형은 나를 또다시 쳐다보며 새로운 기억을 떠올리려고 애쓰는 표정으로 다시 물었다.

"그리고 자신이 몸 상태만 좋았다면 기꺼이 뭐라고 했더라, 핍?"

"부인도 함께 초대하는 기쁨을 누렸을 거라고요."

내가 대답하자, 매형은 "맞아, 여자끼리 재밌는 대화를 나눴을 거라면서" 하고 맞장구치며 숨을 길게 들이마셨다. 그러자 누나가 많이 누그러진 표정으로 펌블추크 삼촌을 힐끗 쳐다보며 말했다.

"으흠! 아씨 마님이 처음부터 그렇게 말했어야 하는 건데……. 하지만 아예 안 듣는 것보다는 늦게라도 들으니 훨씬 낫네. 그런데 아씨 마님이 여기에 있는 망나니한테 무얼 주었어?"

"핍한테 아무것도 안 주었어."

매형이 대답하더니, 조 부인이 폭발하기 직전에 다시 말했다.

"아씨 마님은 핍 식구들에게 주었어. 아씨 마님이 설명하길 '핍 식구에게 준다는 건 핍 누나 가저리 부인에게 준다는 의미'라는 거야."

그리고 다시 곰곰이 생각하는 표정으로 덧붙였다.

"가저리 부인은 확실히 알던데, 내가 '조'인지 '조지'인지는 모르는 것 같았어."

누나가 쳐나보사, 펌블주크 삼촌은 나무로 만든 안락의자 팔걸이 양쪽을 손으로 쓰다듬으면서 우리 누나와 벽난로 불을 쳐다보고 고개를 끄덕이는 게, 마치 자신은 그런 내용을 사전에 다 알기라도 한 것 같았다.

"그래서 얼마나 받은 거야?"

누나가 물으며 웃었다. 그것도 활짝 말이다!

"금화 열 냥이라면 여기에 계신 분은 뭐라고 말씀들 하시려나?"

매형이 묻자, 누나는 무뚝뚝하게 대답했다.

"꽤 많은 편이라고 하겠지. 많은 건 아니지만, 꽤 많은 편이라고."

"하지만 그것보다는 많아."

매형이 말하자, 끔찍한 협잡꾼 펌블추크는 안락의자 팔걸이를 쓰다듬다가 재빨리 고개를 끄덕이며 말했다.

"그것보단 많다오, 부인."

"그렇다면 삼촌 말씀은……."

우리 누나가 말하는 걸 펌블추크 사기꾼이 가로채며 대답했다.

"그렇다오, 부인. 하지만 잠시 기다려요. 계속하게, 조. 잘하고 있어! 어서 말하게!"

그러자 매형이 다시 물었다.

"금화 스무 냥이라면 여기에 계신 분은 뭐라고 말씀들 하시려나?"

"상당하다고 말하겠지."

누나가 대답하자, 매형이 말했다.

"으음, 하지만 스무 냥보다 많아."

그와 동시에 야비한 위선자 펌블추크는 은인인 척 웃는 얼굴로 다시 고개를 끄덕이며 말했다.

"그보다 많다오, 부인. 잘하고 있어! 부인에게 어서 말하게, 조!"

그러자 매형은 금화가 담긴 주머니를 우리 누나에게 건네며 아주 기쁜 표정으로 말했다.

"그렇다면 마지막으로 말하지. 모두 스물다섯 냥이야."

펌블추크는 아주 야비한 협잡꾼답게 일어나서 우리 누나 손을 잡으며 그대로 말했다.

"모두 스물다섯 냥이라오, 부인. 아까 내가 말한 것처럼 모두 부인이 수고한 대가일 뿐이니, 그 돈을 받고 만족하길 바라오!"

지금까지 보여준 모습만으로도 끔찍한데, 악당이 나에게 다가와서 은인인 척 구는 모습은 지금까지 저지른 모든 범죄를 훨씬 뛰어넘고도 남았다. 그러더니 팔꿈치를 옴짝달싹 못 하게 움켜잡으며 말했다.

"조나 부인이나 잘 알겠지만, 나는 한번 시작한 일은 끝장을 보는 성격이오. 이 아이를 옴짝달싹 못 하게 묶어두어야 하오. 그게 내 방식이오. 옴짝달싹 못 하게 묶어두는 거."

"우리가 정말 커다란 은혜를 입었네요, 펌블추크 삼촌."

우리 누나가 돈주머니를 움켜쥐며 말하자, 극악무도한 씨앗 장사꾼이 대답했다.

"나는 괜찮소, 부인. 다른 사람에게 좋으면 나도 기쁘니 말이오. 하지만 잘 알다시피, 이 아이는 우리가 꼭 묶어두어야 하오. 사실대로 말하자면, 내가 그것까지 책임지겠다는 뜻이오."

관리가 있는 읍사무소는 엎드러지면 코 닿을 곳이고, 우리는 관리가 보는 앞에서 나를 매형 도제로 묶어두기 위해 당장 그곳으로 갔다. 나는 우리가 그곳으로 갔다고 했는데, 사실 나는 소매치기를 하거나 곡식에 불이라도 지른 죄인처럼 펌블추크에게 떠밀리며 가고, 관공서에 모인 사람 대부분은 실제로 나를 현장에서 잡힌 범인으로 여겼다. 펌블추크에게 밀리면서 사람들 사이를 지나는 동안 일부는 "도대체 무슨 짓을 저지른 거야?"라는 식으로 말하고, 다른 일부는 "어린 녀석이 사악하게 보이는군, 그치?"라는 식으로 말하는 소리가 들릴 정도였다. 온순하고 자상하게 보이는 사람 한 명은 심지어 조그만 책까지 건네는데, 겉표지에 사악하게 생긴 젊은이가 소시지 가게를 열어도 될 만큼 사슬이 주렁주렁 달린 쇠사슬에 묶인 목판화 그림에다 '감방에서 읽는 책'이라는 제목이 있었다.

읍사무소는 이상한 곳이란 생각이 들었다. 기다란 의자는 교회 의자보다 높아서 사람들이 의자 너머로 고개를 걸치고, 힘이 막강한 관리들은 (한 명은 머리에 분가루까지 바르고) 의자에 몸을 깊숙이 파묻은 채 팔짱을 끼거나 코담배를 빨아들이거나 꾸벅꾸벅 졸거나 글을 쓰거나 신문을 읽고, 벽마다 여기저기에 걸려서 번뜩이는 까만 초상화는 예술이라곤 하나도 모르는 눈에 아몬드 과자와 반창고만 잔뜩 붙여놓은 것처럼 보였다. 여기에서 도제 계약서 모서리에 서명하고 인증을 받아, 나는 "꽁꽁 묶이고" 말았다. 그러는 내내 펌블추크가 나를 꼼짝 못 하게 붙잡은 모습은 절차를 어서 끝내고 교수대로 데려갈 순간만 기다리는 것 같았다.

우리가 밖으로 다시 나오자, 아이들은 내가 공개적으로 처형당하는 걸 구경할 기대감에 잔뜩 부풀어서 기다리다 나를 데려온 어른들이 나를 도우러 온 거란 사실을 깨닫곤 잔뜩 실망한 표정으로 바라보고, 우리는 펌블추크네 상점으로 돌아갔다. 거기에서 우리 누나는 금화 스물다섯 냥에 도취해 뜻밖에 횡재한 돈 일부로 '파란 멧돼지'에서 저녁 식사를 해야 한다고, 그러니 펌블추크 삼촌은 이륜마차를 끌고 가서 허블 부부와 웝슬 선생을 당장 데려와야 한다고 주장했다.

거기에 모두 동의하고, 그래서 나는 가장 우울한 시간을 보내게 되었다. 거기에 모인 사람 모두 왠지 모르게 마음속으로 나를 함께 어울릴 자격이 없는 사람으로 여기는 것 같았기 때문이다. 더 끔찍한 건, 모든 사람이 이따금 - 할 말이 안 떠오를 때마다 - 나에게 실컷 먹으라고 말했다는 사실이다. 그럴 때마다 내가 뭐라고 하겠는가! 실제로는 아니더라도, 겉으로는 마음껏 먹는 중이라고 대답하는 수밖에 없지 않겠는가!

어쨌든 어른들은 나름대로 독특한 방식이 있어서 그걸 최대한 활용했다. 그래서 협잡꾼 펌블추크가 은혜를 베푼 덕분에 이런 일도 있는 거라고 떠받들며 상석에 앉혔다. 그러자 펌블추크는 나를 꽁꽁 묶은 사실에 대해 언급하더니, 내가 카드놀이를 하거나 강한 독주를 마시거나 늦잠을 자거나 나쁜 친구를 사귀는 등 바람직하지 않은 행동을 저지르면 교도소에 갈 수밖에 없도록 계약서를 작성했으니 우리 모두에게 정말 다행이라 축하하며, 나를 자기 바로 옆자리 의자에 올려세워서 생동감을 더했다.

엄청난 잔치에 대해 또 기억나는 건, 사람들이 나를 잠자러 못 가게 하다가 내가 꾸벅꾸벅 졸기라도 하면 깨워서 마음껏 먹으라고 말했다는 사실이다. 또 기억나는 건, 아주 늦은 밤에 웝슬 아저씨가 콜린스의 '열정에 바치는 송시'를 낭송하며 피로 얼룩진 칼을 천둥처럼 던져서, 웨이터가 급히 달려와 "아래층에 있는 장사꾼들이 잘 들었다는 말과 함께 여기는 곡예극단이 아니란 말도 전하라고 합니다"고 말했다는 사실이다. 또 기억나는 건, 집으로 가는 도중에 모두 기분이 한껏 들떠서 '아, 아름다운 부인!'[22]을 부르는데, 웝슬 아저씨가 베이스를 맡아서 (따분한 사람이 호기심만 많아서 모든 사람의 은밀한 속사정을 알고 싶다며 정말 뻔뻔하게 선창하는 노래에 대답하는 식으로) 하얀 머리칼을 휘날리던 사내는 바로 자신이라고, 지금 자신은 세상을 떠도는 연약한 순례자에 불과하다고 엄청 커다랗게 노래했다는 사실이다.

마지막으로, 내가 조그만 침실에 들어선 순간, 기분이 너무 비참했

---

22) 아, 아름다운 부인!(O Lady Fair!)은 아일랜드 시인 토머스 모어가 작곡 작사한 노래로, 당시에 크게 유행했다. 노래는 어떤 따분한 사내가 아름다운 부인에게 어디에 가느냐고, 하얀 머리칼을 휘날리던 사내는 누구냐고 물으면서 시작한다.

다는, 매형이 하는 일을 내가 절대 좋아하지 않으리라는 확신이 강하게
들었다는 기억도 난다. 예전에는 매형이 하는 일을 좋아했지만, 이제는
아니었다.

14

자신이 사는 집을 창피하게 여기는 건 정말 비참하다. 그건 은혜를 모르는 사악한 짓이니, 응당한 벌을 받을 수밖에 없고 또 받아야 한다. 하지만 그게 아주 비참하단 사실 하나만큼은 내가 생생하게 증언할 수 있다.

우리가 사는 집은 누나가 부린 성질 덕분에 나에게 즐거운 공간으로 다가온 적이 한 번도 없었다. 하지만 매형은 집을 깨끗하게 정화하고 나는 그런 집을 믿었다. 우리 집 손님맞이 응접실을 가장 우아하다 믿고, 엄숙하고 신성한 사원에서 희생 제물을 불에 태워 신에게 바칠 때 비로소 엄숙하게 여기는 신비로운 문이 바로 우리 집 대문이라고 믿었다. 주방이 웅장하진 않아도 정결하다고 믿고, 대장간은 어른이 돼서 자기 발로 똑바로 서는 훌륭한 길이라고 믿었다. 그런데 일 년도 안 돼서 이런 믿음이 모두 *깨졌다*. 모든 게 너무나 천박하고 거칠 뿐, 하비셤 아씨나 에스텔라에게 보여주고 싶은 마음이 조금도 안 들었다.

내가 이렇게 배은망덕한 마음을 품은 데에는 내 탓이 얼마고 하비셤 아씨 탓이 얼마고 우리 누나 탓이 얼마인지는 이제 나에게도 다른 사람에게도 전혀 중요하지 않다. 나에게 일어난 변화는 두 번 다시 돌이킬 수 없었다. 좋은 쪽이든 나쁜 쪽이든, 변명할 여지가 있든 없든, 나는 변하고 말았다.

예전에는 매형 도제가 되어 대장간에서 소매를 걷어붙일 수만 있다면 정말 행복하고 좋을 것 같았다. 그런데 그게 현실이 되자, 조그만 석탄 가루를 잔뜩 뒤집어쓴 느낌만, 그리고 무거운 모루는 깃털처럼 보일 정도로 거대한 압박이 나를 내리누르는 느낌만 들었다. 누구나 그렇겠지만, 나 역시 최근에 몇 가지 사건을 겪는 동안 묵직한 커튼이 내려와서 재미있는 로맨스를 모조리 덮어버려 하루하루를 지루하게 만든다는 느낌이 든 적이 있다. 하지만 매형 도제라는 길에 새롭게 들어서면서 내가 앞으로 살아갈 인생이 눈앞에 쭉 펼쳐진 순간처럼 묵직한 커튼이 허망하게 내려온 적은 한 번도 없다.

내가 '도제'로 살아가던 후반부라고 기억하는데, 당시에 나는 일요일 초저녁마다 어둠이 깔릴 즈음이면 교회 공동묘지에 가만히 서서 내가 살아갈 미래를 바람이 몰아치는 습지 풍경과 비교하며, 아주 나지막하고 납작한 모습도 너무나 비슷하고 아무도 알아주지 않는 길이나 짙은 안개나 결국엔 바다가 나온다는 사실 역시 너무나 비슷하다는 생각에 빠져들곤 했다.

나는 도제로 일한 첫날부터 기운이 하나도 없고 나중에도 마찬가지였다. 하지만 도제 계약이 끝날 때까지 매형에게 그런 느낌을 한 번도 내비치지 않았다는 사실이 그나마 다행일 뿐이다. 당시를 돌이켜보면 내가 나를 다행스럽게 여길 수 있는 건 그것 하나밖에 없다.

이야기를 계속하다 보면 나오겠지만, 내가 그럴 수 있었던 건 모두 매형 덕분이다. 몰래 도망가서 군인이나 뱃사람이 안 된 건 내가 충실해서가 아니라 매형이 충실해서다. 내가 불만을 꾹 참으며 나름대로 열심히 일한 건 내가 성실해서가 아니라 매형이 성실해서다. 상냥하고 정직한 마음으로 할 도리를 다하는 사람이 세상에 얼마나 커다란 영향을 미치는지는 모르겠다. 하지만 바로 옆 사람에게 어떤 영향을 미치는지는 충분히 알 수 있으며, 따라서 내가 도제로 일할 때 좋은 점이 조금이라도 있었다면 자신에게 주어진 모든 것에 만족하며 순박하게 사는 매형 때문이지, 불만이 가득한 채 다른 생활을 끊임없이 갈망하는 나 때문이 아니다.

당시에 내가 원한 게 무언지, 지금 이 순간에 누가 알겠는가? 당시에 하나도 모르던 내가 인제 와서 무얼 알겠는가? 당시에 끔찍하게 두려워하던 건 내가 유별나게 더럽고 천박한 모습으로 일하다가 눈을 문뜩 뜨니 대장간 나무 유리창 한곳에서 바라보는 에스텔라가 보이는 아주 불행한 순간이었다. 까만 얼굴에 까만 손으로 거칠게 작업하는 모습을 결국엔 에스텔라가 발견하고 의기양양하게 깔볼 거라는 두려움에 나는 끊임없이 시달렸다.

어둠이 깔린 다음이면 나는 풀무질하고 매형은 망치질하면서 '클렘 할아범' 노래를 자주 부르는데, 그러다가 하비셤 아씨네 저택에서 이 노래를 부르곤 했다는 생각이 문뜩 떠오르면 화롯불 불길에 에스텔라 얼굴이 어리면서 아름다운 머리칼은 바람에 흩날리고 두 눈은 나를 경멸하며 바라보았다. 그럴 때마다 나무판자가 시커멓게 변한 벽으로 눈길을 돌려서 창문을 바라보면 에스텔라가 조금 전에 숨긴 얼굴을 보았다는 착각까지 일어나, 결국에는 에스텔라가 다녀갔다는 확신에 고통스러워하곤 했다.

그러고 나서 저녁 식사를 하러 안으로 들어가면, 배은망덕한 두 눈에 주방이나 음식은 더할 나위 없이 초라하고 우리 집은 더할 나위 없이 창피하게 보였다.

15

웝슬 아저씨 고모할머니네 야간학교에 다니기엔 내가 너무 자라면서 상식을 벗어난 이상한 교육도 끝났다. 하지만 비디는 조그만 가격표는 물론이고 자신이 예전에 구리동전 절반을 주고 구매한 재미있는 노래까지 계속 가르쳐주었다. 그런데 재미있는 노래 가운데 그나마 이치에 맞는 내용은 제일 앞부분밖에 없었다.

　　한번은 런넌[23]에 갔다가, 아저씨.
　　투 룰 루 룰
　　투 룰 루 룰
　　감쪽같이 속았답니다, 아저씨.
　　투 룰 루 룰
　　투 룰 루 룰

하지만 똑똑하고 싶은 마음에 작품 전체를 아주 진지하게 그대로

---

23) 런던을 틀리게 말했다.

외웠다. 작품 내용을 이상하다고 생각한 적도 없다. 시라고 하기엔 '투 룰'이 너무 많은 것 같다고 생각한 게 전부인데, 이 생각은 지금도 똑같다.

지식을 배우고 싶은 갈망에 심지어 웹슬 아저씨에게 공부를 조금이라도 가르쳐달라고 제안해서 허락까지 받았다. 하지만 그건 웹슬 아저씨가 나를 연극용 소품으로 사용해서 다양한 방식으로 반박하고 껴안고 애도하고 협박하고 움켜잡고 칼로 찌르고 마구 때리려고 그랬다는 사실이 나중에 드러나고, 나는 웹슬 아저씨 강의를 곧바로 거부했다. 하지만 그건 웹슬 아저씨가 시적인 분노로 나를 극심하게 학대한 다음이었다.

나는 무엇을 배우든 매형한테 가르쳐주려고 애썼다. 이렇게 말하면 의도가 아주 좋은 것처럼 들리니, 양심상 한 마디 설명을 덧붙여야 하겠다. 내가 그런 이유는 매형이 천박하고 무식한 상태에서 벗어나, 나름대로 교양을 갖춰서 에스텔라가 덜 깔보도록 만들고 싶었기 때문이다.

내가 매형과 함께 공부한 장소는 습지에 있는 옛날 포병대 연병장이고 우리가 사용한 교육 도구는 부서진 석판과 석판용 분필 조각인데, 여기에다 매형은 파이프 담배를 항상 덧붙였다. 하지만 매형이 일요일에 배운 내용을 다음 일요일까지 기억한 거나, 나한테 배운 지식을 조금이라도 습득한 걸 나는 한 번도 본 적이 없다. 그런데도 매형은 다른 어디보다도 포병대 연병장에서 훨씬 지혜로운 모습으로 - 심지어 많이 공부한 분위기까지 풍기녀 - 파이프를 배우는 걸 보면 자신이 엄청나게 발전한다고 생각한 것 같다. 아, 사랑하는 매형이 실제로 그랬다면 얼마나 좋을까!

포병대 연병장은 상쾌하고 조용했다. 흙을 쌓아 올린 제방 너머에서 돛단배가 강물을 헤치며 나아가는데, 썰물이라서 강물이 쭉 빠지기라도 하면 침몰한 배가 강물 바닥을 헤치며 꾸준히 나아가는 것처럼 보였다.

커다란 배가 하얀 돛을 활짝 펼치고 바다로 나아가는 모습을 가만히 바라보노라면 웬일인지 하비셤 아씨와 에스텔라가 떠오르고, 햇살이 멀리서 비스듬하게 기울며 구름이나 돛이나 녹색 언덕이나 수면을 비출 때도 그러는 게, 주변 풍경 전체가 하비셤 아씨와 에스텔라는 물론, 이상한 저택과 이상한 생활하고도 뭔지 모를 관계가 있는 것 같았다.

어느 날 일요일에는 매형이 파이프 담배를 아주 맛있게 즐기며 자신이 "정말 끔찍하게 우둔"한 걸 너무나 자랑하는 바람에 나는 그날 공부를 포기하고 제방에 엎드려서 한 손으로 턱을 괴고 하비셤 아씨와 에스텔라 흔적을 쫓아 하늘과 강물에 널린 풍경을 물끄러미 살피다가 머릿속에 오랫동안 넣어둔 생각을 털어놓기로 마음먹고 마침내 이렇게 물었다.

"매형, 내가 하비셤 아씨를 찾아가야 한다고 생각하지 않으세요?"

매형은 천천히 생각하며 되물었다.

"으음, 핍, 무엇 때문에?"

"무엇 때문이라니요, 매형? 꼭 무슨 이유가 있어야 찾아갈 수 있는 건가요?"

"그래, 그렇게 말할 수도 있겠지, 핍. 하지만 하비셤 아씨를 찾아가는 건 달라. 네가 무언가 원하는 게 있거나 기대하는 게 있다고 생각할 수도 있어."

"그런 건 없다고 말하면 되는 거 아닐까요, 매형?"

"그럴 순 있겠지, 친구. 그래서 하비셤 아씨가 그대로 믿을 수도 있어. 하지만 아닐 수도 있지."

매형은 내가 그런 것처럼 자신 역시 핵심을 찔렀다 느끼고 한 번 더 말해서 지루하게 변하는 걸 막을 생각으로 파이프를 길게 빨아서 그럴 위험을 넘긴 순간에 다시 말했다.

"너도 알다시피, 핍, 하비셤 아씨는 너에게 커다란 호의를 베풀었어. 너한테 호의를 후하게 베풀고 나서 나를 불러 세우더니, 그게 전부라고 말했지."

"그래요, 매형. 나도 들었어요."

"전부라고!"

매형이 다시 말하며 또렷하게 강조했다.

"그래요, 매형. 나도 들었다고 했잖아요."

"내가 말하고 싶은 건, 핍, 하비셤 아씨가 한 말은 '여기서 끝내자!', '너는 원래대로 돌아가라!', '나는 북쪽으로, 너는 남쪽으로!', '이제 두 번 다시 만나지 말자!'는 뜻일 수 있다는 거야."

나 역시 그렇게 생각했는데, 매형까지 그렇게 생각하는 걸 들으니 마음이 견딜 수 없을 정도로 불편했다. 정말 그럴 가능성이 그만큼 늘어났기 때문이다.

"하지만 매형."

"왜, 친구."

"이제 도제 생활 첫해를 거의 보냈는데, 나는 꽁꽁 묶인 이후로 하비 셤 아씨에게 고맙다고 말한 적도, 안녕하시냐고 인사한 적도, 내가 잊지 않고 기억한다는 사실을 알린 적도 없어요."

"그 말은 맞아, 핍. 그런데 말굽 편자 네 개 한 세트를 선물하지 않는 한…… 내가 말하고 싶은 건 말굽 편자 네 개 한 세트를 선물한다 고 해도 말굽이 하나도 없으니 소용없다는……."

"나는 그런 걸 선물하려는 게 아니에요, 매형. 무얼 선물하려는 게 아니라고요."

하지만 매형은 머릿속에 선물 생각이 콱 틀어박혀, 똑같은 말을 되풀이했다.

"설사 내가 도와서 대문에 사용하도록 쇠사슬을 새로 하나 만들어 선물한다 해도, 아니면 다용도로 사용하도록 둥근 머리 나사 이삼백 개나, 머핀을 먹을 때 사용하는 토스트용 포크처럼 가볍고 귀여운 소품이나, 청어 같은 걸 구워 먹도록 석쇠 같은걸……."

"나는 무얼 선물할 생각이 아니라고요, 매형."

내가 중간에 끼어들자, 매형은 내가 특별히 강조하기라도 한 것처럼 계속 떠들어댔다.

"으음, 내가 너라면, 핍, 나는 선물을 안 하겠어. 그래, 절대로 안 하겠어. 대문에 항상 걸어놓는 쇠사슬이 이미 있는데, 쇠사슬을 받아서 어디에 쓰겠니? 그리고 둥근 머리 나사는 불량이 날 가능성이 커. 그리고 토스트용 포크는 놋쇠로 만들어야 하니, 아무런 소용도 없을 거야. 그리고 탁월한 기술자는 석쇠로 탁월한 솜씨를 뽐낼 수 없어. 석쇠는 석쇠거든."

매형이 말하면서 꾸준히 강조하는 게, 마치 나에게 들러붙은 망상을 몰아내려는 것 같았다.

"네가 아무리 멋들어진 걸 만들고 싶어도 안타깝고 또 안타깝게 석쇠가 나올 수밖에 없으니, 결국 너는……."

"아, 매형! 제발 그 정도만 하세요. 나는 하비셤 아씨에게 무얼 선물할 생각이 조금도 없다고요!"

내가 절박한 마음으로 소리치며 외투 자락을 잡아당기자, 매형이 정말 다행이라는 어투로 동의했다.

"그래, 핍. 내가 너에게 말하고 싶은 건 생각 잘했다는 거야, 핍."

"그래요, 매형. 하지만 내가 말하고 싶은 건 요즈음 작업이 느슨하니까 내일 반나절 휴가를 준다면 내가 읍내에 가서 에스테……하비셤 아씨를 찾아가겠다는 거예요."

내가 말하자, 매형이 진지한 표정으로 말했다.

"아씨 마님 이름은 에스테하비셤이 아니야, 핍, 세례를 새로 받아서 이름을 고친 게 아니라면."

"나도 알아요, 매형, 나도 안다고요. 말이 헛나간 거예요. 그런데 내 생각이 어떠세요, 매형?"

요약하자면 매형은 내가 그걸 좋다고 생각하면 자신도 그게 좋다고 생각한다. 하지만 상대가 나를 따뜻하게 맞이하지 않는다면, 혹은 별다른 목적 없이 은혜에 감사한다는 뜻으로 찾아간 걸 다른 식으로 받아들이고 또 찾아오라는 말을 않는다면, 그러면 그 집을 찾아가는 건 이번 한 번으로 끝내고 다시는 찾아가지 말라는 조건을 특별히 달고, 거기에 대해 나도 그러겠다고 약속했다.

당시에 매형은 주급을 주면서 직공을 한 명 부렸는데, 성이 올릭이었다. 세례를 받으면서 정한 이름은 '돌지'라고 말도 안 되는 주장을 하는데, 고집스러운 성격을 고려해서 판단하면, 자신이 실제로 그런 건 아니라는 사실은 잘 알면서도 마을 사람들 이해력을 시험하려고 일부러 그렇게 말한 게 분명하다.

올릭은 어깨가 널찍하고 사지가 유연하며 피부는 까무잡잡하고 힘은 성말 대단한데, 급하게 서두는 적이 없고 언제나 꾸부정하게 걸었다. 일터로 나올 때도 꾸부정하게 걷는 모습이 일하러 오는 게 아니라 매번 우연히 들른 것처럼 보였다. 저녁 식사를 하러 '흥겨운 뱃사람'으로 가거나 밤에 나갈 때도 카인[24]이나 방랑하는 유대인[25]같이 꾸부정하게 걷는 모습은 자신이 가는 목적지도 모르고 다시 돌아올 생각도 없는 것처럼 보였다.

올릭은 마을과 동떨어진 습지에서 수문 관리인 집에 묵는데, 일하는 날이면 거기에서 나와 두 손은 주머니에 찌르고 도시락은 보자기에 싸서 목에 느슨하게 둘러 등으로 툭툭 치며 꾸부정하게 걸어오고, 일요일이면 수문에 올라가 온종일 누워서 지내거나 볏짚 가리나 헛간에 등을 기댄 채 보낸다.

주변을 돌아다닐 때는 꾸부정하게 걸으면서 두 눈으로 항상 바닥을 내려다본다. 그러다가 누가 말을 걸거나 해서 두 눈을 들어야 할 때는 절반은 성질나고 절반은 당혹스런 눈으로 쳐다보는데, 그럴 때는 머릿속에 들어있는 거라곤 자신에게 아무런 생각도 없다는 건 정말 황당하고 어리석은 짓이라는 생각뿐인 것처럼 보인다.

표정이 항상 침울한 올릭은 나를 싫어했다. 내가 아주 조그맣고 겁이 많을 때는 대장간 깜깜한 모서리에서 악마가 산다고, 자신은 악마를 아주 잘 안다고, 그리고 칠 년에 한 번씩 산 아이를 불구덩이에 넣어서 제물로 바쳐야 하는데 내가 그렇게 될 수도 있다고 믿도록 만들었다.

내가 정식으로 계약하고 도제가 되자, 올릭은 내가 자신을 대신할 수 있다는 의혹을 확인했는지, 나를 훨씬 싫어했다. 물론 나에게 험한 말을 하거나 주먹을 휘두르는 식으로 적대감을 노골적으로 드러낸 적은 없다. 망치질할 때면 언제나 내가 있는 쪽으로 불꽃이 튕기게 하고 내가 '클렘 할아범'을 부를 때마다 엉뚱한 박자로 끼어들며 방해해서 그렇게 느꼈을 뿐이다.

---

24) 카인(Cain): 구약에 나오는 인물, 동생을 죽인 벌로 하느님에게 버림받는다.
25) 방랑하는 유대인: 형장으로 끌려가는 예수를 모욕한 벌로 영원히 떠돈다고 한다.

다음 날 올릭이 옆에서 일할 때 나는 매형에게 반나절 휴가를 다녀오 겠다고 말했다. 올릭은 뜨겁게 달아오른 쇳덩이를 매형과 함께 가운데 에 막 내려놓고 나는 풀무질을 하던 터라 처음에는 아무 말도 않더니, 얼마 후에 해머를 땅에 대서 몸을 기대며 말했다.

"맙소사, 주인 나리! 우리 둘을 놓고서 한 명만 편애하는 건 아니겠 지요? 어린 핍이 휴가를 반나절 받는다면, 늙은 올릭도 똑같이 해야 합니다."

내가 보기에 나이가 스물다섯밖에 안 되는데, 올릭은 평소에도 자신 이 늙은 사람처럼 말했다.

"아니, 반나절 휴가로 뭘 하게, 그게 생긴다면?"

매형이 묻자, 올릭이 대답했다.

"내가 그걸로 뭘 하느냐! 저 아이는 그걸로 뭘 하는데요? 나도 저 아이와 똑같은 걸 하겠습니다."

"핍은 읍내로 갈 거야."

매형이 말하자, 올릭이 대답했다.

"그렇다면 늙은 올릭도 읍내로 나가지요. 둘이서 읍내로 갈 수도 있잖아요. 읍내에 한 명만 가라는 법은 없으니까요."

"그렇게 성질부릴 건 없네."

매형이 말해도 올릭은 계속 성질부렸다.

"내가 부리고 싶으면 부리는 거지요. 누군 팔자가 늘어지게 읍내나 가고! 그러지 마세요, 주인 나리! 그러지 말라고요. 대장간에서 한쪽만 편애하지 마세요. 사내답게 굴라고요!"

주인 나리는 직공이 성질을 가라앉힐 때까지 더는 논의할 수 없다며 거부하고, 올릭은 화덕으로 달려들어서 새빨갛게 달군 쇠막대를 하나 꺼내 그걸로 내 몸을 찌르려는 듯 달려오더니 내 머리 주변에서 빙글빙글 휘두르다가 모루에 내려놓고 - 쇠막대가 나 자신이고 불꽃은 용솟음치는 피라도 되는 듯 - 해머로 마구 때리더니, 자신은 해머 질로 몸이 달아오르고 쇠막대는 차갑게 식은 다음에 비로소 해머에 다시 기대며 말했다.

"됐습니다, 주인 나리!"

"이제 괜찮은가?"

매형이 묻는 말에 늙은 올릭이 무뚝뚝하게 대답했다.

"그래요! 괜찮습니다."

"그렇다면 대체로 자네는 다른 사람만큼 성실하게 일하는 편이니, 우리 모두 반나절 쉬도록 하세."

누나는 마당에 조용히 서서 엿듣다가 - 누나는 창피한 것도 모르고 엿듣는 실력이 정말 탁월한데 - 그 말이 나오는 순간에 창문 하나로 얼굴을 들이밀며 매형에게 소리쳤다.

"멍청한 자식아! 빈둥거리며 놀기나 하는 자식에게 휴가를 준다고? 그런 식으로 임금을 낭비하다니, 돈이 아주 많은가 보군. 차라리 내가 저 자식 주인 노릇을 하는 게 좋겠어!"

"어차피 아줌마는 누구에게나 주인행세를 하잖아요."

올릭이 이죽대며 혐오스럽게 웃었다.

("끼어들지 말게." 매형이 말했다.)

그러자 누나는 끔찍하게 분노하는 단계로 자신을 서서히 끌어올리며 대답했다.

"멍청이든 악당이든 나는 모두 상대할 수 있어. 하지만 멍청이를 상대하기 전에 멍청이 대장 노릇을 하는 너희 주인 나리부터 상대하겠어. 악당을 상대하기 전에 우리나라와 프랑스 전체에서 가장 사악하고 흉악하게 생긴 당신부터 상대하겠다고. 지금 당장!"

"가저리 아줌마는 정말 지독한 악다구니에요. 그거로 악당을 판가름 한다면 아줌마야말로 최고 악당일 거예요."

("끼어들지 말라고 했잖은가?" 매형이 다시 말했다.)

누나가 비명을 지르며 소리치기 시작했다.

"지금 뭐라고 했지? 지금 뭐라고 했느냐고? 저 자식이 지금 막 나에 게 뭐라고 했니, 핍? 남편이 옆에 있는데 저 자식이 나에게 뭐라고 했어? 악! 악! 악!"

누나가 날카로운 비명을 지르는데, 내가 지금까지 겪은 바에 의하면 폭력을 좋아하는 여자는 누구나 그런 것처럼 우리 누나 역시 열정이 대단해서 이러는 게 아니다. 갑자기 열정적인 상태로 빠져든 게 아니라 자신을 그런 상태로 몰아넣으려 생각하고 계획하고 엄청나게 노력하 면서 단계적으로 하나씩 끌어올리다가 아무것도 안 보일 정도로 격분 하는 것이다.

"나를 지켜주겠다고 맹세한 비열한 자식이 바로 앞에 있는데, 저놈 이 도대체 나한테 뭐라고 했느냐고? 아아! 나 좀 잡아줘! 아아!"

누나가 격분한 말에 직공이 이를 부드득 갈면서 이죽댔다.

"어이쿠! 아줌마가 내 마누라라면 잡아주겠지요. 그래서 펌프 밑에 처박아놓고 혼쭐을 쏙 빼놓을 텐데."

("내가 말했잖아, 끼어들지 말라고." 매형이 또 말했다.)

누나가 손뼉을 치는 동시에 비명을 지르고 울부짖으면서 한 단계 끌어올렸다.

"악! 저놈이 말하는 소리를 들어봐! 저놈이 나에게 욕하는 길 들어보 라고! 올릭, 저 자식이! 우리 집에서! 결혼한 나에게! 남편이 옆에 있는 데도! 악! 악!"

여기에서 누나는 한바탕 손뼉 치고 비명을 지르더니, 두 손으로 가습과 양쪽 무릎을 때리다가 모자를 벗어 던지고 머리칼을 헝크는데, 이건 광분 상태로 들어가는 마지막 단계였다. 그래서 분노의 화신으로 완벽하게 변신하며 문으로 돌진하는데, 다행히도 문은 아까 내가 잠가 놓은 상태였다.

중간에 몇 번씩 만류하다가 비참하게 무시당한 매형이 마침내 직공 앞에 나서서 자신과 조 부인 사이에 그런 식으로 끼어드는 건 어떤 의도냐 묻고, 사내라면 한번 붙어보자고 말하는 건 너무나 당연한 절차가 아니겠는가?

늙은 올릭은 한번 붙을 수밖에 없는 상황이란 걸 알아채며 즉시 방어태세를 취하고, 그래서 두 사람은 불에 타고 그슬린 앞치마를 벗을 틈도 없이 사나운 거인처럼 서로에게 달려들었다. 하지만 나는 우리 마을에서 매형을 상대로 오랫동안 버틸 수 있는 사람은 단 한 번도 본 적이 없다. 얼굴이 창백하고 어린 신사라도 되는 듯, 올릭 역시 순식간에 석탄 잿더미 사이로 나뒹굴더니 서둘러 일어날 생각조차 안 했다.

그러자 매형은 문을 열어, 지금 막 창가에서 의식을 잃고 쓰러진 (하지만 그전에 싸움이 끝나는 것부터 지켜본) 우리 누나를 들고 집 안으로 옮겨서 눕히고, 누나는 정신을 차리라는 말에 두 손으로 매형 머리칼을 움켜잡고 매섭게 뒤흔드는 반응만 보였다. 그러다가 소동이 벌어진 다음이면 항상 그렇듯 정적과 침묵이 기묘하게 이어지고, 폭풍우가 몰아친 다음에 고요한 느낌이 깃들 때마다 흔히 그러는 것처럼 나는 - 오늘은 일요일이고 누가 죽었다는 - 이상한 기분을 느끼며 옷을 갈아입으러 계단을 올랐다.

다시 밑으로 내려오자, 매형은 올릭과 함께 깨끗하게 청소해서 싸움이 일어났다는 흔적은 올릭 콧등에 까진 상처만 남았는데, 이것 역시 눈에 확 띌 정도로 심한 건 아니었다. 두 사람은 '흥겨운 뱃사람'에서 맥주 단지를 하나 배달시켜 서로 주거니 받거니 하면서 기분 좋게 마시는 중이었다. 폭풍이 몰아친 이후에 찾아온 차분한 분위기에 매형은 철학적인 영향을 차분하게 받았는지, 도로변까지 쫓아오며 배웅하다가 나에게 도움이 될 만한 작별인사를 했다.

"길길이 날뛰다가도 길길이 날뛰지 않는 거, 이게 바로 인생이란다, 핍!"

(어른에게는 심각한 감정이 어린애한테는 우스꽝스럽게 보일 때가 많으니) 내가 어떤 식으로 이상한 기분을 느끼며 하비셤 아씨네 저택을 향해 나아갔는지는 여기에서 조금도 중요하지 않다. 내가 대문을 지나치고 또 지나치는 식으로 몇 번이나 지나친 다음에 비로소 초인종을 울리기로 했는지도 중요하지 않다. 초인종을 안 울리고 그냥 돌아서는 건 어떨지 얼마나 많이 고민했는지도 중요하지 않다. 내가 아무 때나 읍내로 나올 수 있다면 이번에 그냥 가고 다음에 다시 찾아올 게 분명하다는 사실도 중요하지 않다. 중요한 건 사라 포킷이 대문으로 나왔다는 사실이다. 에스텔라가 아니다.

"네가 또 오다니? 무슨 일이냐? 뭣 때문에 왔니?"

사라 포킷이 묻고, 나는 하비셤 아씨에게 안부를 전하러 온 것뿐이라고 대답했다. 그러자 사라 포킷은 그냥 쫓아버릴지 말지 고민하는 흔적이 또렷하더니, 책임을 뒤집어쓰는 위험을 감수하고 싶지 않아서 나를 대문 안으로 들인 다음, 곧이어 "올라오란다"는 전갈을 날카롭게 뱉어냈다.

모든 게 그대로였다. 그런데 하비셤 아씨 혼자였다.

하비셤 아씨가 나에게 시선을 고정한 채 입을 열었다.

"웬일이니? 나에게 바라는 게 있어서 찾아온 건 아니겠지? 어차피 아무것도 못 얻을 테니까."

"아닙니다, 하비셤 아씨. 제가 도제 생활을 잘한다는 사실을, 그리고 아씨 마님에게 항상 고마운 마음을 가진다는 사실을 전하고 싶었을 뿐입니다."

내가 대답하자, 하비셤 아씨는 예전처럼 손가락을 짜증스럽게 흔들며 말했다.

"저런, 저런! 가끔 찾아오너라. 네 생일에도 찾아오고. 아하!"

하비셤 아씨가 갑자기 탄성을 내지르면서 의자에 앉은 그대로 나에게 몸을 돌리며 물었다.

"지금 이리저리 둘러보는 게 에스텔라를 찾는 거구나? 그치?"

나는 - 실제로 에스텔라를 찾아서 - 고개를 돌리며 이리저리 둘러보다가, 에스텔라도 잘 지내길 바란다고 더듬거리며 대답했다. 그러자 하비셤 아씨가 말했다.

"숙녀 교육을 받으러 외국으로 갔단다. 아주 멀리. 지금은 훨씬 예뻐. 보는 사람마다 감탄하지. 에스텔라를 완전히 잃어버린 느낌이 드니?"

하비셤 아씨가 너무나 사악하게 좋아하면서 마지막 말을 한 데다 너무나 마음에 안 들게 웃어서 나는 뭐라고 대답해야 좋을지 몰랐다. 하지만 하비셤 아씨는 그만 나가라는 말로 내가 어떻게 대답할지 고민하는 수고를 덜어주었다.

사라 포킷은 호두 껍데기 같은 얼굴로 대문을 닫고, 나는 우리 집과 내가 하는 일을 비롯한 모든 것에 어느 때보다 극심한 불만을 느꼈다. 이게 그날 내가 저택을 찾아가서 얻은 전부다.

읍내 중심가를 따라 어슬렁어슬렁 걸어서 상점 진열창을 슬픈 눈으로 바라보며 내가 신사라면 무얼 살까 생각하는데, 책방에서 웝슬 아저씨가 나왔다. 조지 반웰이 겪은 애절한 이야기[26]를 손에 들었는데, 지금 막 육 펜스를 투자해서 구매해, 펌블추크와 함께 차를 마시면서 그 머리에다 책에 담긴 내용을 모조리 쏟아부을 작정이었다. 그래서 나를 보는 순간, 도제가 자기 앞에 나타난 건 책을 읽어주라는 하느님 섭리라고 생각하는 듯 나를 꼭 잡더니, 함께 펌블추크네 상점 거실로 가자고 고집을 부렸다.

나는 집으로 가야 마음만 쓸쓸할 거란 사실을 잘 아는 데다, 밤은 깜깜하고 길은 음산하니 길동무가 있으면 없는 편보다 좋을 거란 생각에 심하게 거부하지 않았다. 그래서 거리마다 가로등을 켜고 상점마다 불을 밝힐 즈음에 우리는 펌블추크네 상점으로 들어섰다.

조지 반웰 공연을 구경한 적이 한 번도 없어서 나는 공연이 일반적으로 얼마나 오래 걸리는지 모른다. 하지만 그날 밤에는 아홉 시 삼십 분까지 이어지고, 웹슬 아저씨가 뉴게이트 교도소[27]로 들어서는 순간에는 주인공이 앞에서 불명예스럽게 살아간 부분보다 훨씬 느리게 진행했기 때문에 교수형까지 절대 못 나갈 거로 내가 생각했다는 건 확실하게 안다. 주인공이 인생 항로를 펼쳐나간 이후 잎사귀를 하나씩 하나씩 떼어내면서 사악한 길을 달려왔는데도 꽃을 제대로 못 피우고 너무 일찍 죽는다고 불평하는 걸 듣고 나는 약간 심하다는 생각도 했다. 하지만 이건 시간이 너무 길고 지루하다는 문제 제기에 불과하다. 정말 고통스러운 건 아무런 죄도 안 지은 나를 다양한 범죄를 저지른 주인공과 똑같이 바라보는 시선이었다.

지금 밝히지만, 반웰이 나쁜 길로 들어서는 순간, 펌블추크가 잔뜩

---

26) 조지 반웰 이야기(the History of George Barnwell)는 영국 작가 조지 릴로가 쓴 작품으로 주인공 조지 반웰은 어느 상인 밑에서 도제로 일하다가 창녀의 유혹에 빠져 강도질하고 삼촌까지 살해하여 교수형에 처한다.
27) 뉴게이트 교도소(Newgate): 런던에 있는 유명한 교도소로 사형을 집행했다.

화난 표정으로 노려보아 나는 엄청나게 미안한 기분을 느껴야 했다. 웹슬 아저씨도 일부러 나를 최악으로 몰아갔다. 나는 잔인하면서도 유약한 사람으로 돌변해, 어떤 식으로도 정상을 참작할 수 없는 상황에서 삼촌을 살해한 범인이 되고, 밀우드[28]는 나를 매번 굴복시키고, 스승님 딸은 편집증 환자가 되어 나를 무조건 옹호했다.

내가 말할 수 있는 건, 끔찍한 아침에 겁에 질려서 살인을 망설인 것 역시 대체로 유약한 내 성격에 딱 들어맞는다는 사실이다. 그래서 나는 즐거운 마음으로 교수형을 당하고 웹슬 아저씨는 책을 닫은 다음에도 펌블추크는 가만히 앉아서 노려보다가 머리를 절레절레 흔들며 "교훈으로 삼아, 꼬마, 교훈으로 삼아!"라고 말한 걸 보면, 내가 어떤 사람이든 꼬드겨서 협조만 받을 수 있다면 가까운 혈육을 죽일 거라고 확신하는 것 같았다.

낭독회가 모두 끝나고 웹슬 아저씨와 함께 집으로 출발한 건 아주 깜깜한 밤이었다. 읍내를 벗어나면서 묵직하게 깔린 안개가 아주 축축하고 걸쭉하게 다가왔다. 통행료 징수소 등잔불이 매우 흐릿한 게, 평소에 있던 자리에서 많이 벗어난 것처럼 보이고, 불빛은 안개에 단단한 물질처럼 깔렸다. 우리는 이런 풍경을 바라보며 안개가 습지에서 일어나는 바람에 따라 피어오르는 유형을 말하다가 통행료 징수소 건물에서 바람을 피해 꾸부정하게 선 사람을 하나 발견했다.

"안녕하세요! 거기, 올릭 아저씬가요?"

내가 걸음을 멈추며 물어보자, 상대는 꾸부정하게 걸어 나오며 대답했다.

"아하! 행여나 길동무가 생길까 해서 잠시 기다렸네."

"늦었군요."

---

28) 작품에서 주인공을 유혹한 창녀다.

내가 말하자, 올릭이 별다른 느낌 없이 자연스럽게 대답했다.

"그래? 너도 늦었잖아."

그러자 웝슬 아저씨가 이제 막 끝난 공연에 흥분한 어투로 대답했다.

"우리는 지식이 넘쳐흐르는 저녁 시간을 마음껏 즐기고 오는 중이라네, 올릭."

늙은 올릭은 거기에 대해 자신은 할 말이 하나도 없다는 듯 입맛을 쩝쩝 다시고, 우리 세 사람은 함께 길을 걸었다. 그러다가 나는 반나절 휴가를 읍내에서 보냈는지 묻고 올릭은 이렇게 대답했다.

"그래, 전부다. 너를 바로 뒤쫓아 갔어. 따라붙진 못했지만 바로 뒤에서 바싹 쫓아간 건 분명해. 그런데 대포 소리가 다시 울리더군."

"감옥선에서요?"

"그래! 새장에서 새가 몇 마리 날아간 거야. 어둠이 깔린 이후로 대포 소리가 계속 울리는 중이야. 이제 곧 너도 들을 수 있을 거야."

실제로 우리가 얼마 못 갔을 때 기억에도 생생한 대포 소리가 일어나며 안개에 파묻히다가 강변 저지대를 따라 묵직하게 굴러가는 게, 탈주자들을 쫓아가며 위협하는 것 같았다.

"도망치기에 딱 좋은 밤이야. 도망친 새를 잡아들이려면 꽤 고생하겠어, 오늘 같은 밤에."

올릭이 말하는 순간에 나는 옛날 사건을 떠올리고 곰곰이 생각하며 말없이 걸었다. 웝슬 아저씨는 오늘 저녁에 낭독한 비극 이야기에서 은혜를 원수로 돌려받은 삼촌으로 돌변하더니, 잠시 후에 자신이 살해당할 캠버웰 정원에서 명상하는 대목을 커다랗게 읊조렸다. 올릭은 두 손을 주머니에 넣은 채 바로 옆에서 묵직한 발걸음으로 꾸부정하게 걸었다.

아주 깜깜하고 눅눅한 데다 진흙탕이 사방에 가득해, 우리는 첨벙거리며 나아갔다. 이따금 경고하는 대포 소리가 다시 일어나며 강줄기를 따라 음산하게 굴러갔다. 나는 나 자신에 몰두하며 깊은 생각에 잠기고, 웝슬 아저씨는 캠버웰에서 호감을 사며 죽고 보스워드 들판에서 아주 장렬하게 전사하고[29] 글래스톤베리에서 극심한 번뇌에 시달리다가 죽었다.[30] 올릭은 귀에 거슬리는 소리로 "때려라, 때려라……클렘 할아범! 쿵쾅쿵쾅 소리 내라……클렘 할아범!"을 툭하면 노래하는 게 술을 마신 것 같은데, 취한 건 아니었다.

우리는 그렇게 마을에 들어섰다. 우리가 선택한 길은 '흥겨운 뱃사람 세 명'을 지나야 하는데, 밤 열한 시인데도 내부가 놀라울 정도로 소란스럽고, 문은 활짝 열리고, 특이하게도 여기저기에서 등잔불이 급하게 움직였다. 웝슬 아저씨는 (탈주자를 잡았다고 추측하며) 도대체 무슨 일인지 물어보려고 안으로 들어갔다가 급히 뛰어나오더니, 계속 달리면서 소리쳤다.

"너희 집에 문제가 생겼어, 핍. 어서 쫓아와!"

"무슨 문제요?"

내가 물으며 쫓아가고 올릭도 옆에서 달렸다.

"나도 잘 모르겠어. 가저리가 없는 사이에 누가 침입한 것 같아. 탈주범이겠지. 사람이 공격받아 심하게 다쳤어."

우리는 너무 빨리 달리느라 말을 더는 못할 정도로 한 번도 안 쉬고 달려서 우리 집 주방으로 단숨에 들어갔다. 사람이 가득했다. 마을 사람이 주방과 마당에 모두 모인 상태였다. 주방 한가운데에 의사도 있고 매형도 있고 아줌마들도 가득했다. 하릴없이 서성이며 구경하던

---

29) 셰익스피어 '리처드 3세'에서 리처드 3세가 죽는 장면을 뜻한다.
30) 셰익스피어 '존 왕'에서 존 왕이 죽는 장면을 뜻하는데, 찰스 디킨스가 장소를 착각한 것 같다.

사람들이 나를 보는 순간에 뒤로 물러나고, 우리 누나는 벽난로 쪽을 바라보다가 누군지 모르는 악당에게 뒷머리를 끔찍하게 얻어맞고 의식을 잃은 채 바닥에 쓰러져서 꿈쩍도 않았다. 매형 부인으로 살아가긴 하겠지만 두 번 다시 '길길이 날뛸 순' 없겠다는 생각이 들었다.

16

나는 조지 반웰 이야기가 머리에 가득한 나머지, 우리 누나를 공격한 사람은 내가 분명하다고, 어찌 되었건 나는 가장 가까운 혈육으로 지금까지 많은 은혜를 입었다는 건 모두가 아니, 사람들은 당연히 나를 가장 많이 의심할 수밖에 없다고 믿는 경향이 처음에 있었다. 하지만 다음 날 아침이 밝은 다음에는 이 문제를 다시 곰곰이 생각하며 주변에서 말하는 소리를 다양하게 확인한 결과, 이번 사건을 훨씬 이성적인 각도에서 새롭게 바라보게 되었다.

매형은 여덟 시 십오 분에서 열 시 십오 분 전까지 '흥겨운 뱃사람 세 명'에서 파이프 담배를 태웠다. 매형이 거기 있는 사이에 사람들은 누나가 주방 문가에 서 있는 모습을 보기도 하고 농장 일꾼은 집으로 가다가 안녕하시냐는 인사까지 나누었다. (애를 쓸수록 머리가 혼란스럽게 변하기만 해서) 우리 누나를 마주친 시간이 정확히 언제인지 말할 순 없지만 아홉 시 이전은 분명했다. 매형은 열 시 오 분 전에 집에 왔다가 우리 누나가 바닥에 쓰러진 걸 발견하고 곧바로 사람들에게 도움을 요청했다. 당시에 벽난로에서 타오르던 불길은 평상시와 거의 비슷하고 촛불 심지는 그렇게 길게 자란 편은 아니지만, 촛불은 꺼진 상태였다.

집 안에서 훔쳐간 물건은 하나도 없었다. 촛불이 꺼진 외에는 – 문가와 우리 누나 사이에 있는 식탁에 촛불을 올려놓아 누나가 가만히 서서 벽난로를 바라보다가 공격받는 순간에 뒤에서 꺼진 외에는 – 그리고 누나 자신이 쓰러져서 피를 흘린 외에는 주방을 특별히 어지러뜨린 것도 없었다. 하지만 현장에는 아주 놀라운 증거물이 하나 있었다. 누나는 뭔가 아주 뭉툭하고 묵직한 물건에 뒷머리와 척추를 맞았는데, 그리고 바닥에 얼굴을 대고 쓰러진 다음에는 뭔가 아주 단단한 물건으로 맞았는데, 매형이 우리 누나를 들어 올리다가 바로 옆에서 줄칼로 자른 죄수용 족쇄를 하나 발견한 것이다.

매형은 족쇄를 대장장이 특유의 눈으로 살피더니, 줄칼로 자른 건 아주 오래되었다고 선언했다. 사람들이 감옥선에 가서 강력하게 항의하자, 그곳 사람들이 족쇄를 검사하러 와서 매형 의견이 옳다는 걸 확인했다. 예전에 감옥선에서 사용한 건 확실하지만 언제 바깥으로 나갔는지는 정확히 모르겠다고, 하지만 지난밤에 탈출한 죄수 두 명이 찬 족쇄는 아닌 게 확실하다고, 게다가 두 명 가운데 한 명을 이미 잡았는데 족쇄는 그대로 있었다고 주장했다.

나도 아는 게 있는 터라 여기에서 나름대로 추리를 시작했다. 족쇄는 내 죄수가 차던 게 – 습지에서 직접 보았으며 줄칼로 자르는 소리까지 들은 족쇄가 – 분명하지만, 그 사람이 이번에 그걸 휘두른 거란 생각은 안 들었다. 두 사람 가운데 한 명이 그걸 가지고 있다가 이번에 잔인하게 사용한 게 분명했다. 올릭 아니면 나에게 줄칼을 보여준 이상한 사내 말이다.

그런데 올릭은 통행료 징수소에서 우리에게 말한 그대로 읍내에

다녀왔다. 저녁 내내 읍내에서 본 사람이 많았다. 술집을 여러 곳 돌아다니며 이런저런 사람과 어울리다가 나와 함께 돌아왔다. 심하게 다툰 외에는 의심스러운 부분이 하나도 없는데, 누나는 올릭이랑 툭하면 다투듯 주변 사람 모두하고 수천 번은 다퉜다.

이상한 남자에 대해선, 설사 그 사람이 지폐 두 장을 찾으러 왔다고 해도 누나는 처음부터 그걸 돌려줄 생각을 먹은 터라 싸움이 일어날 소지는 없었다. 게다가 싸움이 일어난 흔적도 없었다. 범인은 한순간에 조용히 침입하고 우리 누나는 돌아볼 틈도 없이 쓰러졌다.

일부러 그런 건 아니더라도 결국 무기를 제공한 사람은 나라고 생각하니 정말 끔찍한데, 도무지 다른 쪽으로 생각을 돌릴 수 없었다. 그래서 이제 드디어 어린 시절의 마법에서 깨어나 매형한테 모두 사실대로 털어놓을 생각을 곰곰이 하고 또 하느라 속으로 끙끙 앓았다. 몇 달이 지나도록 날만 밝으면 곰곰이 생각하다가 그러지 않는 게 좋겠다는 결론을 내리고도 다음 날 아침만 되면 다시 곰곰이 생각하며 고민했다. 그래서 매번 다음과 같은 갈등이 일어났다.

아주 오랜 시간이 지나는 동안 비밀이 마음속에서 꾸준히 자라나, 이제는 내 일부가 되어서 도저히 떼어낼 수 없다. 더욱 끔찍한 건, 그게 이렇게 참혹한 사건으로 이어졌으니, 설사 내가 한 말을 믿는다 해도 매형은 나를 멀리할 가능성이 아주 많은 데다, 더더욱 끔찍한 건 매형이 내 말을 안 믿을 수도 있다는, 커다란 개와 송아지 고기처럼 황당하게 꾸며낸 이야기로 여길 수도 있다는 사실이다.

마침내 나는 - 사람이 옳고 그름 사이에서 마냥 흔들리다 보면 흔히 그러듯 - 일정하게 타협했다. 범인을 찾는 데 도움이 될 만한 증거를 새롭게 발견하면 모든 내용을 털어놓기로 마음먹은 것이다.

지역 경찰관과 런던 경시청 형사들이 - 지금은 아니지만, 사건이 일어난 당시에는 빨간 조끼를 입은 형사들이 – 일이 주일 동안 집 주변을 돌아다니면서 이런 사건이 있을 때마다 경찰이 흔히 그런다고 책에 나오거나 소문으로 들은 행동을 수없이 반복했다.

누가 봐도 엉뚱한 사람을 여럿 붙잡고, 엉뚱한 생각으로 머리를 열심히 들이밀고, 상황을 파악하고 생각을 떠올리는 대신, 자기들 생각에 상황을 맞추려고 끊임없이 노력했다. 마을 사람들이 경이로운 표정으로 쳐다본다는 사실에 겸연쩍은 표정으로 '흥겨운 뱃사람' 문가에 어슬렁거리고 술을 들이켜는 모습은 범인을 잡아들이는 만큼이나 멋있고 신비로웠다. 하지만 완전히 똑같은 건 아니었다. 범인을 결코 못 잡았기 때문이다.

경찰력이 떠나고도 아주 오랫동안 누나는 침대에서 심하게 앓았다. 시력을 버려서 사물이 여러 개로 보이고 찻잔이나 포도주잔을 집을 때는 엉뚱한 허상을 집었다. 청력도 잃고 기억력도 마찬가지며 말하는 소리는 알아들을 수 없었다.

마침내 부축을 받고서 계단을 내려올 정도로 좋아진 다음에도 누나가 말로 전달할 수 없는 건 글로 전달하도록 바로 옆에다 석판을 항상 준비해야 했다. 그런데 누나는 (필체가 몹시 나쁜 데다) 철자가 엉망이고 매형은 읽는 실력이 엉망이라서 두 사람 사이에 몹시 어려운 문제가 발생하고, 그럴 때마다 내가 불려가서 풀어야 했다. 하지만 나 역시 이해를 못 하는 건 마찬가지니, '약' 대신 '양'고기를 갖다 주고 매형 '조'를 '차'로 착각하고 '베이컨' 대신 '변기통'을 갖다 주는 건 아주 사소한 실수에 불과할 정도였다.

그런데 누나는 성질이 많이 누그러진 데다 참을성도 좋아졌다. 손과 발을 엄청나게 불안하게 움직이는 건 일상이 되더니, 얼마 후에는 두세 달 간격으로 툭하면 머리에 두 손을 올리고 그러다 보면 대략 일주일 정도 극심한 우울증에 시달렸다.

우리는 누나 옆에 달라붙어서 간호할 사람을 못 찾고 쩔쩔매는데, 다행히도 아주 적절한 상황이 발생해서 고민을 풀어주었다. 웹슬 아저씨 고모할머니가 목숨을 오랫동안 유지하던 고질적인 습관을 떨쳐내면서 비디가 우리와 한 가족이 된 것이다.

누나가 주방에 다시 나타나고 대략 한 달이 지난 다음, 비디는 전 재산이 담긴 조그만 점박이 상자 하나를 들고 우리 집으로 들어와, 우리 가족 모두에게 커다란 복이 되었다. 비디는 매형에게 특히 커다란 복으로 다가왔는데, 불구가 된 아내를 돌보느라 툭하면 하던 일을 중단할 수밖에 없고, 저녁에 시중을 들다가 툭하면 파란 눈을 축축하게 적시며 나를 쳐다보고 "예전에는 당당한 풍채가 아주 매력적이었는데, 핍!" 하고 말하는 게 습관처럼 되었기 때문이다. 그런데 비디는 우리 집에 들어오는 즉시 갓난아기 때부터 연구라도 한 것처럼 누나를 멋들어지게 보살피고, 매형은 나름대로 조용한 생활을 즐기다가 가끔 '흥겨운 뱃사람'에 다녀서 기분을 좋은 쪽으로 바꿀 수 있었다. 그런데 (매형 자신은 조금도 모르지만) 경찰 관계자들이 가련한 매형을 다소 의심했다는 건, 그러다가 지금까지 만난 사람 가운데 속을 가장 알 수 없는 사람이라는데 의견일치를 보았다는 건 그들의 특징과 한계를 잘 보여준다.

비디가 새로 맡은 역할에서 거둔 첫 번째 승리는 내가 완전히 포기할 정도로 어려운 문제를 해결했다는 사실이다. 내가 엄청나게 노력했지만 조금도 해결을 못 한 문제였다. 사정은 이렇다.

우리 누나는 'T'처럼 보이는 묘한 글자를 석판에 그리고 또 그리고 또 그린 다음에 자신이 특별히 원하는 것처럼 아주 간절한 표정으로 우리 관심을 끌었다. 나는 타르에서 토스트와 통까지 'T'로 시작하는 모든 물건을 보여주었지만 아무런 소용이 없었다. 그러다가 망치처럼 보인다는 생각이 문득 떠올라서 귀에 대고 '망치'란 말을 커다랗게 소리치자, 누나는 손으로 식탁을 쿵쿵 때리면서 그렇다고 표시했다. 그래서 나는 우리 집에 있는 망치를 하나씩 차례대로 보여주었지만, 이번에도 소용없는 건 마찬가지였다. 그러다가 목발이 문득 떠올라 마을에서 하나를 빌려와 누나에게 자신만만하게 보여주었다. 하지만 누나는 그걸 보는 순간 고개를 마구 젓고, 우리는 몸이 여기저기 망가져 힘도 없는 상태에서 행여나 목뼈까지 삐는 건 아닐까 공포에 떨었다.

그런 와중에 누나는 비디가 이해력이 아주 빠르단 사실을 발견하고 석판에 뭔지 모를 표시를 다시 했다. 비디는 그걸 가만히 바라보고 내가 설명하는 걸 듣고 우리 누나를 가만히 바라보고 (누나가 석판에다 'J'로 표시하는) 매형을 가만히 바라보더니 대장간으로 달려가고, 매형과 나는 뒤를 따랐다.

비디가 의기양양한 얼굴로 소리쳤다.

"맙소사, 당연하잖아요! 모르겠어요? 저 사람이에요!"

그렇다, 올릭이 확실했다! 우리 누나가 이름을 잊은 터라 올릭을 망치로 표시할 수밖에 없었던 것이다. 우리는 이유를 설명한 다음에 주방으로 들어오라 부탁하고, 올릭은 망치를 천천히 내려놓고 팔로 이마를 훔치더니 앞치마로 다시 훔친 다음, 특징 그대로 무릎 양쪽을 건달처럼 묘하게 구부리며 꾸부정하게 걸어왔다.

지금 고백하건대, 나는 누나가 올릭한테 욕설을 퍼부을 거라고 예상하다가 완전히 다른 결과에 실망했다. 누나는 올릭과 좋은 사이로 지내고 싶은 마음을 강하게 보이다가, 마침내 올릭이 들어온 걸 보고 아주 또렷하게 기뻐하며, 마실 거라도 주라고 신호했다. 그리고 이런 초대를 올릭이 좋아하는지 확인하고 싶은 마음을 강하게 드러내며 얼굴을 살피고, 화해하고 싶은 열망을 가능한 선에서 모두 보여주는데, 동작 하나하나가 아주 겸손한 게, 어린아이가 무서운 선생님을 대하는 태도 자체였다. 그날 이후 우리 누나는 석판에다 거의 매일 망치를 그리고, 올릭은 꾸부정하게 들어와서 누나 옆에 줄기차게 서는데 도무지 어떻게 받아들여야 할지 모르겠다는 표정이고, 그건 나도 마찬가지였다.

17

이즈음에 나는 도제로 하루하루를 판박이처럼 살아갔다. 우리 마을과 습지 경계선을 넘어간 적도 없었다. 주목할 만한 변화라면 생일이 올 때마다 하비셤 아씨를 다시 찾아가는 정도였다. 그러면 대문에 나오는 사람은 여전히 사라 포킷이고, 하비셤 아씨는 지난번 모습 그대로며, 에스텔라에 대해서도 아주 똑같은 말은 아닐지언정 아주 똑같은 식으로 말했다. 만남은 불과 삼사 분만에 끝나고, 그래서 내가 떠날 때면 금화 한 닢을 주면서 다음 생일에 다시 찾아오라고 말했다. 이런 절차는 곧바로 연례행사처럼 되었던 것 같다. 처음에는 금화를 안 받으려고 했으나 하비셤 아씨가 화내며 더 많은 걸 바라느냐고 다그치는 결과만 낳으면 어떻게 하겠는가? 그래서 그냥 받았다.

어두운 실내는 노란 촛불이 반짝이고 하비셤 아씨는 화장대 거울 앞 의자에 색 바랜 유령처럼 앉는 등, 낡은 저택에 활력이 하나도 없는 건 언제나 똑같을 때마다 나는 신비로운 공간에서 시계를 모두 멈추자 시간도 함께 멈춰, 나를 비롯해 바깥세상 전체가 나이를 먹는 동안 여기만 그대로 정지한 느낌을 받았다. 내가 가만히 생각하며 회상하기에도 그렇고 실제로도 그렇고, 햇살이 저택 내부로 뚫고 들어온 적은 한 번도 없었다. 나는 그런 분위기를 당혹스럽게 여기면서도 커다란 영향을 받아, 내가 하는 일을 끊임없이 증오하고 우리 집을 마음 깊이 창피하게 여겼다.

그런데 비디에게 희미한 변화가 일어나기 시작했다. 구두 뒤축은 바싹 올라가고 머리칼은 매끈한 윤기가 흐르며 두 손은 항상 깨끗했다. 얼굴이 아름다운 건 아니지만 - 평민이라서 에스텔라처럼 보일 순 없지만 - 성격이 쾌활하고 건강하고 다정했다. 우리랑 지내고 일 년이 채 안 돼서 (상복을 벗은 걸 보고 내가 깜짝 놀랄 즈음으로 기억하는데) 두 눈이 이상할 정도로 사려 깊고 주의 깊다는, 아주 예쁘고 착한 눈이라는 생각이 저녁 시간에 문득 떠올랐다.

이런 생각이 떠오른 건, 한 번에 두 가지 능력을 개발한다며 책에 적힌 내용을 옮겨 쓰는 공부에 몰두하다가 문득 고개를 들어, 내가 공부하는 모습을 쳐다보던 비디와 눈이 마주칠 때였다. 나는 펜을 내려놓고 비디는 바느질감을 내려놓진 않아도 바느질은 멈추었다.

"너는 그걸 어떻게 해내는 거니, 비디? 내가 멍청한 거니, 아니면 네가 똑똑한 거니?"

내가 말하자, 비디는 빙그레 웃으며 반문했다.

"내가 무얼 해낸다는 거니? 나는 잘 모르겠는데."

비디는 집안일 전체를 해냈다, 그것도 아주 훌륭하게. 하지만 내가 말한 건 그게 아니었다. 물론 내가 말하려는 게 그것 때문에 더 놀랍게 보이긴 했다.

"내가 공부한 걸 언제 다 공부해서 매번 따라잡는 거니, 비디?"

내가 다시 물었다. 생일에 받은 금화는 물론 용돈까지 모아서 공부에 대부분 투자한 터라, 지금까지 공부한 지식에 대해 상당한 자부심을 느낄 즈음이었다. 물론, 지금 생각하면 당시에 내가 배운 지식이라는 게 투자한 돈에 비해 터무니없이 부족하다는 건 의심할 여지도 없지만 말이다.

"그건 내가 묻고 싶어. 너는 어떻게 해내는 거니?"

"아니야. 내가 밤에 대장간에서 나오면 공부에 몰두한다는 건 누구나 알아. 하지만 너는 그런 적이 한 번도 없잖아, 비디."

"그냥 그렇게 되나 보지 뭐, 감기에 걸리는 것처럼."

비디가 차분하게 대답하더니, 다시 바느질에 몰두했다.

나는 나무의자에 등을 기대서 비디가 머리를 한쪽으로 기울인 채 바느질하는 모습을 바라보며 계속 생각하는데, 비디는 정말 똑똑한 아이란 느낌이 들었다. 우리가 대장간에서 사용하는 전문용어와 다양한 작업 명칭은 물론 다양한 장비까지 우리만큼 안다는 생각이 문득 떠오른 것이다. 한 마디로, 내가 아는 건 무엇이든 비디도 알았다. 이론상으로 대장장이 실력이 나만큼은 되거나 훨씬 좋았다.

"너는, 비디, 기회가 생기면 제대로 활용할 줄 아는 사람이야. 우리 집에 오기 전까지 그런 기회는 한 번도 없었지. 그런데 우리 집에 온 다음부터 얼마나 좋아졌는지 보라고!"

내가 말하자, 비디는 나를 가만히 쳐다보더니 다시 바느질을 계속하면서 말했다.

"그래도 예전에는 내가 너를 처음 가르친 선생님이었잖아, 그렇지 않니?"

이 말을 듣다가 나는 깜짝 놀라며 소리쳤다.

"아니, 비디! 지금 울잖아!"

그러자 비디가 고개를 들고 웃으면서 대답했다.

"아니야, 그렇지 않아. 왜 그렇게 생각하니?"

눈물이 반짝이다가 바느질감으로 떨어지지 않았다면 내가 왜 그렇게 생각하겠는가? 나는 가만히 앉아서, 웹슬 아저씨 고모할머니가 지겹게 살려는 나쁜 습관을 - 개중에는 이런 습관을 벗어던지는 게 훨씬 바람직한 사람이 있으니 - 떨쳐내는 데 성공할 때까지 비디가 얼마나 끔찍하게 살았는지 떠올렸다. 비참할 정도로 조그만 상점과 비참할 정도로 조그맣고 시끄러운 야간학교에 포위된 채 비참할 정도로 늙고 무능력하고 부담스러운 할머니를 끝없이 부축하며 질질 끌어당겨야 하는 무기력한 상황을 떠올렸다. 그렇게 힘든 시간을 보내는 동안에도 지금 우리 집에서 발휘하는 능력을 속에 품고 있었던 게 분명하다는 생각도 떠올랐다. 내가 걱정이나 불만이 생길 때마다 누구보다 먼저 비디를 찾아가서 상의하는 걸 아주 당연하게 여길 정도였으니 말이다.

비디는 조용히 앉아서 바느질에 몰두하며 더는 눈물을 안 떨구고, 나는 그런 비디를 바라보며 이런 생각에 몰두하는데, 그동안 고맙다는 말을 충분히 안 한 것 같다는 생각이 문득 떠올랐다. 지금까지 속마음을 너무 안 드러냈다면 이제라도 드러내서 내가 많이 의지한다는 사실을 좀 더 구체적으로 (머릿속에서 이런 표현을 정확히 떠올린 건 아니지만) 보여주어야 할 것 같았다. 그래서 생각을 정리한 다음에 이렇게 말했다.

"그래, 비디, 예전에는 네가 나를 처음 가르친 선생님이었어. 이렇게 주방에서 시간을 함께 보낼 거란 생각은 조금도 못 할 때."

그러자 비디는 "아, 불쌍한 부인!"이라는 대답으로 자신보다는 우리 누나부터 생각하는 모습을 보이며 일어나서 바삐 움직여 우리 누나를 훨씬 편한 자세로 만들어주고 덧붙였다.

"그래, 안타깝지만 사실이야!"

"으음, 우리가 앞으로 좀 더 많은 대화를 나누면 좋겠어, 예전에 그랬던 것처럼. 그래서 너와 좀 더 많은 걸 상의해야 하겠어, 예전에 그랬던 것처럼. 돌아오는 일요일에 습지를 차분하게 산책하면서, 비디, 많은 대화를 나누도록 하자."

누나는 이제 절대 혼자 놔둘 수 없지만, 일요일 오후에 매형이 누나를 기꺼이 돌보겠다고 해서 나는 비디와 함께 밖으로 나갔다. 여름철이라서 날씨가 참 좋았다. 마을과 교회와 공동묘지를 차례대로 지나 습지로 나가자 강을 유유히 지나는 돛단배들이 보이기 시작했다. 이윽고 강변이 나타나자 우리는 강둑에 앉았다. 강물이 발을 적시며 출렁이는 소리를 일으키니, 아예 그런 소리가 없을 때보다 훨씬 조용한 것 같았다. 이런 분위기에 이런 장소라면 마음속에 담은 비밀을 비디에게 충분히 털어놓을 수 있겠다는 생각이 들었다. 그래서 비밀을 지킬 걸 약속받은 다음에 말했다.

"비디, 나는 신사가 되고 싶어."

그러자 비디가 대답했다.

"아, 내가 너라면 그러고 싶지 않을 거야. 그런다고 행복한 건 아니거든."

"비디, 나는 신사가 되고 싶은 구체적인 이유가 있어."

내가 아주 엄숙하게 말하자, 비디가 물었다.

"네가 잘 알겠지, 핍. 하지만 지금 현재가 훨씬 행복하지 않니?"

"비디, 나는 지금 현재가 조금도 행복하지 않아. 내가 하는 일도 지겹고 이렇게 살아가는 것도 지겨워. 도제 계약을 맺은 이후로 이느 것 하나 마음에 안 든다고. 엉뚱한 소리 그만해."

내가 짜증스런 어투로 소리치자, 비디는 눈썹을 조용히 치켜뜨며 말했다.

"내가 엉뚱하게 말했니? 그렇다면 미안해. 그럴 생각은 아니었어. 나는 네가 잘 돼서 편하게 살길 바랄 뿐이야."

"으음, 그렇다면 이번에 확실히 알아둬, 나는 지금과 완전히 다르게 살기 전까진 결코 편할 수 없다는 사실을, 아주 비참할 거란 사실을!"

"참 안됐구나!"

비디가 안타깝고 슬픈 표정으로 고개를 절레절레 저었다.

나 역시 마음속으로 혼자 수없이 고뇌하며 참 안됐다는 생각을 한 터라 비디가 나와 똑같은 감정을 드러내는 순간에 너무 고통스럽고 화나서 하마터면 눈물을 흘릴 뻔했다. 하지만 꾹 참고 그 말이 옳다고 인정하면서 나 역시 정말 한탄스럽다는 사실을 알지만 어쩔 도리가 없다고 말했다. 그리고 예전에 양조장 모서리에서 발로 차고 머리를 쥐어뜯을 때와 똑같은 심정으로 옆에 있는 짧은 풀을 잡아 뜯으며 말했다.

"내가 마음을 다잡는다면, 마음을 다잡아서 어릴 때 절반만큼만 대장간을 좋아할 수 있다면 나에게 훨씬 바람직하겠지. 그러면 너랑 나랑 매형도 더는 바랄 게 없겠지. 도제 수련을 마치면 매형하고 동업할 수도 있고, 어른이 되면 너와 사귈 수도 있고, 서로 완전히 다른 관계를 맺고서 이렇게 화창한 일요일이면 바로 여기 강둑에 나란히 앉을 수도 있겠지. 그러면 나는 너에게 아주 잘할 거야, 그치, 비디?"

비디는 지나가는 배를 바라보며 한숨을 내쉬더니, 이렇게 대답했다.

"그래. 나는 까다로운 사람이 아니니까."

칭찬하는 말로 들리진 않지만 좋은 뜻이란 사실은 분명했다. 그래서 풀을 또 뜯어내 한두 잎 씹으며 다시 말했다.

"그런데 지금 내가 살아가는 꼴을 봐. 불만이 가득하고 항상 찌무룩한 데다…… 거칠고 천박하다고 해서 내가 무엇 때문에 신경 쓰겠어,

그렇게 말한 사람이 아무도 없다면!"

비디가 갑자기 나한테 얼굴을 돌려서 돛단배를 볼 때보다 훨씬 주의 깊게 바라보더니, 다시 돛단배를 향해 시선을 돌리며 말했다.

"그런 말은 사실도 아니고 예의 바른 행동도 아니야. 누가 그렇게 말했니?"

나는 갑자기 당황했다. 내가 무슨 말을 하는지도 모르면서 그냥 툭 내뱉고 만 것이다. 하지만 이렇게 된 마당에 은근슬쩍 넘어갈 수도 없어서 대답했다.

"하비셤 아씨네 저택에 사는 아름다운 아가씨, 세상 누구보다도 아름다운 아가씨야, 그래서 내가 끔찍하게 흠모해. 내가 신사가 되고 싶은 것도 그것 때문이야."

말도 안 되는 고백을 하고 나서 뜯어낸 풀잎을 강으로 던졌다, 나 역시 뒤따를 생각이라도 있는 것처럼.

비디가 가만히 있다가 차분하게 물었다.

"신사가 되고 싶은 건 아가씨에게 앙갚음하고 싶어서니, 아가씨에게 사랑받고 싶어서니?"

"나도 모르겠어."

내가 우울한 어투로 대답하자, 비디가 다시 말했다.

"그러고 싶은 이유가 아가씨한테 앙갚음하는 거라면 내 생각엔 — 물론 네가 훨씬 잘 알겠지만 — 그 말에 조금도 신경을 안 쓰는 게 훨씬 의연하고 좋은 방법 같아. 그리고 아가씨 사랑을 얻는 거라면, 내 생각엔 — 물론 네가 훨씬 잘 알겠지만 — 그런 아가씨에게는 사랑을 얻을 가치가 없는 것 같아."

나 자신이 수없이 생각한 내용 그대로였다. 나 자신이 보기에도 너무나 분명한 사실이었다. 하지만 불가사의한 모순에 아주 훌륭하고 똑똑한 사람들도 매일같이 빠져드는데, 아는 것도 없고 보잘 것도 없는 시골뜨기가 어떻게 피할 수 있단 말인가? 그래서 이렇게 말했다.

"옳은 말이야. 하지만 나는 아가씨를 끔찍하게 흠모해."

그러고 나서 얼굴을 숙이고 양쪽 머리칼을 꽉 움켜잡았다. 이러는 동안에도, 정신이 나가서 엉뚱한 상대를 바보처럼 선택하고 말았다는 고통스러운 자각에, 멍청한 얼굴에 달라붙은 벌로 머리를 그대로 뽑아서 자갈 바닥에 내동댕이칠 수만 있다면 그렇게 해서라도 본때를 보여주고 싶다는 생각에 빠져들었다.

비디는 정말 지혜로운 아이답게, 나를 설득하려는 시도를 더는 안 했다. 많은 일을 하느라 거칠긴 하지만 편안한 손으로 내 손을 차례대로 잡아 머리칼에서 부드럽게 떼어냈다. 그러더니 어깨를 부드럽게 토닥이며 달래주고, 나는 - 양조장 마당에서 그런 것처럼 - 소매에 얼굴을 파묻고 살짝 울었다. 어떤 사람 한 명이, 아니면 모든 사람이 - 어느 쪽인지 모르겠지만 - 나를 부당하게 대한다는 막연한 느낌까지 들었다. 그런데 비디가 말하는 소리도 들렸다.

"나는 기쁜 게 하나 있는데, 그건 네가 나에게 비밀을 털어놓아도 괜찮다고 느낀다는 사실이야, 핍. 또 하나 기쁜 게 있는데, 그건, 물론 너도 잘 알겠지만, 나는 끝까지 비밀을 지키니까 앞으로도 비밀을 들을 자격이 충분하다는 사실이야. 예전에 너를 처음 가르친 선생님이 (아! 선생님이라고 하기엔 참 보잘것없고 아는 것도 없지만!) 지금도 너를 가르치는 선생님이라면 지금 네가 무얼 공부해야 하는지 잘 알겠지. 하지만 배우는 건 쉽지 않고 너는 선생님을 완전히 뛰어넘었으니, 이제 아무런 소용도 없어."

그러다가 비디는 내가 걱정스러워서 한숨을 가만히 내쉬더니, 강둑에서 일어나 훨씬 생생하고 쾌활한 목소리로 물었다.

"우리 약간 더 걸을까, 아니면 집으로 갈까?"

"비디, 나는 너에게 항상 모든 비밀을 털어놓을 거야."

내가 울적한 목소리로 말하며 일어나서 비디 목에 팔을 감고 뺨에 키스하자, 비디가 대답했다.

"신사가 되기 전까지는."

"너도 알다시피 나는 절대로 그렇게 될 수 없으니까 항상 그럴 거야. 하지만 지금 너에게 특별히 말할 게 있다는 건 아니야, 내가 저번 날 밤에 집에서 말한 것처럼 내가 아는 건 너도 모두 아니까."

"아!"

비디가 속삭이듯 조그맣게 뱉어내더니, 고개를 돌려서 배를 바라보았다. 그러다가 아까처럼 쾌활하게 변한 목소리로 다시 물었다.

"우리 약간 더 걸을까, 아니면 집으로 갈까?"

나는 약간 더 걷자 하고 우리는 그렇게 하는데, 여름날 오후가 여름날 초저녁으로 조용히 가라앉으면서 아름다운 풍경을 연출했다. 이런 환경에서 사는 편이 시계가 멈춘 방에서 촛불에 의존하고 '이웃 거지 만들기' 카드놀이를 하며 에스텔라에게 경멸당하는 편보다는 훨씬 자연스럽고 건강하단 생각이 들었다. 내가 머리에서 에스텔라 생각을 몰아낼 수만 있다면, 저택에 대한 기억과 환상을 모두 몰아낼 수만 있다면, 내가 현재를 즐겁게 받아들이면서 일할 수만 있다면, 그 일에 몰두하며 보람을 찾을 수만 있다면 나로선 더할 나위 없이 좋을 거란 생각도 들었다. 지금 옆에 있는 사람이 비디가 아니라 에스텔라라면 나는 비참한 심정일 거란 사실을 내가 확실히 모르는지도 마음속으로 물었다. 하지만 그걸 확실히 안다고 인정할 수밖에 없으니, "너는 어리석은 놈이야, 핍!" 하고 한탄하는 소리가 속에서 저절로 나왔다.

우리는 걸으면서도 계속 많은 대화를 나누는데, 비디가 하는 말은 모두 옳은 것 같았다. 비디는 사람을 모욕하는 법도 변덕을 부리는 법도 오늘은 비디였다가 내일은 다른 사람으로 변하는 법도 없었다. 나에게 고통을 준다면 즐거워하기는커녕 고통스러워서 못 견딜 사람, 나보다 훨씬 고통스러워할 사람이었다. 그런데 두 사람 가운데서 어떻게 비디를 훨씬 좋아하지 않을 수 있단 말인가?

집으로 걸어갈 때는 내 입에서 이런 말이 저절로 흘러나왔다.

"비디, 네가 나를 바로 잡을 수 있으면 좋겠어."

"나도 그럴 수 있으면 좋겠어!"

"내가 너와 사랑에 빠질 수만 있다면…… 아주 오래 알고 지냈으니 이렇게 노골적으로 말해도 괜찮지?"

"그럼, 당연하지! 괜찮아."

"내가 그럴 수만 있다면, 그러면 나에게 딱 좋을 텐데."

"하지만 너는 절대로 못 그래."

비디가 말했다. 몇 시간 전에 이런 말이 나왔다면 당연히 그렇겠지만 지금 이 순간에는 나에게 그럴 가능성이 전혀 없는 것 같진 않았다. 그래서 나는 꼭 그런 건 아니라고 대답했다. 하지만 비디는 자기 말이 맞다고 단호하게 말했다. 나는 마음속으로 그 말이 맞다고 믿었다. 그런데도 너무나 단호한 어투에 괜스레 언짢은 기분이 들었다.

교회 공동묘지 근처가 나오면서 우리는 제방을 건너고 수문 근처 울타리 벽을 넘어야 했다. 그런데 늙은 올릭이 수문인지 골풀 숲인지 (자신처럼 꾸부정하게 고인) 진흙탕인지 모를 곳에서 갑자기 나타나며 으르렁댔다.

"이봐! 두 사람, 어딜 가는 거야?"

"집 말고 어딜 가겠어요?"

"으음, 그렇다면 내가 집까지 바래다줘야 하겠군, 작살을 안 맞으려면!"

작살을 맞는다는 말은 올릭이 좋아하는 은유법이다. 내가 아는 한, 아무런 의미가 없는 표현인데도 그는 엉터리 세례명처럼 사람들을 욕보이면서 뭔가 아주 잔인한 인상을 주려고 이렇게 말했다. 아주 어릴 적에는 곧이곧대로 믿어, 올릭이 그런 말을 할 때마다 나를 날카로운 작살로 찌를 거로 생각했더랬다.

비디는 올릭이 우리와 함께 걷는 게 싫어서 나에게 "저 사람이 함께 못 걷게 해. 나는 저 사람이 싫어" 하고 조그맣게 속삭였다. 나 역시 싫었던 터라, 고맙지만 우리끼리 가겠다고 말하는 무례를 감수했다. 올릭은 이 말을 듣고 껄껄 웃으며 뒤로 물러났지만 약간 떨어진 거리에서 꾸부정한 걸음으로 여전히 쫓아왔다.

우리 누나에게 결코 설명할 수 없는 살인적인 공격을 가한 범인은 바로 올릭이라고 비디가 의심해서 그러는지 아닌지 알고 싶어, 나는 올릭을 싫어하는 이유가 뭐냐고 물었다. 그러자 비디는 고개를 돌려서 꾸부정한 걸음으로 쫓아오는 올릭을 힐끗 쳐다보며 대답했다.

"아! 저 사람이…… 저 사람이 나를 좋아하는 것 같아서 무섭기 때문이야."

이 말에 나는 잔뜩 분개하며 물었다.

"올릭이 너를 좋아한다고 말한 적이 있니?"

비디는 뒤를 다시 힐끗 돌아보며 대답했다.

"아니, 그렇게 말한 적은 없어. 하지만 춤을 춰, 나랑 시선이 마주칠 때마다."

애정을 표현하는 방식이 아주 이상하고 독특하긴 하지만 그런 의도라는 해석은 의심할 여지가 없었다. 나는 늙은 올릭이 감히 비디를 흠모한다는 사실에 뜨거운 분노가 끓어올랐다. 나 자신이 모욕을 당한 것처럼 뜨거운 분노였다.

"하지만 너는 아무런 상관이 없잖아."

비디가 차분하게 하는 말에 나는 발끈했다.

"아니야, 비디, 나한테도 상관이 있어. 저자가 그러는 건 마음에도 안 들고 인정할 수도 없어."

"나 역시 마찬가지야. 그래도 너랑 아무런 상관이 없어."

"맞아. 하지만 너에게 분명히 말하는데, 비디, 저자가 바라보며 춤추는 걸 네가 좋아한다면 나는 너를 달리 볼 수밖에 없어."

그날 밤 이후로 나는 올릭을 끊임없이 감시하다가 비디에게 춤을 출 만한 상황이 발생할 때마다 앞을 가로막아서 방해했다. 올릭은 그동안 매형 대장간에 뿌리를 단단히 내렸는데, 우리 누나가 갑자기 그를 좋아한 덕분이었다. 그렇지만 않다면 내가 어떻게든 해고하도록 만들었을 터이니 말이다. 올릭 역시 그런 마음을 충분히 파악하고 거기에 맞게 대응했는데, 여기에 대해서는 나중에 설명하겠다.

지금 당장은, 아직도 충분히 혼란스러운 게 아니라는 듯 - 비디는 에스텔라하고 비교할 수 없을 정도로 훌륭하며, 내가 타고난 운명대로 단순하고 정직하게 노동하는 삶은 창피할 게 하나도 없다는, 오히려 자존감과 행복감을 충분히 느낄 수 있다는 사실이 다양한 계기를 통해 선명하게 드러나면서 - 마음이 수천 배는 더 혼란스럽게 뒤엉키고 말았다.

이런 생각이 들 때마다 사랑하는 매형과 대장간에 대한 불만은 모두 사라져, 어른으로 훌륭하게 성장하면 매형과 동업하고 비디와 사귀어야 하겠다는 결론을 단호하게 내리는데, 그럴 때마다 하비셤 아씨네 저택에서 지내던 나날이 떠오르고 뒤죽박죽으로 엉키면서 강력한 미사일처럼 내리꽂혀 모든 판단력을 산산이 부서뜨렸다. 그래서 사방으로 흩어진 판단력을 끌어모으는데 상당한 시간을 들이다 보면, 모두 끌어모으기도 전에, 내가 도제 계약을 마치면 하비셤 아씨가 상당한 유산을 줄 수도 있다는 엉뚱한 생각마저 떠올라, 힘들게 끌어모은 판단력을 다시 사방으로 흩뿌리기 일쑤였다.

도제 계약을 마치고도 나는 이처럼 당혹스런 사태를 꾸준히 겪었을 거라고 장담한다. 하지만 모든 기간을 마치기도 전에 도제 계약은 갑자기 끝나게 되니, 사정은 다음과 같다.

18

내가 매형 밑에서 도제로 일하고 사 년째 되는 어느 토요일 밤이었다. 여러 사람이 '흥겨운 뱃사람 세 명' 벽난로에 둘러앉아서 웝슬 아저씨가 신문을 커다랗게 읽어주는 소리를 가만히 들었다. 그중에는 나도 있었다.

아주 유명한 살인사건이 일어나고 웝슬 아저씨는 눈썹까지 핏빛으로 물들었다. 그래서 신문 기사에 실린 끔찍한 형용사를 흥겨운 목소리로 읽어나가며, 자신을 시신 검시에 직접 참석한 모든 증인과 동일시했다. 그러다가 피해자로 돌변해 "나는 끝났구나" 하고 앓는 소리를 뱉어내더니, 살인자로 돌변해 "내가 네놈을 끝장내고 말리라" 하고 무섭게 울부짖었다. 우리 지역에 사는 의사를 그대로 모방해서 의학적 소견을 증언하고, 공격하는 소리를 듣고 덜덜 떠는 통행료 징수원 할아버지처럼 소리쳤다. 매우 심한 중풍 환자처럼 떨어대는 모습이 증인으로 삼아도 되는지 의심스러울 정도였다.

웝슬 아저씨는 검시관을 아테네 타이먼으로 만들고 법정 관리는 아테네 코리올라누스로[31] 변신시켰다. 그러면서 아주 만족스러운 시간을 보내고, 우리 역시 즐겁고 편안한 시간을 보냈다. 마음속으로는 우리 모두 '고의적 살인'이란 평결을 기꺼이 내린 상태였다.

그러다 얼마 후에는 맞은편 기다란 의자 등받이에서 이상한 신사가 몸을 기댄 채 가만히 쳐다본다는 사실을 나는 깨달았다. 경멸스러운 표정이 깃든 얼굴로 사람을 하나씩 훑어보며 커다란 집게손가락 옆을 물어뜯는 중이었다. 그러더니 웝슬 아저씨가 읽기를 마치자, 불쑥 물었다.

"으음! 선생께서 틀림없이 아주 만족스러운 결론을 내린 것 같군요."

갑자기 살인자가 나타나기라도 한 것처럼 모두가 깜짝 놀라며 쳐다 보았다. 이상한 신사 역시 차갑게 비웃으며 모든 사람을 바라보았다.

"당연히 유죄겠지요? 대답하세요. 어서!"

이상한 신사가 묻자, 웝슬 아저씨가 대답했다.

"선생, 서로 통성명하는 영광을 누리진 못했지만, 나는 유죄라고 단언하오."

이 말에 우리 모두 용기를 내서 당연하다고 중얼거렸다. 그러자 이상한 신사가 이렇게 말했다.

"당연히 그렇겠지요. 그럴 줄 알았소. 내가 말했잖소. 하지만 한 가지만 묻겠소. 영국 법은 어떤 사람이든 유죄가…… 유죄가 입증되기 전까지 무죄로 간주한다는 사실을 아시오, 모르시오?"

"선생, 나 역시 영국 사람으로, 나는……."

웝슬 아저씨는 더듬거리며 대답하고, 이상한 신사는 집게손가락을 이로 물어뜯으며 나ㄴ졌나.

"어서! 질문을 피하지 마시오. 선생은 그걸 알 수도 있고 모를 수도

---

31) 타이먼과 코리올라누스는 셰익스피어 사극에 등장하는 아테네 귀족으로, 타이먼은 인간 을 극심하게 혐오하고 코리올라누스는 아주 오만하다.

있소. 어느 쪽이오?"

이상한 신사는 머리를 한쪽으로 기울이고 몸을 다른 쪽으로 기울인 채 심문하듯 위압적인 자세를 취하며 – 당장에라도 없애겠다는 듯 – 집게손가락을 웝슬 아저씨한테 뻗더니, 다시 그걸 물어뜯으면서 다그쳤다.

"대답하시오! 그걸 아시오, 아니면 모르시오?"

"당연히 알고 있소."

웝슬 아저씨가 대답하자, 이상한 사내는 충분한 권리라도 있다는 듯 웝슬 아저씨를 압도하며 말했다.

"당연히 알겠지요. 그렇다면 처음부터 그렇게 말하지 그랬소. 자, 이제 하나 더 묻겠소. 신문에 나온 증인 가운데 반대심문을 받은 사람은 아직 하나도 없다는 사실을 아시오?"

"내가 말할 수 있는 건……."

웝슬 아저씨가 입을 여는데, 이상한 신사가 바로 끼어들었다.

"뭐요? 묻는 말에 안다 모른다는 식으로 대답하지 않는군요. 좋소, 한 번 더 기회를 주겠소."

이상한 사내가 손가락으로 다시 가리키며 물었다.

"내가 하는 말, 잘 들으시오. 증인 가운데 반대심문을 받은 사람은 아직 하나도 없다는 사실을 당신은 아시오, 아니면 모르시오? 대답하시오. 안다, 모른다, 한 마디면 충분하오."

웝슬 아저씨가 망설이자, 우리는 조금씩 의심하기 시작하고, 이상한 신사는 이렇게 말했다.

"좋소! 내가 도와주겠소. 선생은 도움을 받을 자격이 없지만 그래도 내가 도와주겠소. 선생 손에 들린 종이를 보시오. 그건 무엇이오?"

"이게 무어냐고요?"

웹슬 아저씨가 어리둥절한 표정으로 반문하며 신문을 쳐다보고, 이상한 신사는 매우 의심스럽다는 듯 비꼬는 자세로 다시 물었다.

"그건 선생이 조금 전에 읽은 신문이지요?"

"그렇소."

"그렇군요. 자, 그렇다면 신문을 살펴보고, 변호사가 모든 답변을 보류하도록 지시했다고 피고가 한 말이 신문 기사에 확실히 있는지 없는지 정확히 대답하시겠소?"

"이제 막 읽는 참이오."

웹슬 아저씨는 변명하는 어투로 말하고, 이상한 신사는 사정없이 몰아붙였다.

"이제 막 읽은 내용에 대해선 신경 쓰지 마시오, 선생. 내가 물은 건 이제 막 읽는 게 무어냐는 게 아니오. 선생은 원한다면 주기도문을 거꾸로 읽을 수도 있으니 말이오. 아니, 그럴 가능성이 아주 크오. 신문을 쳐다보시오. 아니오, 아니오, 아니오, 친구. 기사 상단이 아니오. 알 만한 사람이 왜 그러시오. 하단이오, 하단. 어때요? 그걸 찾았소?"

(여기에서 우리 모두 웹슬 아저씨가 속임수를 부렸다는 생각이 서서히 들기 시작했다.)

"여기에 있네요."

"자, 그럼 거기에 적힌 내용을 똑똑히 보고, 변호사가 모든 답변을 보류하도록 지시했다고 피고가 또렷하게 한 말이 신문 기사에 확실히 있는지 없는지 대답하시겠소? 어서! 무슨 내용인지 알아보시겠소?"

"그런 표현을 정확히 사용하진 않았소."

웹슬 아저씨가 대답하자, 이상한 신사는 씁쓰레한 표정으로 중얼거렸다.

"그런 표현을 정확히 사용하진 않았다! 그렇다면 내용은 정확히 그렇소?"

"그렇소."

"그렇다."

이상한 신사가 중얼거리더니, 오른손으로 증인을, 웝슬 아저씨를 가리키고 좌중을 둘러보며 말했다.

"그렇다면 여러분에게 묻겠소. 그런 구절이 눈앞에 있는데도 반대심 문조차 안 듣고 가련한 인간에게 유죄를 선언하고 집으로 돌아가서 베개를 베고 편히 눕는 저런 인간을 여러분은 양심적이라고 생각할 수 있겠소?"

우리 모두 웝슬 아저씨는 우리가 생각하던 사람이 아니라고, 이제 비로소 정체가 드러났다고 생각했다.

그런 가운데 이상한 신사는 손가락으로 웝슬 아저씨를 묵직하게 가리키며 계속 추궁했다.

"바로 저런 인간이 바로 이런 사건에 배심원으로 참여해, '우리를 통치하시는 국왕 폐하와 피고석에 앉은 죄인 사이에서 발생한 쟁점을 진실하고 세세하게 심리해서 증거에 따라 정확하게 평결하겠으니, 하느님 도와주소서!' 하고 신중하게 맹세하고도 끔찍한 잘못을 저지르고서 가족 품으로 돌아가 베개를 편히 베고 눕는다는 사실을 명심하시오, 바로 저런 인간이 말이오."

우리는 불행히도 웝슬 아저씨가 너무 멀리 갔으니 아직 시간이 있을 때 무모한 역할을 중단하는 게 좋겠다고 마음속으로 생각했다.

이상한 신사는 자신이 마음만 먹으면 우리 각자의 비밀 역시 세세하게 파헤쳐서 만천하에 공개할 수 있다는 분위기로 누구도 거부할 수 없는 권위를 드러내며 기다란 의자 등받이에서 벗어나 벽난로 앞으로 가서 기다란 의자 두 개 사이에 들어서다 멈추더니, 왼손을 주머니에 찌르고 오른손 집게손가락을 물어뜯었다. 그리고 잔뜩 움츠러든 우리를 가만히 둘러보며 물었다.

"내가 접수한 정보에 따라, 나는 여러분 가운데 조셉이나 조나 가저리라는 대장장이가 있다고 확신하오. 그 사람이 누구요?"

"접니다."

매형이 대답하자, 이상한 신사는 앞으로 나오라 손짓하고 매형은 거기에 따랐다. 그러자 이상한 신사가 물었다.

"선생에겐 핍이라고 하는 도제가 있지요? 여기에 있나요?"

"여기에 있습니다."

내가 소리쳤다. 이상한 신사는 나를 못 알아보지만, 나는 내가 하비셤 아씨네 저택에 두 번째 방문했을 때 계단에서 만난 신사란 사실을 알아보았다. 나는 신사가 기다란 의자 등받이 너머에서 바라보는 순간에 이미 그걸 깨닫고, 바로 앞에서 신사가 내 어깨에 한 손을 올려놓은 지금은 커다란 머리와 까무잡잡한 피부, 깊이 박힌 눈, 까맣고 무성한 눈썹, 커다란 시곗줄, 수염과 구레나룻이 있을 자리에 까맣게 박힌 점, 심지어 커다란 손에서 풍기는 강력한 비누 냄새까지 구체적으로 확인했다.

신사는 나를 느긋하게 살피다가 말했다.

"두 분과 은밀한 자리에서 논의하고 싶은 게 있소. 시간이 약간 걸릴 거요. 두 분이 사는 집으로 가는 게 좋을 것 같소. 나는 여기에서 모든 내용을 털어놓고 싶은 생각이 없소. 친구분들에게는 나중에 두 분이 마음 내키는 대로 충분히 말해도 좋고 전혀 말하지 않아노 좋소. 그건 나와 아무런 상관도 없으니 말이오."

사람들이 궁금한 표정으로 침묵한 가운데, 매형과 나 역시 궁금한 표정으로 침묵하며 이상한 신사와 함께 '흥겨운 뱃사람'에서 나와 집으로 걸었다. 그렇게 걷는 동안 이상한 신사는 가끔 나를 쳐다보고 가끔 손가락 옆을 물어뜯었다. 집에 거의 도착하자, 매형은 격식을 차려야 할 중요한 자리란 사실을 막연히 깨닫고 먼저 가서 대문을 열었다. 우리는 손님맞이용 거실로 들어가고, 촛불 하나는 희미한 빛을 뿌렸다.

이상한 신사는 탁자에 앉아서 촛불을 가까이 끌어당겨 수첩에 적힌 내용을 살피는 거로 논의를 시작했다. 그러더니 수첩을 접고 촛불을 옆으로 살짝 미는데, 어둠을 동그랗게 밀어내는 불빛으로 매형과 나를 쳐다보아 누가 누군지 확인한 다음이었다. 그리고 말했다.

"나는 재거스라고 하는데 런던에서 온 변호사요. 아주 유명한 편이오. 두 분하고 아주 독특한 업무를 처리해야 하는데, 이건 내가 원하는 바가 아니란 사실부터 설명하고자 하오. 나에게 의견을 물었다면 내가 이렇게 찾아오는 일도 없었을 것이오. 그런 의견을 안 물어서 이렇게 찾아온 것이오. 나는 의뢰인이 은밀하게 맡긴 업무를 처리할 뿐이오. 그 이상도, 이하도 아니오."

신사는 자신이 앉은 자리에서 우리를 제대로 볼 수 없다는 사실을 깨닫고 벌떡 일어나 발 한쪽을 의자 등받이 너머로 올리며 기대서, 발바닥 하나는 의자 좌석을, 다른 하나는 거실 바닥을 디뎠다.

"자, 조 가저리, 나는 당신이 젊은 도제를 자유롭게 풀어주도록 제안하러 왔소. 도제가 원하고 도제에게 바람직하다면 당신 역시 계약 취소를 반대하지 않겠지요? 그러는 조건으로 무얼 바라는 건 아니겠지요?"

"핍의 앞길을 가로막지 않는 조건으로 무얼 바란다면 하느님이 벌하실 겁니다."

매형이 대답하고 물끄러미 바라보자, 재거스 변호사가 다시 물었다.

"하느님이 벌하신다는 말은 경건하긴 해도 질문에 대한 대답은 아니오. 질문은 '당신이 바라는 게 있느냐? 무얼 바라느냐?' 하는 거요."

"대답은 없다는 거요."

매형이 엄숙하게 대답하자, 재거스 변호사는 사심이 하나도 없는 매형을 멍청하게 여기는 표정으로 힐끗 쳐다보는 것 같았다. 하지만 나는 숨도 못 쉴 정도로 궁금하고 놀라워서 넋이 나간 터라, 정말 그랬다고 장담할 순 없다.

"아주 좋소. 당신이 지금 막 동의한 사실을 명심하고, 나중에 말을 바꾸지 마시오."

재거스 변호사가 말하자, 매형이 반박했다.

"누가 그런답디까?"

"누가 그런다는 말은 아니오. 개를 키우시오?"

"네, 한 마리 키웁니다."

"좋은 개는 자랑을 하지만, 더 좋은 개는 실리를 챙긴단 사실을 곰곰이 생각하시오. 그걸 곰곰이 생각하란 말이오, 아시겠소?"

재거스 변호사가 다시 말하더니, 무언가를 용서하겠다는 듯, 두 눈을 감고 매형에게 머리를 끄덕이면서 다시 입을 열었다.

"이제부터 젊은이에 대한 말을 하겠소. 내가 전할 말은 젊은이가 상당한 유산을 받게 된다는 사실이오."

매형과 나는 숨을 훅 들이켜며 서로를 쳐다보고, 재거스 변호사는 손가락을 옆으로 뻗어서 나를 가리키며 계속 말했다.

"본인은 상당한 유산을 받게 될 거란 사실을 젊은이에게 선달하라는 지시를 받았소. 게다가, 재산을 현재 소유한 의뢰인은 젊은이가 현재의 생활반경에서, 바로 이곳에서 지금 당장 벗어나 신사다운, 한 마디로 상당한 유산을 받을 젊은이다운 교육을 받길 원한다는 사실 역시 전달하라는 지시도 받았소."

마침내 꿈이 실현되었다. 하비셤 아씨가 상당한 재산을 넘겨줄 거란 엉뚱한 환상이 현실로 확실하게 나타난 것이다.

"자, 핍 군, 이제부터 하는 말은 모두 자네에게 하는 말이네. 자네가 명심할 건, 첫째, 나에게 이런 일을 맡긴 의뢰인은 자네가 핍이란 이름을 끝까지 사용하길 요구한다는 사실이네. 상당한 유산을 남기는 조건치곤 내용이 정말 간단하니, 자네 역시 이의는 없을 거라고 나는 장담하네. 하지만 이의가 있다면 지금 말하도록 하게."

나는 심장이 너무 빠르게 쿵쾅거리고 귀에서는 윙윙거리는 소리가 너무 심하게 일어난 나머지, 이의가 없다는 말을 더듬더듬 간신히 뱉어냈다.

"나도 없을 거로 생각했네! 자네가 명심할 건, 둘째, 핍 군, 자네에게 크나큰 은혜를 베푸는 사람은 자신이 직접 밝힐 때까지 이름을 완벽한 비밀로 삼길 원한다는 사실이네. 내가 말할 수 있는 건 의뢰인이 자신 입으로 이름을 직접 말하고 싶어서 그런다는 정도네. 언제 어디에서 그럴지는 나도 모르고 아무도 모르네. 앞으로 많은 세월이 지난 다음일 거야. 그러니 자네는 앞으로 나와 대화하는 가운데 그 사람이 누군지 곰곰이 생각하거나 어떤 식으로든 이름을 암시하거나 언급하면 절대로 안 된다는 사실을 확실히 명심해야 하네. 머리에 뭔가 짚이는 게 있어도 그냥 머릿속으로 묻어두게. 이런 걸 금지하는 이유는 원래 목적과 아무런 관계가 없네. 무엇보다 중요하고 엄중한 이유일 수도 있고 단순한 변덕일 수도 있네. 이것 역시 자네가 파고들 문제는 아니야.

이제 모든 조건을 제시했네. 자네가 이걸 받아들이고 확실히 지킨다는 걸 확인하는 게 의뢰인이 나에게 지시한 마지막 조건일 뿐, 다른 건 내가 알 바 아니네. 의뢰인은 바로 자네에게 유산을 남겨줄 사람이고, 비밀을 아는 사람은 의뢰인 자신과 나밖에 없네. 다시 말하지만, 상당한 재산을 물려받는 조건치고 그리 어렵진 않네. 하지만 이의가 있다면 지금 말하게. 어떤가?"

이번에도 나는 이의가 없다고 더듬거리며 몹시 어렵게 뱉어냈다.

"나도 없을 거로 생각했네! 자, 핍 군, 계약조건은 다 설명했네."

재거스 변호사는 나를 핍 군이라고 부르면서 환심을 사려고 하는 것 같은데도 상대를 의심하며 압도하는 분위기는 여전했다. 이런 말을 하는 동안에도 가끔 눈을 감고 손가락으로 나를 가리키는 게, 자신이 마음만 먹으면 내가 가진 모든 약점을 언제든 폭로할 수 있다고 암시하는 것 같았다.

"이제부터 세부적인 문제에 대해서 검토하세. 내가 '유산'이란 용어를 여러 번 사용했지만, 자네는 유산만 받는 게 아니란 사실을 알아야 하네. 나는 자네가 적절한 교육을 받고 생활하는 데 필요한 자금을 이미 충분히 받았네. 자네는 나를 보호자로 간주하길 바라네."

내가 고맙다고 말하려 하자, 재거스 변호사가 불쑥 말했다.

"아! 분명히 밝히겠는데, 나는 이런 일을 하고 보수를 받네. 그게 아니라면 이런 일을 않겠지. 자네가 신분이 바뀌는 만큼 훨씬 훌륭한 교육도 받아야 한다는 사실을, 그런 교육을 하루라도 빨리 받는 게 몹시 중요하고 절실하단 사실을 이제 자네도 또렷하게 이해할 거로 생각하네."

내가 그런 교육을 항상 갈망했냐고 내답하자, 재거스 변호사가 받아쳤다.

"자네가 항상 무엇을 갈망했는지는 중요하지 않으니까, 핍 군, 본론에서 벗어나지 말게. 지금 그걸 갈망하는 거로 충분하니 말이네. 그렇다면 자네가 적절한 가정교사 밑으로 지금 당장 들어가서 공부할 준비가 되었다는 대답으로 들어도 되겠는가? 그런가?"

나는 그렇다고 더듬거렸다.

"좋아. 그렇다면 지금부터 자네 의향을 들어보도록 하지. 현명한 방법이란 생각은 않지만 그렇게 하라는 지시를 받았네. 누구든 자네가 좋아할 만한 가정교사에 대해서 들어본 적이 있는가?"

나는 비디와 웹슬 아저씨 고모할머니 외에 가정교사에 대해 들어본 적이 없어서 아니라고 대답했다. 그러자 재거스 변호사가 설명했다.

"내가 잘 아는 가정교사가 있는데, 우리 목적에는 그 사람이 적합할 것 같네. 하지만 내가 그 사람을 추천하는 건 아니란 사실을 명심하게. 나는 아무도 추천하지 않네. 내가 말한 신사는 매슈 포킷이라고 하는 사람이네."

아! 나는 그 이름을 단번에 알아들었다. 하비셤 아씨 친척. 카밀라 부부가 매슈라고 언급한 사람. 하비셤 아씨가 죽어서 신부용 드레스 차림으로 결혼식 피로연 식탁에 누우면 머리맡에 앉을 사람.

"자네가 아는 이름인가?"

재거스 변호사가 물으며 날카롭게 쳐다보더니 두 눈을 감은 채 기다리고, 나는 이름을 들은 적이 있다고 대답했다.

"아! 이름을 들은 적이 있군. 하지만 문제는 자네 생각이 어떠냐는 거네."

그런 분을 추천해서 정말 고맙다고 말하는데, 아니, 말하려고 하는데, 재거스 변호사가 커다란 머리를 좌우로 아주 천천히 흔들면서 끼어들었다.

"아니야, 젊은 친구! 잘 생각해서 말하게!"

나는 제대로 생각을 않고, 그런 분을 추천해서 정말 고맙다고 다시 말하는데, 재거스 변호사가 머리를 좌우로 흔들고 찡그린 얼굴로 웃으며 다시 끼어들었다.

"아니야, 젊은 친구, 아니야, 아니야, 아니야. 솜씨는 훌륭하네만 나한테는 안 통해. 그런 말로 나를 꼼짝 못 하게 만들기에 아직 자네는 너무 어려. 추천은 적절한 단어가 아니야, 핍 군. 다른 단어를 사용하게."

나는 표현을 고쳐서 매슈 포킷 선생님 이름을 언급해서 정말 고맙다 대답하고, 재거스 변호사는 "훨씬 좋은 표현이군!" 하며 감탄하고, 그래서 나는 신사분에게 정말 기쁘게 배워보겠다고 덧붙였다.

"좋아. 그분 자택에서 기쁘게 배워보도록. 내가 미리 모든 준비를 할 터이니, 먼저 런던으로 가서 그분 아들부터 만나도록 하게. 런던으로 언제 오겠나?"

나는 (꼼짝도 않고 가만히 서서 꾸준히 바라보는 매형을 힐끗 쳐다보며) 당장에라도 갈 수 있을 거라고 대답했다.

"그러기 전에 런던에 오면서 입을 옷을 새로 맞추는 게 좋겠네. 작업복을 입고 올 순 없잖은가! 그렇다면 일주일 후가 좋겠군. 돈이 필요할 거야. 금화 스무 냥이면 되겠나?"

재거스 변호사가 기다란 주머니를 꺼내더니 하나씩 아주 침착하게 세며 탁자에 올리다가 나에게 밀어주었다. 의자에서 처음으로 다리를 내린 다음이었다. 그래서 돈을 밀어줄 때는 다리를 저억 벌리고 의자에 앉더니, 그대로 앉아서 돈주머니를 흔들며 매형에게 물었다.

"으음, 조 가저리? 어이가 없는 표정이군요?"

"정말 그러네요!"

매형이 단호한 어투로 대답했다.

"당신은 받고 싶은 게 하나도 없다고 했는데, 기억하시오?"

"그런 건 아까도 없고, 지금도 없고, 앞으로도 영원히 없을 겁니다."

매형이 대답하자, 재거스 변호사는 돈주머니를 다시 흔들며 물었다.

"하지만 일종의 보상으로 내가 당신에게 선물을 주라는 지시를 받았다면 어떻게 하시겠소?"

"뭐에 대한 보상이요?"

"도제를 잃는 데 대한."

매형은 한 손을 내 어깨에 여성처럼 부드럽게 올려놓았다. 인간을 으깰 수도 있는 증기 해머처럼 강력한 힘과 달걀을 쓰다듬을 수도 있는 부드러운 힘을 지닌 매형이 그때 이후로 툭하면 생각난다. 매형은 그러면서 말로 다할 수 없다는 듯 이렇게 말했다.

"명예와 행복을 위해서라면 핍은 언제든지 도제 일을 그만둘 수 있습니다. 하지만 어릴 적에 대장간으로 찾아온 아이를, 이후로 누구보다 친하게 지내온 친구를 잃는 걸 돈으로 보상할 수 있다고 생각하신다면……!"

아, 소박하고 선량한 우리 매형, 나는 은혜도 모르고 그렇게 가볍게 떠나려고 했건만, 대장간 일로 단련된 근육질 팔로 눈물을 훔치고 드넓은 가슴을 들썩이며 나지막한 목소리로 말하던 매형 모습이 오늘도 눈에 선하게 떠오릅니다. 아, 소박하고 선량하고 진실하고 부드러운 매형, 그런 매형이 다가와서 내 팔을 움켜잡고 부르르 떨던 사랑스러운 손을 나는 오늘도 천사가 부스럭거리는 날개처럼 엄숙하게 느낀답니다!

그런데도 당시에 나는 매형을 다그쳤습니다. 눈앞에 나타난 행운이라는 미로에서 길을 잃어, 매형과 함께 걸어온 샛길을 떠올릴 수 없었습니다. 나는 매형에게 진정하라고, (매형이 말한 것처럼) 우리는 지금까지 가장 친한 친구였다고, (내가 말하지만) 우리는 앞으로도 영원히 그럴 거라고 사정했습니다. 매형은 나를 안 잡은 팔뚝으로 눈을 후벼내기라도 하는 듯 눈물을 퍼냈습니다. 아무 말 않고서……

재거스 변호사는 매형을 멍청한 촌놈이라는, 이런 사람이 양육한 나 역시 마찬가지라는 표정으로 가만히 바라보았다. 그러더니 이런 장면이 끝나자, 흔들길 멈추고 돈주머니 무게를 손으로 느끼면서 덧붙였다.

"자, 조 가저리, 경고하는데, 마지막 기회요. 허튼수작은 안 통해요. 내가 당신에게 전할 책임이 있는 선물을 받겠다면 그렇게 말씀하시오. 그러면 선물을 받을 것이오. 하지만 정반대로 말한다면……."

재거스 변호사는 여기에서 깜짝 놀라며 입을 다물고, 매형은 갑자기 권투선수처럼 공격 자세를 취하며 주변을 맴돌았다. 그러면서 울부짖었다.

"내가 말하고 싶은 건, 당신이 황소와 오소리를 물어뜯는 개처럼[32] 나를 괴롭히러 온 거라면, 자, 덤비시오! 내가 말하고 싶은 건, 당신이 사내라면, 자, 어서 덤비시오! 내가 말하고 싶은 건, 내가 말하지만, 내가 말하고 싶은 건, 나는 한번 말한 건 죽을 때까지 지키는 사람이라는 거요!"

내가 잡아당기는 즉시 매형은 온순하게 변하더니, 자신이 사는 집에서 자신이 이런 식으로 황소와 오소리처럼 물어뜯길 순 없다는 사실을 이번 일에 많은 관심을 보이는 사람에게 정중하고 예의 바르게 충고한 것뿐이라고 말했다. 재거스 변호사는 매형이 권투선수처럼 주변을 맴도는 순간에 벌떡 일어나서 이미 문까지 뒷걸음친 상태였다. 그래서 다시 들어올 생각은 전혀 없다는 듯 그 자리에서 작별인사를 하는데, 이런 내용이었다.

---

32) 황소나 오소리를 줄에 묶어 개가 달려들어서 괴롭히도록 하는 16세기 놀이를 빗대서 한 말이다.

"으음, 핍 군, 앞으로 신사가 될 사람이니 이런 환경에서 최대한 빨리 벗어나는 게 좋겠네. 일주일 후에 만나세. 내가 주소를 편지로 보내겠네. 런던에 도착하면 역마차 정류장에서 마차를 잡아타고 우리 사무실로 곧장 오게. 명심하게, 나는 내가 의뢰받은 대로 어떤 식으로든 아무런 의견도 안 냈다는 사실을. 나는 보수를 받고 임무를 맡은 대로 실천했다는 사실을. 다시 말하는데, 그걸 명심하게. 꼭 명심하게!"

그러더니 우리 두 사람을 손가락으로 가리키는데, 매형을 위험한 인물로 여기고 즉시 안 떠났다면 영원히 그러고 있을 것 같았다.

재거스 변호사는 자신이 타고 와서 세워놓은 전세 마차를 향해 '흥겨운 뱃사람'으로 내려가고, 나는 어떤 생각 하나가 문뜩 떠올라 재빨리 뛰어서 쫓아갔다.

"실례합니다, 재거스 변호사님."

내가 소리치자, 재거스 변호사가 뒤로 돌아서며 물었다.

"아니! 무슨 일인가?"

"변호사님 지시사항을 그대로 지키고 싶어서 물어보는 게 좋겠다고 생각했습니다. 런던으로 떠나기 전에 제가 아는 사람을 찾아가서 작별 인사를 하는 게 문제가 될까요?"

"아니네."

재거스 변호사가 대답하는데, 내 말을 제대로 이해하지 않은 것 같았다.

"우리 마을이 아니라 읍내에 있는 저택도요?"

"그래. 문제 될 건 없네."

재거스 변호사가 하는 말에 나는 고맙다 대답하고 집으로 다시 뛰어가니, 매형은 대문을 벌써 잠그고 손님용 거실을 나와 주방 벽난로 옆에 앉아서 양쪽 무릎에 손을 하나씩 올려놓은 채, 활활 타오르는 석탄불을 열심히 바라보았다. 나도 벽난로 앞에 앉아서 석탄불을 바라보았다. 오랫동안 아무도 입을 안 열었다.

우리 누나는 평소처럼 모서리에서 방석을 깐 의자에 앉고, 비디는 누나 옆 불 가에 앉아서 바느질하고, 매형은 비디 옆에 앉고, 나는 매형 옆에 앉았다. 우리 누나 맞은편 모서리였다. 그런데 타오르는 석탄불을 들여다보면 볼수록 매형을 더욱더 쳐다볼 수 없고, 침묵이 오랫동안 늘어지면 질수록 입도 열 수 없었다. 그러다가 마침내 불쑥 물었다.

"매형, 비디에게 말했어요?"

매형은 무릎이 다른 곳으로 도망갈 거라는 은밀한 정보라도 입수한 듯 양쪽 무릎을 꼭 잡고 불길을 그대로 바라보며 대답했다.

"아니, 핍, 네가 직접 말하는 게 좋을 것 같아서, 핍."

"나는 매형이 말하는 게 좋겠어요."

내가 말하자, 매형이 불쑥 말했다.

"핍이 돈 많은 신사가 될 거야. 하느님, 핍에게 은총을 내리소서!"

비디는 바느질감을 떨어뜨린 채 나를 쳐다보았다. 매형은 양쪽 무릎을 꼭 잡은 채 나를 쳐다보았다. 나는 두 사람을 쳐다보았다. 잠시 침묵하다가 두 사람 모두 나를 진심으로 축하했다. 하지만 축하하는 표정에 슬픈 기운이 또렷하게 깃든 게 나는 기분 나빴다.

나는 행운을 선사한 사람에 대해서 알려고 하거나 입 밖에 내려고 하는 건 절대로 안 된다는 엄중한 의무를 식구도 지켜야 한다고 비디에게 (그리고 비디를 통해서 매형에게) 확실히 진달했다. 그리곤 때가 되면 저절로 알게 될 터이니, 그러기 전까지 내가 누군지 모르는 은인에게 상당한 유산을 받게 되었다는 사실 외에는 무슨 말도 하면 안 된다는 말도 덧붙였다.

비디는 깊이 생각하는 표정으로 석탄불을 향해 고개를 끄덕이더니, 바느질감을 다시 집어 들고 특히 주의하겠다고 대답했다. 매형 역시 양쪽 무릎을 그대로 붙잡은 채, "그래, 그래, 나도 특히 주의할게, 핍" 하고 말하더니, 나한테 다시 축하하면서 내가 신사가 된다는 사실이 정말 놀랍다 말하고, 나는 기분이 더 나빴다.

비디는 나에게 일어난 일을 우리 누나에게 전달하기 위해 엄청난 고통을 감수하는데, 그런 노력은 모두 완벽하게 실패했다고 나는 확신한다. 누나는 웃는 얼굴로 수없이 고개를 끄덕이는 건 물론 비디가 하는 말을 듣고 "핍"과 "유산"이란 말까지 따라 했다. 하지만 선거 때마다 외치는 공약처럼 아무런 의미도 없었다. 누나가 보이는 이해력을 더없이 또렷하게 확인하는 암울한 사례에 불과했다.

겪어본 사람이 아니면 믿을 수 없겠지만, 매형과 비디가 평소처럼 명랑한 분위기로 돌아갈수록 나는 그만큼 더 우울하게 변했다. 물론 나에게 굴러온 행운이 불만스러워서 그런 건 아니다. 당시에는 조금도 몰랐지만, 나 자신이 불만스러워서 그랬을 가능성이 크다.

어쨌든 나는 무릎에 팔꿈치를 대서 손으로 턱을 받친 채 불길을 바라보고, 두 사람은 내가 멀리 떠난다는, 나 없이 어떻게 사느냐는 이야기 같은 걸 나누었다. 두 사람 가운데 한 명이 쳐다보는 시선과 마주칠 때마다 아주 기쁘게 바라보는 눈빛에도 (두 사람이, 특히 비디가 자주 보았는데) 나는 모욕감을 느꼈다. 나에 대한 불신을 나타내는 것 같았기 때문이다. 말로든 표정으로든 그런 적이 단 한 번도 없는데 말이다.

그럴 때마다 나는 일어나서 문밖을 내다보았다. 우리 집은 공기를 순환하려고 밤마다 주방 문을 한 번씩 열곤 하는데, 여름철 밤에는 계속 열어두었다. 그래서 고개를 추켜들고 바라본 별은 안타깝게도 내가 지금까지 살아온 시골 풍경을 가난하고 천박하게 비추는 별이었다.

우리가 치즈를 얹은 빵과 맥주로 저녁 식사를 하려고 식탁에 앉았을 때 나는 이렇게 말했다.

"토요일 밤이니까 닷새만 지나면 하루가 남는 거야! 금방 지날 거야."

그러자 매형이 맥주 머그잔에 공허하게 울리는 목소리로 대답했다.

"그래, 핍. 금방 지날 거야."

비디도 말했다.

"그래, 금방 지나."

"지금까지 생각했는데, 매형, 월요일에 읍내에 가서 양복을 맞출 때 양복점 주인에게 내가 직접 와서 입어본다고 하거나, 펌블추크 삼촌 네 상점으로 보내면 거기에서 입어본다고 말해야 하겠어요. 여기에서 여러 사람이 지켜보면 아주 불편할 것 같거든요."

내가 말하자, 매형이 치즈 얹은 빵을 왼손 손바닥에 올리고 열심히 자르면서 대답했다.

"네가 양복을 새로 맞춰서 입은 모습을 허블 씨 부부도 보고 싶을 거야, 핍. 웝슬 씨도 그럴 거고. '흥겨운 뱃사람'에서도 그걸 보면 아주 좋아할 거야."

"바로 그런 게 싫다는 거예요, 매형. 사람들이 야단법석 – 아주 거칠고 천박하게 야단법석 – 떠는 건 도저히 견딜 수 없거든요."

"아, 그렇구나, 핍! 네가 견딜 수 없다면……."

매형이 여기까지 말하는데, 비디가 접시를 들고 자리에 앉아서 우리 누나에게 음식을 먹이나가 불쑥 물었다.

"양복 입은 모습을 너희 매형이나 너희 누나나 나에게 안 보여줄 거야? 설마 그러진 않겠지, 핍?"

나는 화가 많이 난 목소리로 대답했다.

"비디, 너는 지나치게 빨라서 도무지 따라잡을 수가 없어."

("그래, 비디는 항상 빨라." 매형이 끼어들고 나는 계속 말했다.)

"조금만 더 가만히 있으면, 비디, 내가 새로 맞춘 옷을 저녁에 - 내가 떠나기 전날 저녁일 가능성이 큰데 - 보따리 채 들고 오겠다고 말했을 거야."

비디는 더는 말을 안 했다. 나는 그런 비디를 너그럽게 용서하고 잘 자란 인사를 비디와 매형과 다정하게 주고받은 다음에 침실로 올라갔다. 조그만 침실에 들어선 다음에는 의자에 앉아서 실내를 오랫동안 둘러보았다. 조금만 지나면 신분 상승으로 영원히 벗어날, 초라하고 조그만 방이었다. 하지만 어릴 적 추억이 곳곳에 생생하게 스며들어, 대장간과 하비셤 아씨 저택 사이에서 그리고 비디와 에스텔라 사이에서 툭하면 그런 것과 마찬가지로 초라하고 조그만 방과 앞으로 사용할 훨씬 좋은 방 사이에서 깊은 혼란에 빠져들었다.

태양이 다락방 지붕을 온종일 환하게 비춰서 실내가 더웠다. 그래서 창문을 열고 가만히 서서 바깥을 내다보니, 매형이 바로 밑 어두운 문으로 천천히 나와서 신선한 공기를 한두 차례 들이켰다. 그러더니 비디가 나와서 매형에게 파이프를 주고 불까지 붙여주었다. 매형은 이렇게 늦게 담배를 태운 적이 없는데, 이런저런 이유로 마음을 달래고 싶은 것 같았다.

곧이어, 매형은 바로 밑 문가에서 파이프를 태우고 비디도 옆에 함께 서서 차분한 대화를 나누는데, 나에 관해 이야기하는 게 분명했다. 두 사람이 다정한 어투로 이름을 언급하는 게 한 번 이상씩 들렸기 때문이다. 하지만 소리가 제대로 안 들리기도 하는 데다 더 듣고 싶은 생각도 없었다. 그래서 창가를 물러나 침대 옆에 하나뿐인 의자에 앉았다. 놀라운 행운이 찾아온 첫날 밤에 알 수 없는 외로움이 너무나 슬프게 몰려들었다. 그렇게 외로운 건 생전 처음이었다.

나는 열린 창문을 쳐다보고 매형 파이프에서 올라오는 조그만 꽃다발을 바라보며 매형이 보내는 축복이라고 생각했다. 억지로 들이밀거나 시끌벅적하게 떠들어대는 게 아니라 우리가 함께 숨 쉬는 공기를 타고 사방으로 퍼져나가는 축복 말이다. 그런데 이제는 침대가 너무 불편해서 예전처럼 깊은 잠을 한숨도 못 잤다.

19

아침이 되자, 인생을 바라보는 시각 자체가 상당히 변했다. 참으로 환하게 빛나는 게, 인생 자체가 다른 것처럼 보일 정도로. 마음을 무겁게 짓누르는 건 떠날 날이 육 일이나 남았다는 사실밖에 없었다. 그동안 런던에서 무슨 일이 일어나지나 않을까, 그래서 런던에 도착할 즈음에는 상황이 몹시 나쁘게 변하거나 완전히 취소되는 건 아닐까 하는 걱정이 계속 떠올랐기 때문이다.

매형과 비디는 내가 임박한 이별을 말할 때마다 매우 다정하고 명랑하게 반응했다. 하지만 내가 먼저 그런 말을 꺼낼 때만 그랬다. 아침 식사를 마치자, 매형은 손님용 거실 옷장에서 도제 계약서를 꺼내, 우리는 그걸 벽난로 불에 태우고, 나는 해방감을 느꼈다. 온몸으로 밀려드는 해방감을 만끽하며 매형과 함께 교회에 갔는데, 신부님이 모든 사정을 안다면 부자와 천국에 대한 성경 구절은 안 읽었을 거란 생각마저 들었다.

우리는 이른 점심을 먹고, 나는 습지에 나가서 둘러보며 작별을 고할 생각으로 혼자 산책하러 나갔다. 교회를 지날 때는 (아침에 미사를 보는 동안 느낀 것처럼) 일요일마다 여기에 오면서 평생을 보내다가 결국에는 풀이 무성하고 둔덕이 나지막한 무덤 가운데 하나에 이름 없이 묻힐 불쌍한 마을 사람들을 떠올리며 숭고한 동정심을 느꼈다. 떠나기 전에 마을 사람들에게 뭐라도 해줘야 하겠다고 다짐하다가, 마을에 있는 사람을 모두 불러서 쇠고기 구이와 자두 푸딩, 맥주 한 통, 끝없는 겸손으로 식사라도 한 번 대접하는 계획을 대충 떠올렸다.

공동묘지 사이를 쩔뚝거리며 도망치던 죄수와 어울린 생각이 예전에도 툭하면 떠올라서 속으로 창피한 적이 많았다면, 이렇게 기분 좋은 일요일에 공동묘지를 보고서 죄인을 상징하는 족쇄에다 누더기만 걸친 몸으로 비참하게 덜덜 떨던 도망자가 떠오르면 어떤 기분이 들겠는가! 나로선 그런 일이 일어난 게 아주 오래전이란 사실이, 지금은 아주 멀리 유배를 떠난 게 분명하다는 사실이, 그렇다면 나에겐 죽은 사람이나 마찬가지라는, 아니, 실제로 죽었을 가능성도 크다는 사실이 참으로 다행스러울 뿐이었다.

이제는 낮고 축축한 습지대도 마지막이고 도랑과 수문도 마지막이고 풀을 뜯어 먹는 소 떼도 - 둔하게 움직이는 동작에는 나를 훨씬 존경하는 분위기가 묻어나오는 것 같고, 상당한 유산을 받을 사람을 최대한 오랫동안 쳐다보려고 얼굴을 돌리는 것 같기도 하지만 - 마지막이다. 어린 시절을 함께 보낸 단조로운 풍경은 모두 작별이다. 이제 나는 런던에 가서 훌륭한 사람이 될 것이다. 대장장이 작업하고도 작별이고 너희하고도 작별이다! 나는 옛날 포병대 연병장까지 의기양양하게 걸어가서 바닥에 누워, 하비셤 아씨가 나를 에스텔라와 맺어주실지 곰곰이 생각하다가 잠들었다.

잠에서 깨어나는 순간, 바로 옆에 매형이 앉아서 파이프 담배를 태우는 걸 보고 나는 깜짝 놀랐다. 매형은 내가 눈을 뜨자 쾌활하게 웃는 얼굴로 반기면서 "마지막이 될 것 같아서 따라오는 게 좋을 것 같았어, 핍" 하고 말했다.

"네, 매형, 매형이 와서 정말 기뻐요."

"고맙구나, 핍."

나는 매형과 손을 맞잡으며 악수하고 나서 다시 말했다.

"사랑하는 매형, 내가 매형을 절대로 안 잊는다는 건 믿어도 돼요."

그러자 매형이 편안한 어투로 대답했다.

"그럼, 그럼, 핍! 나도 그렇게 믿어. 당연하지, 친구! 하느님이 도우사, 사람은 마음으로 받아들이기만 하면 무엇이든 믿을 수 있어. 하지만 변화가 이렇게 갑자기 털썩 떨어지면 마음으로 받아들이는데 약간 시간이 걸려, 그치?"

매형이 이렇게 절대적으로 확신하는 모습이 나는 왜인지 기쁘지 않았다. 매형이 감격하거나, "그래, 훌륭하구나, 핍!" 하고 말하는 식이라면 훨씬 좋을 것 같았다. 그래서 매형이 앞머리에서 한 말은 모른 척하고 뒷머리에서 한 말에 대해서만, 소식이 갑작스레 찾아온 건 확실하지만 나는 옛날부터 신사가 되고 싶었다고, 실제로 신사가 된다면 무엇을 할까 곰곰이 생각하고 또 생각했다고 대답했다. 그러자 매형이 감탄했다.

"정말? 대단하군! 정말 놀라워!"

"우리가 여기에서 수업할 때 매형이 조금이라도 더 못 배운 게 안타까워요, 매형."

내가 말하자, 매형이 대답했다.

"으음, 모르겠어. 나는 정말 끔찍하게 우둔해. 내가 잘하는 건 대장간 일밖에 없어. 예전부터 끔찍하게 우둔한 게 항상 안타까웠어. 하지만 지금 안타까운 마음이 열두 달 전보다 많이 늘어난 건 아니야…….

그렇지 않니?"

내 말은, 내가 나중에 부자가 되어서 매형에게 무언가를 해줄 시점에 매형이 신분 상승에 어울리는 지식을 지니면 훨씬 좋을 거란 의미였다. 하지만 매형은 그런 의미를 조금도 못 알아듣고, 나는 그런 말을 비디에게 하는 게 훨씬 좋겠다고 생각했다.

그래서 매형과 함께 집으로 돌아가 간식을 먹은 다음, 나는 비디를 길가에 있는 조그만 채소밭으로 데려가서 앞으로 영원히 안 잊을 거라는 등, 일반적인 말로 기분을 북돋운 다음에 부탁할 게 하나 있다고 하면서 이렇게 말했다.

"그건, 비디, 기회가 있을 때마다 노력해서 매형이 조금이라도 나아지도록 하라는 거야."

"무엇이 나아지도록?"

비디가 물으며 나를 빤히 쳐다보았다.

"으음! 매형은 정말 선량하고 좋은 사람이야. 누구보다 선량하고 좋은 사람 말이야. 하지만 몇 가지 부분에서 상당히 떨어져. 예를 들면, 비디, 학식이나 예절 같은 거."

나는 이렇게 말하면서 비디를 계속 쳐다보았지만, 그리고 내가 말할 때 비디 역시 두 눈을 아주 커다랗게 떴지만, 나를 쳐다보진 않았다. 그러더니 까치밥나무 잎사귀를 잡아 뜯으며 물었다.

"아, 예절 같은 거! 매형에게 예절이 부족하다는 거니?"

"사랑하는 비디, 여기서는 물론 충분하겠지만……."

"아! 여기서는 물론 충분하다?"

비디가 말을 가로채면서 손에 있는 잎사귀만 열심히 쳐다보았다.

"말을 끝까지 들어……. 내가 재산을 완전히 물려받고 나서 매형을 좀 더 높은 신분으로 끌어올리려고 할 경우에 그런 게 방해가 될 거야."

"그런데 매형은 그걸 모르는 것 같다?"

비디가 너무 도발적으로 물어서 (이런 식으로 나올 거라곤 상상도 못 한 터라) 나는 날카롭게 쏘아붙였다.

"비디, 그렇게 말하는 의도가 뭐니?"

비디는 두 손으로 잎사귀를 문질러서 부스러뜨리며 - 그래서 그날 이후로 까치밥나무 덤불 냄새만 맡으면 그날 밤 길가 조그만 채소밭에서 벌어진 장면이 떠오르도록 하며 - "너는 매형 자존심이 아주 강하다고 생각한 적이 없니?" 하고 물었다.

"자존심?"

내가 그대로 반문하며 경멸스럽다는 표정을 떠올리고, 비디는 나를 빤히 쳐다보고 머리를 가로저으며 말했다.

"아! 자존심에는 여러 종류가 있어. 자존심이 한 가지만……."

"그래? 멈추지 말고 계속 말해 보지?"

내가 다그치고 비디는 다시 말했다.

"한 가지만 있는 건 아니야. 매형은 자신이 할 일을 제대로 한다는 사실에, 그것도 존경받으며 매우 잘한다는 사실에 자부심이 아주 강해, 여기에서 벗어나는 걸 원치 않을 가능성이 커. 사실대로 말하자면, 나는 매형이 그런다고 생각해. 물론 내가 이렇게 말하는 게 주제넘게 들릴 수도 있겠지. 매형에 대해서는 나보다 네가 훨씬 잘 알 테니 말이야."

"아니, 비디, 너한테 이런 모습을 발견해서 정말 유감이야. 너한테서 이런 모습을 보리라곤 상상도 못 했어. 지금 너는 내가 부러워서 질투하는 거야. 나에게 행운이 몰려든 걸 못마땅하게 여기는 마음이 결국에는 이런 식으로 드러나는 거야."

"네가 그렇게 생각한다면 그렇게 말해. 그렇게 말하고 또 말하고 또 말해, 네가 그렇게 생각한다면."

비디가 하는 말에 나는 고결하고 우월한 어투로 대답했다.

"네가 그렇게 생각하는 거야, 비디. 나에게 떠넘기지 마. 이런 모습을 봐서 정말 유감이야. 이건…… 이건 인간 본성이 지닌 나쁜 측면이야. 내가 떠난 다음에 사랑하는 매형이 발전하도록 기회가 있을 때마다 도와달라고 부탁할 생각이었는데, 이런 말까지 들으니 아무런 부탁도 못 하겠다. 너한테 이런 모습을 봐서 정말 너무 유감이야, 비디."

내가 "이건…… 이건 인간 본성이 지닌 나쁜 측면이야" 하고 다시 한번 강조하자, 불쌍한 비디는 이렇게 대답했다.

"네가 나를 비난하든 인정하든, 내가 여기에서 언제나 모든 일에 힘닿는 만큼 최선을 다할 거란 사실 하나는 믿어도 돼. 그리고 네가 나를 어떻게 생각하든 내가 너를 생각하는 마음은 아무런 차이가 없을 거야. 하지만 신사라면 공평해야 한다는 생각은 들어."

비디가 말하면서 고개를 다른 쪽으로 돌렸다.

나는 다시 흥분해서 이건 인간 본성이 지닌 나쁜 측면이란 말을 (비디가 아닌 다른 사람을 수없이 목격하면서 정말 딱 들어맞는다고 생각한 말을) 되풀이한 다음에 휑하니 돌아서서 오솔길을 따라 내려가고, 비디는 집으로 들어갔다.

나는 채소밭 입구를 빠져나가 저녁 식사 시간까지 우울하게 산책했다. 눈부신 행운이 찾아오고 두 번째로 맞이한 밤에도 첫날밤과 마찬가지로 외롭고 불만스러운 느낌이 몹시 낯설고 구슬프게 다가왔다.

하지만 아침에는 또다시 밝은 세싱이 떠올라, 니는 비디에게 관대하게 대하고, 우리는 그 문제에 대해서 아무런 언급도 안 했다. 나는 제일 좋은 옷을 입고, 상점이 문을 열 것 같은 제일 빠른 시각에 읍내로 가서 양복점에 들어서고, 안쪽 거실에서 아침 식사를 들던 양복점 주인

트랩 씨는 일부러 나와서 맞이할 가치가 없다는 생각에 거실로 들어오라고 소리쳤다. 그러고 나서 형식적으로 반기는 척하며 "어이쿠! 잘 지냈는가? 무슨 일로 찾아왔는가?" 하고 물었다.

트랩 씨는 따뜻한 롤빵을 깃털 침대 담요처럼 얇게 세 조각으로 잘라, 담요 같은 조각 사이에 버터를 놓고 쭉 발랐다. 트랩 씨는 번창하는 노총각이며 열어놓은 창문 밖에는 번창하는 조그만 채소밭과 과수원이 있고, 벽난로 옆 벽에는 번창하는 철제 금고가 있는데, 번창하는 사업을 돈주머니에 담아서 안에다 차곡차곡 쌓았을 게 분명하다.

"트랩 씨, 자랑하는 것 같아서 쑥스럽지만, 제가 상당한 재산을 물려받게 되었답니다."

트랩 씨 얼굴이 갑자기 변했다. 담요에 바른 버터도 잊은 채 식탁에서 벌떡 일어나 식탁보에 손가락을 닦으며 "세상에 그런 일이!" 하며 탄성을 내질렀다.

나는 주머니에서 금화 몇 닢을 아무렇지 않게 꺼내서 바라보며 다시 말했다.

"런던에 사는 보호자를 만나러 가야 해서, 입고 갈만한 최고급 양복이 필요하답니다."

그러다가, 허풍을 떤다고 생각할 것 같아서 이렇게 덧붙였다.

"원하신다면 지금 당장 현금으로 지급하겠습니다."

트랩 씨는 황송하다는 표시로 허리를 꾸벅 숙이더니, 두 팔을 벌려서 실례를 무릅쓰고 내 팔꿈치를 하나씩 잡으며 대답했다.

"친애하는 선생께서 그렇게 말씀하시면 제가 서운합니다. 제가 선생에게 축하를 드려도 되겠습니까? 가게로 걸음을 옮기실까요?"

트랩 씨 사환은 우리 고장 전체에서 가장 무례한 소년이었다. 내가 처음 들어설 때 바닥을 빗자루로 청소하다가 나에게 먼지를 일부러 뒤집어씌워서 노동하는 재미를 만끽할 정도였다. 내가 트랩 씨와 함께 가게로 다시 들어설 때도 여전히 바닥을 청소하는 중인데, 빗자루로 사방팔방을 부딪치는 게, 예전이든 지금이든 자신은 대장장이보다 못할 게 조금도 없다고 시위하는 것 같았다. 그런데 트랩 씨가 아주 근엄하게 소리쳤다.

"시끄럽게 굴지 마. 모가지를 댕강 잘라버릴 테니까!"

그러더니 나에게 "의자에 앉으시겠습니까, 선생?" 하고 말한 다음, 옷감 두루마리를 하나 꺼내더니 계산대에다 흐르는 강물처럼 펼치곤 밑으로 손을 넣어서 광택을 보여주며 설명했다.

"자, 이건 아주 훌륭한 상품입니다. 런던에 입고 가실 거라면 이걸 추천하겠습니다, 선생. 정말 최고급 상품이니까요. 하지만 다른 옷감도 보셔야지요. 사 번 옷감을 가져와, 너!"

트랩 씨가 사환에게 소리치며 끔찍하게 모진 눈빛으로 노려보았다. 악동이 두루마리 옷감을 가져오며 툭 건드는 식으로 너나 나나 똑같은 놈이라고 주장할 위험을 예견한 것이다. 그래서 사환이 계산대에 사 번 옷감을 내려놓은 다음, 안전한 거리로 물러날 때까지 엄숙한 눈으로 꾸준히 노려보더니, 오 번과 팔 번 옷감도 가져오라고 명령하면서 소리쳤다.

"여기에서 엉뚱한 수작을 부릴 생각은 조금도 마, 지겨운 악당 녀석아! 그러다간 온종일 지루하게 보내면서 더할 나위 없이 후회하게 될 테니까."

그런 다음에 트랩 씨는 사 번 옷감을 살피더니, 여름철에 입을 기벼운 옷감으로, 귀족과 지주 사이에서 유행하는 옷감으로, 성공한 동향 사람이 (나를 동향 사람으로 여겨도 괜찮다면) 입은 모습을 상상만 해도 영광스러운 옷감으로 경이로울 만큼 자신만만하게 추천하더니,

사환에게 다시 소리쳤다.

"오 번과 팔 번 옷감은 안 가져오는 거야, 지겨운 악당아? 아니면 네놈을 당장 내쫓고 내가 직접 가져올까?"

나는 트랩 씨 판단에 의존하며 양복 옷감을 고르고 치수를 재려고 거실로 다시 들어갔다. 예전에는 전에 잰 치수가 있어서 그걸로 충분하다더니, 이번에는 트랩 씨가 "현 상황에는 아무런 소용도 없습니다, 선생, 조금도요" 하고 사과하는 어투로 말한 것이다. 그래서 트랩 씨는 내가 토지고 자신은 일류 측량기사라도 되는 듯 거실에서 치수를 재고 계산하며 엄청나게 고생했다. 양복값으로 아무리 많은 돈을 주더라도 그런 노고에는 못 미칠 것 같은 느낌까지 들 정도였다. 그러다가 마침내 작업을 끝내고 양복을 목요일 저녁까지 펌블추크 삼촌네 상점으로 보낸다고 약속하더니, 거실문을 한 손으로 잡은 채 이렇게 말했다.

"런던 신사분이 지방 양복점을 이용하는 건 원칙적으로 기대할 수 없다는 건 나도 잘 안답니다. 하지만 고향 사람이라는 걸 기억하고 가끔 나에게 기회를 준다면 정말 대단히 고맙겠습니다. 안녕히 가십시오, 선생, 정말 고맙습니다……. 출입문!"

마지막 말은 사환에게 한 건데, 사환은 그게 무슨 말인지 조금도 못 알아들었다. 하지만 자기 주인이 나에게 옷에 묻은 먼지를 두 손으로 털어주며 정중하게 말하는 모습에 무너지고 말았다. 양복점 사환이 정신적으로 나가떨어지는 장면을 통해 나는 돈이 발휘하는 엄청난 힘을 처음으로 확실하게 체험했다.

이렇게 기억에 남을 장면을 목격한 다음에는 모자가게와 구두장이 가게와 속옷가게를 차례대로 들렀다. 허바드 엄마네 강아지[33]가 차림

---

33) 당시에 널리 부른 동요로, 허바드 엄마네 강아지가 차림새를 꾸미려고 양복점, 모자가게,

새를 꾸미려고 여러 상점을 돌아다니는 느낌이었다. 그리고 역마차 사무실에 들러서 토요일 아침 일곱 시 마차에 자리도 하나 예약했다. 엄청난 재산을 물려받게 됐다는 사실을 가는 곳마다 설명할 필요는 없지만, 그런 말을 할 때마다 진열창으로 중심가 건너편을 살피던 장사꾼은 누구나 할 것 없이 모든 관심을 나에게 집중했다. 그래서 필요한 물건을 모두 주문한 다음에는 펌블추크 삼촌네로 방향을 돌려서 곡식과 씨앗을 파는 상점으로 다가가는데, 문가에 나와서 기다리는 펌블추크 삼촌이 보였다.

펌블추크 삼촌은 나를 애타게 기다리는 중이었다. 이른 아침에 이륜마차를 몰고 나간 김에 대장간에 들렀다가 소식을 들은 것이다. 그래서 귀하신 분이 들어가시니 "길을 비켜라!"고 점원에게 소리치는데, 반웰 이야기를 낭독하던 거실에다 가벼운 식사까지 준비한 상태였다.

거실에 자신과 나와 음식만 남자, 펌블추크 삼촌은 두 손으로 나를 잡으며 축하했다.

"친애하는 친구, 자네에게 행운이 닥친 걸 진심으로 축하하네. 자네는 그럴 자격이 충분해, 정말 충분해!"

핵심을 찌르는 말이라는, 마음속 생각을 매우 적절하게 표현한다는 생각이 들었다.

펌블추크 삼촌이 칭찬하는 말을 계속 늘어놓다가 불쑥 말했다.

"자네가 이런 행운을 누리는데 내가 조금은 이바지했다고 생각하니, 마음이 정말 뿌듯하네."

그래서 나는 그런 걸 말하거나 암시하는 건 안 된다는 사실을 명심하도록 당부하고, 펌블추크 삼촌은 이렇게 말했다.

"친애하는 젊은 친구, 내가 자네를 이렇게 부르는 걸 허락한다면……."

구두장이가게, 속옷가게, 이발소를 차례대로 들른다는 내용이다.

내가 "당연하지요" 하고 중얼거리자, 펌블추크 삼촌은 두 손으로 나를 다시 잡더니, 몰려드는 감격을 억지로 참는다는 듯 조끼를 들썩거리며 "친애하는 젊은 친구, 자네가 없는 동안 조 가저리가 그런 사실을 마음속 깊이 새기도록 내가 미력하나마 최선을 다할 테니 염려하지 말게" 하고 말하고는, 몹시 안타까운 어투로 "조 가저리! 조 가저리!"라고 한탄하며 머리를 가로젓다가 손가락으로 톡톡 치는 식으로 조 가저리는 머리가 부족하다는 견해를 드러냈다. 그리고 다시 말했다.

"하지만 친애하는 젊은 친구, 배도 고프고 힘도 들 터이니, 여기에 앉게. '파란 멧돼지'에서 주문한 닭고기 요리도 있고, '파란 멧돼지'에서 주문한 쇠고기 혀 요리도 있고, '파란 멧돼지'에서 주문한 다른 요리도 한두 가지 더 있으니, 깔보지 말고 마음껏 즐기길 바라네."

그리곤 자리에 앉다가 다시 곧장 일어나며 말했다.

"유년시절에 내가 그렇게 좋아하던 아이가 이렇게 훌륭한 청년이 되었단 말인가! 혹시 내가, 혹시 내가……?"

"혹시 내가?"는 악수해도 되느냐는 의미였다. 나는 괜찮다 대답하고, 펌블추크 삼촌은 열정적으로 악수하더니 의자에 다시 앉으며 말했다.

"여기에 포도주가 있네. 함께 건배하세. 행운의 여신이 이렇게 능력이 뛰어난 사람을 앞으로도 계속 선택하시길 바라면서 말이네."

펌블추크 삼촌이 다시 일어나며 "그런데 앞에 그런 청년이 있으니, 그리고 그런 청년과 술잔을 드니, 다시 물어보지 않을 수가 없네. 혹시 내가…… 혹시 내가……?"

나는 그러라 대답하고, 펌블추크 삼촌은 다시 내 손을 잡고 흔들더니, 술잔을 비워서 거꾸로 뒤집었다. 나도 똑같이 했다. 그런데 내가 몸을 거꾸로 뒤집어 물구나무를 하고 마셨다 해도, 포도주가 머리로 이렇게 빨리 직행할 순 없을 것 같았다.

펌블추크 삼촌은 (못 먹을 것 같은 돼지 부위가 아니라) 간과 함께 요리한 닭 날개와 고급 혀 요리를 권하면서 굳이 말하자면 자신은 한 입도 안 먹었다. 그리고 접시에 담긴 닭요리에게 사람한테 말하듯 이렇게 말했다.

"아! 닭고기야, 닭고기야! 너는 병아리 시절에 앞으로 일어날 일을 조금도 생각하지 않았구나. 이렇게 미천한 지붕 아래서 음식으로 변해 행운아 입으로 들어갈 거란 생각을 조금도 안 했구나!"

펌블추크 삼촌이 다시 갑자기 일어나며 말했다.

"약점이라고 말해도 괜찮네만, 혹시 내가? 혹시 내가……?"

"혹시 내가?"란 말을 반복할 필요성이 조금씩 줄어들기 시작하더니, 펌블추크 삼촌이 곧장 손을 내밀며 악수했다. 내가 움켜잡은 나이프에 손을 안 베고 그러는 게 정말 신기할 뿐이었다.

펌블추크 삼촌은 음식을 몇 점 먹는가 싶더니 다시 말했다.

"그런데 자네 누나, 자네를 손수 기르시는 영광을 누리던 누나 말일세! 정말 안타까워, 자네가 누리는 영광을 이제는 온전히 이해할 수 없다는 사실을 생각하면. 혹시……."

나는 상대방이 다시 다가오기 직전이란 사실을 깨닫고 "우리 누나 건강을 위해 건배해요" 하는 말로 막았다.

펌블추크 삼촌은 감탄스러워서 몸이 녹아들기라도 하는 듯 의자에 깊숙이 가라앉으며 소리쳤다.

"아! 바로 그게 주변 사람을 알아주는 방식이라오, 선생! (누가 '선생'인지 모르겠지만 내가 아닌 건 분명하고, 그렇다고 다른 사람이 옆에 있는 것도 아닌데) 바로 그게 고상한 마음을 알아주는 방식이라오, 선생! 언제나 너그러이 용서하시고 언제나 사근사근하게 대하는 자세."

그러더니, 펌블추크 삼촌이 입도 안 댄 포도주잔을 황급히 내려놓고 다시 일어나며 비굴하게 덧붙였다.

"행여나 비천한 사람이라도 있다면 똑같은 말을 반복하는 것처럼 보이겠지만…… 혹시 내가……?"

그러더니 악수하고 의자에 다시 앉아 우리 누나를 위해 건배하며 말했다.

"누님에게 성질이 급하다는 결점이 있는 걸 외면하면 안 되겠지만, 모두 좋은 뜻에서 그런 것으로 받아들이면 좋겠소."

어느덧 펌블추크 삼촌은 얼굴이 빨갛게 달아오르고 나 자신은 얼굴이 포도주에 흠뻑 젖어서 콕콕 쑤시는 것 같았다.

나는 새로 맞춘 옷을 여기로 보내도록 했다는 사실을 말하고, 펌블추크 삼촌은 내가 자신을 인정했다는 사실에 감격했다. 나는 마을에서 사람들이 눈여겨보는 걸 피하고 싶어서 그런 거라 이유를 설명하고, 펌블추크 삼촌은 내가 그런 걸 하늘에 찬양했다. 그리고 믿을만한 사람은 자신밖에 없다고 넌지시 암시하며, 다시 "혹시 내가?" 하다가 악수한 다음, 내가 어린 시절에 수학 놀이를 하던 거나, 도제 계약서를 작성하려고 함께 간 거나, 실질적으로 자신은 내가 가장 좋아하던 특별한 친구였다는 사실을 기억하느냐고 다정하게 물었다.

하지만 내가 포도주를 실제로 마신 것보다 열 배는 더 마셨다 해도 펌블추크는 나에게 그런 적이 한 번도 없다는 사실을 잘 아니, 나는 마음속 깊은 곳에서 그런 주장을 부정했을 게 분명하다. 그런데도 당시에는 그동안 내가 펌블추크를 오해한 게 분명하다고, 사리를 알고 실용적이며 마음이 아주 선량하고 좋은 사람이 분명하다고 느꼈던 기억이 난다.

그런데 펌블추크 삼촌은 나를 끝없이 신뢰한다는 사실을 조금씩 털어놓더니, 자신이 하는 사업문제에 대한 조언까지 부탁했다. 상점을 확장하고 인수합병 한다면 곡식과 씨앗 시장을 독점할 가능성이 아주 크다. 우리 지방은 물론 어디에서도 그런 적이 없을 정도다. 엄청난 이익을 실현하는데 부족한 게 딱 하나 있다면 그건 추가 자본이다. 딱 두 단어밖에 안 되는 추가 자본 말이다. 펌블추크 자신이 보기에 투자자는 그런 자본을 상점에 투자하고서 마음이 내킬 때마다 가끔 들르거나 대리인을 보내서 영업 장부를 확인하고 일 년에 두 번씩 무려 오십 퍼센트에 달하는 이익배당금을 주머니에 챙기기만 하면 되니, 기백과 재산을 지닌 젊은 신사라면 사회에 첫발을 내딛기에 딱 좋을 것 같다. 주목할 가치가 충분하다. 그런데 나는 어떻게 생각하느냐? 자신은 내 의견을 엄청나게 신뢰한다. 나는 어떻게 생각하느냐? 그래서 나는 "조금만 기다려요!" 하고 의견을 말했다. 막연하면서도 구체적인 분위기가 묻어나오는 의견에 펌블추크 삼촌은 엄청나게 감동해, 나랑 악수해도 되느냐 더는 안 묻고 꼭 그래야 하겠다고 말하더니, 그렇게 했다.

우리는 포도주를 모두 마시고, 펌블추크 삼촌은 조 가저리를 표준까지 (어떤 표준인지 모르겠지만) 끌어올리겠다는, 그리고 나에게 효율적으로 끊임없이 봉사하겠다는 (어떤 봉사인지 모르겠지만) 맹세를 하고 또 하고 또 했다. 자신은 나를 볼 때마다 항상 "저 아이는 평범한 아이가 아니야, 명심하라고, 언젠가 운수대통하니까" 하고 말했다는데, 그런 말을 평생 처음으로 알리는 걸 보니, 지금까지 비밀을 훌륭하게 지켜온 게 분명했다. 그러다가 글썽이는 눈물과 함께 미소를 머금은 얼굴로 지금 생각하면 정말 기묘하다고 말해, 나 역시 그렇다고 대답했다. 마침내 밖으로 나가서 햇살이 참 특이하다는 막연한 느낌과 함께 꾸벅꾸벅 졸면서 무작정 걷다 보니 나도 모르는 사이에 통행료 징수소가 나왔다.

거기에서 펌블추크 삼촌이 부르는 커다란 소리에 정신이 번쩍 들었다. 햇살이 내리쬐는 도로 멀리서 걸음을 멈추라는 신호를 계속 보내는 중이었다. 나는 걸음을 멈추고 펌블추크 삼촌은 숨을 헐떡이며 다가왔다. 그래서 숨을 가라앉힌 다음에 말했다.

"이럴 순 없다오, 친애하는 친구. 나로서도 어쩔 수가 없소. 이렇게 소중한 기회를 그대로 흘려보낼 순 없으니 말이오……. 혹시 내가, 오랜 친구이자 행운을 빌어주는 사람으로서? 혹시 내가?"

우리는 최소한 백 번째 악수하고, 펌블추크 삼촌은 짐마차를 몰며 다가오는 젊은 사내에게 어서 길을 비키라고 소리치며 엄청나게 성질을 부렸다. 그러더니, 나에게 축복을 빌고 가만히 서서 손을 흔드는 가운데, 나는 도로가 굽은 지점을 돌아갔다. 그러자 눈앞에 들판이 나타나, 생나무 울타리 밑에서 낮잠을 오랫동안 충분히 잔 다음에 비로소 남은 길을 걸으며 집으로 향했다.

런던으로 가져갈 짐은 거의 없었다. 그렇지 않아도 물건이 부족하던 판에 새로운 지위에 걸맞은 물건이 있을 리 없었다. 하지만 나는 단한 순간도 낭비할 수 없다는 엉뚱한 생각을 품고 바로 그날 오후부터 짐 싸는 작업을 시작해, 내일 아침에 분명히 사용할 물건까지 꾸리면서 야단법석을 떨었다.

화요일과 수요일과 목요일은 그렇게 지나고 금요일 아침에는 새로 맞춘 옷을 입고 하비셤 아씨네 저택에 찾아가기 위해 펌블추크 삼촌네 상점으로 갔다. 펌블추크 삼촌은 자신이 쓰는 방에서 옷을 입도록 제안한 건 물론 깨끗한 수건을 사방에 늘어놓아 장식까지 예쁘게 한 상태였다. 새로 입은 옷은 당연히 실망스러웠다. 새로 맞춘 옷이 도착할 때까지 열심히 기다리다가 막상 입으면 누구나 기대에 많이 못 미치는 법 같았다. 하지만 새 양복을 입고서 옷장에 달린 아주 조그만 거울에 양쪽 다리가 비치도록 삼십 분 남짓이나 온갖 동작을 취하다 보니 그런대로 어울리는 것 같기도 했다.

그날은 약 15㎞ 떨어진 이웃 읍내에서 아침 장이 서는 날이라 펌블 추크 삼촌은 집에 없었다. 내가 몇 시에 떠날지 정확히 말하지 않아서 그곳을 떠나기 전에 펌블추크 삼촌하고 또다시 악수할 가능성은 거의 없었다. 이건 내가 원하는 바라, 나는 새로 맞춘 옷을 입고 밖으로 나가는데, 매형이 양복을 입으면 그런 것처럼 나도 볼품 사납게 보일까 걱정스러워서 점원 앞을 지나기가 부끄러웠다.

나는 골목길을 골라가느라 빙글 돌아서 하비셤 아씨네 저택에 도착했는데, 장갑을 껴서 쭉 편 손이 너무 뻣뻣해 초인종을 누르는 게 몹시 거북했다. 사라 포킷이 대문에 나오더니, 내가 변한 걸 보고 깜짝 놀라며 뒤로 비틀거리고, 호두 껍데기 얼굴은 갈색에서 푸르죽죽한 색으로 변했다.

"네가? 네가? 맙소사! 무슨 일로 왔니?"

"런던에 가게 돼서 하비셤 아씨에게 작별인사를 하러 왔어요."

사라 포킷이 나를 마당으로 들인 다음, 들여보내도 되는지 물으러 간 걸 보면 내가 올 거란 예상을 안 한 게 분명하다. 시간이 약간 흐르자, 사라 포킷이 돌아와서 나를 데려가며 계속 빤히 쳐다보았다.

하비셤 아씨는 결혼식 피로연 식탁이 기다랗게 자리한 방에서 목발 같은 지팡이에 의지하며 걷는 운동을 하는 중이고, 실내는 예전과 마찬가지로 촛불을 밝혔는데, 우리가 들어서는 소리에 걸음을 멈추고 돌아섰다. 다 썩은 결혼식 케이크 바로 옆이었다.

"그냥 여기에 있어, 사라. 무슨 일이냐, 핍?"

하비셤 아씨가 묻는 말에 나는 극도로 조심하며 대답했다.

"내일 런던으로 출발합니다, 하비셤 아씨. 그래서 아씨에게 작별인사를 하는 게 좋겠다고 생각했습니다."

"양복이 멋지구나, 핍."

하비셤 아씨가 말하더니, 목발 지팡이를 들어서 나에게 동그랗게 돌리는데, 나를 이렇게 바꿔놓은 요정 대모가 마지막 선물이라도 베푸는 것 같았다. 그래서 나는 이렇게 중얼거렸다.

"지난번에 뵌 이후에 아주 많은 재산을 물려받게 되었습니다, 하비셤 아씨. 정말 고맙게 생각합니다, 하비셤 아씨!"

하비셤 아씨는 잔뜩 당황하며 시샘하는 사라를 기쁜 표정으로 바라보며 대답했다.

"그래, 그래! 재거스 변호사를 만났다. 소식을 들었어, 핍. 그래서 내일 떠난다고?"

"네, 하비셤 아씨."

"부자가 너를 상속자로 선택했다고?"

"네, 하비셤 아씨."

"이름도 안 밝히고?"

"네, 하비셤 아씨."

"그래서 재거스 변호사가 보호자로 됐다고?"

"네, 하비셤 아씨."

하비셤 아씨는 사라 포킷이 당황하며 시샘하는 모습이 참으로 고소해, 이렇게 질문하고 대답하는 걸 맘껏 즐기다가 말했다.

"으음! 이제 앞날이 창창하구나. 잘해, 충분한 자격을 갖춰야지. 그리고 재거스 변호사가 지시하는 대로 잘 따르고."

하비셤 아씨가 나를 쳐다보다가 사라를 쳐다보는데, 시샘하는 표정을 가만히 지켜보는 얼굴에서 잔인한 미소가 배어 나왔다.

"잘 가거라, 핍! 앞으로도 핍이란 이름을 계속 사용하겠구나."

"네, 하비셤 아씨."

"잘 가거라, 핍!"

하비셤 아씨는 손을 내밀고 나는 무릎을 꿇고서 거기에 입술을 댔다. 작별인사 방식에 대해 특별히 생각한 건 없었는데 막상 그 순간이 오자 자연스럽게 나온 동작이다. 그래서 신데렐라를 화려하게 변신시킨 요정 대모는 거미줄에 휘감겨서 썩어 문드러진 결혼식 피로연 케이크 바로 옆, 촛불이 희미한 실내 한가운데에 가만히 서서 두 손으로 목발 지팡이를 짚은 채 유령 같은 눈으로 사라 포킷을 의기양양하게 바라보고, 나는 밖으로 나왔다.

사라 포킷이 밑으로 안내하는데, 유령이라도 배웅하는 표정이었다. 내가 변한 모습을 본 충격을 해소할 수 없어서 몹시 혼란스러운 상태였다. 내가 "안녕히 계세요, 사라 포킷" 하고 인사하는데도 물끄러미 쳐다만 보는 표정은 넋이 나가서 내가 말한 소리조차 못 듣는 것 같았다. 어쨌든 나는 저택에서 완전히 벗어나자마자 펌블추크 삼촌네로 최대한 빨리 돌아가, 새 옷을 벗고 꾸러미로 싼 다음, 옛날 옷을 입은 채 꾸러미를 들고 집으로 들어가는데, 사실대로 말하자면 꾸러미를 드는 게 귀찮긴 해도 그게 훨씬 편했다.

그렇게도 느리게 흐르던 육 일이 순식간에 사라지고, 내일은 내가 예상한 이상으로 확실하게 다가왔다. 여섯 번이나 남은 저녁 시간이 다섯 번으로, 네 번으로, 세 번으로, 두 번으로 줄어드는 동안, 내형과 비디와 어울리는 시간은 더욱더 소중하게 다가왔다. 그리고 마지막 남은 저녁 시간에는 새로 맞춘 옷을 입고 두 사람을 기쁘게 만들어주고 잠자리에 들 때까지 그런 차림으로 지냈다. 우리는 특별한 날이면 절대로 안 빠지는 닭고기구이를 곁들여서 따뜻한 저녁 식사를 들고 달콤한 술로 마무리했다. 세 사람 모두 기분이 아주 우울해, 일부러 명랑한 척해도 나아지는 건 하나도 없었다.

나는 새벽 다섯 시에 조그만 여행용 가방을 들고 마을을 떠날 예정이었다. 매형에게는 혼자 걷고 싶다고 말한 상태였다. 매형과 함께 역마차 정거장에 가면 사람들이 비교할까 걱정스럽기 때문인데, 지금 생각하면 참으로 부끄럽고 마음이 아프다. 내가 이렇게 결정한 데에는 이렇게 나쁜 의도가 조금도 없는 척 나를 속이다가 마지막 밤에 조그만 침실로 올라간 다음에는 그렇다는 사실을 인정할 수밖에 없다는 걸 느꼈다. 그래서 아래층으로 다시 내려가 매형에게 내일 새벽에 함께 걷자고 간청하고 싶은 충동이 일어났다. 하지만 행동으로 옮기지는 않았다.

밤새도록 잠을 설치면서 이런저런 마차가 나타나 런던이 아니라 엉뚱한 곳으로 달리는데 밧줄에는 개나 고양이나 돼지나 인간이 매달렸다. 말은 한 번도 없었다. 마차를 탈 때마다 엉뚱한 실패를 반복하는 가운데 동녘은 밝아오고 새들도 노래했다. 그래서 나는 자리에서 일어나 옷을 대충 걸치고 창가에 앉아서 마지막으로 밖을 내다보다가 그대로 잠들고 말았다.

비디는 나에게 아침 식사를 먹이려고 아주 일찍부터 일어나고, 나는 창가에서 잠들고 한 시간도 안 되어 주방 벽난로에서 흘러나온 연기 냄새를 맡고 늦은 오후가 분명하다는 끔찍한 생각에 깜짝 놀라며 깨어났다. 하지만 그러고 나서도 오랫동안, 찻잔을 쨍그랑거리며 식사준비를 마치는 소리를 듣고 나서도 오랫동안, 나는 아래층으로 내려갈 용기가 안 났다. 그래서 다락방 침실에 그대로 머물며 조그만 여행 가방 자물쇠를 열고 밧줄을 풀었다가 자물쇠를 다시 잠그고 밧줄도 다시 매는 동작을 반복하는데, 비디가 나에게 늦겠다며 소리쳤다.

나는 아침 식사를 아무 맛도 못 느끼며 후다닥 해치웠다. 그리고 식탁에서 일어나 지금 막 생각나기라도 한 것처럼 나름대로 쾌활하게 "어이쿠! 이제 떠나야 하겠구나!" 하고 말한 다음, 평소처럼 의자에 앉아서 웃는 얼굴로 고개를 끄덕이고 몸을 흔드는 누나에게 키스하고, 비디에게 키스하고, 매형 목을 두 팔로 감았다. 그런 다음에 조그만 여행 가방을 들고 밖으로 나갔다. 두 사람을 마지막으로 본 건 시끄러운 소리가 일어나는 걸 듣고 고개를 돌렸을 때다. 매형이 내 뒤에다 낡은 신발을 던지고 비디도 낡은 신발을 던졌다.[34] 그래서 나는 걸음을 멈추어 모자를 흔들고, 사랑하는 매형은 근육질 오른팔을 머리 위로 흔들고, 비디는 행주치마로 얼굴을 감쌌다.

나는 씩씩하게 걸었다. 떠나는 게 생각보다 쉽다는 생각이 들었다. 매형이 중심가 많은 사람 앞에서 역마차를 향해 낡은 신발을 안 던지는 게 천만다행이란 생각도 들었다. 이렇게 떠나는 걸 가볍게 여기며 휘파람을 불었다. 마을은 참으로 평화롭고 고요했다. 옅은 안개가 웅장하게 걷혔다. 나에게 거대한 세상을 보여주려는 것 같았다. 지금까지 어린 시절을 천진난만하게 보냈으나 여길 벗어나면 미지의 거대한 세상이 펼쳐진다는 생각에 순간적으로 감정이 북받치며 눈물이 터졌다. 마을 끝에 세워놓은 손가락 안내판 옆이었다. 나는 손가락 안내판에 손을 얹고 "잘 있어라, 사랑하는 친구여!" 하고 속삭였다.

눈물을 흘린다고 부끄러워할 필요는 조금도 없다는 사실은 하늘이 잘 안다. 흙먼지가 가득 껴서 눈이 멀고 가슴이 딱딱하게 변한 걸 빗물처럼 씻어주기 때문이다. 실컷 울고 나니 기분이 훨씬 좋았다. 배은망덕한 자신을 훨씬 많이 깨닫고, 훨씬 미안하고 훨씬 차분하게 변했다.

---

34) 길 떠나는 사람에게 행운을 빌어주는 영국 풍습이다.

집에서 울었다면 옆에서 매형이 지켜줄 게 분명했다.

이렇게 눈물을 흘린 덕분에, 그리고 조용히 걷다가 다시 한번 눈물을 터트린 덕분에 마음이 매우 차분하게 변해, 역마차에 오르고 읍내를 완전히 벗어난 다음에 마차가 말을 바꿀 때는 내려서 집으로 돌아가 하룻밤을 더 보내고 훨씬 바람직한 방식으로 작별하는 게 어떨까 하고 아픈 마음으로 곰곰이 생각했다. 마차는 말을 다 바꾸고 나는 마음을 못 정해, 말을 다시 바꿀 때 마차에서 내려 집으로 돌아가도 안 늦겠다는 생각으로 마음을 달랬다. 이런 생각을 골똘히 하는 동안에 도로에서 우리 쪽으로 다가오는 사람이 보일 때마다 매형이 분명하단 착각에 심장이 쿵쾅거렸다…… 매형이 거기에 나타날 가능성이 있기라도 한 것처럼!

우리는 말을 다시 바꾸고 또다시 바꾸고, 이제 돌아가기에는 너무 멀리 나오고 너무 늦어서 나는 그냥 갔다. 안개는 이제 모두 웅장하게 걷히고 세상은 눈앞에 그대로 펼쳐졌다.

핍이 유산을 받는 이야기 첫 번째 마당은 여기에서 끝난다.

20

 우리 읍내에서 런던이란 대도시까지 가는 데에는 대략 다섯 시간이 걸렸다. 내가 올라탄, 말 네 필이 끄는 역마차가 '런던 중앙을 가로지르는 우드 스트리트 크로스 키스 대로'[35]에서 교통이 복잡하게 뒤엉킨 거리로 들어선 건 정오가 조금 지난 시각이었다.

 당시에 영국에서 사람이든 제품이든 영국 것은 세계 최고라는 주장을 의심하는 건 반역이었다. 이런 현상만 아니라면, 나는 규모가 방대한 런던에 위압 당하면서도 거리가 지저분하고 이리저리 꼬이고 몹시 비좁고 흉하다는 생각을 흐릿하게 품었을 것 같다.

 재거스 변호사는 주소를 미리 보냈는데, '리틀 브리튼(Little Britain)'이란 지명과 함께 "역마차 사무실 인근 스미스필드 외곽"이라고 적혔다. 그런데도 삯마차를 모는 마부는 기름에 전 커다란 외투에다 망토를 나이만큼이나 더딕디딕 걸친 모습으로 나를 마치에 쑤셔 넣고 쨍그랑

---

35) 영어로는 'the Cross Keys, Wood Street, Cheapside, London'이라고 기술하는데, '런던을 동서로 가로지르는 도로에서 물건을 싸게 파는 쪽으로 숲이 있는 거리 가운데 로마 교황 문장이 있는 동네'란 뜻이다. 사람들이 문장처럼 사용하던 일반명사를 지명으로 바꾼 사실이 재미있다.

소리와 함께 발판을 접어서 꼼짝도 못 하게 가두는 게 마치 80㎞는 달릴 것 같았다. 그런 다음에 마부석으로, 지금 기억하기에 비바람에 얼룩지고 좀먹어서 누더기로 변한 연녹색 천을 바닥에 깐 마부석으로 오르는데 정말 많은 시간이 걸렸다. 마차는 정말 훌륭했다. 외부는 귀족 문장 여섯 개로 웅장하게 장식하고 뒤에는 시종이 수없이 매달릴 것 같은 발판과 손잡이를 달고 바로 밑에는 아마추어 시종이 매달리고 싶은 유혹을 막으려고 쇠꼬챙이를 달다.[36]

마차를 살피면서, 바닥은 가축이 겨울을 나도록 짚을 잔뜩 깔아놓은 우리처럼 보이기도 하고 헌 옷을 파는 상점처럼 보이기도 한다는 생각이 들고, 말이 여물을 먹도록 코에다 거는 주머니를 안에다 넣은 이유를 궁금하게 여길 즈음, 마부가 내릴 준비를 시작하는 게 금방이라도 마차를 세울 것 같았다. 실제로 얼마 후에는 우중충한 거리에 문을 열어놓은 사무실 앞에서 멈추는데, 문 위에 재거스 변호사란 간판이 있었다.

"얼만가요?"

내가 묻자, 마부가 대답했다.

"은화 한 닢……. 더 주고 싶으면 더 줘도 되고."

나는 당연히 더 주고 싶은 생각이 없다고 말했다.

"그렇다면 은화 한 닢만 주시오. 저자와 복잡하게 얽히고 싶은 생각은 없으니까!"

마부가 말하면서 재거스 변호사 이름을 향해 지겨운 표정으로 한쪽 눈을 찡긋 감으며 머리를 절레절레 흔들었다.

마부는 은화 한 닢을 받고 상당한 시간을 들이며 마부석으로 올라

---

36) 귀족 문장이 달렸다는 건 예전에 귀족이 사용하던 마차라는 의미며, 아마추어 시종은 길거리 아이들을 뜻한다.

(어서 도망치고 싶은 표정으로) 멀리 사라지고, 나는 한 손에 조그만 여행 가방을 들고 사무실 입구로 들어가서 재거스 변호사가 계시느냐 묻고, 직원은 이렇게 대답했다.

"안 계십니다. 지금 법정에 계십니다. 혹시 핍 선생이신가요?"

내가 고개를 끄덕여서 그렇다는 신호를 보냈다.

"재거스 변호사님이 사무실에서 기다리라는 말을 남기셨습니다. 재판이 있어서 얼마나 걸릴지 모르지만, 시간을 소중하게 여기는 분이시니, 특별한 일만 없다면 생각만큼 오래 걸리진 않을 겁니다."

직원은 이 말과 함께 문을 열어서 나를 건물 안쪽 사무실로 안내했다. 거기에는 애꾸눈 신사가 우단으로 만든 양복 상의에다 무릎까지 내려오는 짧은 바지 차림으로 신문을 열심히 읽다가 우리가 들어가자 소매로 코를 훔쳤다.

"어서 밖으로 나가, 마이크."

직원이 말하더니, 내가 방해해서 미안하다는 말을 하려는데, 갑자기 신사를 무례하게 밀어내고 그쪽으로 털모자를 던지더니 나를 혼자 남겨두고 나갔다.

재거스 변호사 사무실은 빛을 밝히는 게 천장에 낸 채광창 하나밖에 없는, 아주 황량한 분위기였다. 채광창은 머리가 깨져서 여기저기를 덧댄 것 같아 인근 건물이 이리저리 삐뚤삐뚤하게 보였다. 마치 나를 위에서 내려다보려고 몸을 이리저리 비트는 것 같았다.

애초에 예상한 것과 달리 그렇게 많은 서류는 안 보이고, 애초에 조금도 예상을 못 한 이상한 물건이 - 낡아서 녹슨 권총이니 칼집에 넣은 칼, 이상하게 보이는 상자와 꾸러미 여러 개, (선반에는) 얼굴이 독특하게 부어서 코 주변이 볼록하게 일어난 끔찍한 석고상 두 개가 - 사방에 널렸다.

재거스 변호사가 앉는 의자는 등받이가 높은 데다 새까만 말총을 씌워서 청동 못으로 동그랗게 박은 모습이 시신을 넣는 관처럼 보였다.[37] 거기에 앉아서 집게손가락을 물어뜯으며 고객을 상대하는 재거스 변호사가 그대로 떠오르는 것 같았다. 실내 공간이 아주 좁아서 고객은 벽에다 등을 댈 수밖에 없는지, 벽에, 특히 재거스 변호사 의자 맞은편 벽에 어깨를 문지른 땟자국이 가득했다. 애꾸눈 신사 역시 내가 무심코 들어선 순간에 밖으로 쫓겨나면서 벽에다 등을 문지른 기억이 났다.

나는 재거스 변호사 의자 맞은편 고객용 의자에 앉아, 분위기가 황량한 사무실을 살폈다. 직원 역시 인상이 자기 주인과 마찬가지로 필요하다면 누구든 궁지로 몰아넣을 것 같았다. 위층에는 다른 직원이 얼마나 있을까, 그들 역시 필요하다면 다른 인간을 얼마든지 궁지로 몰아넣을 것 같은 인상일까 궁금했다. 실내에 널어놓은 이상한 물건은 어떤 내력이 있기에 여기까지 흘러왔는지도 궁금했다. 얼굴이 잔뜩 부풀어 오른 석고상은 재거스 변호사 가족일까, 그렇다면 자신에게 그렇게 끔찍하게 생긴 가족이 둘이나 있다는 건 아주 불행한 일인데 자기 집에 안 두고 여기에서 파리똥이 까맣게 눌러앉도록 먼지 가득한 선반에 올려놓은 이유는 무얼까도 궁금했다. 물론, 런던의 여름날을 처음 겪는 상태에서 사람을 지치게 하는 후덥지근한 공기와 사방에 두껍게 내려앉은 먼지 때문에 마음이 아주 답답해서 그럴 수도 있었다. 그래도 사방이 꽉 막힌 재거스 변호사 사무실에 가만히 앉아서 이런저런 궁금증을 떠올리며 기다렸다. 하지만 재거스 변호사 의자 바로 위 선반에 올려놓은 석고상 두 개를 도저히 견딜 수 없어, 결국에는 벌떡 일어나서 밖으로 나갔다.

---

37) 당시 영국에서는 관에다 실제로 새까만 말총을 씌우고 청동 못으로 동그랗게 박았다.

기다리는 동안 밖으로 나가서 한 바퀴 돌아보겠다고 말하자, 직원은 모서리를 돌아가면 스미스필드[38]가 나온다고 알려주었다. 그래서 나는 스미스필드로 들어섰다. 아주 역겨운 곳이었다. 오물과 굳기름과 선지피와 거품이 사방에 가득했다. 나에게 그대로 달라붙을 것 같았다. 그래서 최대한 빨리 벗어나 다른 거리로 들어서자, 까맣게 올린 동그란 천장이 거대하게 보이는 성 바울 성당이 나타나고, 바로 뒤에는 돌을 쌓아올린 섬뜩한 건물이 있는데, 구경하던 사람이 뉴게이트 교도소[39]라고 알려주었다.

교도소 담장을 따라 걷다 보니, 마차가 지나다니는 소리를 죽이려고 도로에 잔뜩 깔아놓은 밀짚이 보였다. 동시에 사람들이 여기저기에 모여서 위스키와 맥주 냄새를 잔뜩 풍기는 걸 보니, 지금 재판을 진행하는 게 분명하다[40]는 생각이 들었다.

주변을 이리저리 거닐며 구경하는데, 법정 관리가 아주 더러운 모습으로 술까지 취한 채 다가와 안에서 제대로 구경하고 싶으면 은화 다섯 닢만 달라고, 그러면 제일 앞자리에 앉아서 가발에다 법복까지 차려입은 재판장을 – 이렇게 대단한 사람을 구경거리 밀랍인형처럼 언급하면서 – 생생하게 구경할 수 있다고 알려주더니, 곧이어 반의반으로 할인가격을 제시했다. 내가 약속이 있다면서 제안을 거절하자, 법정 관리는 나를 마당으로 데려가 교수대를 보관하는 장소와 공개적으로 채찍질하는 장소를 보여주더니, 사형수가 교수형을 당하러 끌려

---

38) 당시에 가축 시장이 있어서 아주 지저분했다.
39) 뉴게이트 교도소는 1188년에 세워서 700년 동안 사용하다가 1902년에 완전히 헐어서 중앙형사재판소를 세울 때까지, 영국에서 발생한 다양한 범죄와 음모, 민초들이 억압받으며 고통스러워하던 삶을 상징한다. 그래서 찰스 디킨스는 다양한 작품에서 이곳을 상징적으로 묘사한다. 바로 옆에는 '올드 베일리'라고 부르는 중앙형사재판소가 있었다.
40) 당시 영국은 구경거리가 적어, 중요한 재판마다 구경꾼이 몰려들어 입장료를 내고 들어 갔는데, 잠시 휴정할 때마다 밖으로 나와 술잔치를 벌인 거로 유명하다.

나오는 '채무자 문'까지 보여주어, 내일모레 아침 여덟 시에 "사형수 네 명이" 저 문에서 끌려 나와 차례대로 교수당할 거란 말까지 하면서 끔찍한 출구에 관한 관심을 끌어 올렸다.

너무나 끔찍한 말에 나는 런던 자체가 역겨웠다. 법정 관리가 입은 옷 여기저기에 (머리에 쓴 모자부터 발에 걸친 장화는 물론 주머니에 넣은 손수건까지) 곰팡이가 낀 걸 보면 원래 자신이 사용하던 게 아니라 교수형 집행인에게 싼값에 사들인 거란 생각마저 떠올라서 특히 더했다. 이런 상황을 은화 한 닢으로 벗어난 건 정말 다행이란 생각이 들었다.

나는 사무실에 들러서 재거스 변호사가 돌아왔는지 묻고, 아직 안 돌아왔다는 말에 다시 나가서 돌아다녔다. 이번에는 '리틀 브리튼'을 돌아본 다음에 '바르톨로뮤 클로즈' 건물로 들어섰다. 그러다가 다른 사람 여럿이 나처럼 재거스 변호사를 기다린다는 사실을 깨달았다. 비밀스럽게 보이는 사내 두 명이 '바르톨로뮤 클로즈' 내부에서 판석이 갈라진 틈새를 조심스럽게 걸으며 대화를 나누다가 나를 처음 지나치는 순간, 한 명이 "그럴 수만 있다면 재거스 변호사도 그렇게 할 거야"라고 말했기 때문이다.

건물 모서리에는 남자 셋과 여자 둘이 모여 있는데, 여자 한 명은 더러운 숄로 얼굴을 감싼 채 엉엉 울고, 다른 여자는 옆에서 자기 숄로 상대 어깨를 감싼 채 "재거스가 남편을 변호하잖아, 에밀리아, 우리가 뭘 더 어떻게 하겠니?" 하며 달래기도 했다.

내가 그곳을 거니는 동안, 조그만 몸에 눈이 빨갛게 달아오른 유대인 한 명이 다른 조그만 유대인과 '클로즈'로 들어오더니, 조그만 유대인을 곧바로 심부름 보냈다. 그래서 혼자 남은 유대인을 자세히 살피는데, 성질이 아주 급한지, 가로등 아래에서 걱정스러운 표정으로 상체를 마구 흔들며 미친 사람처럼 "아, 재거드, 재거드, 재거드! 다른 다람은 모두 떡은 고기장수라서 재거드만 이뜨면 돼!" 하고 소리쳤다. 나를 보호할 변호사가 이렇게 유명한 걸 보니, 깊은 감동과 동시에 존경심이 절로 우러나왔다.

'바르톨로뮤 클로즈' 쇠막대 철문에서 '리틀 브리튼' 쪽을 내다보는데, 도로를 건너며 다가오는 재거스 변호사가 보였다. 기다리던 다른 사람도 모두 발견하고 동시에 그쪽으로 달렸다. 재거스 변호사는 나에게 아무 말도 않고 한 손을 어깨에 얹어 나란히 걷도록 만들면서 뒤를 따라오는 사람들에게 말했다.

첫 번째 대상은 비밀스럽게 생긴 사내 두 명인데, 손가락으로 가리키며 이렇게 말했다.

"이제 당신들에겐 할 말이 없소. 지금 아는 이상으로 알고 싶은 생각도 없소. 결과는 반반이오. 내가 처음부터 당신네에게 가능성은 반반이라고 말했잖소. 웨믹에게 돈은 냈소?"

"오늘 아침까지 간신히 만들었습니다, 나리."

사내 한 명이 유순하게 말하는 동안 다른 한 명은 재거스 변호사 눈치를 살폈다.

"나는 당신네가 돈을 언제 만들었는지, 어디에서 어떻게 만들었는지 물은 게 아니오. 웨믹이 돈을 받았소?"

"네, 나리."

두 사내가 동시에 대답하자, 재거스 변호사는 이제 뒤로 물러나라고 손을 흔들며 말했나.

"당신네가 한마디만 더 한다면 나는 이 사건을 포기하겠소."

"저희 생각에, 재거스 변호사님……."

사내 한 명이 말하면서 모자를 벗자, 재거스 변호사가 재빨리 가로

막았다.

"내가 그만 좀 하라는 게 바로 그거요. 당신네가 생각하다니! 생각은 내가 하는 거요. 이제 충분히 말했소. 당신네가 필요하면 내가 찾을 터이니, 당신네가 나를 찾는 일은 없도록 하시오. 이제 더는 안 듣겠소. 단 한마디도 안 듣겠소."

재거스 변호사가 뒤로 물러나라며 다시 손을 흔들자, 두 사내는 서로 물끄러미 바라보다가 입을 꾹 다물고 물러났다. 그러자 재거스 변호사가 갑자기 멈추면서 몸을 돌려, 숄을 걸친 두 여인에게 말하는데, 세 남자는 양처럼 순한 모습으로 일정한 거리를 유지했다.

"그리고 당신! 아! 에밀리아, 맞지요?"

"네, 재거스 변호사님."

"그런데 내가 아니면 당신은 여기에 있을 수도, 여기에 올 수도 없다는 사실은 아시오?"

재거스 변호사가 야단치자, 두 여인이 동시에 소리쳤다.

"아, 그럼요, 나리! 당연히 우리 모두 잘 압니다!"

"그런데 여기에 온 이유가 무엇이오?"

"제 남편이요, 나리!"

울던 여인이 간청하자, 재거스 변호사가 말했다.

"내가 딱 한 번만 말하겠소! 남편 문제를 잘 처리한다는 사실은 당신이 모른다 해도 나는 잘 아오. 그러니, 남편 문제로 여기에 나타나서 귀찮게 한다면 남편과 당신 모두에게 본때를 보여주고 사건에서 손을 떼겠소. 웨믹에게 돈은 주었소?"

"아, 네, 나리! 단 한 푼도 안 빼고."

"잘했소. 그렇다면 당신은 할 일을 모두 한 거요. 한 마디만 - 단 한 마디만 - 더 한다면 웨믹이 돈을 돌려주게 될 거요."

끔찍한 협박에 두 여인은 뒤로 당장 물러났다. 남은 사람은 잘 흥분하는 유대인밖에 없는데, 재거스 변호사 외투 자락을 손으로 잡고 연신 키스하는 중이었다. 그러자 재거스 변호사가 상대를 압박하는 특유의 어투로 물었다.

"당신은 모르겠는데! 당신이 원하는 건 뭐요?"

"띤애하는 재거드 변호다님. 저는 하브라함 나다로 띤형입니다."

"그 사람이 누군데요? 외투 좀 놓고 말씀하시오."

사건 의뢰인은 외투 자락에 한 번 더 키스하고 놓아주며 대답했다.

"하브라함 나다로, 은제 절도사건."

"너무 늦었소. 나는 반대편에 섰소."

재거스 변호사가 말하자, 쉽게 흥분하는 유대인은 얼굴이 하얗게 변하며 소리쳤다.

"맙도다, 재거드 변호다님! 덜마 하브라함 나다로 반대편이란 말씀은 아니겠지요!"

"그런 말이오. 이제 다 끝난 문제요. 길을 비키시오."

"재거드 변호다님! 잠깐만요! 다촌 동댕이 조금 전에 다양한 조건을 제디하러 웨믹에게 가뜹니다! 잠디만, 잠디만요! 건너편에서 우리 편으로 넘어오기만 한다면…… 아무리 비딴 가격이라도……! 돈은 문제가 안 되니……! 재거드 변호사님…… 변호사님……!"

보호자는 사건 의뢰인을 냉정하게 뿌리치며 떠나고, 상대는 바닥 판석이 몹시 뜨거운 듯 발을 동동 굴렀다.

더는 방해하는 사람 없이 사무실에 들어서자, 털모자에 우단 양복을 입은 사내와 직원이 보였다.

"마이크가 왔습니다."

직원이 말하며 걸상에서 내려와 재거스 변호사에게 은밀하게 다가

왔다.

재거스 변호사는 몸을 돌리며 입을 열고, 사내는 앞머리 중간 머리칼 한 타래를 당기는데, '수컷 울새'에서 피리새가 줄을 당겨 종을 치는 것 같았다.[41]

"아! 오늘 오후에 증인을 데려온다고 했지?"

재거스 변호사가 묻자, 마이크는 감기에 걸린 목소리로 대답했다.

"네, 재거스 변호사님. 굉장히 고생해서 마침내 쓸 만한 사람을 찾았습니다, 나리."

"그자가 무얼 증언할 예정이지?"

재거스 변호사가 묻자, 마이크는 이번에는 털모자로 코를 훔치면서 대답했다.

"저, 재거스 변호사님, 일반적인 거요, 아무거나."

재거스 변호사가 갑자기 심하게 화나서 공포에 질린 고객을 집게손가락으로 가리키며 소리쳤다.

"이봐, 여기에서 그런 식으로 말하면 내가 본때를 보여주겠다고 예전에 경고했잖아. 극악무도한 악당 놈, 그런데도 감히 나에게 그런 식으로 말해?"

고객은 겁먹은 표정과 동시에 당혹스런 표정을 떠올렸다. 어떻게 해야 할지 모르는 것 같았다. 그러자 직원이 팔꿈치로 슬쩍 찌르면서 나지막하게 말했다.

"멍청아! 돌대가리! 그런 말을 대놓고 해야 하겠어?"

이번에는 보호자가 아주 엄숙하게 말했다.

"얼간이 바보 녀석, 내가 마지막으로 한 번만 더 묻겠는데, 네놈이

---

41) 당시에 평민은 높은 사람에게 앞머리를 잡아당겨서 존경하는 표시를 했다. '수컷 울새'는 당시에 유행한 동요인데, 수컷 울새 장례식에서 피리새가 자원해 종을 쳤다.

여기에 데려올 증인은 무얼 증언할 예정이지?"

마이크는 뭔가 힌트를 얻으려는 듯 재거스 변호사 표정을 열심히 살피며 천천히 대답했다.

"성격에 대한 거나, 문제가 되는 밤에 자신이 나와 함께 쭉 있었다거나……."

"알았어, 조심하라고. 증인은 뭘 하는 사람이지?"

마이크는 털모자를 바라보다가 바닥을 바라보다가 천장을 바라보다가 직원을 바라보다가 심지어 나까지 바라보더니, 불안한 표정으로 "우리에게 유리한 차림으로 변장시키면……" 하고 말할 때 재거스 변호사가 호통쳤다.

"뭐? 정말 이렇게 나올 거야, 이번에도 이렇게 나올 거야?"

("멍청이!" 직원이 다시 속삭이며 팔꿈치로 또 찔렀다.)

마이크는 무기력한 얼굴로 사방을 둘러보더니 갑자기 환하게 변한 얼굴로 다시 말했다.

"점잖은 파이 장수 차림입니다. 과자를 만드는 사람 같이요."

"여기에 왔나?"

재거스 변호사가 묻자, 마이크가 대답했다.

"모퉁이 문가 계단에서 기다리라고 했습니다."

"그 사람을 데리고 저 창문 앞을 지나가, 내가 볼 수 있도록."

창문은 사무실 창문을 뜻했다. 그래서 우리 모두 창가에 가서 블라인드 뒤에 숨고, 얼마 후에는 마이크가 다른 사내와 함께 우연히 지나는 척하는데, 커다란 덩치에다 살인자처럼 생긴 얼굴, 순면으로 만든 하얀 위생복에다 종이로 만든 하얀 모자를 걸친 차림이었다. 순박한 파이 장수는 술을 안 마셨다고 절대 말할 수 없는, 그리고 한쪽 눈은 까맣게 멍들었다가 파랗게 회복하는 중이라서 분을 잔뜩 바른 상태였다.

재거스 변호사가 정말 경멸스럽다는 표정으로 직원에게 말했다.

"저 자식에게 지금 당장 증인을 데려가라고 전해. 저런 작자를 데려온 이유가 뭐냐고도 물어보고."

그러더니 나를 자기 사무실로 데려가서 그대로 일어선 채, 곽에 든 샌드위치와 휴대용 백포도주로 점심을 먹으면서 – 샌드위치를 위협하듯 먹으면서 – 그동안 자신이 나를 대신해서 준비한 내용을 알려주었다. 우선, 나는 "바너드 여인숙"에 있는 포킷 가정교사 아들 집으로 가야 한다. 내가 묵도록 거기에다 침대까지 들여놓았다. 그래서 포킷 가정교사 아들과 지내다가 월요일에 아들과 함께 아버지 집으로 찾아가, 공부를 가르치는 방식이 마음에 드는지 확인해야 한다.

내가 받을 용돈에 대해 – 액수가 상당한 용돈에 대해 – 말한 다음, 서랍 하나를 열어서 다양한 명함을 건네기도 했다. 내가 옷을 비롯한 다양한 생필품을 구매할 장사꾼이었다. 그러다가 휴대용 백포도주로 커다란 술통 같은 냄새를 풍기며 단숨에 들이켜더니, 보호자는 이렇게 덧붙였다.

"자네는 무엇이든 외상으로 사들이는 거야, 핍 군. 그러면 나는 날아오는 청구서를 살피다가 자네가 너무 심하다 싶으면 자제를 권고하는 거지. 물론 자네는 어떤 식으로든 잘못을 저지르겠지만 그건 내 잘못이 아니네."

사람을 기죽이는 말에 대해 나는 잠시 곰곰이 생각하다가, 사람을 보내서 마차를 부를 수 있느냐고 물었다. 재거스 변호사는 그럴 필요 없다고, 아주 가까운 곳이니 나만 괜찮다면 웨믹이 거기까지 데려다줄 거라고 대답했다.

그래서 나는 옆 사무실에 있는 직원이 웨믹이란 사실을 깨달았다. 웨믹이 비운 동안 자리를 지키도록 위층에 종을 울려서 다른 직원을 내려오게 하고, 나는 보호자와 악수한 다음에 웨믹과 함께 거리로 나섰다. 사무실 바깥에 또 다른 사람들이 몰려들어서 머뭇거리는데, 웨믹은 차분하면서도 단호하게 "이래도 소용없다고 했잖소. 변호사님은 여러분 누구에게든 할 말이 단 한 마디도 없소" 하고 말하며 나아가, 이윽고 우리는 사람들 사이를 완전히 벗어나서 나란히 걸었다.

21

　나란히 걷는 동안 햇빛이 밝은 데서는 어떻게 보일까 궁금해서 웨믹을 쳐다보니, 정이 메말라 보이고 신장은 작은 편이며 목석처럼 네모진 얼굴은 무딘 끌로 조각하다가 만 것 같았다. 목질이 연하고 끌에 날이 섰다면 보조개로 만들 것 같은 자리 곳곳에 실제로는 흠집 자국만 있었다. 코를 깎을 때도 끌이 똑같은 실수를 저지르고 부드럽게 마감하려는 노력은 포기한 곳 역시 서너 군데였다.

　셔츠가 닳은 걸 보면 독신 같은데, 여러 부인과 사별하는 고통을 겪은 것처럼 보이기도 했다. 유품으로 남긴 반지를 최소한 네 개는 낀 데다, 유골을 묻은 무덤 앞에 여인과 수양버들을 새긴 브로치까지 보였기 때문이다. 게다가 시곗줄에다 반지와 도장까지 여러 개 매단 걸 보면 가까운 사람이 떠나면서 남긴 유품이 꽤 많은 것 같았다. 까만 눈은 조그맣고 날카롭게 반짝이며 입술은 가늘고 기다란데 반점이 얼룩덜룩했다. 그런 눈과 입술을 달고 세상에 태어난 게 최소한 사 오십 년은 된 것 같았다.

　"그렇다면 런던은 이번이 처음이오?"

웨믹이 묻는 말에 내가 대답했다.

"네."

"나도 예전엔 그랬다오. 지금 생각하니 기분이 묘하군!"

"지금은 런던이 익숙한가요?"

"당연하지요. 돌아가는 분위기는 파악하니까."

"런던은 아주 사악한 곳인가요?"

내가 물었다. 뭘 알고 싶다기보다 대화를 이어가야 한다는 생각이 훨씬 많았다.

"런던에는 사기꾼도 많고 도적놈도 많고 살인자도 많아요. 하지만 다른 도시에도 그런 사람은 많은 법이지요."

너무 끔찍한 말에 나는 조금이라도 마음을 달래고 싶어서 이렇게 말했다.

"원한이 있어서 그런 거겠지요."

"아! 나는 생각이 달라요. 원한 같은 건 별다른 상관이 없어요. 무엇이든 빼앗을 것만 있다면 그렇게 하니까요."

"정말 끔찍하군요."

"그렇게 생각하시오? 나 역시 대충 비슷하게 생각한다오."

웨믹은 모자를 뒤로 젖히고 앞만 곧장 바라보며 걸었다. 모든 걸 아는 터라 거리에는 특별히 관심을 보일 게 하나도 없는 것 같았다. 입은 우체통 구멍처럼 길쭉해서 웃는 모습이 자동으로 어렸다. 하지만 홀본 언덕을 다 오른 다음에 비로소 나는 그냥 그렇게 보일 뿐 실제로 웃는 건 아니라는 사실을 깨달았다.

"매슈 포킷 선생님이 사시는 집을 아세요?"

내가 묻자, 웨믹은 한쪽으로 고갯짓하며 대답했다.

"그렇소. 런던 서쪽 해머스미스."

"여기에서 먼가요?"

"으음! 대략 팔 킬로미터 정도."

"그분을 아세요?"

"맙소사, 반대심문을 정말 잘하시는군! 그렇소, 알고 있소, 잘!"

웨믹이 긍정적인 분위기로 나를 쳐다보며 말했다. 뭔가를 꾹 참거나 경멸하는 분위기가 묻어나오는 말투에 나는 다소 실망하고, 뭔가 긍정적인 표정이 깃들길 기대하며 목석같은 얼굴을 가만히 살피는데, 바너드 여인숙에 다 왔다는 말이 흘러나왔다. 그 말을 듣는 순간, 실망스러운 마음은 더욱 늘어나기만 했다. 바너드라는 사람이 설립해서 운영하는 호텔로, 거기에 비하면 우리 마을에 있는 '파란 멧돼지' 같은 건 하잘것없는 선술집 정도로 보일 거라고 예상했는데, 눈앞에 나타난 바너드 여인숙은 소설에나 등장할 정도로 허술하기 그지없었기 때문이다. 누추하고 지저분한 건물만 긁어모은 데다 악취가 고약한 구석에는 주인 없는 고양이가 잔뜩 모여서 잔치까지 벌일 정도였다.

쪽문을 통해 피난처로 들어서서 비좁은 통로를 빠져나오자, 황량한 분위기가 밋밋한 공동묘지처럼 보이는 조그만 광장이 나왔다. 거기에 있는 나무도 세상에서 가장 황량하고, 거기에 있는 참새도 세상에서 가장 황량하고, 거기에 있는 고양이도 세상에서 가장 황량하고, 거기에 있는 건물군도 – 대여섯 채 모인 건물군도 – 세상에서 가장 황량한 것 같았다. 쭉 늘어선 창문은 건물마다 숙소별로 가른 것 같은데, 창문마다 달린 블라인드와 커튼은 남루하고 화분은 깨지고 유리창은 금가고 썩어 문드러진 곳에는 먼지가 쌓이고 임시로 수리한 곳은 비참했다.

텅 빈 방마다 '세놓습니다', '세놓습니다', '세놓습니다'가 노려보는 표정은 아무리 비참한 사람이라도 이용을 안 할 것 같고, 지금 사는

사람은 하나씩 자살해 신성할 것 없는 광장 자갈 밑에 묻혀서 복수심에
불타는 바너드 영혼을 조금씩 달래는 것 같았다.

바너드가 만든 황량한 여인숙은 검댕과 연기라는 지저분한 상복을
뒤집어쓰고 머리에 재까지 흩뿌린 채 먼지 구덩이에 불과하다는 굴욕
과 고행을 감내하는 중이었다. 눈으로 보이는 건 이렇지만, 모두가
외면한 지붕과 지하실에서 푹푹 썩어가는 메마른 부패물과 눅눅한 부
패물 그리고 소리 없이 썩어가는 부패물은 ‒ 집쥐와 들쥐와 벌레와
근처 마구간에서 썩어가는 부패물은 ‒ 후각을 희미하게 자극하는 식으
로 자신을 알리며 "바너드 여인숙 화학제품을 사용하라"고 앓는 소리
를 뱉어냈다.

상당한 유산이 처음으로 내민 얼굴에 내가 너무 실망한 나머지 당혹
스런 표정으로 쳐다보자, 웨믹은 엉뚱하게 이해하고 이렇게 말했다.

"아! 한적한 풍경에 고향이 떠오르나 보군요. 나도 마찬가지라오."

그러더니 구석으로 가서 쭉 늘어선 계단을 ‒ 천천히 먼지로 변하다
가 사라질 것 같은 계단을, 위층 사람이 어느 날 문을 열다가 아래로
내려갈 수단이 사라졌다는 사실을 깨닫고 난감할 것 같은 계단을 ‒
오르더니, 꼭대기 층에 있는 숙소로 인도했다. 문에는 '포킷 2세'라는
페인트 글씨가 있고, 편지함에는 "금방 돌아옵니다"라는 종이가 있고,
웨믹은 이렇게 설명했다.

"이렇게 일찍 올 거란 생각을 못 한 것 같소. 이제 나는 없어도 되겠
지요?"

"네, 고맙습니다."

내가 인사하자, 웨믹이 말했다.

"현금은 내가 관리하니까 앞으로 자주 만날 겁니다. 안녕히 계시오."

"안녕히 가세요."

내가 인사하며 한 손을 내밀자, 웨믹은 내가 무언가를 달란다는 생각에 처음에는 손만 가만히 바라보더니, 착오를 깨닫고 나를 쳐다보며 말했다.

"그래요, 그래! 악수하는 습관이 있지요?"

나는 당황한 나머지, 런던에서는 악수하는 유행이 끝난 게 분명하다고 생각하면서도 그렇다고 대답했다. 그러자 웨믹이 대답했다.

"나는 그런 습관을 오래전에 버렸다오. 마지막으로 보내는 사람만 빼고! 물론 나도 선생을 만나서 정말 기쁘오. 안녕히 계시오!"

우리가 악수하고 웨믹이 떠나자, 나는 층계참 유리창을 열다가 하마터면 머리를 잘릴 뻔했다. 줄이 완전히 썩어 문드러져서 창문이 단두대처럼 떨어졌기 때문이다. 머리를 내밀기도 전에 순식간에 떨어진 게 다행스러울 뿐이다. 위험한 순간을 간신히 넘기니, 나로선 멍청히 서서 먼지가 뿌연 유리창 사이로 여인숙 전경을 뿌옇게 바라보며 런던을 과대평가한 게 분명하다고 속으로 중얼거리는 것으로 만족할 수밖에 없었다.

포킷 2세가 생각하는 '금방'은 내가 생각하는 금방과 달랐다. 밖을 내다보기도 하고 더러운 유리창마다 손가락으로 이름을 끼적이며 삼십 분을 보내느라 머리가 거의 돌아버릴 즈음에 비로소 계단을 올라오는 발소리가 들렸기 때문이다. 그러더니 모자와 머리와 넥타이와 조끼와 바지와 장화가 눈앞에 차례대로 나타나는 게, 사회적 신분이 나와 비슷한 사람 같았다. 그런 사람이 양쪽 겨드랑이에 종이 봉지를 하나씩 끼고 한 손에 딸기 바구니를 든 채 숨을 헐떡이며 물었다.

"핍 씨?"

"포킷 씨?"

상대가 묻고 내가 반문하자, 상대는 커다랗게 한탄했다.

"맙소사! 정말 엄청나게 미안합니다. 하지만 당신네 마을에서 정오에 떠나는 역마차가 있다는 사실을 알기에, 그걸 타고 올라올 거로 생각했답니다. 그래서 당신을 위해, 지방에서 올라오니까 식사를 마치고 과일을 먹고 싶을 거란 생각에 청과물시장까지 갔다 오는 길이라오. 변명하려고 하는 말이 아니라오."

나는 얼굴에서 눈알이 튀어나올 정도로 깜짝 놀랐다. 그럴만한 이유가 있었다. 그래서 깊은 배려에 감사한다고 횡설수설하면서, 이게 꿈은 아닌가 하는 생각마저 떠올렸다.

"맙소사! 문이 꼼짝을 않는군!"

포킷 2세가 한탄하더니, 종이 봉지를 양쪽 겨드랑이에 그대로 낀 채 문을 붙들고 씨름하느라 과일을 짓뭉개서, 나는 괜찮다면 내가 종이 봉지를 들겠다고 제안했다. 상대는 환하게 웃으며 종이 봉지를 내주고 사나운 맹수라도 되는 듯 문을 붙들고 싸웠다. 그러다가 문이 갑자기 열리면서 뒤로 주춤하는 바람에 나에게 부닥치고 나 역시 뒤로 주춤하는 바람에 맞은편 문에 부닥쳐, 우리는 폭소를 터트렸다. 하지만 얼굴에서 눈알이 튀어나올 것 같은 느낌과 꿈같은 기분은 그대로였다.

"자, 안으로 들어오세요. 괜찮다면 내가 안내하지요. 가구가 없어서 휑하지만, 월요일까지만 참아주신다면 정말 고맙겠소. 우리 아버지는 아버지보다 내가 내일 당신을 데리고 런던을 돌아다니는 편이 당신에게 훨씬 편할 거로 생각하셨소. 물론 나는 아주 기쁜 마음으로 런던을 안내할 생각이오.

우리가 먹을 음식은, 희망 사항이지만, 그리 나쁜 편은 이닐 것이오, 식당에서 배달할 예정이니 말이오. (미리 언급하는 게 좋을 것 같은데) 비용은 당신이 대는 거요. 그렇게 하라고 재거스 변호사가 지시하셨소. 우리가 묵을 숙소는 조금도 훌륭한 편이 아니오. 내가 직접 생활비를 벌어야 하는 데다, 우리 아버지는 나를 도와줄 형편이 아니며, 설사 그럴 형편이 되신다 해도 내가 받을 생각이 없기 때문이오.

여기가 거실인데 당신이 보다시피 의자와 탁자 몇 개 카펫 하나 기타 등등, 집에서 남는 물건을 가져온 게 전부요. 식탁보와 식기류와 양념 통은 내가 마련한 게 아니오. 당신이 사용하도록 식당에서 배달한 것이오.

여기는 내가 사용하는 조그만 침실이오. 곰팡내가 나지만 바너드 여인숙은 어디나 똑같소. 여기가 당신이 사용할 침실이오. 침대는 임시로 빌린 건데, 쓸 만할 거요. 더 필요한 게 있다면 내가 당장 가서 구해오겠소. 숙소는 외진 곳이라서 우리 둘만 지내겠지만, 우리가 싸우는 일은 없을 거라고 장담하오.

맙소사, 정말 미안하오, 지금까지 과일을 그대로 들고 있도록 했네요. 어서 주세요. 정말 창피하네요."

내가 가만히 서서 포킷 2세를 정면으로 바라보며 종이 봉지를 하나, 둘 건네는 동안, 상대편 역시 나만큼 놀란 기색이 눈빛에 감돌더니, 뒤로 물러나며 소리쳤다.

"맙소사, 이리저리 돌아다니던 아이로구나!"

"너는 얼굴이 창백한 어린 신사고!"

22

얼굴이 창백하던 어린 신사와 나는 바너드 여인숙 숙소에 가만히 서서 상대를 빤히 바라보다가 동시에 폭소를 터트렸다. 상대가 "그 아이가 너라니!" 하고 감탄하는 말에 나 역시 "그 아이가 너라니!" 하며 감탄했다. 그러다가 상대를 다시 빤히 바라보다가 다시 폭소를 터트렸다. 얼굴이 창백하던 어린 신사는 한 손을 쾌활하게 내밀며 말했다.

"아아! 지난 일은 이제 모두 잊어버리자고. 내가 그렇게 심하게 팬 걸 용서하면 정말 고맙겠어."

나는 허버트 포킷이 (얼굴이 창백하던 어린 신사는 이름이 허버트였다!) 이렇게 하는 말을 듣고 자신이 생각한 의도와 실제로 겪은 결과를 지금까지 혼동한다는 사실을 깨달았다. 하지만 나는 아무렇지 않게 대답하고, 우리는 다정하게 악수하고, 허버트 포킷은 이렇게 붙었다.

"당시에는 이렇게 커다란 행운을 못 누렸지?"

"그래."

내가 대답하자, 상대도 인정했다.

"그래. 아주 최근에 그렇게 됐다고 들었어. 나도 당시에는 이렇게 멋진 행운을 기대했거든."

"정말?"

"그래. 하비셤 아씨가 나를 불렀잖아, 나를 좋아할 수 있는지 보려고. 하지만 잘 안 됐지……. 조금도 좋아하지 않았으니까."

나는 그런 말을 들어서 깜짝 놀랐다고 말하는 게 예의 같아서 그렇게 하고, 허버트 포킷은 웃음을 터트리며 대답했다.

"기분은 나쁘지만 사실이야. 그래, 하비셤 아씨는 시험 삼아 방문하라고 전갈을 보냈어. 내가 시험을 성공적으로 통과했다면 유산을 물려받았겠지. 에스텔라하고 사람들이 흔히 말하는 관계도 맺었을 거고."

"어떤 관계?"

내가 물었다. 갑자기 얼굴이 굳어졌다.

허버트 포킷은 얘기하면서 접시에 과일을 담느라 주의력이 산만한 나머지, 아무렇게나 불쑥 대답하는 실수를 저지르고 말았다. 과일을 담는 일에 열중하며 이렇게 설명한 것이다.

"약혼 같은 거. 정혼. 결혼 약속. 아무리 다양한 명칭을 사용해도 뜻은 하나. 앞으로 결혼할 관계."

"그렇게 커다란 실망을 어떻게 견디어냈니?"

내가 묻자, 허버트 포킷은 비웃으며 대답했다.

"흥! 나는 관심도 없어. 너무 사납잖아."

"하비셤 아씨가?"

"아니라는 말은 않겠어. 하지만 내가 말한 건 에스텔라야. 여자애가 딱딱하고 거만하고 변덕스럽기 그지없어. 하비셤 아씨가 모든 남성에게 잔인하게 복수하려고 기른 아이거든."

"에스텔라는 하비셤 아씨랑 어떤 관곈데?"

"아무 관계도 아니야. 그냥 양녀야."

"그런데 에스텔라가 무엇 때문에 모든 남성에게 잔인하게 복수해야 하는데? 무슨 복수?"

"맙소사, 핍! 그것도 모르니?"

"응."

"맙소사! 얘기하자면 아주 기니까 나중에 식사하면서 하자. 그럼 나도 너에게 무례한 걸 하나 물어보자. 그날 너는 그 집에 어떻게 오게 된 거니?"

나는 이야기를 시작하고 허버트 포킷은 열심히 듣다가 내가 말을 마치자 다시 폭소를 터트리더니, 나중에 상처가 쓰리지 않았냐고 물었다. 그래도 나는 너는 어땠느냐고 안 물었는데, 맞은 데가 쓰라려서 나중에 허버트 포킷이 엄청나게 고생한 게 확실하기 때문이다.

"재거스 변호사가 보호자라며?"

허버트 포킷이 다시 묻고, 나는 대답했다.

"응."

"그 사람이 하비셤 아씨네 재산 관리인이자 변호사란 걸, 그리고 하비셤 아씨가 다른 사람은 안 믿어도 그 사람은 믿는다는 걸 아니?"

하면 안 되는 이야기로 번질 것 같아 나는 아무것도 숨기려 하지 않고 조심스럽게, 우리가 싸운 날 하비셤 아씨네 저택에서 재거스 변호사를 본 게 전부라고, 하지만 상대는 나를 거기에서 보았단 사실을 기억조차 못 하는 게 분명하다고 대답했다.

"그분은 정말 고맙게도 우리 아버지를 너에게 가정교사로 추천하고 나중에 그걸 제안하려고 우리 아버지를 직접 방문했어. 물론 그분은 하비셤 아씨와 연관해서 우리 아버지를 알아. 아버지는 하비셤 아씨와 사촌이거든. 하지만 두 사람이 가까운 사이란 건 아니야. 아버지는 아첨을 못 하는 데다 비위를 맞출 생각도 없으시거든."

허버트 포킷은 성격이 솔직하고 편해서 호감이 갔다. 천성적으로 은밀한 짓이나 비열한 짓을 할 수 없는 성격이 표정과 말투에서 그렇게 확실하게 나타나는 사람을 나는 당시에도 본 적이 없고 이후에도 본 적이 없다. 행동 하나하나에 희망이 가득한 태도가 정말 훌륭하게 보이는데, 성공해서 부자가 될 순 없을 거라고 소곤대는 뭔가도 보였다. 이런 느낌이 든 이유는 모른다. 식사하러 앉기 전부터 첫 번째 태도에 흠뻑 빠졌는데, 어떻게 그렇게 됐는지조차도 이해할 수 없다.

허버트 포킷은 얼굴이 창백한 어린 신사 모습도 그대로 남은 데다, 쾌활하고 활달한 행동 어딘가에는 억눌리고 무기력한 느낌도 또렷한 게, 좋은 체력을 타고난 것처럼 보이진 않았다. 잘생긴 편은 아니지만 더없이 상냥하고 명랑한 얼굴이 잘생긴 이상으로 보기 좋았다. 체격은 나에게 주먹으로 흠씬 맞을 때처럼 볼품이 약간 없지만, 항상 젊고 맑을 것처럼 보였다. 트랩 아저씨가 지방에서 만든 양복이 과연 나보다 허버트 포킷에게 잘 어울릴지는 장담을 못 하지만, 낡은 양복을 차려입은 모습이 내가 새 양복을 차려입은 모습보다 훨씬 보기 좋은 건 확실했다.

허버트 포킷이 모든 걸 털어놓는데 나만 말을 아끼면 같은 또래에 안 어울리는 나쁜 태도라는 생각이 들었다. 그래서 나는 내가 겪은 이야기를 모두 한 다음에 은인이 누군지 알려고 하는 건 금지사항이란 점을 강조했다. 시골에서 자라나 대장장이 기술을 배운 터라 예의를 잘 모른다고, 내가 어리둥절하거나 실수할 때마다 암시하면 정말 고맙게 받아들이겠다는 말도 했다. 그러자 허버트 포킷이 대답했다.

"기꺼이 그러겠지만 내가 예상하기에 너는 그런 암시가 거의 필요 없을 것 같아. 내가 분명히 말하는데, 앞으로 우리 둘이서 자주 어울릴 테니, 우리 사이에서 불필요한 격식을 없애고 싶어. 그래서 부탁하는데, 지금 이 순간부터 나를 친숙하게 허버트라고 불러주겠니?"

나는 그렇게 말해서 고맙다고, 기꺼이 그러겠다고 대답했다. 그리고 나 역시 친숙하게 부르는 이름이 필립이라고 알려주었다. 그러자 허버트가 빙그레 웃으며 말했다.

"필립은 이상해. 글자를 처음 배울 때 나오는 아이 같아. 너무 게을러서 연못에 빠지고, 두 눈은 퉁퉁한 살에 가려서 안 보이고, 욕심이 너무 많아서 케이크를 숨겨놓다가 생쥐에게 바치고, 굳이 고집을 부려서 산새를 잡아먹으러 갔다가 근처에 사는 곰 여러 마리한테 자신이 잡아먹히는 아이 말이야. 내가 그럴싸한 이름을 만들어줄게. 우리는 서로 흥겹게 잘 어울리고 너는 대장장이를 했으니까…… 그래도 괜찮겠니?"

"네가 만들어주는 거라면 무엇이든 괜찮긴 하지만, 어떤 이름이 좋을까?"

"헨델이란 이름으로 친숙하게 부르는 건 어떨까? 헨델이 '흥겨운 대장장이'라는 멋진 음악을 만들었거든."

"마음에 쏙 들어."

내가 말하는 순간, 문이 활짝 열리자, 허버트가 돌아보며 말했다.

"그렇다면, 친애하는 헨델, 식사가 왔으니, 상석에는 네가 앉는 게 좋겠어. 네가 사는 거니까."

나는 그럴 수 없다 거부하고, 그래서 허버트가 상석에 앉고 나는 맞은편에 앉았다. 음식은 아주 훌륭했다. 런던 시장 각하가 호사스럽게 차려 먹는 만찬 같았다. 거기에다 주변에 어른이 한 명도 없는 데서, 그것도 런던에서 친구와 단둘이 식사한다는 사실 때문에 더욱 기뻤다. 여기에다 집시가 잔치하는 분위기까지 만끽했다. 식당에서 모든 음식

을 가져오는 거라 - 펌블추크 삼촌이 말함 직한 표현을 빌리자면 -
식탁에는 사치스런 요리가 널브러졌지만, 거실은 공간이 부족해서 이
리저리 이동할 수밖에 없고, 웨이터는 뚜껑을 바닥에 내려놓고 이리저
리 돌아다녀야 하고 (그러다가 걸려서 넘어지고), 안락의자에는 버터
소스를 올리고 책장에는 빵을 올리고 석탄 양동이에는 치즈를 놓고
삶은 닭은 내가 쓸 옆방 침실에 놓아야 하고 나중에 밤이 돼서 잠자러
가니까 거기에 파슬리와 버터 덩어리가 떨어져서 굳었기 때문이다.
이런 모든 게 잔치를 즐겁게 만들고, 우리를 지켜보던 웨이터까지 떠나
자, 나는 더할 나위 없이 상쾌한 분위기를 마음껏 누렸다.

어느 정도 식사한 다음에는 하비셤 아씨에 관해 이야기하겠다는
약속을 상기시키고 허버트는 이렇게 대답했다.

"맞아. 지금 당장 시작하지. 하지만 서론 격으로 하는 말인데, 헨델,
런던에서는 나이프를 입에 넣는 전통이 없어…… 사고가 날까 두려워
서…… 그리고 포크는 그렇게 사용하는 게 맞지만, 필요 이상으로 깊숙
이 넣는 건 아니야. 말할 필요도 없겠지만, 다른 사람들이 하는 대로
따라 하는 게 편해. 그리고 숟가락을 잡을 때는 손등이 위로 가는 게
아니라 밑으로 가는 거야. 그러면 두 가지 장점이 있어. 입에 훨씬
편하게 넣을 수 있고 (그게 숟가락을 사용하는 이유니까) 굴 껍데기를
벗길 때 오른쪽 팔꿈치를 훨씬 조금 움직일 수 있어."

허버트가 우정 어린 충고를 쾌활한 어투로 해서 함께 폭소를 터트릴
뿐, 나는 얼굴을 거의 안 붉혔다.

"이제 하비셤 아씨에 관한 이야기를 시작하지. 먼저 알아두어야
할 건 하비셤 아씨가 버릇없이 자랐다는 사실이야. 갓난아기 때 모친
이 돌아가셔서 부친은 딸이 원하는 거라면 무엇이든 해주었거든. 부
친은 너희 지역에서 양조장을 운영하는 시골 신사였지. 양조업자가

되면 왜 존경받는지 모르겠지만, 빵을 구우면 신사가 될 수 없어도 술을 빚으면 신사가 될 수 있다는 건 논란의 여지가 없어. 어디서나 그렇거든."

"하지만 선술집을 하면 신사가 될 수 없어, 그치?"

"당연하지. 하지만 선술집이 신사를 먹여 살릴 순 있어. 어쨌든 부친은 돈을 엄청나게 벌고 자부심도 엄청나게 강했어. 딸도 똑같고."

"하비셤 아씨는 무남독녀였니?"

"조금만 기다려, 이제 막 그 이야기를 하려던 참이니까. 아니야, 하비셤 아씨는 무남독녀가 아니야. 이복 남동생이 하나 있어. 부친이 몰래 재혼했거든. 여자는 자기 집 요리사였던 것 같아."

"자부심이 엄청나게 강했다면서?"

"똑똑한 헨델, 당연히 그랬지. 자부심이 강해서 남몰래 재혼한 거야. 그런데 얼마 후에 두 번째 부인도 사망했어. 그런 다음에 비로소 딸에게 그런 사실을 알리고 아들을 데려와, 너도 잘 아는 저택에서 살게 했지. 아들은 청년으로 성장하면서 방탕하고 사치하고 불효막심한, 정말 나쁜 인간이 되었어. 결국 부친이 관계를 끊어버렸지. 그러다가 죽을 때 비로소 마음을 누그러뜨리고 상당한 재산을 남겨주었어. 물론 하비셤 아씨가 물려받은 재산하고 상대도 안 되지만 말이야…… 포도주를 한 잔 더 들어, 그리고 내가 하는 말을 용서해. 여기에서는 술잔을 그렇게 끝까지 비워서 술잔 테두리가 코에 닿도록 바닥을 추켜올리는 사람이 없어."

허버트가 하는 말에 과도하게 관심을 기울이는 사이에 나도 모르게 그러고 있었다. 나는 고맙다고 말한 다음에 사과하고, 허버트는 "그럴 필요까지는 없어" 하고 대답한 다음, 이야기를 계속했다.

"하비셤 아씨가 이제 엄청난 재산을 상속받았으니, 훌륭한 결혼 상대로 뭇 사람이 우러러보는 건 너도 충분히 상상할 수 있을 거야. 이복동생도 상당한 재산을 받았지만, 이런저런 빚에다 또다시 정말 무서울 정도로 정신없이 써대는 바람에 모두 탕진했어. 이복동생하고 하비셤 아씨 사이는 이복동생하고 부친이 그런 이상으로 사이가 나빴어. 게다가 이복동생은 하비셤 아씨가 꼬드겨서 부친이 자신을 싫어했다며 마음속 깊이 치명적인 원한을 품었던 것 같아. 여기에서 가장 고통스러운 이야기가 나오니까 잠시 쉴 겸해서 하는 말인데, 식사용 냅킨은 컵에다 쑤셔 넣는 게 아니야."

내가 무엇 때문에 냅킨을 컵에다 쑤셔 넣으려고 했는지 나는 도무지 이해할 수 없다. 확실히 아는 건, 훨씬 훌륭한 일에 사용해야 할 인내심을 끝없이 발휘하며 냅킨을 조그만 컵에 쑤셔 넣으려고 내가 무진장 애쓰고 있었다는 게 전부다. 나는 또다시 고맙다고 말한 다음에 사과하고, 허버트는 또다시 쾌활하게 "그럴 필요까지는 없어. 확실해!" 하고 대답하고, 이야기를 계속했다.

"그런 가운데 어떤 사내가 경마장인지 무도장 같은 곳에 나타나서 하비셤 아씨에게 사랑을 고백한 거야. (나는 그 사람을 본 적이 한번도 없어. 이십오 년 전에, 너나 나나 태어나기 훨씬 전에 일어난 일이거든, 헨델.) 우리 아버지가 하는 말을 들었는데, 그 사람은 허영이 가득해서 겉모습만 꾸미는 그런 부류였어. 뭔가 좀 알 거나 편견이 없는 사람이라면 그 사람을 신사로 착각할 가능성은 조금도 없다고 단호하게 말씀하셨지. 인간 사회가 생겨난 이래 마음이 진정한 신사가 아니면 행동도 진정한 신사가 아니라는 게 우리 아버지의 확고한 원칙이거든. 아버지 말씀이, 어떤 니스를 칠해도 나뭇결을 가릴 순 없으며, 니스를 칠하면 칠할수록 나뭇결은 훨씬 잘 살아난다는 거야.

어쨌든 그 사람은 마냥 쫓아다니면서 헌신적으로 사랑하겠다고 끊임없이 고백했어. 내가 알기엔, 당시까지 하비셤 아씨는 누구에게 이성적인 관심을 보인 적이 한 번도 없는데, 한순간에 모든 애정이 솟구친 게 분명해. 그래서 그 사람을 열렬히 사랑했지. 하비셤 아씨가 완벽한 우상으로 섬긴 건 의심할 여지가 없어. 그 사람은 그걸 계획적으로 이용해서 엄청난 돈을 뜯어내고 양조장에 대한 이복동생 지분을 (부친이 아주 조금 남겨준 지분을) 상당한 가격으로 사들이도록 꼬드겼어. 자신이 결혼하면 양조장을 운영하고 경영해야 한다는 구실을 대면서 말이야.

네 보호자는 당시만 해도 아무런 관계가 없을 때고, 하비셤 아씨는 너무 거만한 데다 너무 깊은 사랑에 빠져서 다른 누구에게도 충고를 안 들었어. 친척은 모두 가난하고 교활했어. 하지만 우리 아버지는 아니야. 가난한 건 똑같아도 기회만 엿보면서 이익을 추구하진 않거든. 친척 가운데서 유일하게 사심이 없던 아버지는 그 남자에게 너무 많은 걸 해준다고, 그 남자한테 너무 심하게 흔들린다고 하비셤 아씨에게 경고했어. 하비셤 아씨는 그 남자가 있는 앞에서 대뜸 화내며 당장 나가라 명령하고, 우리 아버지는 그때 이후로 그 집에 한 번도 안 갔어."

하비셤 아씨가 "매슈도 결국엔 나를 보러 오게 될 거야. 내가 죽어서 저 식탁에 누우면" 하고 말한 기억이 나서 나는 허버트에게 부친께서 하비셤 아씨에 대한 분노가 그리도 깊으냐고 물었다.

"그런 건 아니야. 하지만 하비셤 아씨는 자신이 결혼할 남자 앞에서 우리 아버지를 몰아쳤어. 자신에게 아부해서 믿기 얻으려던 기대가 꺾여서 그런 거라고. 그러니 인제 와서 하비셤 아씨를 찾아간다면 정말 그런 것처럼 보일 거야, 우리 아버지 생각에도, 하비셤 아씨 생각에도.

어쨌든 남자 이야기로 돌아가서 완전히 끝내자면, 결국 결혼식 날짜를 정하고 결혼식 드레스를 사고 신혼여행을 계획하고 결혼식 하객을 초대했어. 그런데 결혼식 날에 신랑이 사라진 거야. 남긴 건 편지 한 장이 전부였어……."

"결혼식 드레스를 입다가 편지를 받은 거지? 아홉 시 이십 분 전에?"

내가 불쑥 끼어들자, 허버트는 고개를 끄덕이며 대답했다.

"그래, 바로 그 시각에. 하비셤 아씨는 집 안에 있는 모든 시계를 그 시각에 정지시켰어. 편지 내용에 대해서는 결혼 자체를 아주 비정하게 깨뜨렸다는 이상 말할 수 있는 게 없어. 나도 모르거든. 하비셤 아씨는 끔찍한 병에 걸려서 심하게 앓다가 일어난 다음부터 저택 전체를 황폐하게 버려두고 환한 햇빛을 두 번 다시 안 보았지, 네가 본 그대로."

나는 곰곰이 생각하다가 물었다.

"그게 전부야?"

"내가 아는 전부야. 이것도 내가 이리저리 짜 맞춰서 간신히 파악한 거야. 우리 아버지가 언급을 피하시거든. 하비셤 아씨에게 초대받고 거기에 갈 때조차 내가 꼭 알아야 할 내용 외에는 말씀을 안 하셨어. 그런데 내가 한 가지를 잊어먹었네. 하비셤 아씨가 엉뚱하게 신뢰한 사내는 처음부터 이복동생과 짜고 그런 일을 벌인 것 같아. 두 사람이 공모해서 모든 일을 꾸민 다음에 이익을 나눈 거지."

"그 사람이 하비셤 아씨와 결혼해서 모든 재산을 독차지하려고 안 한 게 이상해."

"이미 결혼한 사람일 수도 있고 하비셤 아씨를 잔인하게 무너뜨리는 게 이복동생 계획일 수도 있어. 중요한 건 나도 그건 모른다는 거야."

나는 여기에 대해서 다시 곰곰이 생각하다가 물었다.

"두 사람은 어떻게 되었니?"

"두 사람은 엄청난 굴욕과 타락과 파멸로 빠져들었어, 하비셤 아씨보다 심할지는 모르겠지만."

"아직 살았니?"

"모르겠어."

"에스텔라는 친척이 아니라 양녀라고 조금 전에 말했는데, 언제 양녀로 들인 거니?"

내가 묻자, 허버트는 어깨를 으쓱하며 대답했다.

"내가 하비셤 아씨에 대한 말을 처음 들을 때부터 에스텔라 이야기는 항상 나왔어. 더는 몰라. 그런데 헨델……"

허버트가 이제 이야기를 완전히 마무리하려는 표정을 떠올리며 덧붙였다.

"이제 우리 사이에는 아무런 비밀도 없어. 내가 하비셤 아씨에 대해서 아는 걸 이제 너도 다 아니까."

"내가 아는 것 역시 네가 다 알고."

"그래, 맞아. 그러니 너와 나 사이엔 경쟁할 것도 당혹스러워할 것도 있을 수 없어. 그리고 네가 인생을 개발하고 개척할 조건에 대해선 - 말하자면, 너에게 은혜를 베푼 사람에 대해 알려고 하거나 토론하면 안 된다는 건 - 나나 우리 가족이 그걸 건드리거나 깨뜨리려고 하는 일은 절대 없을 거라고 확신해도 돼."

사실대로 말하자면, 허버트가 이 말을 아주 또렷하게 한 덕분에 나는 허버트 부친 집에서 앞으로 몇 년을 지내도 이 문제를 거론하는 일은 없을 거라고 느꼈다. 하지만 의미심장한 어투는 하비셤 아씨가 은혜를 베푼 사람이란 사실을 나만큼이나 완벽하게 파악했다는 느낌을 주었다.

이 문제를 우리 사이에서 깨끗하게 마무리할 목적으로 허버트가 일부러 이런 방향으로 화제를 몰아갔다는 생각은 미처 못 했으나, 속에 담긴 이야기를 모두 털어놓고 나니, 허버트나 나나 기분이 훨씬 좋고 마음이 참으로 가벼워, 그때 비로소 일부러 그런 거란 사실을 깨달았다. 그래서 매우 기쁘고 화기애애하게 대화를 나누는 가운데, 나는 무슨 일을 하느냐 묻고 허버트는 "자본가, 선박 보험업"이라고 대답하더니, 내가 선박운송이나 자본에 관한 걸 찾으려고 실내를 둘러본다는 사실을 알았는지 "중심가에 있어" 하고 덧붙였다.

나는 도심지에서 선박보험을 취급하는 업자들이 엄청난 재산을 지닌 중요한 사람들이란 막연한 생각에, 이런 보험업자를 어릴 때 때려눕히고 사업하는 눈을 멍들게 하고 책임감이 막중한 머리를 깨뜨린 사실에 두려운 마음마저 들었다. 하지만 다행스럽게도, 허버트 포킷은 그렇게 성공해서 부자가 될 수 없다는 묘한 인상이 다시 떠올랐다.

"나는 선박보험업에 자본을 투자하는 거로 만족하지 않을 거야. 유망한 생명보험 지분도 사들여서 이사로 들어갈 거야. 거기에다 광산업 쪽에도 손을 약간 댈 생각이야. 이렇게 다양한 일을 벌여도 몇천 톤급 선박 정도는 혼자서 충분히 운영할 수 있으니까 말이야. 나는 동인도를 오가며……"

허버트가 의자에 등을 기대면서 계속 말했다.

"무역할 생각이야. 비단, 숄, 향료, 염료, 약제, 고급 목재 같은 걸 취급하는 거지. 아주 재미있을 거야."

"그럼 이익이 많아?"

"엄청나지!"

허버트 말에 나는 다시 흔들렸다. 나보다 많은 재산을 소유하겠다는 생각이 절로 떠올랐다.

허버트 역시 양손 엄지손가락을 조끼 주머니에 걸치며 계속 말했다.

"거기에다 서인도까지 오가며 무역하는 거야, 설탕, 담배, 럼주 같은 거로. 실론[42]하고도 무역할 생각인데, 주로 상아를 취급하겠지."

"그러면 선박이 많이 필요하겠다."

"선단 하나 정도는 있어야겠지."

나는 엄청난 무역 규모에 완전히 압도당한 채, 지금 현재 보험을 계약한 선박은 주로 어디를 오가며 무역하느냐고 물었다. 그러자 허버트가 대답했다.

"아직은 본격적으로 시작하기 전이야. 주변을 둘러보는 중이지."

그러기엔 바너드 여인숙이 왠지 딱 어울리는 것 같아서 나는 (확신이 가득한 어투로) "아하!" 하고 감탄했다.

"그래. 지금은 회계사무실에 다니면서 주변을 살피는 중이야."

"회계사무실은 수입이 많니?"

"거기에 다니는 젊은이에게 생기는 수입 말이니?"

허버트가 반문했다.

"그래, 너에게."

내가 대답하자, 허버트는 조심스럽게 합산해서 수지타산을 맞추는 어투로 말했다.

"맙소사, 아니야. 아직은 아니야. 직접적인 수입은 없어. 한 마디로, 내가 받는 돈은 한 푼도 없어. 내가 알아서 꾸려나가야 해."

수입이 하나도 없다니, 그렇다면 엄청난 자본도 모을 수 없겠단 생각이 들어서 나는 머리를 가로저었다. 그러자 허버트가 다시 말했다.

"하지만 중요한 건 주변을 살피는 거야. 그게 제일 중요해. 회계사무실에 있으면 주변을 둘러볼 수 있거든."

---

42) 인도 밑에 있는 스리랑카를 예전에는 이렇게 불렀다.

회계사무실에 안 나가면 주변을 살필 수 없다는 말투가 이상하게 들리긴 하지만 나는 상대를 존중하는 의미에서 침묵하고, 허버트는 계속 말했다.

"그러다 보면 기회가 생기는 거야, 아주 좋은 기회가. 그러면 재빨리 달려들고 낚아채서 자본을 만드는 거야! 자본을 만들고 나면 투자하는 일만 남거든."

허버트가 말하는 방식은 하비셤 아씨네 마당에서 나에게 보여준 모습과 비슷했다. 정말 비슷했다. 가난을 견디는 모습이 당시에 패배한 결과를 견디어내던 모습과 완전히 일치했다. 당시에 나에게 맞고 쓰러진 걸 받아들이던 자세와 완전히 똑같은 자세로 현재의 모든 시련과 고난을 받아들이는 것 같았다. 개인적으로 소유한 물품 역시 아주 간단한 필수품 외에는 하나도 없는 게 분명했다. 앞에서 언급한 물품 대부분은 식당이나 다른 곳에서 내가 쓰도록 보낸 거란 사실이 드러났기 때문이다.

하지만 마음속으로 이미 모든 성공을 이루고도 잘난 척 않고 겸손하게 말하는 게 나는 참으로 고마웠다. 천성적으로 유쾌한 성격에 겸손한 성격까지 갖춰서 우리는 정말 잘 어울렸다. 저녁에는 이런저런 거리로 산책하러 나가고 반값으로 연극도 구경했다. 다음 날은 일요일이라서 웨스트민스터 사원에 가서 미사를 드리고, 오후에는 이런저런 공원도 거닐면서 화려하게 치장한 말을 수없이 구경하고, 편자를 누가 모두 만들었는지 궁금한 생각도, 매형이 그 일을 맡으면 좋겠다는 생각도 했다.

이제 처음 맞는 일요일인데, 아무리 줄여서 계산해도 매형과 비디를 떠난 게 몇 달은 된 것 같았다. 우리 사이에 놓인 공간도 그만큼 늘어나고, 우리 마을 습지는 까마득하게 먼 느낌이었다. 내가 낡은 양복을 입고 마을 교회에 간 게 바로 지난 일요일이란 사실이 지리적으로나 사회적으로나 태양력으로나 태음력으로나 완전히 불가능한 것처럼 보였다. 그러다가 어둠이 깔리면서 거리는 환하게 빛나고 사람들은 사방에서 붐빌 즈음, 초라하지만 정겨운 고향 집 주방을 멀리 떠나온 게 후회스럽고 우울한 기분까지 들었다. 깜깜한 밤에는 바너드 여인숙 관리인이 무능한 사기꾼처럼 돌아다니는 발소리가 가슴에 공허하게 울렸다.

월요일 아침 아홉 시 십오 분 전에는 허버트가 회계사무실에 출근하러 - 그래서 주변을 살피러 - 가고 나도 함께 길을 나섰다. 허버트가 한두 시간 후에 나와서 해머스미스에 데려갈 예정이라, 나는 그때까지 기다려야 했다. 그런데 미래의 거인이 여기저기에서 힘을 충전하고 월요일 아침에 들어선 건물을 보니, 젊은 보험업자를 낳는 알은 타조 알처럼 먼지와 더위로 부화하는 게 분명하단 생각이 들었다. 허버트가 들어간 회계사무실 역시 내가 보기에는 주변을 제대로 살필만한 곳이 결코 아니었다. 주변에서도 유별나게 우중충한 건물 3층 후면에다 맞은편은 다른 건물 3층 후면이라서 특별히 내다볼 게 하나도 없었기 때문이다.

나는 정오가 될 때까지 기다리며 증권거래소에 들어가서 덥수룩한 사람들이 선박운송에 대한 광고 벽지를 깔고 앉은 걸 발견하고 거상이 분명하다고 생각했는데, 하나같이 기운 없는 표정인 이유를 도무지 이해할 수 없었다. 그런 참에 허버트가 나오고, 우리는 아주 유명하다는 집에서 점심을 들었다. 당시에는 정말 그럴싸하게 보였지만 지금 생각하면 유럽 전체에서 가장 잘못 알려진 집인데, 처음 간 당시에도 고기 육즙이 스테이크보다 식탁보와 나이프와 웨이터 옷에 더 많이 묻었다는 사실에 눈이 절로 갈 수밖에 없었다. 우리는 이런 식사를

(고기에 낀 기름에는 비용을 청구하지 않았다는 사실을 고려할 때) 적당한 가격에 해치우고 바너드 여인숙으로 돌아가서 조그만 여행 가방을 든 다음, 해머스미스로 가는 마차에 올라탔다. 그래서 오후 두세 시경에 도착해 포킷 씨 자택으로 곧장 다가갔다. 대문 빗장을 올리고 들어서니 강을 내려다보는 조그만 정원이 나오는데, 거기에서 아이들이 뛰어놀았다. 특별한 관심이나 선입견 때문에 잘못 본 게 아니라면, 그 집 아이들은 자라나거나 양육하는 게 아니라 이리저리 굴러다니는 것 같았다.

포킷 부인은 나무 밑 정원 의자에 앉아서 두 다리를 맞은편 정원 의자에 올린 채 책을 읽고, 뛰어노는 아이들은 보모 두 명이 보살폈다.

"엄마, 이쪽은 핍 군이에요."

허버트가 소개하자, 포킷 부인은 아주 상냥하면서도 품격 어린 자세로 맞아주고, 아이를 돌보는 보모 한 명은 이렇게 소리쳤다.

"알렉 도련님, 제인 아가씨. 덤불에 부닥치며 폴짝폴짝 뛰다가 강물에 빠져서 죽으면 아버님이 뭐라고 하시겠어요?"

그와 동시에 똑같은 보모가 손수건을 주워서 건네주며 "이걸 떨어뜨린 게 벌써 여섯 번째예요, 마님" 하고 말하자, 포킷 부인이 웃으면서 "고마워, 플롭슨" 하고 대답하더니, 의자 하나에만 앉으며 독서를 계속했다. 곧바로 아주 심각한 표정을 떠올리며 눈살을 찡그리는 게 일주일째 계속 책을 읽던 것처럼 보이는데, 불과 서너 줄밖에 안 읽더니 나에게 시선을 고정하며 물었다.

"자네 어머니께서도 잘 계시지?"

조금도 예상 못 한 질문에 너무나 당황한 나머지 나는 그런 분이 계신다면 아주 잘 계실 터이니 정말 고마운 마음으로 답례하는 말씀을 보내실 게 분명하다는 정말 엉뚱한 대답을 하려는데, 때마침 보모가 끼어들어서 구원의 손길을 내밀었다. 손수건을 주워들면서 "맙소사! 이게 벌써 일곱 번째에요! 오늘 오후에는 도대체 왜 이러시는 거예요, 마님!" 하고 소리친 것이다. 포킷 부인은 손수건을 받아들더니, 처음 본다는 듯 어리둥절한 표정으로 가만히 바라보다가 알아채고 웃으면서 "고마워, 플롭슨" 하고 말하곤, 나를 잊어버린 채 독서에 다시 열중했다.

이제 여유가 생겨서 다양하게 뒹구는 아이들을 여섯까지 세다가 이제 다 셌다고 생각하는 순간에 일곱 번째가 구슬프게 울어 재끼는 소리가 허공을 타고 어디에선가 울려 퍼지고, 플롭슨은 깜짝 놀라면서 소리쳤다.

"아기가 깼어! 어서 가봐, 밀러스!"

다른 보모 밀러스는 집 안으로 황급히 들어가고, 아기가 우는 소리는 조금씩 줄다가 멈추는 게 마치 어린 복화술사가 입에 무언가를 문 것 같았다.

지금 생각하면 우리는 포킷 선생님이 밖으로 나오기만 기다린 것 같은데, 어쨌든 거기에서 마냥 기다리다 보니 아이들이 뛰어놀다가 엄마 곁을 지날 때마다 발이 걸려서 엄마 쪽으로 나뒹구는 매우 독특한 현상을 목격할 수 있었다. 그러면 포킷 부인은 순간적으로 깜짝 놀라고 아이는 오랫동안 아주 슬프게 통곡했다. 나는 이런 놀라운 현상을 어떻게 받아들여야 좋을지 몰라 당혹스러워하면서도 당연히 이런저런 추측을 하고, 얼마 후에는 밀러스가 아기를 데려와서 플롭슨에게 넘기고 플롭슨은 다시 포킷 부인에게 넘기는데, 바로 그 순간에 플롭슨 역시 아기를 안은 채 앞으로 곤두박질쳐서 허버트와 내가 간신히 잡아주었다. 그리고 포킷 부인은 책에서 눈을 잠시 떼며 말했다.

"맙소사, 플롭슨! 오늘은 모두가 나뒹굴잖아!"

"맙소사, 정말 그러네요, 마님!"

플롭슨이 빨갛게 달아오른 얼굴로 대답하더니 이렇게 물었다.

"거기에 무엇 두셨어요?"

"내가 여기에 무엇을 두었느냐고, 플롭슨?"

포킷 부인이 반문하고 플롭슨은 소리쳤다.

"맙소사, 이건 발 놓는 걸상이잖아요! 이걸 이런 식으로 치마 밑에 숨기면 누가 안 나뒹굴고 버티겠어요? 자, 아기를 받고, 마님, 책을 주세요."

포킷 부인은 충고대로 하더니 아기를 무릎에 올려서 어설프게 어르고, 다른 아이들은 아기 옆에서 놀았다. 하지만 이런 시간도 금방 끝나는데, 포킷 부인이 이제 안에 들어가서 낮잠을 잘 시간이라고 짤막하게 선언했기 때문이다. 그래서 나는 방문 첫날에 두 번째 사실을 발견했는데, 포킷 집안에서는 이리저리 굴러다니기와 잠자리에 드러눕기로 아이들을 기른다는 사실이다.

이윽고 플롭슨과 밀러스는 어린 양 떼처럼 아이들을 몰며 안으로 들어가고 포킷 선생님은 나를 만나려고 안에서 나오는데, 표정은 복잡하고 하얀 머리칼은 이리저리 헝클어진 모습이 어떤 상황이든 바로잡을 방도를 도무지 못 찾는 신사처럼 보인다는 사실에 나는 많이 놀라진 않았다.

23

포킷 선생님은 나를 만나서 반갑다고, 자신을 보고 실망하지 않았으면 좋겠다고 하면서 아들 허버트와 똑같이 웃으며 "왜냐하면 나는 그렇게 대단한 사람이 아니거든" 하고 덧붙였다. 표정은 복잡하고 머리칼은 새하얀 백발인데도 젊어 보이고 언행은 자연스러운 것 같았다. 내가 자연스럽다는 표현을 사용한 건 있는 그대로를 보여준다는 의미인데, 산만한 태도가 우스꽝스럽게 보이긴 하지만 자신이 그런다는 사실까지 아는 터라 아주 우스꽝스러운 건 아니었다.

선생님은 나와 약간 대화한 다음에 까맣고 멋있는 눈썹을 불안한 표정으로 살포시 찡그리며 "여보, 핍 군에게 환영 인사를 했겠지?" 하고 물었다. 그러자 포킷 부인은 책을 보다가 쳐다보며 "네"라고 대답하더니 아무런 생각 없이 미소를 머금으며 나에게 오렌지 꽃 음료수 맛을 좋아하느냐고 물었다. 지금 나누는 대화나 앞으로 나올 대화와 가깝든 멀든 별다른 관계가 없는 질문이라서 나는 부인이 앞에서 그런 것처럼 그냥 의례적으로 던지는 말이라고 생각했다.

내가 몇 시간 만에 파악한 건, 포킷 부인이 기사 작위를 아주 우연히 받은 고인의 외동딸이란 사실이다. 부친은 훨씬 전에 돌아가신 당신의 부친께서 - 그러니까 할아버지께서 - 국왕이나 수상이나 대법관이나 캔터베리 대주교 같은 사람 가운데 하나가 - 누군지 들은 것 같은데 기억은 전혀 안 나는 사람 하나가 - 완전히 개인적인 이유로 단호하게 반대하지만 않았다면 준 남작 작위를 받았을 게 분명하다는 식으로 마음대로 단정하고, 아주 엉뚱한 사실에 집착해서 자신을 지상의 귀족 명단에 스스로 단단히 박아 넣은 것이다.

그런데 내가 보기에 부친이 기사 작위를 받은 건 어떤 건물에다 초석을 까는 행사에서 펜촉으로 양피지에 연설문을 열심히 적으며 영문법을 난도질하고 왕족에게 흙손인지 회반죽인지를 건넨 덕분인 것 같다. 그래서 작위를 받자, 부친은 포킷 부인을 요람에 누워있을 때부터 작위를 가진 사람과 결혼할 수밖에 없는 여성으로, 평민처럼 집안일을 하는 건 완벽하게 외면하는 여성으로 철저하게 감독하며 길렀다.

똑똑한 부친이 이렇게 감독하며 훌륭하게 키운 결과는 확고하게 뿌리내리고, 젊은 여인은 장식물로 훌륭할 뿐 일상생활에는 완전히 무기력하고 쓸모없는 인간으로 성장했다. 이런 독특한 성격을 행복하게 가꾸던 여인은 젊음이 막 꽃필 때 포킷 선생님을 만났다. 포킷 선생님 역시 젊음이 막 꽃필 때로, 상원의장 자리에 오를지 대주교가 될지를 결정하기 전이었다. 둘 가운데 하나를 차지하는 건 시간문제에 불과한 상태에서 포킷 선생님은 포킷 부인하고 (너무 길어서 잘라야 할 것 같을 때) 시간 앞머리를 대뜸 낚아채더니[43] 똑똑하신 부친에게 알리지도 않은 채 결혼하고 말았다.

똑똑하신 부친은 지참금으로 당장 주거나 묶어둘 수 있는 게 축복밖

---

43) 기회를 안 놓쳤다는 뜻이다.

에 없는 터라, 처음에는 저항하다가 축복이란 지참금을 흠뻑 내주면서 사위에게 부인은 "왕자님에게나 어울릴 보물"이라고 알려주었다. 그래서 포킷 선생님은 왕자님 보물을 세속적인 방향으로 투자해, 있으나 없으나 상관없는 이자만 벌어들인 것 같았다. 그런데도 포킷 부인은 묘한 존경과 동정을 대체로 받는데, 작위를 지닌 사람과 결혼을 못 했기 때문이다. 반면에 포킷 선생님은 묘한 비난과 용서를 받는데, 작위를 결코 못 받았기 때문이다.

포킷 선생님은 나를 집으로 데리고 들어가서 내가 사용할 방을 보여 주었다. 쾌적한 공간에 가구도 충분한 게 혼자서 거실로 편하게 사용할 수 있을 것 같았다. 그런 다음에는 방문을 두드리더니 비슷한 방 두 곳에서 지내는 사람을 소개했다. 드러믈과 스타톱인데, 드러믈은 체구가 묵직하고 나이가 듬직한 젊은이로 휘파람을 부는 중이고, 스타톱은 나이도 외모도 어려 보이는데 책을 읽으며 머리를 움켜잡은 모습이 지식을 너무 강력하게 빨아들이는 바람에 머리가 폭발할 위험에 처했다고 생각하는 것 같았다.

포킷 선생님과 포킷 부인은 다른 사람에게 휘둘리는 느낌이 너무 또렷해, 나는 집안을 장악해서 포킷 부부가 그렇게 살게 하는 사람이 누군지가 궁금하다가 눈에 안 보이는 권력을 행사하는 건 하인들이란 사실을 발견했다. 집안에서 시끄러운 소리가 일어나는 걸 줄인다는 측면에서 나름대로 좋은 방법이긴 하지만 비용이 많이 들 것 같았다. 하인들이 마음껏 먹고 마시는 걸, 그리고 아래층에 손님을 마음대로 들이는 걸 자기네 권리로 여기기 때문이다. 물론 포킷 부부에게도 푸짐한 음식을 제공하지만 내가 보기에 제일 좋은 음식을 차려 먹는 곳은 항상 주방인데, 그 집에 살려면 스스로 지킬 능력도 있어야 할 것 같다. 그 집에 들어가고 일주일도 안 돼서 포킷 부부와 아무런 교류도 없는 이웃집 부인이 편지를 보내, 밀러스가 아기를 때리는 걸 자신이 보았다고 알렸는데, 포킷 부인은 편지를 보는 순간 엄청난 고통에 휩싸이며 눈물을 터트리더니, 이웃 사람이 가만히 안 있고 다른 집까지 간섭하는 건 정말 터무니없다고 말했기 때문이다.

주로 허버트를 통해서 조금씩 파악한 바에 의하면, 포킷 선생님은 해로우[44]와 케임브리지에서 공부하며 두각을 나타냈지만 아주 이른 나이에 포킷 부인과 결혼하는 행복을 누리면서 모든 가능성을 잃고 주입식 가정교사라는 직업을 택했다. 그래서 둔재 몇 명을 – 재미있는 사실은 자식이 공부할 때만 해도 좋은 자리에 취업하도록 도와주겠다고 학부형마다 떠벌이다가 자식이 그 집을 떠나는 순간부터 곧바로 모두 잊어버린다는 건데 – 억지로 공부시키다가 보람 없는 일에 염증이 나서 런던으로 왔다. 그리고 좋은 자리에 취직하겠다는 희망이 차츰 꺾이면서 공부할 기회를 놓쳤거나 외면하던 만학도를 데려다가 "책 읽기"를 시키거나 특별한 이유가 있어서 공부하는 사람을 갈고 닦으며, 자신이 배운 실력으로 문학책을 편집하거나 원고를 교정하는 일에 착수해, 얼마 안 되는 재산에다 얼마 안 되는 수입을 보태서 내가 본 집을 아직은 꾸려가는 중이었다.

포킷 부부에게는 아첨쟁이 이웃이 있는데, 남의 말에 쉽게 공감하는 과부라서 누가 말하든 금방 맞장구치고 누구에게나 은총을 빌어주고 누구에게나 미소나 눈물을 흘려주었다. 코일러 부인이라고 하는 과부인데, 나는 도착 첫날에 부인을 아래층 식당으로 안내하는 영광을 누렸다. 그러자 코일러 부인은 나와 함께 계단을 내려가는 동안, 포킷 선생님이 여러 신사를 받아들여 함께 책을 읽어야 하는 현실이 친애하는 포킷 부인에게는 엄청난 부담이라고 알려주면서, 하지만 나는 거기에

---

44) 런던에 있는 일류 공립학교다.

속하지 않는다고, 모든 사람이 나 같으면 상황은 완전히 다를 거라고 애정과 확신이 가득한 어투로 말했다. 처음 만나고 오 분이 채 안 될 때였다.

"하지만 친애하는 포킷 부인은 사치를 즐기며 우아하게 살아야 할 사람인데 결혼 초기에 실망하고, 그렇다고 친애하는 포킷 선생에게 그것에 대한 책임이 있다는 말은 아닌데……"

"네, 부인."

내가 말을 막으려고 중간에 대답했다. 상대가 금방이라도 눈물을 터트릴 것 같아서 겁났기 때문이다.

"게다가 성향이 귀족적인 걸 좋아해서……"

"네, 부인."

내가 다시 말했다. 앞에서 그런 것과 똑같은 이유였다. 하지만 코일러 부인은 계속 말했다.

"……포킷 선생은 친애하는 포킷 부인에게서 다른 영역으로 많은 시간과 관심을 돌리기 힘들다오."

푸줏간 주인이야말로 친애하는 포킷 부인에게서 다른 영역으로 많은 시간과 관심을 돌리는 게 훨씬 힘들겠다는 생각이 절로 떠오르지만 나는 아무 말도 안 했다. 부인 앞에서 예의에 어긋나지 않으려고 정말 최선을 다했다.

나는 나이프와 포크와 숟가락과 유리잔조차 제대로 사용을 못 하는 굴욕스런 사태를 안 겪으려고 조심스럽게 행동하는 한편으로 포킷 부인과 드러믈이 나누는 대화를 듣고서 드러믈은 세례명이 '벤들리'로, 준 남작 작위 계승 서열 두 번째 위치에 있다는 사실을 파악했다. 포킷 부인이 정원에서 읽던 책은 작위에 관한 내용으로 가득하며, 자신의 할아버지가 작위를 받았을 경우에 책에 기록했을 날짜까지 정확히 안다는 사실도 깨달았다.

드러믈은 말이 많은 건 아니지만 가끔 입을 열 때마다 (쉽게 토라지는 성격이란 느낌을 주면서) 특권계급 출신답게 말하고, 포킷 부인을 같은 계급 여성으로 인정했다. 이런 대화에 두 사람 그리고 아부가 심한 코일러 부인만 관심을 보이고, 허버트는 이런 자체를 아주 고통스럽게 여기는 것 같았다. 그런데도 대화는 아주 오랫동안 이어질 게 분명하던 참에 심부름꾼이 들어와서 집안에 문제가 생겼다고 선언했다. 요컨대, 요리사가 쇠고기를 잃어버렸다는 것이다.

내가 정말 놀란 건 포킷 선생님이 아주 이상한 행동으로 마음을 다스린다는 사실인데, 다른 사람은 그런 모습을 아무렇지 않게 여기는 걸 보고 나 역시 다른 사람과 마찬가지로 익숙하게 받아들일 수밖에 없었다. 포킷 선생님이 고기를 썰어서 나눠주던 나이프와 포크를 내려놓고 잔뜩 헝클어진 머리칼에 두 손을 집어넣어 엄청나게 노력하며 잡아당겨서 몸뚱이를 들어 올리려는 것처럼 보였기 때문이다. 그러더니 잠시 후에 동작을 멈추고 몸뚱이는 조금도 못 들어 올린 상태에서 아무 말 없이 다시 고기를 썰기 시작했다.

그러자 코일러 부인이 화제를 바꿔서 나를 치켜세우기 시작했다. 나도 처음에는 그러는 게 좋았으나, 너무 심하다 보니 기쁜 느낌도 금방 사라졌다. 나에게 뱀처럼 바싹 달라붙어서 내가 떠나온 고향과 친구들에게 엄청난 관심을 보이는 척하는데, 갈라진 혀를 날름거리는 뱀이 그대로 떠올랐다. 그러다가 (대답을 거의 않는) 스타톱이나 (대답을 더 않는) 드러믈에게 가끔 말을 거는데, 나는 두 사람이 식탁 맞은편에 떨어져 앉은 게 정말 부러웠다.

저녁 식사를 마치고 나서 아이들을 소개할 때는 코일러 부인이 아이마다 눈과 코와 다리가 정말 예쁘다며 칭찬하는데, 어린애들에게 감각을 일깨우는 매우 좋은 방법 같았다. 어린애는 여자애가 네 명에다 남자애가 두 명이고 어느 쪽인지 분간할 수 없는 아기가 한 명으로, 배 속에 아기가 또 있었다. 아이들을 데려온 건 플롭슨과 밀러스인데, 그 모습은 마치 부사관 두 명이 어디에선가 아이들을 징병해서 데려오기라도 하는 것 같고, 포킷 부인은 예전에 어디에선가 본 기억이 나는 것 같은데 누군지 하나도 모르겠다는 표정으로 어린애들을 빤히 쳐다보았다.

"자! 포크를 저한테 주시고, 마님, 아기를 받으세요. 그렇게 받으면 안 돼요. 아기 머리를 식탁 밑에 찧을 수도 있어요."

플롭슨이 말하자, 포킷 부인은 다른 식으로 받고 아기는 식탁 위에 머리를 찧어, 그런 사실을 쿵! 소리와 함께 모든 사람에게 알렸다. 그러자 플롭슨이 기겁하며 말했다.

"맙소사, 맙소사! 이리 주세요, 마님. 그리고 제인 아가씨는 이리 나와서 아기에게 춤추는 걸 보여주세요, 어서!"

여자애 한 명이 아주 조그만 체구에도 벌써 다른 사람을 능히 돌볼 수 있다는 듯, 내가 있는 바로 옆에서 앞으로 나가 아기 앞에서 이리저리 움직이며 춤추고 아기는 울음을 서서히 줄이다가 까르르 웃었다. 그러자 다른 아이도 모두 웃고, 포킷 선생님도 (머리칼을 잡아당겨서 자신을 들어 올리려고 두 번이나 애쓰다가) 웃고, 우리 모두 웃으며 즐거워했다.

플롭슨은 아기를 네덜란드 인형[45]처럼 관절을 억지로 꺾더니, 포킷 부인 무릎에 안전하게 내려놓고 아기에게 가지고 놀리고 호두 까기 기구를 주었다. 그러면서 아기가 호두 까기 손잡이에 눈을 안 찔리도록 조심하라 충고하고, 제인 아가씨에게도 잘 살펴보라고 날카롭게 지시

---

45) 팔다리를 접도록 만든 목각인형으로, 당시에 크게 유행했다.

했다. 그러더니 두 보모는 밖으로 나가 방탕한 심부름꾼과 층계참에서
노골적으로 드잡이질을 벌이는데, 식탁에서 시중들던 심부름꾼이 제
복에 달린 단추 절반은 도박판에서 잃은 게 분명하기 때문이다.

　포킷 부인이 오렌지를 얇게 썰어서 설탕과 포도주에 절인 걸 먹으며
준 남작 두 명에 대해 드러뮬과 대화하는 데 빠져드느라 아기가 무릎에
있다는 사실을 완전히 잊어버리고, 아기는 호두 까는 도구를 가지고
정말 끔찍하게 놀아서 나는 마음이 몹시 불안했다. 그런 가운데 어린
제인은 아기 머리가 위험할 수 있다는 사실을 깨닫고 자기 자리를
살그머니 벗어나 다양한 술책으로 구슬려서 위험한 무기를 빼앗았다.
바로 그 순간에 포킷 부인이 오렌지를 다 먹고는 이것을 보더니 제인을
야단쳤다.

　"버릇없는 놈, 감히 이런 일을! 당장 가서 자리에 앉아!"

　그러자 어린 제인이 혀 짧은 말로 설명했다.

　"친애하는 엄마, 아가가 이걸로 눈을 파낼 뻔했어요."

　"감히 말대답까지 해? 당장 가서 자리에 앉아!"

　포킷 부인이 닦달하는 모습에 나는 제인이 나 때문에 그러기라도
한 것처럼 겸연쩍었다.

　그러자 식탁 건너편 끝에서 포킷 선생님이 끼어들며 말했다.

　"여보, 어떻게 그리도 터무니없이 말할 수 있단 말이오? 제인은 아기
를 보호하려고 그런 것뿐이오."

　"나는 누가 간섭하는 게 제일 싫어요. 당신이 그렇게 간섭해서 나를
모욕하다니, 정말 놀랍군요."

　포킷 부인이 나무라자, 포킷 선생님은 절망적으로 한탄하며 물었다.

　"하느님 맙소사! 그럼 아기가 호두 까는 도구에 머리가 깨져서 죽어
도, 아무도 구하지 말아야 한단 말이오?"

그러자 포킷 부인은 순진무구한 제인을 위엄이 가득한 시선으로 바라보며 대답했다.

"나는 제인에게 간섭받을 생각이 없어요. 나는 우리 할아버지 신분에 맞는 대우를 받고 싶어요. 그런데 감히 제인이!"

포킷 선생님은 두 손으로 머리칼을 다시 움켜잡더니 이번에는 의자에 앉은 몸뚱이를 정말로 몇 센티미터 들어 올리면서 하늘에 대고 절망적으로 호소했다.

"이 말을 들어보소서! 할아버지 신분 때문에 아기가 호두 까는 도구에 머리가 깨져서 죽어야 한답니다!"

그러더니 몸뚱이를 다시 내려놓고 침묵했다.

우리는 이런 일이 벌어지는 동안 어색한 표정으로 식탁보만 바라보았다. 그래서 침묵이 이어지는 사이에 솔직한 아기는 충동을 못 참고 어린 제인을 향해 펄쩍펄쩍 뛰고 까르르 웃으며 좋아하는데, 내가 보기에 (하인을 제외하면) 아기가 확실하게 아는 가족은 제인밖에 없는 것 같았다.

마침내 포킷 부인이 입을 열었다.

"드러믈 씨, 종을 울려서 플롭슨을 불러줄래요? 제인, 불효막심한 녀석, 가서 자빠져 자. 사랑스러운 아가는 엄마랑 가자꾸나!"

아가는 지조가 있는지 온 힘을 다해서 저항했다. 그래서 포킷 부인 팔 너머로 몸을 완전히 젖히며 격렬하게 반항해, 보들보들한 얼굴 대신 털실로 짠 신발과 보조개 접힌 발목만 보여주며 끌려나갔다. 하지만 결국에는 목적을 달성하고 말았는데, 잠시 후에 어린 제인과 노는 모습이 창문 사이로 보였기 때문이다.

그런데 다른 아이 다섯 명은 식탁에 그대로 남았다. 플롭슨은 다른 곳에서 사적인 일을 보는 중이며 다른 사람은 아이들을 돌볼 수 없기 때문이다. 그래서 포킷 선생님이 아이들을 대하는 모습 역시 내가 보는 앞에서 적나라하게 드러났다.

복잡한 표정은 한층 끌어올리고 머리칼은 잔뜩 헝클어뜨린 채, 포킷 선생님이 아이들을 몇 분 동안 가만히 바라보는데 마치 너희 같은 아이들이 어떻게 우리에게 태어나 이런 집에서 살게 되었는지, 하느님이 너희를 다른 사람에게 점지하지 않은 이유가 무언지 도무지 이해할 수 없다고 생각하는 것 같았다. 그러다가 선교사처럼 서먹서먹한 방식으로 아이들에게 – 어린 조는 옷에 구멍이 생긴 이유가 무어니, 아빠, 플롭슨이 나중에 시간 나면 꿰매줄 거예요, 어린 패니는 얼굴에 왜 종기가 생겼니, 아빠, 밀러스가 잊지 않으면 약을 발라줄 거예요 – 이런저런 걸 묻고 대답을 들었다. 그러더니 마음을 누그러뜨리고 다정한 아빠로 돌아가서 은화를 하나씩 주며 가서 놀라고 말했다. 그래서 아이들이 모두 나간 다음에는 머리칼을 잡아당겨서 자신을 들어 올리려고 매우 강력하게 시도하다가 어쩔 수 없는 문제로 치부하며 잊어버렸다.

초저녁에는 강에서 일인용 보트 젓기를 했다. 드러뮬과 스타톱은 각자 보트를 한 척씩 소유해, 나도 보트를 하나 사서 두 사람을 앞질러야 하겠다고 결심했다. 시골에서 자라다 보니 어떤 운동이든 잘하는 편이지만 다른 강도 아니고 템스 강에서는 우아한 자세가 무엇보다 중요할 것 같아, 나는 새로 사귄 친구들이 소개한, 우리 선착장에서 바삐 움직이던, 일인용 보트 대회 우승자에게 개인 지도를 받기로 계약했다. 경험이 풍부한 실력자는 양쪽 팔이 대장장이 같다는 말로 나를 당혹스럽게 만들었다. 칭찬으로 한 말에 학생 한 명이 떨어져 나갈 뻔한 사실을 안다면 그런 말은 결코 안 했으리라.

밤에 집으로 돌아오니 저녁 참을 간단하게 차려놓아 우리 모두 즐겁게 지낼 터인데, 집안에서 아주 불쾌한 사건이 하나 발생했다. 포킷 선생님 기분이 아주 좋을 때 가정부가 들어와서 "괜찮다면, 주인 나리, 말씀드릴 게 있습니다" 하고 말한 것이다.

그러자 포킷 부인은 권위를 또다시 내세우며 반박했다.

"주인 나리에게 직접 말해? 어떻게 그런 생각을 할 수 있지? 가서 플롭슨에게 말해요. 아니면 나에게 말하거나……나중에."

"죄송합니다만, 마님, 주인 나리에게 당장 말하고 싶습니다요."

가정부 대답에 포킷 선생님은 밖으로 나가고, 우리는 아주 즐겁게 지냈다. 그런 참에 포킷 선생님이 매우 슬프고 절망적인 표정으로 돌아와서 이렇게 말했다.

"여보, 벨린다, 정말 꼴좋게 되었구려! 요리사라는 여자는 술에 취해 인사불성이 돼서 주방 바닥에 드러눕고, 이제 막 사다 놓은 신선한 버터 덩어리는 찬장에 달라붙어서 녹아내리고!"

그러자 포킷 부인이 아주 상냥한 표정으로 재빨리 대답했다.

"모두 다 사악한 소피아가 저지른 일이에요!"

"그게 무슨 말이오, 벨린다?"

포킷 선생님이 묻자, 포킷 부인이 대답했다.

"소피아가 당신에게 말한 거잖아요. 조금 전에 여기에 들어와서 당신에게 할 말이 있다고 한 걸 내 눈으로 못 보고 내 귀로 못 들은 줄 아세요?"

"하지만 소피아는 나를 아래층으로 데려가서 요리사와 버터를 보여준 게 전부지 않소, 여보?"

"지금 당신은 소피아가 잘못한 걸 변호하려는 건가요, 여보?"

이 말에 포킷 선생님이 울적한 표정으로 앓는 소리를 내뱉고, 포킷 부인은 계속 말했다.

"우리 할아버지 손녀딸인 내가 이 집에서는 아무것도 아닌가요? 게다가 요리사는 사람을 존경할 줄 아는 훌륭한 여인으로, 일자리를 구하러 처음 왔을 때는 나를 보고 타고난 공작부인 같다고 아주 자연스럽게 말했단 말이에요."

옆에는 소파가 있고, 포킷 선생님은 '죽어가는 검투사'[46]처럼 거기에 풀썩 쓰러졌다. 그래서 그런 자세를 그대로 유지하며 공허한 목소리로 "잘 자게, 핍 군"이라 말하고, 나는 그 자리를 벗어나 침실로 가는 게 바람직하다고 판단했다.

---

46) 죽어가는 검투사(the Dying Gladiator)는 기원전 삼세기 경에 나온 그리스 조각 작품을 말한다.

24

　이삼일이 지나면서 새로운 숙소에 적응하고 런던을 여러 차례 오가면서 여러 장사꾼에게 필요한 물건을 주문한 다음, 나는 포킷 선생님과 오랜 대화를 나누었다. 선생님은 내가 앞으로 살아갈 방식에 대해 나보다 많은 걸 아는데, 재거스 변호사에게 내가 앞으로 직업을 구해서 먹고살 사람이 아닌 데다 나처럼 부유한 젊은이 일반과 교류하며 "나 자신을 지키려면" 처지에 맞는 교육을 충분히 받아야 한다고 들었기 때문이다. 나로서는 아는 내용이 별로 없는 터라 당연히 그대로 받아들였다.

　선생님은 런던에서 유명한 곳을 돌아다니며 나에게 부족한 기본지식을 갖추라고, 내가 배워야 할 내용은 무엇이든 당신이 틀을 잡아가며 충분히 설명할 테니 믿고 따르라고 충고했다. 당신이 지식을 쌓도록 도와줄 터이니 내가 중간에 포기하는 일이 없기를, 다른 도움 없이 당신 혼자서 모든 걸 충분히 도울 수 있기를 바란다는 말도 했다. 선생님은 이런 말과 함께 내용이 비슷한 말을 다양하게 하는 동안 대단히 놀라울 정도로 나를 신뢰했다.

선생님은 나에게 약속을 지키기 위해 언제나 최선을 다하며 노력하고, 덕분에 나 역시 선생님에게 약속을 지키기 위해 언제나 최선을 다하며 노력했다고 지금 이 자리에서 확실하게 말할 수 있다. 선생님이 스승으로 시큰둥한 모습을 보였다면 나 역시 학생으로 똑같은 모습을 보였을 게 분명하다. 하지만 선생님은 나에게 변명할 여지를 안 주어, 우리 둘 다 서로에게 최선을 다했다. 그리고 나는 선생님이 가정교사로서 나를 가르치는 모습을 우스꽝스럽게 여긴 적이 한 번도 없다. 언제나 진지하고 정직하고 훌륭하다고 여겼다.

이런 약속을 맺고, 그래서 열심히 공부하는 식으로 약속을 지키다 보니, 버나드 여인숙에서 지내면 다양한 삶을 체험하면서 동시에 허버트에게 배우는 예절도 많을 거란 생각이 문득 떠올랐다. 포킷 선생님은 이런 생각에 반대하지 않는 대신, 그렇게 결정하기 전에 보호자를 찾아가서 충분히 의논해야 한다고 주장했다. 이렇게 미묘한 주장을 내세운 이유는 내가 버나드 여인숙에 지내면 허버트 역시 생활비를 많이 줄일 수 있을 거란 생각 때문인 것 같아, 나는 '리틀 브리튼'을 찾아가서 재거스 변호사에게 희망 사항을 알리고 이렇게 말했다.

"내가 사용하도록 임시로 빌린 가구를 확실하게 사들이고 사소한 물건을 한두 개만 추가한다면 거기에서 아주 편하게 지낼 수 있을 거예요."

그러자 재거스 변호사는 짤막하게 웃으며 대답했다.

"그렇게 하게! 내가 말했잖아, 두 사람이 잘 지낼 거라고. 그래! 얼마면 되겠는가?"

내가 얼마나 필요할지 모르겠다고 대답하자, 재거스 변호사가 다그쳤다.

"어서! 얼마? 금화 오십 냥?"

"맙소사, 그렇게 많은 돈은 아니에요."

"그럼, 금화 다섯 냥?"

액수가 갑자기 너무 많이 떨어져서 나는 당혹스런 표정으로 대답했다.

"맙소사, 그것보단 많아요."

그러자 재거스 변호사는 내가 그렇게 대답하기만 기다렸다는 듯, 두 손을 주머니에 찌르고 머리를 한쪽으로 기울이고 두 눈을 내 뒤쪽 벽에 고정한 채 물었다.

"그것보단 많다! 그럼 얼마나 많으면 되겠나?"

"모두 얼마면 될지 판단할 수가 없어요."

내가 망설이며 대답하자, 재거스 변호사가 다시 다그쳤다.

"그래? 얼마면 될까? 다섯 냥 곱하기 둘, 그거면 되겠나? 다섯 냥 곱하기 셋, 그거면 되겠나? 다섯 냥 곱하기 넷, 그거면 되겠나?"

그 정도면 충분하겠다고 대답하자, 재거스 변호사가 이맛살을 찡그리며 물었다.

"다섯 냥 곱하기 넷이면 충분하겠다고? 좋아, 다섯 곱하기 넷이면 얼만가?"

"그게 얼마냐고요?"

"그래! 얼만가?"

"변호사님 계산에도 스무 냥이 나오겠지요."

내가 대답하며 빙그레 웃자, 재거스 변호사는 머리를 갸우뚱하는 특유의 동작을 보이며 말했다.

"내가 어떻게 계산하는지는 신경을 끄게, 친구. 내가 알고 싶은 건 자네 계산이니까."

"당연히 스무 냥이지요."

내가 대답하자 재거스 변호사가 사무실 문을 열며 소리쳤다.

"웨믹! 핍 군에게 영수증을 받고 금화 스무 냥을 지급하게."

이런 식으로 딱 부러지게 선을 그으며 업무를 처리하는 방식이 나에게 단호한 인상을 주는데, 좋아 보이는 방식은 아니었다. 어쨌든 재거스 변호사는 웃음기라곤 하나도 없는 얼굴로 번쩍거리는 구두를 신고 가만히 서서 커다란 머리를 한쪽으로 기울이고 눈썹을 하나로 모은 채 대답을 기다리다가, 가끔 구두로 삐걱거리는 소리를 내는 게 마치 구두 자체도 상대를 의심하며 쌀쌀맞게 비웃는 것 같더니, 결국엔 밖으로 나가며 사라지고, 웨믹은 성격이 활달한 데다 대화하는 걸 좋아하는 편이라서 나는 재거스 변호사가 보여주는 태도를 어떻게 이해해야 좋을지 모르겠다고 말했다. 그러자 웨믹은 이렇게 대답했다.

"변호사님에게 그대로 말하세요. 그러면 칭찬으로 받아들일 거예요. 자신이 보여주는 태도에 상대가 당황하는 걸 좋아하거든요."

그러더니 내가 깜짝 놀라는 표정을 보고 이렇게 덧붙였다.

"아! 개인적으로 감정이 있어서 그런 건 아니에요. 직업이 그렇기 때문이지, 다른 건 없어요."

웨믹은 자기 책상에서 점심을 먹는 중인데, 우체통 구멍에 편지를 넣듯 가느다란 입속으로 딱딱하게 마른 비스킷을 하나씩 집어넣고 우적우적 깨무는 식이었다. 그러다가 말했다.

"변호사님은 언제나 함정을 파놓고 가만히 지켜보는 것 같아요. 그러다 보면 상대가 갑자기 덜커덕 걸려드는 식이지요!"

함정을 파는 건 사람에게 바람직하지 않다는 말 대신, 함정을 파는 실력이 아주 좋은 것 같다고 내가 말하자, 웨믹은 펜으로 사무실 바닥을 가리켜서 수치상으로 볼 때 지구 정 반대편에 호주가 있을 거라고 암시하며 이렇게 대답했다.

"호주까지 빠져들 정도로 깊은 함정이지요.[47] 그보다 깊은 함정이 있다면 그건 바로 변호사님 자신일 거예요."

그래서 내가 재거스 변호사는 직업이 정말 훌륭한 것 같다고 말하자, 웨믹은 "최-고 직업!"이라고 대답하더니, 직원은 몇 명이냐고 물을 때는 이렇게 대답했다.

"직원은 많지 않아요. 변호사는 한 명이고, 사람들은 직원을 상대하려고 안 하니까. 그래서 모두 네 명이라오. 한번 구경하겠소? 이제 당신도 우리 식구나 마찬가지니 말이오."

나는 제안을 받아들였다. 그래서 웨믹은 비스킷을 우체통에 모두 넣고 등 어딘가에 달아둔 열쇠를 외투 목깃에서 쇠줄 꽁지머리처럼 꺼내 금고를 열고 현금 상자에서 돈을 꺼내준 다음, 나를 데리고 이층으로 올라갔다. 실내는 어둡고 초라했다. 재거스 변호사 사무실 벽에 땟자국을 문지른 수많은 어깨가 오랜 세월에 걸쳐서 계단을 오르내린 것 같았다. 이 층 제일 앞 사무실에는 선술집 주인과 생쥐 사냥꾼 중간쯤 보이는 직원 한 명이 - 창백한 얼굴이 퉁퉁 부어서 잔뜩 부풀어 오른 직원 한 명이 - 초라하게 보이는 사람 서너 명을 열심히 상대하는데, 사람을 대하는 자세가 무례한 걸 보면 재거스 변호사 돈궤에다 돈을 채워 넣는 사람에게는 누구나 그렇게 대하는 것 같았다. 웨믹은 거기에서 나오며 "베일리[48]에 제시할 증거를 모으는 중이라오" 하고 설명했다.

두 번째 사무실에는 조그만 테리어 강아지처럼 힘이 하나도 없어 보이는 직원이 (강아지 때 털을 깎아야 한다는 사실을 깜빡 잊은 듯)

---

47) 당시에 호주는 범죄자를 보내는 유형지였다. 함정을 깊게 판다는 의미도 있고 결국 성공한다는 의미도 있다.
48) 베일리(Bailey)는 Old Bailey를 줄인 표현으로, 런던 중앙형사재판소를 뜻한다.

머리칼을 치렁치렁 늘어뜨린 채 눈 나쁜 사내 한 명과 비슷한 작업에 열중하는데, 웨믹이 설명한 바에 의하면, 눈 나쁜 사내는 제련업자라서 도가니를 항상 펄펄 끓이니 내가 부탁만 하면 무엇이든 녹여줄 거라는 데, 비지땀을 펄펄 흘리는 모습이 마치 자신을 도가니에 넣고 실험하는 것 같았다.

제일 끝 사무실에는 어깨가 높은 사내 한 명이 안면신경통 때문에 더러운 천으로 얼굴을 싸맨 채, 구두약으로 문지른 것처럼 새까맣고 허름하게 보이는 옷차림으로 허리를 구부정하게 숙이고 작업에 열중하는데, 앞에서 두 직원이 확보한 증거를 재거스 변호사가 사용하도록 말끔하게 다듬으며 정서하는 작업이었다.

이게 사무실 전부였다. 그래서 아래층으로 다시 내려가자, 웨믹은 나를 보호자 사무실로 데려가며 "여긴 예전에 보았지요?" 하고 말했다. 그 순간, 나는 뒤틀린 표정으로 노려보는 끔찍한 석고상 두 개와 시선이 마주쳐서 불쑥 물었다.

"그런데 저 석고상 두 개는 누구 얼굴인가요?"

"석고상 두 개?"

웨믹이 반문하며 의자에 올라서 후후 불며 먼지를 털어내더니, 끔찍한 머리 두 개를 들고 밑으로 내려오며 대답했다.

"아주 유명한 사람이지요. 우리를 세상에 알려준 유명한 고객. 이 친구는 (눈썹에 잉크가 묻은 걸 보니 밤에 살그머니 내려와서 잉크병을 훔쳐봤구나, 늙은 악당아!) 자기 주인을 죽이고 증거를 하나도 안 남긴 걸 보면 계획이 허술한 건 아니었다오."

나는 끔찍한 범죄에 움찔하며 "똑같이 생겼나요?" 묻고, 웨믹은 석고 눈썹에 침을 퉤 뱉더니 소매로 문지르며 대답했다.

"똑같이 생긴 정도가 아니라 그대로라오. 교수형 직후에 뉴게이트에서 석고를 떴으니 말이오. 너는 나를 특히 좋아했어, 그치, 기술자 양반?"

웨믹이 석고상에게 말하더니, 유골을 묻은 무덤 앞에 여인과 수양 버들 모습을 새긴 브로치를 쓰다듬으면서 애정이 가득한 어투로 덧붙 였다.

"이자가 나에게 이걸 만들어주었다오, 특별히!"

"거기에 있는 여인은 무슨 의미가 있나요?"

"아니오. 창녀에 불과하오. (너는 창녀를 참 좋아했어, 그치?) 아니 오, 이자가 아는 여인은 창녀밖에 없다오, 딱 한 명만 빼고. 그런데 숙녀처럼 날씬한 부류도 아니고, 이렇게 유골단지를 보살필 부류도 아니라오, 단지에 술이라도 들었다면 다르겠지만."

웨믹이 브로치를 가만히 바라보더니, 석고상을 올려놓고 손수건으 로 브로치를 열심히 닦았다.

"옆에 있는 인물도 똑같은 최후를 맞았나요? 표정이 똑같으니 말이 에요."

내가 묻자, 웨믹이 대답했다.

"제대로 봤소. 실물 표정 그대로라오. 한쪽 콧구멍이 조그만 낚싯바 늘에 걸린 것 같으니 말이오. 그렇소, 이 친구도 똑같은 최후를 맞았소. 장담하지만, 여기에서는 이런 최후를 맞이하는 게 자연스럽다오. 이 친구는 유언장을 위조했소, 실제로. 유언할 당사자까지 살해했는지는 불확실하지만 말이오. 그래도 당신은 신사였어, 코브. 그리스어도 쓸 수 있다고 자랑했지. 그래, 허풍쟁이야! 당신은 정말 대단한 거짓말쟁 이였어! 지금까지 당신 같은 거짓말쟁이는 만난 적이 없으니까!"

웨믹은 처음에 말한 친구를 선반에 다시 올려놓고 제일 커다란 유품 반지를 만지며 다시 말했다.

"사람을 보내서 이걸 사주었다오, 처형 하루 전에."

그러더니 다른 석고상도 올려놓고 의자에서 내려오는데, 다른 장식품도 비슷한 과정을 통해 생겼을 거라는 생각이 문득 떠올랐다. 그런데 상대는 이런 문제에 주저한 적이 없으므로, 나는 실례를 무릅쓰고 용기 내서 묻고, 웨믹은 앞에 서더니 두 손에 묻은 먼지를 털어내며 대답했다.

"당연하지요, 모두 그런 과정에서 받은 선물이라오. 하나가 생기더니 또 하나가 생기는 식으로 말이오. 나는 주는 대로 받는다오. 골동품이잖소. 재산도 되고. 당신은 미래가 창창하니까 이런 게 대단하지 않겠지만 나는 아니라오. 내가 세운 좌우명은 '휴대 가능한 재산은 꼭 움켜잡아라'라오."

이런 좌우명에 내가 경의를 표하자, 웨믹은 아주 기분 좋은 표정으로 제안했다.

"특별한 일이 없어서 시간이 날 때 월워스에 있는 우리 집으로 놀러 오지 않겠소? 그러면 아주 커다란 영광으로 알고 잠자리도 제공하겠소. 당신에게 보여줄 게 많은 건 아니지만, 골동품 두세 점은 구경할 만할 거요. 게다가 자그마한 채소밭도 있고 여름별장도 있소."

친절한 초대에 기꺼이 응하겠다고 대답하자, 웨믹이 다시 말했다.

"고맙소. 그렇다면 편리한 시간에 놀러 오는 거로 알겠소. 재거스 변호사 댁에 식사초대를 받은 적 있소?"

"아직 없습니다."

"으음, 그 집에 가면 포도주를, 아주 좋은 포도주를 줄 거요. 나는 펀치를,[49] 그리 나쁘지 않은 펀치를 대접하겠소. 그런데 당신에게 말할 게 있소. 재거스 변호사 댁에서 식사하게 되면 가정부를 주의하여

---

49) 펀치는 술에다 물과 레몬즙과 설탕과 향료 등을 섞은 음료를 말한다.

보시오."

"뭔가 특이한 점이라도 있나요?"

"으음, 사나운 야수를 길들인 걸 보게 될 거요. 당신은 그게 뭐가 대단하냐고 하겠지만, 나는 얼마나 사나운 야수였으며 길을 얼마나 잘 들였는지에 따라 다르다고 대답하겠소. 그걸 보면 재거스 변호사가 얼마나 대단한 사람인지 알 수 있을 거요. 꼭 눈여겨보시오."

웨믹이 하는 말에 나는 관심과 호기심이 잔뜩 일어서 꼭 그렇게 하겠다고 대답했다. 그런 다음에 떠나려고 하는데, 웨믹이 오 분만 시간 내서 재거스 변호사가 "업무 수행"하는 모습을 보고 싶지 않으냐고 물었다. 몇 가지 이유가 있지만, 재거스 변호사가 "업무 수행"하는 모습도 궁금해서 나는 좋다고 대답했다.

그래서 도심지로 뛰어들어 사람이 붐비는 즉결 재판소에 들어서자, 브로치에 탁월한 감각을 발휘한 고인과 (살인이란 측면에서) 똑같은 부류로 보이는 사람이 피고석에 서서 불안한 표정으로 무언가를 질겅질겅 씹고, 재거스 변호사는 어떤 여인에게 심문인지 반대심문인지를 하면서 당사자는 물론 그 자리에 참석한 모든 사람과 재판장까지 공포로 몰아넣었다. 인정할 수 없는 말을 행여나 누가 한마디라도 한다면 재거스 변호사는 그렇게 말한 사실을 "자세히 받아 적으시오" 하고 즉시 요구했다. 행여나 누가 인정하지 않겠다는 말이라도 한다면 "내가 꼭 인정하도록 만들겠소!" 하고 소리치고, 그래서 인정하겠다고 말하면 "이제 당신은 나에게 꼼짝없이 잡혔소!" 하고 소리쳤다. 재거스 변호사가 손가락을 물어뜯을 때마다 재판장은 부르르 떨고, 도적질하다 잡힌 사람이나 잡은 사람은 재거스 변호사가 하는 말에 넋을 잃고 바라보다가 행여나 눈썹 한 가닥이 자기 쪽으로 돌아서기라도 하면 잔뜩 움츠렸다.

그런데 재거스 변호사가 재판장 전체를 맷돌로 갈아대는 것처럼 몰아붙이는 걸 보면 도무지 어느 쪽인지 이해할 수 없었다. 하지만 발끝으로 살금살금 걸어서 밖으로 나올 즈음에 재판장 편은 아니란 사실 하나는 확실히 깨달았다. 그날 그 자리에 앉아서 영국 법과 정의를 대변하는 자세를 무섭게 비난해, 재판장이 탁자 밑에서 다리를 덜덜 떨었기 때문이다.

25

벤틀리 드러뮬은 표정이 너무 부루퉁한 나머지 책을 볼 때는 작가에게 기분이 상한 것처럼 보이고 사람을 대할 때도 비슷하게 보였다. 몸집이 무겁고 동작과 이해력이 굼뜨며 표정도 굼뜨고 혓바닥 역시 방안에서 아무렇게나 축 늘어진 채 빈둥거리는 주인처럼 입안에서 어눌하게 축 늘어진 것 같은 데다, 게으르고 거만하고 인색하며 말이 적고 의심이 많았다. 남서부 지역 서머셋 부잣집 출신인데, 부모님은 성격이 묘한 아이를 그냥 기르다가 나이가 찬 다음에 비로소 머리가 멍청하다는 사실을 깨달았다. 그래서 벤틀리 드러뮬은 포킷 선생님보다 머리가 하나는 더 커다랗고 다른 학생보다 머리가 다섯 배는 미련한 상태에서 공부하러 여기까지 오게 되었다.

스타톱은 마음이 약한 어머니 밑에서 버릇없이 자라며 학교에 가야 할 나이에 집에서 지냈지만 자기 어머니를 더할 나위 없이 존경하며 사랑했다. 생김새가 여성처럼 섬세한 게, 허버트가 "저 친구 어머니는 처음 보는 사람도 한눈에 알아볼 정도로 얼굴이 똑같이 생겼어" 하고 말할 정도였다.

내가 드러믈보다 스타톱에게 훨씬 친근하게 대한 건 너무나 당연한 결과였다. 그래서 초저녁마다 보트를 타던 초기에 우리 둘은 나란히 보트를 몰며 이런저런 대화를 나누고, 벤틀리 드러믈은 뒤에서 머리 위로 우뚝 솟은 강둑 옆으로 갈대 사이를 헤치며 혼자 쫓아왔다. 보트를 타면 언제나 어쩔 줄 모르는 양서류처럼 물가를 따라 엉금엉금 노를 젓는데, 물살이 같은 방향으로 흐르며 빠르게 밀어줄 때도 마찬가지였다. 그래서 지금도 드러믈을 생각하면, 내가 스타톱과 함께 강줄기 한복판에서 황혼이나 달빛을 가르며 보트를 저을 때 뒤에서 혼자 어둠에 묻히거나 역수[50]에 밀리며 쫓아오는 모습이 떠오른다.

허버트는 아주 절친한 동료며 친구였다. 내가 보트 사용권 절반을 주어서 보트를 타러 해머스미스로 자주 내려오고, 허버트는 숙소 사용권 절반을 주어서 나 역시 런던으로 자주 올라갔다. 우리는 아무 때나 기분이 내키면 걸어서 두 곳을 오가곤 했다. 아직도 그 길을 좋아하는데 (물론, 길을 걷는 게 당시처럼 즐거운 건 아니지만) 아무것도 모른채 희망만 가득하고 감수성은 예민하던 시절에 다니던 길이라서 그런 것 같다.

내가 포킷 선생님 댁에서 지낸 지 한두 달이 지날 즈음에 카밀라 부부가 나타났다. 카밀라는 포킷 선생님 친동생이다. 하비셤 아씨 저택에서 함께 본 조지아나도 나타났다. 조지아나는 사촌으로, 자기 생각이 완고한 걸 종교라 부르고 변덕을 사랑이라고 부르는, 소화불량이 심한 독신녀였다. 이 사람들은 탐욕과 좌절감에 휩싸여서 나를 증오했다. 물론 잔인한 마음속을 숨기고 겉으로는 내가 잘 돼서 다행이라며 아부했다. 그리고 포킷 선생님을 자신에게 뭐가 이익인지도 모르는 아기처럼 취급하며, 예전에 그런 것처럼 자족적인 아량을 베풀었다. 하지만

---

50) 둑에 부딪혀서 되밀리는 물살을 말한다.

포킷 부인을 경멸스럽게 여긴 나머지, 불쌍한 영혼이 인생살이에서 마음껏 좌절하도록 가만히 놓아두었다. 그런 모습을 볼 때마다 희미하나마 자기네 삶에 서광이 비치는 느낌이 들었던 것이다.

나는 이런 환경에 정착해서 공부에 열중했다. 얼마 후에는 낭비하는 습관이 들어 불과 몇 개월 전만 하더라도 엄청나게 커다란 액수로 여기던 돈을 써대면서도, 좋든 싫든 공부하는 책에 집중했다. 여기에서 그나마 좋은 점이 있다면 분별력이라는 게 생겨서 내가 부족하단 사실을 충분히 느낄 수 있다는 것이다. 포킷 선생님과 허버트 사이에서 나는 빠르게 성장했다. 두 사람 가운데 한 명이 곁에 항상 머물며 나에게 필요한 동기와 의욕을 불어넣고 앞을 가로막는 장애물은 치워주었다. 이렇게 빨리 성장하지 않았다면 드러뮬만큼이나 우둔하다는 소리를 들었을 게 분명하다.

이런 가운데 웨믹을 몇 주나 못 봤다는 생각이 나서 쪽지를 보내, 적당한 날 저녁 시간에 함께 만나서 집을 방문하면 좋겠다고 제안했다. 웨믹은 대단히 기쁘다는 답신과 함께 여섯 시에 사무실에서 만나면 좋겠다고 알렸다. 그래서 나는 그쪽으로 웨믹을 찾아갔다. 시계는 막 여섯 시를 울리고, 웨믹은 금고 열쇠를 등으로 밀어 넣던 참이었다.

"월워스까지 걸어갈 생각인가요?"

웨믹이 묻는 말에 나는 대답했다.

"물론이죠, 당신만 괜찮다면."

"다행이군요. 온종일 책상 밑에다 다리를 찔러 넣은 터라 다리 운동이 정말 필요하던 참이니까요. 그럼, 내가 저녁 식사로 준비한 요리를 알려드리죠, 핍 선생. 스테이크로 만든 스튜 요리가 있는데 집에서 만든 거고, 구워서 차갑게 만든 닭고기가 있는데 음식점에서 구매한 거랍니다. 닭고기가 아주 부드러울 거예요. 음식점 주인이 예전에 우리가 맡은 사건에서 배심원으로 배정되었을 때 우리가 편리를 봐주었거든요. 그래서 닭고기를 구매할 때 '제일 좋은 놈으로 골라요, 영국 영감, 우리가 마음만 먹으면 배심원석에 하루 이틀은 더 너끈히 붙잡아둘 수 있었을 테니까요' 하고 말했답니다. 그러자 영감은 '제가 우리 가게에서 제일 좋은 닭고기를 대접하겠습니다요' 하고 말하더군요. 나는 당연히 그러라고 했지요. 닭고기 역시 휴대 가능한 재산이니까요. 연로하신 부친을 싫어하진 않겠지요?"

닭고기 요리에 대해서 계속 말하는 줄 알았는데, 웨믹이 "우리 집에 연로하신 부친이 계시거든요" 하고 덧붙이는 소리에 비로소 나는 당연히 괜찮다고 예의 바르게 대답했다.

길을 따라 걷는데 웨믹이 물었다.

"그래, 재거스 변호사 댁에서 아직도 식사를 안 했지요?"

"네, 아직은."

"당신이 우리 집에 간다는 말을 듣고 오늘 오후에 자신도 그래야 하겠다고 말하더군요. 아마 내일 정도에 재거스 변호사가 초대할 거예요. 당신 친구도 함께 말이에요. 모두 세 명이지요, 그치요?"

나는 평소에 드러믈을 친구로 여긴 적이 없지만 "네" 하고 대답했다.

"으음, 재거스 변호사는 패거리를 전부 초대할 거예요."

나는 패거리라는 단어가 마음에 안 들어도 꾹 참고, 상대는 계속 말했다.

"어떤 요리가 나오든 아주 훌륭할 겁니다. 종류가 다양한 건 아니지만 모두 최상급이지요. 그런데 그 집에는 재미있는 사실이 하나 더 있답니다."

가정부에 덧붙여서 하는 말이란 걸 확인하듯 웨믹이 잠시 입을 다물고 쳐다보더니 다시 말했다.

"밤에 대문이나 창문을 하나도 안 잠근답니다."

"그래도 도적질을 안 당하나요?"

"바로 그거예요! 재거스 변호사는 '누구든 우리 집에 도적질하러 들어오는 사람이 있으면 좋겠다'고 공개적으로 말하거든요. 우리 사무실 입구에서 진짜 밤도둑에게 '너는 내가 사는 곳을 알아. 우리 집은 빗장을 지르는 법이 절대로 없어. 그러니 우리 집을 털어보라고. 제발 부탁이니, 한번 털어봐' 하고 말하는 걸 내가 한 번만 더 들으면 백 번은 될 거예요. 하지만 아무리 꼬드겨도 감히 그럴 정도로 대담한 도둑은 단 한 명이 없다오."

"재거스 변호사가 그렇게 무서운가요?"

"무서워요? 당연히 무섭지요. 물론 재거스 변호사가 그렇게 도발하면서 준비를 전혀 않는 건 아니에요. 식기류 가운데 은제는 하나도 없고 모두 브리타니아 금속[51]이라오."

"그렇다면 소득이 없겠네요, 설사 도적이 들어가서……"

내가 말하는 걸 웨믹이 가로채며 계속 말했다.

"맞아요! 하지만 재거스 변호사는 다르고, 도적들도 그걸 알아요. 도적들 목숨을, 수십 명 목숨을 손에 넣게 되거든요. 그러면 원하는 걸 무엇이든 구할 수 있게 되는 거지요. 재거스 변호사가 마음만 먹으면 무엇이든 구하게 되는 거예요."

나는 보호자가 정말 대단하단 생각에 깊이 빠져드는데, 웨믹이 다시 말했다.

"은제 식기류가 없다는 부분은 재거스 변호사가 그만큼 속이 깊다는 증거라오. 강물도 타고난 깊이가 있듯이 재거스 변호사도 타고난 깊이

---

51) 주석, 구리, 안티몬 합금으로 광택을 내면 은처럼 보여, 은제 식기류 대용품으로 널리 쓰인다.

가 있어요. 시곗줄을 보세요. 그건 진짜라오."

"아주 묵직하더군요."

"묵직해요? 그렇겠지요. 금으로 만든 시계라서 돈으로 치자면 금화 백 냥 가치는 되니까요. 런던에만 그 시계를 자세히 아는 도적놈이 칠백 명은 된답니다. 그런데 자신도 모르는 사이에 시곗줄 고리라도 만지는 순간, 사내든 여자든 어린애든 그게 누구 물건인지 알아보고 뜨거운 불덩이라도 만진 것처럼 떨어뜨리지 않을 사람은 단 한 명도 없다오."

처음에는 이런 대화를 나누고 나중에는 훨씬 일반적인 대화를 나누면서 길을 걷는 무료함을 달래는 가운데, 이제 월워스 구역에 들어섰다고 웨믹이 알려주었다.

어둑한 도로와 도랑과 조그만 채소밭이 모여서 아주 따분하고 한적한 분위기였다. 웨믹이 사는 집은 채소밭이 옹기종기 모인 한가운데에다 나무로 지은 조그만 주택인데, 꼭대기를 대포 포대처럼 꾸며서 페인트를 칠했다.

"내가 직접 지은 집이라오. 예쁘지 않소?"

웨믹이 묻는 말에 나는 높이 칭찬했는데, 지금 생각하면 내가 본 집 가운데에서 가장 조그만 집으로, 고딕식으로 만든 창문은 (대부분 가짜로) 아주 야릇하고 고딕식으로 만든 대문은 너무 좁아서 사람이 못 들어갈 것처럼 보였다.

"저건 진짜 깃대라오. 일요일마다 진짜 깃발을 올리지요. 그리고 여길 보시오. 나는 여기에 있는 다리를 지나자마자 이렇게 들어 올려서 바깥세상하고 완전히 차단한다오."

굵직한 판자로 만든 다리는 넓이가 대략 일 미터 절반은 되고 깊이는 일 미터 정도 되는 도랑을 가로질렀다. 하지만 자부심이 대단한 표정으로 다리를 들어 올려서 단단히 고정하는 모습이 정말 보기 좋았다. 얼굴은 환하게 웃는 게, 기계적으로 웃는 게 아니라 정말 좋아하는 표정이었다.

"그리니치 시각으로 매일 밤 아홉 시에 대포를 쏜다오. 저기 있네요! 대포 발사 소리를 들으면 정말 그럴싸할 거요."

웨믹이 말한 대포는 따로 만든 격자무늬 요새에 올려놓았는데, 비바람을 피하려고 방수포를 우산처럼 기묘하게 만들어서 덮어놓은 상태였다.

"요새 같은 느낌이 망가지지 않도록, 뒤에다 - 나는 좋은 생각이 떠오르면 바로 당장 실천하는 게 원칙인데, 당신도 생각이 같은지 모르겠지만⋯⋯."

나도 당연히 똑같다 단호하게 대답하고 웨믹은 계속 말했다.

"뒤에다 돼지 한 마리와 닭과 토끼를 기르고 내가 직접 조그만 나무틀을 짜서 오이 같은 채소를 기른답니다. 나중에 저녁 식사를 하다가 샐러드를 먹으면 어떤 종류인지 알겠지요."

웨믹이 말하더니 다시 미소를 떠올리며, 하지만 아주 진지한 표정으로 고개를 절레절레 저으며 계속 말했다.

"행여나 누가 여기를 포위 공격한다 해도 식량 하나만큼은 아주 오랫동안 버틸 수 있을 겁니다."

그러더니 약 십 미터 거리에 있는 정자로 안내하는데, 길이 묘하게 휘어서 상당한 시간을 들이며 들어서자, 우리가 사용할 술잔은 이미 준비하고 우리가 마실 펀치 숨은 장식용 호수에 시원하게 담근 상태인데, 정자 바로 옆이 호수였다. 물이 살짝 깔린 호수는 모양이 동그랗고 한가운데에는 저녁 식사로 나오는 샐러드 크기에 불과한 섬이 있고 거기에 분수까지 설치해, 수도관에서 코르크 마개를 빼면 물이 콸콸 흘러나오며 조그만 물레방아를 돌려서 손등을 흠뻑 적실 정도였다. 내가 칭찬하자, 웨믹이 고마워하면서 이렇게 대답했다.

"나는 우리 집 기술자요, 우리 집 목수며, 우리 집 배관공이고, 우리 집 정원사고, 우리 집 팔방미인이라오. 그래요, 취미는 정말 좋은 거라오. 이런 일을 하다 보면 뉴게이트 거미줄이 깨끗하게 씻겨나가고 우리 노인네도 기뻐하니까요. 지금 당장 우리 노인네를 소개할 텐데, 괜찮겠지요? 난처할 건 없겠지요?"

나는 당연히 괜찮다 대답하고, 그래서 우리는 성으로 들어갔다. 나이가 아주 많은 노인 한 분이 플란넬 외투를 입고 벽난로 옆에 앉아 있는데, 깨끗하고 명랑하고 편안한 걸 보면 보살핌은 잘 받는 것 같아도 귀는 완전히 먹었다.

웨믹이 노인과 악수하며 다정하면서도 익살맞은 어투로 인사했다.

"우리 노인네, 잘 지내셨어요?"

"그래, 우리 아들, 그래!"

노인이 대답하자, 웨믹이 다시 말했다.

"핍 선생이 놀러 왔는데, 이름을 들을 수 있으면 정말 좋겠네요, 노인네. 핍 선생, 우리 부친에게 고개를 끄덕이세요. 그러면 아주 좋아하시거든요. 괜찮다면 윙크하듯 고개를 끄덕이세요!"

내가 최선을 다해 고개를 열심히 끄덕이는 동안 노인이 소리쳤다.

"여긴 우리 아들이 사는 훌륭한 집이라오, 선생. 여긴 아주 멋진 유원지라오, 선생. 우리 아들이 죽으면 정부가 여기랑 아름다운 건물을 그대로 관리해, 사람들이 즐겁게 지내도록 해야 해요."

그러자 웨믹이 노인을 가만히 바라보면서 말하는데, 딱딱한 얼굴이 정말 부드럽게 변했다.

"여기가 펀치 술만큼이나 자랑스러우세요, 노인네?"

316

그리곤 "노인네한테 고개를 끄덕이세요" 하고 엄청나게 커다랗게 말하더니, "고개를 또 끄덕이네요" 하고 노인에게 엄청나게 커다랗게 말하고 "마음에 들지요, 그죠?"라고 묻더니, 나에게 다시 말했다.

"피곤하지 않다면, 핍 선생 – 처음 오는 사람은 당연히 피곤하겠지만 – 우리 노인네에게 한 번만 더 고개를 끄덕일래요? 그러면 우리 노인네가 상상도 못 할 정도로 좋아하신답니다."

내가 몇 차례 더 고개를 끄덕이자, 노인네가 아주 좋아했다. 그리고 닭에게 모이를 주려고 애쓰는 모습을 보면서 그곳을 떠나 펀치 술이 있는 정자로 가서 앉았다. 그러자 웨믹이 파이프 담배를 태우면서 여기를 현재처럼 완벽하게 만드는데 오랜 세월이 걸렸다고 말했다. 그래서 물었다.

"여기는 당신 소유인가요, 웨믹 씨?"

"당연하지요. 오랜 시간에 걸쳐서 조금씩 사들였답니다. 그래서 이젠 정말이지 완벽한 사유지라오!"

"정말요? 재거스 변호사도 여길 아주 좋아하나요?"

"여길 보여준 적도 없고 말한 적도 없으며, 노인네를 보여준 적도 없고 말한 적도 없다오. 나는 사무실에 들어서는 순간 여기에 있는 요새를 완전히 잊고, 요새로 들어서는 순간에는 사무실을 완전히 잊는다오. 선생도 괜찮다면 나처럼 똑같이 하길 바라는 바이오. 사무실에서 여기에 관한 이야기가 나도는 걸 조금도 원치 않으니 말이오."

당연히 나는 상대 요청에 따르는 게 도리라 생각하고 그러겠다고 대답했다. 펀치 술이 정말 맛있어서 거기에 앉아 대화를 나누며 계속 마시다 보니 어느새 아홉 시 직전이 되었다. 그러자 웨믹이 파이프 담배를 내려놓으며 말했다.

"대포 쏠 시간이 다가오는군요. 노인네가 아주 좋아한답니다."

성으로 다시 들어가자, 노인네는 기대감이 가득한 눈으로 부지깽이를 빨갛게 달구는데, 밤마다 치르는 중요한 행사를 준비하는 작업이었다. 웨믹은 한 손에 시계를 들고 노인네에게 빨갛게 달군 부지깽이를 받아서 포대로 달려갈 순간만 기다렸다. 그러다가 부지깽이를 받고 밖으로 나가더니 곧이어 대포를 쏘는 소리가 쾅! 일어나며 나무상자처럼 생긴 조그만 주택을 금방이라도 무너뜨릴 듯 마구 흔들고 유리잔과 찻잔 역시 달가닥거렸다. 그와 동시에 노인네가 – 팔꿈치로 꽉 안 잡으면 안락의자에서 금방이라도 튕겨 나갈 것처럼 보이는 노인네가 – 아주 좋아하며 "대포를 쐈다! 내가 소리를 들었다!" 소리치고, 나는 노인네에게 고개를 열심히 끄덕이는데, 노인네가 완벽하게 안 보일 때까지 그랬다 해도 과언이 아니다.

대포를 쏜 다음에 저녁 식사를 들 때까지 막간을 이용해서 웨믹은 자신이 모은 골동품을 보여주었다. 대부분 사형수와 관련된 물건으로, 유명한 위조 사건에 사용한 펜, 유명한 면도칼 한두 개, 머리 타래 몇 개, 사형선고를 받고서 자필로 작성한 원고 몇 개가 있는데, 자신만의 독특한 어법으로 "하나같이 거짓말"이라고 하면서도 원고마다 특별한 가치를 부여했다.

사이사이에는 도자기와 유리로 만든 소품과 박물관 주인장이 근사하게 꾸민 다양한 소품, 파이프에 담배를 재우려고 노인네가 나무를 깎아서 만든 도구 등도 있었다. 이런 물건을 전시한 공간은 내가 아까 성에 방문하면서 처음 들어선 방인데, 일반적인 거실로 사용하기도 하지만 벽난로 시렁에는 냄비가 있고 벽난로 불길 위에는 고기 구이용 꼬챙이를 거는 놋쇠 걸이가 있는 거로 판단하건대, 주방으로도 사용하는 것 같았다.

단정하게 생긴 여자애가 낮에는 노인네를 돌보고 밤에는 주방 일을 했다. 그래서 식탁을 다 차리자, 웨믹은 바깥세상과 이어진 도개교를 내리고 여자애는 퇴근했다. 성 자체가 부패해서 말라비틀어지며 썩는 호두 같은 냄새가 나고 돼지가 너무 가까이 다가오긴 해도 저녁 식사는 아주 훌륭해, 나는 모든 요리를 마음껏 즐기며 먹었다. 탑에 만든 조그 만 침실도 특별한 문제는 없지만, 침실과 깃대 사이에 있는 천장이 너무 얇아서 침대에 똑바로 누울 때는 깃대를 이마로 받쳐서 밤새도록 균형을 잡아야 할 것 같은 느낌까지 들었다.

웨믹은 아침 이른 시각에 일어나고, 미안하게도 내가 신던 장화를 닦는 소리까지 들렸다. 그러더니 밭일에 열중하고, 나는 웨믹이 노인네에게 이런저런 일을 시키는 척하면서 애정이 듬뿍 담긴 표정으로 고개를 끄덕이는 모습을 고딕식 창문으로 내다보았다.

아침 식사는 저녁 식사만큼이나 훌륭하고, 우리는 여덟 시 반에 리틀 브리튼으로 출발했다. 길을 가는 동안 웨믹은 조금씩 건조하고 딱딱한 표정으로 변하고, 입 역시 우체통 구멍처럼 딱딱하게 변했다. 그러다가 사무실에 도착해 외투 목깃에서 열쇠를 꺼내는 순간 월워스 주택을 완전히 잊어버린 모습은 마치 성과 도개교와 정자와 호수와 분수와 노인네가 지난밤에 쏜 대포와 함께 하늘로 모두 날아가기라도 한 것 같았다.

26

웨믹이 사전에 언급한 대로, 나는 보호자가 사는 집을 사무실 직원이자 현금출납원이 사는 집과 비교할 기회를 곧바로 얻었다. 내가 월워스에서 사무실로 들어서자, 보호자는 자기 사무실에서 향수 비누로 두 손을 닦더니, 나를 불러서 웨믹이 말한 대로 친구와 함께 나를 초대하며 단서조항을 달았다.

"격식은 필요 없으니, 평상복 차림으로 내일 저녁에 오게."

사는 집을 몰라서 내가 어디로 가면 되느냐 묻자, 보호자는 "여기로 오면 내가 데려가겠네"라고 대답하는데, 어떤 말이든 곧이곧대로 받아들이는 걸 거부하는 독특한 습성 때문인 것 같았다.

이왕 말이 나온 김에, 재거스 변호사는 고객을 보낸 다음에 외과의사나 치과의사처럼 손을 깨끗이 씻는다는 사실을 확실히 언급하고 넘어가자. 이런 용도에 맞도록 사무실에 조그만 벽장을 설치했는데, 향수 비누 냄새가 향수 가게처럼 진동했다. 벽장 문 안쪽에는 아주 커다란 수건을 롤러에 달아서 즉결 재판소에 다녀오거나 사무실에 찾아온 손님을 내보낸 다음, 언제나 손을 씻고 수건으로 깨끗하게 닦았다. 내가 다음 날 여섯 시에 세 친구와 함께 사무실로 들어서는 순간, 재거스 변호사는 평소보다 복잡하고 험악한 사건을 취급한 것처럼 보이는데, 손만 씻는 게 아니라 벽장에 머리를 들이박은 채 얼굴도 씻고 양치질까지 했기 때문이다. 그런데 이 정도로 끝나지 않고 롤러에 달린 커다란 수건을 한 바퀴나 돌리며 깨끗하게 닦더니, 주머니칼을 꺼내서 손톱에 낀 사건의 잔재까지 모조리 긁어낸 다음에 비로소 외투를 걸쳤다.

우리가 밖으로 나가자 평상시처럼 여러 사람이 눈치를 슬금슬금 보는 게, 재거스 변호사에게 말을 걸고 싶은 열망이 또렷했다. 하지만 온몸을 휘감은 향수 비누 냄새 후광에다 뭔가 아주 단호한 기운까지 어린 나머지, 모든 사람이 그냥 포기하고 말았다. 우리가 길을 따라 서쪽으로 걷는 동안에는 거리 인파 가운데 일부가 이따금 알아보는데, 그럴 때마다 재거스 변호사는 나에게 훨씬 커다란 소리로 말할 뿐, 다른 사람이 알아본다는 사실에 관심을 기울이거나 누구를 알아보는 척하는 법은 단 한 번도 없었다.

재거스 변호사는 소호 구역 제라드 거리로 들어서서 거리 남쪽에 있는 주택으로 우리를 안내했다. 나름대로 웅장하지만 아쉽게도 페인트가 까지고 창문이 더러웠다. 재거스 변호사는 열쇠를 꺼내서 대문을 열고 우리는 대리석 통로로 들어서는데, 일 층에는 가구도 장식도 없이 어둑어둑한 게 사용하는 사람이 거의 없는 것 같았다. 그런 다음에는 암갈색 계단을 오르자, 이 층에서 암갈색 방 세 개가 나란히 나타났다. 판자를 댄 벽마다 조각한 화환으로 장식했는데, 그런 화환 옆에서 재거스 변호사가 우리를 환영한다고 말하는 순간, 나는 동그란 화환 역시 교수형 올가미 같다는 생각이 문득 떠올랐다.

만찬을 준비한 곳은 방 세 개 가운데 제일 좋은 방으로, 두 번째 방은 옷을 갈아입는 방이고 세 번째 방은 침실이었다. 재거스 변호사는 건물 전체가 자기 소유지만 우리가 목격한 공간 외에는 사용하는 법이 거의 없다고 말했다. 식탁은 편안하게 차리고 - 물론 은제 식기류는 하나도 없고 - 재거스 변호사 의자 옆에는 식품을 담는 큼지막한 선반이 있고 거기에는 다양한 술병과 유리병 그리고 디저트용으로 먹을 과일 접시 네 개가 있었다. 특이한 건, 재거스 변호사가 모든 걸 직접 관리하면서 하나하나를 직접 나눠준다는 사실이었다.

실내에는 책장이 하나 있는데, 책등에 적힌 제목을 보고서 증언, 형법, 범죄자의 생애, 재판, 법령과 같은 내용이란 사실을 깨달았다. 가구는 시곗줄만큼이나 묵직하고 훌륭했다. 하지만 사무실 집기 같은 느낌만 가득할 뿐 보기 좋은 장식은 하나도 없었다. 모서리에 조그만 책상이 있는데, 갓을 씌운 등잔과 온갖 서류를 올려놓은 걸 보면 사무실 일을 집까지 가져와서 늦도록 작업하는 것 같았다.

재거스 변호사는 나와 나란히 걷느라 지금까지 세 친구를 거의 못 본 상태인데, 벽난로 앞 양탄자에 올라서서 종을 울려 가정부를 부른 다음에 비로소 한 명씩 차례대로 유심히 살펴보았다. 그런데 놀랍게도 드러믈에게 제일 많은 관심을 보이는 것 같았다. 그러더니 커다란 손을 내 어깨에 올려서 창가로 데려가며 물었다.

"핍, 누가 누군지 모르겠군. 저 거미는 누군가?"

"거미요?"

"부스럼딱지처럼 축 늘어지고 표정이 뚱한 친구."

"벤틀리 드러믈이에요. 얼굴이 섬세한 친구는 스타톱이고요."

재거스 변호사는 '얼굴이 섬세한 친구'에 대해 아무런 관심도 안 보이며 다시 물었다.

"벤틀리 드러믈이 저 친구 이름인가? 표정이 마음에 드는군."

재거스 변호사는 곧바로 대화에 들어가서, 드러뮬이 굼뜬 자세로 말을 최대한 줄이며 대답하는데도 실망하지 않고 오히려 거기에 자극받아서 대답을 쥐어짜는 것 같았다. 내가 두 사람을 가만히 바라보는 동안 가정부가 식탁에 올릴 첫 번째 요리를 들고 우리 사이에 불쑥 나타났다.

대략 마흔 살로 보이는데, 내가 실제보다 훨씬 젊게 보았을 수도 있다. 키는 상당히 커다랗지만 몸매는 민첩하고 유연하며 얼굴은 몹시 창백하고 커다란 두 눈에는 생기가 없고 풍성한 머리카락은 치렁치렁 늘어뜨렸다. 입술을 벌린 건 심장에 무슨 병이라도 있어서 숨을 가쁘게 몰아쉬는 것 같고, 얼굴은 갑작스러운 사태에 당황하면서도 호기심을 느끼는 표정이었다. 하룻가 이틀 전에 맥베스를 공연하는 극장에 갔다가 마녀들 가마솥에서 솟아오르는 얼굴을 본 적이 있는데, 가정부 얼굴 역시 그런 식으로 뜨거운 가마솥에서 펄펄 끓다가 솟아오른 것처럼 보였다.

가정부는 요리를 내려놓고 손가락으로 재거스 변호사 팔을 가만히 건들어서 음식이 나온 걸 알리고 사라졌다. 우리 모두 동그란 식탁에 둘러앉는데, 보호자는 드러뮬을 자기 옆에 그리고 스타톱을 반대편 옆에 앉혔다. 가정부가 식탁에 내려놓은 건 아주 훌륭한 생선요리고, 다음에 나온 양고기도 마찬가지로 탁월하고 그다음에 나온 닭요리도 마찬가지였다. 주인장은 양념과 포도주가 필요할 때마다 식품 선반에서 가져오는데, 모두 최상품이었다. 그래서 식탁을 한 바퀴 돌면 원래 자리로 항상 돌려놓았다. 똑같은 식으로, 요리기 세로 나올 때마나 깨끗한 접시와 나이프와 포크를 나눠주고 이미 사용한 식기류는 자기 의자 옆에 있는 바구니 두 개에 넣었다.

시중드는 사람은 가정부 한 명밖에 없었다. 그래서 모든 요리는 가정부가 가져오고, 그럴 때마다 나는 가정부 얼굴을, 가마솥에서 솟아오른 얼굴을 바라보았다. 몇 년이 지난 다음에 나는 가정부 얼굴을 끔찍할 정도로 비슷하게 연출한 적이 있는데, 치렁치렁 흘러내린 머리 외에는 비슷한 점이 하나도 없는 여인을 어두운 방에서 불이 타오르는 위스키 잔 뒤쪽으로 지나가게 하는 식이었다.

가정부 자신이 아주 독특하게 보이는 데다 웨믹이 사전에 말한 것도 있어서 나는 가정부를 유난히 자세히 살피다가, 실내에 있을 때는 언제나 두 눈으로 보호자를 조심스레 바라본다는 사실과 요리를 보호자 앞에 내려놓을 때마다 주저하다가 재빨리 두 손을 빼는 게, 마치 주인장이 다시 부를까 두려우니 할 말이 있으면 지금 하길 바라는 것처럼 보인다는 사실을 발견했다. 그런데 주인장 태도를 보면 이런 사실을 잘 알 뿐 아니라 의도적으로 상대를 항상 긴장하게 하는 것 같다는 생각도 들었다.

저녁 식사는 흥겨운 분위기로 진행되고, 보호자는 화제를 선도하는 게 아니라 따라가는 것처럼 보이지만 실제로는 우리 각자에게서 제일 나쁜 성질을 쥐어짰다는 사실을 나는 잘 안다. 예를 들어, 나 자신은 내가 입을 연다는 사실을 깨닫기도 전에 사치스런 낭비벽을 그대로 드러낸 건 물론이고 허버트에게 후원자처럼 구는 데다, 앞길을 보장받은 사람이라고 떠벌이는 식이었다. 이런 건 우리 모두 똑같지만, 드러믈은 특히 심했다. 인색하고 의심 많은 태도로 다른 사람을 공격하는 경향을 생선요리가 사라지기도 전에 그대로 드러낸 것이다.

대화가 보트 젓는 실력으로 넘어간 건, 그래서 드러믈이 밤마다 처져서 양서류처럼 느릿느릿 쫓아온다는 말이 나온 건 이때가 아니라 나중에 치즈를 먹을 때였다. 이 말에 대해서 드러믈은 주인장에게 자신은 우리와 어울리는 것보다 혼자 있는 게 훨씬 좋다고, 보트 젓는 실력에 관한 한 자신은 보트 강사보다 훨씬 뛰어나다고, 그리고 힘에 관한 한 우리 같은 사람은 지푸라기처럼 날려버릴 수 있다고 떠벌렸다. 그러자 보호자는 아주 은밀하고 정교한 방식으로 드러뮬이 보트 젓기라는 사소한 문제를 둘러싸고 광분할 정도로 흥분하도록 몰아붙였다. 그러자 드러뮬은 근육이 매우 좋다는 사실을 증명하기 위해 소매까지 걷어붙여서 팔이 얼마나 굵은지 재고, 우리 역시 아주 멍청하게 소매를 걷어붙여서 팔이 얼마나 굵은지 쟀다.

때마침 가정부가 식탁을 치우는 중인데, 주인장은 아무런 관심도 없는 척 고개를 다른 쪽으로 돌리고 의자에 등을 기댄 채 손가락을 물어뜯으며 어이없게도 드러뮬에게 끊임없는 관심을 보였다. 그러다가 가정부가 식탁으로 팔을 쭉 뻗는 순간, 커다란 손을 갑자기 내밀어서 올가미처럼 움켜잡았다. 너무 갑작스럽게 일어난 일이라서 우리 모두 멍청한 논쟁을 중단하고 물끄러미 쳐다보는 가운데, 재거스 변호사는 이렇게 말했다.

"힘에 대한 말이 나왔으니 내가 팔목 하나를 보여주지. 몰리, 손님들에게 팔목을 보여드려."

가정부는 식탁에 올린 손을 잡히긴 했지만 다른 손은 벌써 허리춤 뒤로 숨긴 채 간절한 시선으로 가만히 바라보며 나지막하게 간청했다.

"주인님, 이러지 마세요."

하지만 재거스 변호사는 단호한 태도로 똑같은 말을 반복했다.

"내가 팔목 하나를 보여주지. 몰리, 손님들에게 팔목을 보여드려."

"주인님, 제발!"

가정부가 조그맣게 속삭여도 재거스 변호사는 눈길조차 안 주고 건너편 벽을 고집스레 바라보며 다그쳤다.

"몰리, 손님들에게 양쪽 팔목을 보여드려. 어서 보여드리라고!"

그러더니 손을 떼서 식탁에 있는 가정부 손목을 위쪽으로 돌렸다. 가정부는 허리춤에 숨긴 손까지 빼서 식탁에 나란히 올려놓았다. 두 번째 팔목은 동맥을 그은 흉터가 곳곳에 있어서 정말 흉측했다. 그런데 두 손을 식탁에 올려놓은 순간, 가정부는 재거스 변호사에게 향하던 시선을 우리에게 돌려서 한 명씩 차례대로 바라보고, 재거스 변호사는 집게손가락으로 힘줄을 차분하게 훑으며 장담했다.

"이 여자만큼 팔목 힘이 강한 사람은 없어. 손으로 움켜잡는 힘이 정말 놀랍지. 지금까지 수없이 많은 손을 보았지만, 손으로 움켜잡는 힘이 이보다 강한 사람은 남자든 여자든 한 명도 못 보았으니까."

재거스 변호사가 평가하듯 느긋하게 말하는 동안, 가정부는 가만히 앉은 우리를 한 명씩 차례대로 바라보았다. 그러다가 재거스 변호사가 말을 멈춘 순간에 다시 그쪽으로 시선을 돌렸다.

"이제 됐어, 몰리. 칭찬을 받았으니, 이제 가도 좋네."

재거스 변호사가 고개를 살짝 끄덕이며 말하자, 가정부는 두 손을 거두며 밖으로 나가고, 재거스 변호사는 식품 선반에서 포도주 유리병을 들어 자기 잔을 가득 채우고 우리에게 돌리며 말했다.

"아홉 시 반에는 헤어져야 하네, 제군들. 그러니 시간이 있는 동안 마음껏 들게. 제군들을 보아서 정말 기쁘네. 드러뮬 군, 자네를 위해 건배하지."

드러뮬 한 명을 일부러 지목한 이유가 본색을 더욱 확실히 드러내게 하려는 목적이라면 그건 완벽하게 성공했다. 뚱한 표정으로 우리 세 사람을 더욱 노골적으로 경멸하더니, 결국엔 도저히 견딜 수 없는 지경까지 나아갔기 때문이다. 재거스 변호사는 드러뮬이 그렇게 변하는 단계를 이상할 정도로 흥미진진하게 관찰했다. 포도주를 마시면서 안줏거리로 삼는 것 같았다.

당시에 우리는 어린애처럼 분별력을 잃은 상태에서 술을 너무 마신 데다 말도 너무 많이 한 게 분명하다. 드러뮬이 우리는 돈을 너무 흥청 망청 쓴다면서 야비한 냉소를 흘릴 때 우리 모두 특히 핏대를 올리다가 결국 내가 분별력을 잃은 채 완전히 흥분해, 바로 일주일 전에 내가 보는 앞에서 스타톱에게 돈까지 빌린 사람이 그렇게 말하는 건 정말 비열하다는 공격까지 하고, 드러뮬은 이렇게 반박했다.

"그게 어때서? 금방 갚을 거잖아."

"돈을 안 갚는다는 말이 아니라, 내가 생각하기엔 남에게 돈을 빌린 사람이 우리에게 돈을 쓰네 마네 하는 말까지 할 순 없다는 거야."

"네가 생각하기에? 하느님 맙소사!"

드러뮬이 반박하는 가운데 나는 모질게 마음먹고 계속 다그쳤다.

"내가 분명히 말하는데, 너는 우리에게 돈이 필요해도 절대로 안 빌려줄 사람이야."

"그 말은 맞아. 나는 너희에게 동전 한 푼 안 빌려줄 거야. 누구에게도 동전 한 푼 안 빌려준다고."

"그러면서 자신은 남에게 돈을 빌리다니, 야비하단 말이 절로 나오는군."

"말이 절로 나와? 하느님 맙소사!"

나는 이 말에 정말 화나서 – 뚱하고 둔한 상대를 궁지로 몰아넣을 수 없다는 사실에 특히 화나서 – 허버트가 말리는 걸 뿌리치며 이렇게 말했다.

"좋아, 드러뮬, 이왕 말이 나왔으니, 자네가 돈을 빌릴 때 여기에 있는 허버트와 내가 무슨 말을 했는지 알려주지."

"거기에 있는 허버트와 네가 무슨 말을 했는지 알고 싶지 않아."

드러뮬이 으르렁대며 말하더니, 훨씬 나지막한 소리로 우리 둘 다

지옥에나 가라며 저주를 퍼붓는 것 같고, 나는 조금도 물러서지 않았다.

"네가 알고 싶든 아니든 그대로 말하겠어. 우리는 돈을 빌려서 아주 기뻐하며 주머니에 넣는 자네 모습을 보고, 스타톱이 돈을 빌려줄 정도로 마음이 약한 걸 자네가 많이 즐기는 것 같다고 했어."

드러믈은 폭소를 터트리다가 가만히 앉은 자세로 두 손을 주머니에 넣고 동그란 어깨를 추켜올린 채 우리 얼굴을 가만히 바라보며 웃는 게, 그건 정말 잘 봤다고, 자신은 우리 같은 멍청이를 극도로 경멸한다고 말하는 것 같았다.

여기에서 스타톱이 드러믈 손을 잡고 나보다 훨씬 점잖은 자세로 이제 기분을 풀라고 열심히 타일렀다. 스타톱은 활달하고 똑똑하지만 드러믈은 정 반대며, 후자는 전자에게 노골적으로 불쾌하게 대하는 경향이 있었다. 그래서 거칠고 미련한 방식으로 반발하는데도 스타톱이 화제를 돌리는 차원에서 가벼운 농담으로 우리 모두를 웃겼다. 하지만 가벼운 농담이 성공한 사실에 드러믈은 한층 더 화나서 아무런 위협이나 경고 없이 주머니에서 두 손을 꺼내고 동그란 어깨를 떨어뜨리며 욕설을 내뱉더니, 커다란 유리잔을 들어서 상대방 머리에 던지려다가 주인장이 손을 재빨리 낚아채는 바람에 실패하고 말았다.

재거스 변호사는 유리잔을 가만히 내려놓더니, 묵직한 시곗줄과 금시계를 꺼내서 바라보며 말했다.

"제군들, 정말 미안하네만 이제 아홉 시 반이라는 사실을 알릴 수밖에 없겠군."

이 말에 우리 모두 일어나서 밖으로 나갔다. 그런데 대문까지 가기도 전에 스타톱이 아무 일도 없었다는 듯 쾌활한 어투로 드러믈에게 "오랜 친구"라고 불렀다. 하지만 오랜 친구는 거기에 호응할 마음이 하나도 없어서 해머스미스로 돌아갈 때 나란히 걷지도 않았다. 나는 허버트와 함께 도시에 남기로 한 터라 가만히 서서 두 사람이 도로를 마주한 인도로 떨어져서 따로 걸어가는 광경을 바라보았다. 스타톱은 앞서고 드러뮬은 건물 그늘에 묻힌 채 뒤에서 느릿느릿 걷는 모습이 보트를 타고 뒤에서 느릿느릿 쫓아오는 모습과 너무나 똑같았다.

대문이 아직 안 닫힌 상태라서, 나는 보호자에게 양해를 구하는 게 좋겠다는 생각이 들어서 허버트를 길가에 잠시 세워놓고 이 층으로 뛰어올랐다. 보호자는 옷을 갈아입는 방에서 가득한 장화에 둘러싸인 채 우리를 떨쳐내려고 손을 열심히 씻는 중이었다.

나는 오늘 밤에 불미스러운 일이 일어나서 미안하다는, 나를 너무 탓하지 않기를 바란다는 말을 하고 싶어서 다시 올라왔다고 말했다.

보호자는 얼굴에 물을 끼얹더니, 물방울 사이로 말했다.

"푸하핫! 그런 정도는 아무렇지도 않네, 핍. 하지만 거미가 마음에 드는군."

그러더니 나한테 돌아서서 머리를 흔들고 숨을 내쉬며 수건으로 닦고, 나는 이렇게 말했다.

"선생님이 드러뮬을 좋아해서 다행입니다. 하지만 저는 그를 싫어합니다."

보호자가 정말 다행이라는 투로 대답했다.

"그래, 그래. 그런 사람과 너무 많이 어울리지 말게. 최대한 멀찌감치 떨어지는 게 좋아. 하지만 나는 그 친구가 좋네, 핍. 영락없는 진품이거든. 만일 내가 점쟁이라면……."

보호자가 수건 사이로 나를 쳐다보더니, 머리를 숙여서 꽃무늬 수건으로 감싸고 양쪽 귀를 깨끗이 닦으며 다시 말했다.

"하지만 나는 점쟁이가 아니야. 무슨 말인지 알지, 그렇지? 잘 가게, 핍."

"안녕히 계십시오, 선생님."

이런 일이 있고 한 달 정도가 지나, 거미는 포킷 선생님과 지내는 시간을 영원히 끝내고 포킷 부인을 제외한 모든 식구가 다행으로 여기는 가운데 가족이 있는 고향으로 돌아갔다.

27

친애하는 핍 선생에게

가저리 씨가 부탁해서 편지를 쓰는 거야. 자신이 웹슬 아저씨와 함께 런던에 가니, 시간이 나면 만날 수 있는지 너에게 물어보라고 해서 말이야. 화요일 오전 아홉 시에 바너드 여인숙에 방문할 예정이니까 시간이 안 되면 안 된다는 말이라도 남겨놓으렴. 가련한 누나는 네가 떠날 때와 똑같아. 우리는 매일 밤 주방에서 너에 관해 이야기하면서 지금 무슨 말을 하고 무슨 행동을 할까 궁금해한단다. 편지가 격식에 안 맞는다면 함께 어렵게 지낸 옛정을 생각해서 용서하기 바란다. 이게 전부야.

친애하는 핍 선생에게
항상 고마워하고 다정하게 여기는 비디가 보냄

추신. 가저리 씨가 '정말 즐거울 거'라는 말도 적으라고 특별히 말씀하시네. 너라면 이해할 거라면서. 신사가 되었다 해도 가저리

씨를 기꺼이 만나줄 거로 바라고 그렇게 믿을게. 너는 마음이 착하고 가저리 씨는 훌륭한 분이니까 말이야. 마지막 문장만 빼고 편지를 모두 읽어주니까 가저리 씨가 '정말 즐거울 거'라는 말을 한 번 더 적으라고 특별히 말씀하셔.

집배원에게 편지를 받은 게 월요일 아침이니, 매형이 온다는 날은 바로 내일이었다. 지금부터는 내가 매형을 기다리면서 느낀 다양한 기분을 그대로 고백하겠다.

우선, 매형과 좋은 추억도 많고 은혜도 많이 입었지만 기쁜 건 아니었다. 그렇다. 상당히 혼란스럽고 창피하고 신분에 안 어울린다는 느낌마저 날카롭게 떠올랐다. 돈이라도 줘서 못 오게 할 수 있다면 나는 그렇게 했을 게 분명하다. 그나마 다행스러운 건 매형이 해머스미스가 아니라 바너드 여인숙으로 와서 벤틀리 드러믈과 맞닥뜨릴 일이 없다는 사실이다. 허버트나 포킷 선생님은 내가 존경하는 사람이니 매형이랑 맞닥뜨려도 상관없지만, 내가 경멸하는 드러믈과 맞닥뜨리는 건 정말 싫었다. 인간은 생애 전반에 걸쳐, 제일 경멸하는 사람 앞에서 가장 천박하고 나약한 모습이 드러나는 걸 제일 싫어하는 것 같다는 생각이 들 정도였다.

당시에 나는 실내를 아주 불필요하고 부적절한 방식으로 치장하는 취미를 들였는데, 바너드 여인숙과 씨름하면서 특히 큰 비용을 사용한 터였다. 그래서 우리가 사용하는 방은 내가 처음 들어설 때와 완전히 다르게 변하고, 나는 동네 실내 장식 업자 외상장부 여러 장을 큼지막하게 차지하는 영광을 누렸다. 최근에는 낭비벽이 아주 빠르게 늘어나, 어린애에게 장화를 - 목이 기다란 장화를 - 신겨서 시동으로 삼는 바람에 오히려 나 자신이 노예처럼 얽매여서 하루하루를 보낸다 해도 과언이 아닐 정도였다. 세탁하는 아줌마가 버리다시피 한 아들을 괴물로 만들어, 그래서 파란 외투에 샛노란 조끼, 하얀 넥타이, 우윳빛이 감도는 승마용 바지, 앞에서 언급한 장화까지 차려 입히고도, 시동은 일을 조금 시키고 먹을 건 아주 많이 달라는 요구사항을 끔찍하게 제시하며 나를 유령처럼 괴롭혔다.

나는 원수 같은 유령에게 화요일 아침 여덟 시에 현관 입구에서 - 한 평도 안 되는 공간에 돈을 들여 깔개까지 깔아놓은 입구에서 - 대기하도록 지시하고, 허버트는 아침 식사 때 매형이 좋아할 것 같은 음식을 제안했다. 이렇게 관심을 가지고 세심하게 신경 쓰는 게 나는 고마우면서도, 매형이 만나러 오는 사람이 자신이라고 해도 허버트가 과연 저렇게 쾌활하게 행동할까 하는 생뚱맞은 의심이 떠올랐다.

어쨌든 나는 매형을 맞이할 준비를 하려고 월요일 밤에 런던까지 들어가고 아침에는 이른 시각에 일어나서 거실과 식탁을 최대한 화려하게 꾸몄다. 그런데 불행하게도 아침에 비가 보슬보슬 내리면서 바너드 여인숙이 창문 밖으로 시커먼 검댕이 눈물을 흘려대, 거인 청소부가 우는 것처럼 누추하게 보이는 건 수호천사도 어쩔 수 없었다.

약속 시각이 다가오면서 나는 당장에라도 도망치고 싶은 마음이 굴뚝같지만, 원수 놈은 명령을 받은 대로 현관 입구를 지키고, 얼마 후에는 매형이 계단을 올라오는 소리도 들렸다. 정장 구두가 너무 커서 계단을 어설프게 올라오는 방식도, 계단을 오르다가 층마다 이름을 읽는 시간이 아주 오래 걸리는 방식도 매형이란 걸 단번에 알려주었다. 그러다가 결국에는 우리 현관문 바깥에 멈추더니 내 이름이 저힌 페인트 글씨를 손가락으로 짚으며 읽는 소리가 들리고, 다음에는 열쇠 구멍을 들여다보며 숨 쉬는 소리가 또렷하게 들렸다. 마침내 노크 소리가 한 번 희미하게 일어나고, 페퍼는 - 원수 같은 녀석을 부르는 볼품없는 이름인데 - "가저리 선생님이 오셨습니다!" 하고 커다랗게 선언했다. 매형이 깔개에 대고 신발을 마냥 닦을 거란, 내가 나가서 억지로 떼어내야 할 거란 생각이 떠오를 즈음에 드디어 매형이 들어왔다.

"매형, 잘 지내셨어요, 매형?"

"핍, 잘 지냈니, 핍?"

매형은 착하고 정직한 얼굴로 환하게 웃으면서 모자를 바닥에 내려놓고 두 손을 붙잡더니 곧장 올렸다가 내리기를 반복하는 게 마치나 자신을 최근에 나온 수도 펌프로 여기는 것 같았다.

"만나서 정말 기뻐요, 매형. 모자를 주세요."

하지만 매형은 소중한 재산을 내주는 대신, 새알이 가득한 둥지처럼 두 손으로 모자를 아주 조심스럽게 들고 가만히 서서 몹시 불편한 자세로 다시 말했다.

"키도 많이 크고 체구도 많이 불고 어엿한 신사가 됐구나."

매형이 말하더니, 가만히 생각하다가 새로운 표현을 덧붙였다.

"앞으로 국왕 폐하와 영국 전체가 영광스럽게 여기는 사람이 될 게 분명해."

"매형도 아주 좋아 보이세요, 매형."

"하느님 덕분에 나는 여전히 팔팔하단다. 너희 누나도 그렇고. 예전보다 나빠진 건 없어. 비디는 언제나 성실하게 집안일을 꾸려나가. 다른 사람도 나빠진 게 하나도 없어, 좋아진 것도 없지만. 웝슬만 빼고. 밑으로 떨어졌거든."

이러는 내내 매형은 (두 손으로 새 둥지를 여전히 매우 조심스럽게 움켜잡은 채) 눈알을 이리저리 굴리며 실내를 살피고 눈알을 이리저리 굴리며 내가 입은 꽃무늬 실내복을 살폈다.

"밑으로 떨어지다니요, 매형?"

내가 묻자, 매형이 목소리를 낮추며 대답했다.

"그래, 정말이야. 교회 일을 관두고 연극을 시작했어. 이번에 나와 함께 런던까지 온 이유도 연극 때문이야."

매형이 새 둥지를 왼쪽 겨드랑이에 끼고 오른손으로 안에 든 새알을 더듬으며 덧붙였다.

"그래서 괜찮다면 이걸 너에게 전하라고 부탁하더구나."

나는 매형이 내민 꾸깃꾸깃한 종이를 받아, 런던의 조그만 극장에서 배포한 광고 전단이란 사실을 확인했다. '지방에서 아주 유명한 아마추어 연기자'가 이번 주에 첫 공연을 올리는데, 영국 최고의 비극[52]을 독특하게 연기하는 모습이 최근에 지방에서 아주 커다란 화젯거리였다는 내용이었다.

"매형도 연극을 보셨어요?"

내가 묻자, 매형이 엄숙하게 강조하며 대답했다.

"당연하지."

"아주 커다란 화젯거리였나요?"

"그래, 그래, 사람들이 오렌지 껍질을 마구 던진 건 확실해. 웝슬이 유령을 만나는 장면에서 특히. 웝슬이 유령에게 한마디 할 때마다 '아멘!'이라고 소리치며 끼어들 때는 선량한 사람에게 연기를 제대로 하라는 건지 말라는 건지 물어보고 싶더구나. 사람이 한때 불행에 처해서 교회 일을 볼 수도 있는 거잖아."

매형이 갑자기 목소리를 낮추더니, 동정심이 가득 묻어나오는 어투로 계속 반박했다.

"하지만 그건 그런 시간에 상대를 몰아붙여야 할 이유가 아니야. 내가 말하고 싶은 건, 아버지 유령이 나타났는데도 아들이 집중할 수

---

52) 셰익스피어의 햄릿을 말한다.

없으면 어떻게 되겠느냐는 거야. 거기에다 상복으로 맞춘 모자를 불행히도 너무 조그맣게 만들어서 제대로 쓰려고 아무리 노력해도 까만 깃털 때문에 계속 벗겨지는데 말이야."

유령을 본 표정이 매형 얼굴에 어리는 걸 보고 나는 허버트가 거실로 나왔다는 사실을 깨달았다. 그래서 매형을 소개하자 허버트가 악수하려고 한 손을 내미는데, 매형은 새 둥지를 움켜쥔 채 뒤로 주춤거리며 이렇게 말했다.

"소인은, 선생, 선생과 핍과……."

여기에서 원수 놈이 식탁에 식빵을 놓는 걸 한쪽 눈으로 바라보는 게 시동까지 어린 신사로 여길 게 너무나 또렷한 나머지, 나는 눈살을 찡그리며 아니란 신호를 보내고 매형은 훨씬 혼란스런 표정으로 계속 말했다.

"제가 말하고 싶은 건, 신사 나리 두 분이 이렇게 답답한 공간에서 건강하게 지낼 수 있을까 하는 겁니다요. 런던이란 사실을 고려하면 당장은 아주 좋은 여인숙이고 평판도 훌륭하겠지요. 하지만 나라면 이런 곳에서 돼지도 안 키우겠습니다요. 살을 통통하게 찌워서 정말 맛있게 먹으려면 말입니다요."

매형은 우리가 사는 숙소가 훌륭하단 말을 이런 식으로 늘어놓고 나를 '나리'나 '선생'이라고 호칭하는 경향을 우연히 보이더니, 식탁에 앉으라는 권유를 받고 모자를 놓을만한 장소를 찾으려는 듯 – 아주 진귀한 천연물질을 찾아야 모자를 내려놓을 수 있다는 듯 – 실내를 이리저리 둘러보다가 결국에는 굴뚝 모서리 제일 끝에 올려놓아, 모자가 간헐적으로 조금씩 굴렀다.

"차를 드시겠습니까, 커피를 드시겠습니까, 가저리 씨?"

언제나 아침 식사를 책임지는 허버트가 묻자, 매형은 머리끝부터 발끝까지 얼어붙은 자세로 대답했다.

"고맙습니다, 선생. 선생만 좋다면 무엇이든 들겠습니다요."

"그럼, 커피가 어떠세요?"

허버트 제안에 매형은 또렷하게 낙담한 표정으로 대답했다.

"커피를 선택하는 친절을 베푸시니 정말 고맙습니다, 선생. 저는
선생 의견에 반대가 없습니다요. 하지만 약간 뜨겁지 않겠습니까요?"

"그럼 차로 하시죠."

허버트가 말하며 차를 부어주었다. 바로 이 순간에 모자가 굴뚝 모
서리에서 뚝 떨어지고, 매형은 의자에서 벌떡 일어나 모자를 집어 들고
똑같은 자리에 다시 올려놓았다. 모자가 금세 다시 떨어지도록 하는
게 가장 중요한 예절이라도 되는 것처럼 말이다.

"런던에는 언제 도착하셨나요, 가저리 씨?"

매형은 런던에 오래 있어서 백일해라도 걸린 것처럼 손으로 가린
채 기침하고 나서 대답했다. 지혜와 위로와 엄격한 기준이 동시에 드러
나는 표정이었다.

"어제 오후였던가? 아니야, 그렇지 않아. 그래, 맞아. 그래. 어제
오후였어요."

"그럼 런던 구경은 하셨나요?"

"당연하지요, 선생. 웹슬과 함께 단번에 달려가서 구두약 공장[53]을
구경했더랍니다. 그런데 상점 입구에 붙여놓은 빨간 광고판처럼 멋지
진 않더군요."

매형이 말하더니, 변명하는 어투로 덧붙였다.

"제가 말하고 싶은 건 빨간 광고판 그림을 아주 멋지게 그려었다

---

53) 1832년에 만든 구두약 공장을 말하는데, 건물이 아주 웅장해서 한동안 관광명소로
   명성을 떨쳤다.

는 겁니다요."

내가 보기에 매형은 '그랬다'는 단어에 완벽한 화음을 넣어서 아주 기다랗게 말하고 싶은 게 (그래서 내가 잘 아는 어떤 저택을 마음속으로 떠올리고 싶은 게) 분명했다. 하지만 모자가 흔들려서 신경이 곤두서는 바람에 못 그랬다. 실제로 매형이 모자에 끊임없는 관심을 보이면서 눈과 손을 재빨리 움직이는 모습은 마치 크리켓 골대라도 수비하는 것 같았다. 그래서 탁월한 동작으로 엄청난 기술을 보여주었다. 때로는 모자를 향해 돌진해서 떨어지는 걸 멋지게 낚아채고, 때로는 도중에 막으며 쳐올려서 이리저리 몰아 벽지 무늬에 수없이 부닥치며 실내를 돌아다니다가 이제 마무리해도 되겠다고 생각했는지 물이 가득한 설거지통에 풍덩 빠뜨리는 바람에 나는 실례를 무릅쓰고 모자에 손을 대고 말았다.

셔츠 목깃과 외투 목깃은 어떻게 받아들여야 할지 정말 난감했다. 도저히 설명할 수 없는 미스터리였다. 인간이 정장을 차려입으려고 목을 그렇게 심하게 문질러대야 할 이유는 무어란 말인가? 나들이옷을 입는 고통으로 자신을 정화해야 한다고 생각하는 이유는 대체 무어란 말인가?

어쨌든 매형은 포크를 접시에서 입으로 가져가다가 중간에 멈추며 알 수 없는 명상에 빠져들기도 하고, 시선을 아주 이상한 방향으로 돌리기도 하고, 기침을 심하게 해대기도 하고, 식탁하고 너무 멀리 떨어진 터라 먹는 것보다 떨어뜨리는 게 훨씬 많은데 떨어뜨리지 않은 척해서, 나는 허버트가 출근하려고 밖으로 나간 게 참으로 기뻤다.

당시에 나는 이건 모두 내가 잘못했기 때문이라는 사실을, 내가 매형을 편하게 대하면 매형 역시 나를 편하게 대했을 거라는 사실을 깨달을 양식도 없고 마음도 없었다. 매형을 짜증스럽게 여기면서 툭하면 화냈다. 그런데도 매형은 최선을 다해서 나를 부끄럽게 만들었다.

"우리 둘만 남았으니, 선생⋯⋯."

매형이 하는 말에 내가 불쑥 끼어들며 짜증 냈다.

"매형, 나를 어떻게 선생이라고 부를 수 있어요?"

매형은 나무라는 표정이 희미하게 묻어나오는 시선으로 나를 짧게 바라보았다. 넥타이도 어처구니없고 목깃도 어처구니없지만 나는 매형 표정에서 위엄 같은 걸 느꼈다. 이런 분위기에서 매형은 예전처럼 또렷하게 설명하는 어투로 다시 말했다.

"우리 둘만 남았으니, 그리고 나는 여기에 오랫동안 머물 생각도 여유도 없으니, 이제 내가 여기까지 오는 영광을 누리게 된 이유를 결론적으로 말하겠네. 내가 오로지 너에게 도움이 되는 것 하나만 바라지 않았다면 이렇게 신사들이 사는 곳에 와서 함께 어울리며 아침 식사까지 하는 영광을 누리진 않았을 거야, 선생."

나는 조금 전과 같은 표정을 또 보고 싶은 마음이 없어서 이런 말투에 아무런 항의도 않고, 매형은 계속 말했다. 애정이 강하게 떠오르면 핍이라 부르고 예의에 빠져들면 선생이라고 부르는 식이었다.

"이렇게 된 건 다음과 같다네, 선생. 한번은 저녁에 '뱃사람'에 갔는데, 핍, 펌블추크 삼촌이 이륜마차를 몰고 찾아온 거야."

매형이 말하다가 잠시 옆길로 샜다.

"읍내 여기저기를 돌아다니면서 네가 아기 때부터 자신이 아주 친하게 지내서 네가 자신을 제일 좋은 친구로 여긴다고 떠들어대, 나에게 가끔 화가 머리끝까지 치밀도록 하는 작자가 말이야."

"말도 안 돼요. 그런 사람은 매형이잖아요."

내가 반박하자, 매형이 머리를 살짝 끄덕이며 대답했다.

"나도 전적으로 그렇게 믿는단다, 핍. 하지만 지금은 아무런 의미도 없지, 선생. 으음, 핍, 바로 그런 인간이 나를 찾아서 허세를 잔뜩 부리며 '뱃사람'으로 들어온 거야. (파이프 담배와 맥주는 지나치지만 않으면 일꾼에게 정말 커다란 힘이 되거든, 선생.) 그러더니 '조, 하비셤 아씨가 자네를 만나자고 하시네' 하고 말하는 거야."

"하비셤 아씨가요, 매형?"

"그래, 펌블추크 삼촌 말은 '하비셤 아씨가 자네를 만나자고 하시네'야."

매형이 앉은 자리에서 천장을 바라보며 눈알을 굴렸다.

"그래서요, 매형? 계속 말하세요."

내가 재촉하자, 매형은 아주 멀리 떨어진 사람을 쳐다보듯 바라보며 대답했다.

"그래서 다음 날, 선생, 나는 몸을 깨끗하게 씻고 A 아씨를 만나러 갔지."

"A 아씨요, 매형? 하비셤 아씨요?"

내가 묻자, 매형이 법률이라도 언급하는 어투로 대답하는 게 마치 유언이라도 하는 것 같았다.

"내가 말한 A 아씨는 다른 말로 하비셤 아씨란다, 선생. 아씨는 나에게 '가저리 씨, 당신은 핍 군과 서신을 주고받겠지요?' 하고 물었어. 너에게 편지를 한 번 받은 적이 있어서 나는 '네, 그렇습니다' 하고 대답할 수 있었지. (자네 누나랑 결혼할 때는, 선생, '네, 그러겠습니다' 라고 대답했는데, A 아씨에게는 '네, 그렇습니다' 하고 대답했어.) 그러니까 A 아씨가 '그렇다면 에스텔라가 집으로 돌아오는데 한번 만나겠느냐고 물어보세요' 하고 말하더군."

나는 매형을 쳐다보는 얼굴이 화끈하게 달아오르는 걸 느꼈다. 얼굴이 화끈 달아오른 이유 가운데에는 매형이 찾아온 이유를 일찍 알았더라면 좀 더 잘했을 거라고 생각한 것도 조금은 있기를 나로선 지금 이 순간에도 간절하게 바랄 뿐이다.

"집으로 가서 이런 사실을 편지로 작성해서 알려주라고 부탁하니까, 비디가 약간 주저하다가 말하더군. '이런 소식은 직접 전하는 게 훨씬 좋아요. 어차피 휴일이니까 직접 가서 만나보세요.' 그런데 이제 나는 결론을 내렸다네, 선생."

매형이 의자에서 일어나며 계속 말했다.

"이제 나는 자네가 앞으로 잘 지내며 계속 번창해서 훨씬 높은 자리에 오르길 바랄 뿐이네."

"설마 지금 떠나려는 건 아니죠, 매형?"

"아니, 그럴 거네."

"그럼 다시 와서 점심을 들 거죠, 매형?"

"아니, 안 그럴 거네."

우리는 눈을 마주치고, 사나이 마음에서는 '선생'이란 용어가 모두 사라지는 가운데 매형이 한 손을 내밀며 말했다.

"핍, 오랜 친구, 인생살이에는 다양한 구분이 있다고 말하고 싶네. 어떤 사람은 쇠를 다루고 어떤 사람은 양철을 다루고 어떤 사람은 황금을 다루고 어떤 사람은 구리를 다루지. 인생살이에는 이런 구분이 있을 수밖에 없고, 따라서 그대로 받아들일 수밖에 없어. 오늘 실수가 있었다면 모두 내가 잘못한 거야. 자네와 나는 런던에서 만나면 안 되는 사람이야. 우리만 아는 은밀한 공간 밖에서는, 친구들이 이해하는 공간 밖에서는 만나지 말아야 할 관계. 앞으로 자네는 이런 옷차림으로 나를 두 번 다시 못 만날 텐데, 그건 자존심 때문이 아니라 서로 올바른 자리에 있길 바라기 때문이야.

나는 이런 옷이 안 어울려. 대장간과 주방과 습지를 벗어나는 것도 안 어울려. 내가 대장간 옷차림으로 손에 망치를 들거나 파이프를 든 모습은 지금만큼 이상하게 보이진 않을 거야. 가령 네가 나를 보고 싶어서 집으로 찾아와 대장간 창문으로 머리를 집어넣고 거기에서 대장장이 조가 불에 그슬린 앞치마 차림으로 오래된 모루에 망치질하며 열심히 일하는 모습을 본다면 지금처럼 이상하게 보이지도 않겠지. 나는 끔찍하게 우둔하지만, 오늘 여기에서 내린 결론이 올바르길 바란다. 그러니 너에게 하느님 은총이 가득하길, 오랜 친구, 우리 핍. 하느님 은총이 가득하길!"

내가 매형에게서 티끌 하나 없는 위엄을 발견한 건 착각이 아니었다. 이런 말을 하는 동안 매형 옷차림도 더는 이상하지 않았다. 하늘이 내린 의상 같았다. 하지만 매형은 나에게 다가와서 이마를 살짝 매만지고 밖으로 나갔다. 나는 정신을 차리자마자 밖으로 급히 쫓아가서 사방을 둘러보았지만, 매형은 이미 사라지고 없었다.

28

내가 다음 날 고향 읍내로 곧장 달려가야 한다는 건 아주 확실했다. 회개하는 물결이 막 몰아칠 때만 해도 내가 매형 집에서 묵어야 한다는 사실 역시 아주 확실했다. 하지만 내일 떠나는 역마차 자리를 예약하고 포킷 선생님 댁에 다녀온 다음에는 두 번째 확신에 의문을 품고, '파란 멧돼지'에서 묵어야 할 다양한 이유와 핑곗거리를 찾기 시작했다.

매형 집에서 묵는 건 괜히 폐만 끼치는 거야. 내가 너무 갑작스레 찾아가면 침대조차 준비를 못 할 거야. 게다가 저택이랑 너무 멀리 떨어지면 까다로운 하비셤 아씨가 싫어할 수도 있어.

세상에 사기꾼이 아무리 많다고 해도 스스로 다양한 핑곗거리를 내세우며 자신을 속이는 사기꾼에 비하면 아무것도 아니다. 다른 사람이 위조한 금화 반 닢짜리 동전을 모르고 받는 건 충분히 있을 수 있다. 하지만 자신이 위조한 동전을 진짜 동전이라고 확신한다면 얼마나 이상하겠는가! 낯선 사람이 친절을 가장해, 잊어버리지 않도록 조심하라며 지폐를 꼭꼭 접는 척하다가 진짜 지폐는 모두 빼내고 가짜만 줄 수도 있다. 하지만 이렇게 손 빠른 속임수도 나 자신이 가짜 지폐를 꼭꼭 접어서 나 자신에게 진짜 돈이라며 건네는 속임수에 비하면 아무 것도 아니다!

'파란 멧돼지'에서 묵기로 한 다음에는 원수 놈을 데려가는 여부를 결정하느라 마음이 복잡했다. 돈을 잔뜩 처바른 시동을 데려가서 '파란 멧돼지' 입구에 멋있는 차림으로 세워놓으면 정말 멋있을 것 같았다. 양복점에 우연히 들른 것처럼 해서 버릇없는 점원을 묵사발로 만드는 건 상상만 해도 황홀했다. 하지만 점원이 시동에게 친근하게 굴면서 하면 안 될 이야기를 할 수도 있고, 절망감에 빠진 나머지 중심가에서 자포자기식으로 야유를 보낼 수도 있었다. 그렇게 되면 나를 후원하는 아씨가 소문을 듣고 싫어할 가능성이 컸다. 그래서 모든 걸 고려한 결과, 원수 놈을 남겨두고 떠나는 게 좋겠다고 결정했다.

내가 예약한 건 오후에 떠나는 역마차니, 겨울이 다가오는 걸 고려하면 어둠이 깔리고 두세 시간은 지나서 목적지에 도착할 가능성이 컸다. 역마차는 크로스 키스에서 두 시에 출발할 예정이었다. 할 수만 있다면 절대로 나를 수행하지 않으려고 애쓰는 놈에게 이런 표현을 써도 괜찮을지 모르겠지만 나는 시동을 수행하고서 십오 분 정도 여유를 두고 역마차 구내 마당에 도착했다.

당시에는 죄수를 역마차에 태워서 배를 만드는 조선소로 보내 노역을 시키는 게 관례였다. 나는 죄수를 역마차 바깥에 태운다는 소문을 자주 들은 데다 큰길에서 역마차 지붕에 앉아 족쇄에 묶인 다리를 대롱거리는 모습을 실제로 한두 차례 보기도 해서, 허버트가 배웅나와서 죄수 두 명이 역마차에 함께 탄다고 말할 때도 놀랄 이유가 하나도 없었다. 하지만 옛날에 겪은 사건 때문에 "죄수"란 말을 들을 때마다 몸이 움찔하는 건 어쩔 수 없었다. 그래서 허버트가 물었다.

"죄수가 함께 탄다고 신경에 거슬리는 건 아니겠지, 헨델?"

"당연히 아니지!"

"네가 죄수를 싫어하는 것처럼 보이던데?"

"죄수를 좋아하는 척할 순 없잖아. 그런데 그건 너 역시 마찬가지 아니야? 하지만 죄수가 탄다고 신경에 거슬리는 건 아니야."

"저길 봐! 술집에서 죄수가 나오네. 쳐다보기만 해도 정말 끔찍하게 혐오스러워!"

옆에 교도관이 있는데 세 사람 모두 손으로 입을 훔치면서 나오는 걸 보면 죄수 두 명이 교도관에게 술을 대접한 것 같았다. 두 죄수는 수갑에 한데 묶이고 다리는 족쇄에 – 내가 너무나 잘 아는 족쇄에 – 묶인 상태였다. 몸에 걸친 죄수복도 내가 너무나 잘 아는 복장 그대로였다.

교도관은 허리띠에 권총 두 개를 차고 겨드랑이 밑에는 묵직한 곤봉을 꼈지만, 죄수 두 명과 아주 친한 듯 나란히 서서 역마차에 말을 묶는 광경을 구경하는 모습이 죄수는 아직 공식적으로 공개하지 않은 흥미진진한 전시품이고 교도관 자신은 그런 전시품을 관리하는 사람 같았다.

키가 특히 커다랗고 몸집이 커다란 죄수는 일반인이든 죄수든 상관없이 세상살이를 지배하는 이상한 원리에 따라 옆에 있는 죄수보다 작은 죄수복을 할당받아, 두 팔과 다리는 팔다리 모양으로 만든 커다란 바늘꽂이 방석 같고 몸뚱이는 굉장히 우스꽝스럽게 보였다. 그런데 나는 한쪽 눈을 반쯤 감은 사내를 한눈에 알아보았다. 토요일 밤에 '흥겨운 뱃사람 세 명'에서 기다란 의자에 앉아 나를 투명한 총으로 쏜 사내였다!

상대는 나를 생전 처음 보는 사람으로 아는 게 분명했다. 나를 물끄러미 바라보다가 한쪽 눈으로 시곗줄을 감상하더니, 아무렇지 않게

침을 뱉고 다른 죄수에게 뭐라고 말하다가 함께 폭소를 터트리고 손에 찬 수갑을 쨍그랑거리며 몸을 돌려서 다른 쪽을 바라본 것이다. 등에 적힌 커다란 숫자는 도로변에 들어선 대문 같고, 거칠고 더럽고 흉측한 몰골은 천박한 동물 같고, 족쇄를 찬 다리는 미안한 듯 손수건으로 둘러싼 데다, 주변 사람들이 멀찌감치 떨어져서 쳐다보는 걸 보면 (허버트 말대로) 정말 끔찍하고 혐오스러운 모습이 분명했다.

하지만 더 나쁜 상황이 발생했다. 런던에서 이사하는 가족이 역마차 뒤 칸 전체를 세내서 죄수 두 명이 앉을 자리는 마부 바로 뒤에 있는 제일 앞자리밖에 없었다. 그래서 성질이 급한 신사 한 명은 자신이 같은 줄 네 번째 자리에 앉아야 한다는 사실을 깨닫고 아주 격렬하게 분노를 터트리며 이렇게 사악한 범죄자와 같은 자리를 주는 건 계약 위반이라고, 이건 아주 불쾌하고 파렴치하고 괘씸하고 부끄러운 짓이라고 끝없는 욕설을 퍼부었다.

그런 가운데 마차는 떠날 준비를 마치고, 마부는 어서 출발하려는 마음에 조급하게 굴고, 우리는 마차에 오르려 준비하고, 죄수 두 명은 교도관과 함께 다가와, 빵을 짓이겨서 만든 습포약과 거친 양모와 밧줄을 만드는 실과 벽난로 바닥에 까는 돌 냄새 등 죄수 특유의 냄새를 풍겼다.

교도관이 잔뜩 화난 승객에게 사정했다.

"너무 기분 나쁘게 생각하지 마세요, 선생. 내가 선생 옆에 앉겠습니다. 죄수는 제일 바깥쪽에 앉히고요. 죄수가 폐를 끼치는 일은 없도록 하겠습니다, 선생. 옆에 죄수가 있다는 생각조차 안 떠오를 겁니다."

이번에는 내가 아는 죄수가 으르렁거렸다.

"나를 탓하진 마쇼. 가고 싶어서 가는 게 아니니까. 나도 여기에 남고 싶은 마음이 굴뚝같소. 다른 사람이 대신 가겠다면 나로선 얼마든지 환영하오."

다른 죄수도 무뚝뚝한 어투로 끼어들었다.

"나도 마찬가지요. 내가 마음대로 할 수만 있다면 여러분 누구에게
도 폐를 끼치고 싶지 않소."

그러더니 둘이서 폭소를 터트리고 호두를 까먹으며 껍질을 아무
데나 툭툭 뱉었다. 두 사람 처지에서 그렇게 멸시당한다면 나라도 똑같
이 할 것 같았다.

결국, 잔뜩 화난 신사를 편들 사람은 아무도 없게 되면서 신사 자신
이 함께 마차를 타든지 뒤에 남든지 결정할 수밖에 없는 분위기가
되었다. 그래서 신사는 계속 투덜대며 자기 자리에 올라타고, 교도관은
옆자리에 올라타고 두 죄수는 어기적거리며 힘들게 올라타, 내가 알아
본 죄수는 바로 내 뒤에 앉아서 머리에 대고 숨을 뿜어댔다. 내가 올라
탄 자리는 마부 옆이기 때문이다.

"잘 다녀와, 헨델!"

우리가 출발하자 허버트가 소리치는데, 핍 대신 다른 이름을 지어줘
서 정말 다행이라는 생각이 절로 들었다.

죄수가 내쉬는 숨결이 뒤통수는 물론이고 등까지 얼마나 날카롭게
찔러댔는지는 아무리 설명해도 모자란다. 산성 액체가 온몸으로 날카
롭게 스며들며 뼛속까지 찌르는 느낌이 정말 역겨웠다. 그는 다른 죄수
보다 숨을 특히 많이 내쉬는 데다 소리까지 훨씬 커다랗게 내는 것
같고, 나는 그걸 피하느라 한쪽 어깨를 내리면서 다른 쪽 어깨가 점차
올라가는 것 같았다.

날씨는 지독하게 싸늘하고 두 죄수는 춥다며 투덜댔다. 그래서 우리
모두 많이 가지도 못한 상태에서 몸이 뻣뻣하게 굳고, 두 번째 휴게실
을 떠난 다음에는 모두가 입을 다문 채 덜덜 떨며 꾸벅꾸벅 졸았다.

나도 꾸벅꾸벅 졸면서 죄수와 헤어지기 전에 일 파운드 지폐 두 장을 돌려줘야 하는지, 그렇다면 어떻게 돌려주는 게 제일 좋은지 곰곰이 생각했다. 그러다가 몸이 앞으로 기울어 하마터면 말 사이로 떨어지려는 순간에 깜짝 놀라며 깨어나서 다시 곰곰이 생각했다.

그런데 내가 생각보다 오랫동안 잔 게 분명하다. 주변이 깜깜해서 보이는 거라곤 이리저리 흔들리며 밝았다 어둡기를 반복하는 마차 등불밖에 없지만, 차갑고 눅눅한 바람에 습지 냄새가 묻어나왔기 때문이다. 두 죄수는 나를 바람막이로 삼아 온기를 유지하려고 상체를 숙여서 바로 뒤에 바싹 달라붙은 상태였다. 그런데 둘이서 대화를 주고받으며 제일 먼저 들려온 소리가 "일 파운드 지폐 두 장"이었다.

"그놈이 그걸 어떻게 구했지?"

죄수가 묻자, 내가 본 적이 있는 죄수가 대답했다.

"그걸 내가 어떻게 알겠어? 친구가 준 걸 몰래 숨겨놓았겠지, 뭐."

다른 죄수가 정말 춥다고 욕설을 뱉으며 말했다.

"나도 그런 게 있으면 좋겠다."

"이 파운드 지폐, 아니면 친구?"

"이 파운드 지폐. 내가 지금까지 만난 친구 놈은 모두 팔아서 일 파운드만 받아도 아주 잘 받는 거야. 어쨌든 그놈이 뭐라고 했는데?"

"그놈이 말하길 - 조선소 작업장 목재 더미 뒤에서 순식간에 이루어진 일인데 - '당신이 이제 곧 풀려날 사람이오? 그렇소, 맞소. 나에게 먹을 걸 주고 비밀도 지킨 아이를 찾아서 이 파운드 지폐를 건네줄 수 있겠소? 좋소, 그러리다.' 그리고 그렇게 했어."

"자네도 정말 멍청하군. 나라면 그 돈으로 실컷 먹고 마시며 신나게 놀았을 텐데. 그놈도 촌놈인가 보군. 자넬 전혀 모르는데 그렇게 말했다는 거야?"

"당연히 눈곱만큼도 모르지. 작업조도 다르고 일하는 배도 달랐거든. 그런데 또다시 탈옥하려다가 종신형을 받았어."

"그런데 자네는 이 고장에서 노역한 게 정말 딱 한 번인가?"

"그래, 딱 한 번."

"자네가 보기에 여기는 어떤 고장인가?"

"정말 지겨운 고장이야. 진흙투성이 강둑, 안개, 습지, 노역. 그리고 또다시 노역, 습지, 안개, 진흙투성이 강둑."

두 사람 모두 우리 고장에 대해 아주 지독한 욕설을 퍼붓더니, 목소리는 조금씩 줄어들고 말도 줄었다.

이런 대화를 엿듣는 순간, 주변은 깜깜하고 날씨는 추워도 당장 마차에서 내려 두 사람과 떨어지고 싶었다. 하지만 내가 알아본 죄수는 나를 알아보거나 의심하는 기색이 조금도 없었다. 실제로 나는 오랜 시간이 흐르는 동안 많이 자란 것도 있지만 살아가는 환경도 당시와 너무나 다르고 옷차림도 당시와 너무나 달라, 누가 실수로 원래 이름을 부르지 않는 한 상대가 나를 알아볼 가능성은 전혀 없었다. 하지만 역마차에 함께 올라탄 자체가 우연이라면, 또 다른 우연이 부지불식간에 일어나서 상대가 나를 알아볼 수도 있다는 사실이 몸서리치게 끔찍했다. 이런 이유로 나는 읍내에 도착하자마자 재빨리 내려서 상대하고 멀찌감치 떨어져야 하겠다고 결심했다.

나는 마음속 결심을 완벽하게 실천했다. 조그만 여행 가방을 넣은 곳은 바로 아래쪽 짐칸이라서 나는 경첩을 한 번 움직이며 간단하게 꺼냈다. 그래서 밑으로 던지고 곧바로 내려, 읍내 판석 도로 첫 번째 판석 첫 번째 가로등에 홀로 남았다.

두 죄수는 역마차와 함께 자기네 길을 떠나고, 나는 그들이 마차에서 내려 강으로 사라질 지점을 정확히 알았다. 진흙이 가득한 선착장

계단에서 조그만 배 한 척이 노를 젓는 죄수들과 함께 두 사람을 기다리는 장면이 눈에 선하고, 사냥개에게 소리치듯 "모두, 힘껏 저어!"라고 으르렁대는 소리도 다시 들리고, 새까만 강물에 사악하게 떠 있는 노아의 방주도 다시 보였다.

내가 두려워한 게 무언지 설명할 순 없다. 내가 느낀 두려움 자체가 너무나 애매하고 막연하기 때문이다. 하지만 엄청나게 두려워한 건 확실하다. '파란 멧돼지' 여인숙으로 걸어가는 동안에도 고통스럽고 불쾌한 현상을 목격한 이상으로 거대한 두려움을 느끼며 부르르 떨었다. 그건 뚜렷한 형태가 없이 나타났다. 하지만 어린 시절의 공포를 몇 분 동안 생생하게 떠올린 건 확실하다.

'파란 멧돼지' 식당에는 손님이 하나도 없어, 내가 거기에서 저녁 식사를 주문하고 자리에 앉은 다음에 비로소 웨이터가 나를 알아보았다. 그래서 처음에 못 알아봐서 죄송하다며, 사람을 보내 펌블추크 씨에게 알려야 하는지를 물어보았다. 그래서 나는 이렇게 대답했다.

"아니오, 그럴 필요 없소."

웨이터는 - 내가 도제 계약을 맺은 날, 아래층에 있는 장사꾼들이 항의한 내용을 전달한 적이 있는 웨이터는 - 깜짝 놀란 표정을 떠올리더니, 기회를 엿보다가 낡고 더러운 지역신문 한 장을 바로 코 밑에 노골적으로 내려놓아, 나는 신문을 집어서 이런 기사를 읽었다.

우리 지방에서 쇠를 다루는 젊은 기술자가 최근에 소설에나 나올법한 행운을 누린 것에 대해 (아직은 널리 인정을 못 받은 우리 읍내의 시인이자 우리 신문의 특별기고가 '투비'가 마법 같은 펜을 휘두르기에 정말 좋은 주제랍니다!) 젊은이를 아주 어릴 적부터 후원하며 함께 지낸 친구가 곡식과 씨앗을 판매하는 극히 존경스런 인물이란 사실을, 우리 읍내 중심가에서 사방 이백 킬로미터 주변에 사업을 활달하게 펼쳐나가는 인물이란 아주 흥미진진한 사실을 독자 여러분에게 알려드린다. 어린 텔레마쿠스를 이끈 멘토르가 바로 옆에 있다는 사실을 알릴 수 있어서 우리도 기분이 아주 좋은데, 우리 읍내에서 젊은이에게 행운을 안겨준 사람이 나왔다는 건 아주 좋은 현상이기 때문이다. 우리 고장의 현자는 깊은 생각에 잠겨서 이마를 찌푸리고 우리 고장의 미인은 눈빛을 반짝이며 그런 행운아가 누구냐고 묻는가? 우리는 퀸틴 마치스 역시 앤트워프에서 대장장이었다고 믿는다. 지혜로운 자는 한 마디면 충분하다.

이런 다양한 경험에 근거해, 나는 내가 아주 잘 나가던 당시에 북극에 갔다면 거기에서 방랑하는 에스키모든 문명인이든 다가와 어린 시절에 나를 도와주고 나중에 행운까지 안겨준 사람은 펌블추크라고 말했을 게 분명하다고 확신한다.

1권 끝